나는
아침이
두려웠다

나는 아침이 두려웠다

저자_ 방우영

1판 1쇄 인쇄_ 2008. 1. 4
1판 5쇄 발행_ 2008. 6. 27

발행처_ 김영사
발행인_ 박은주

등록번호_ 제406-2003-036호
등록일자_ 1979. 5. 17

경기도 파주시 교하읍 문발리 출판단지 515-1 우편번호 413-756
마케팅부 031)955-3100, 편집부 031)955-3250, 팩시밀리 031)955-3111

값은 표지에 있습니다.
ISBN 978-89-349-2794-5 03810

독자의견 전화_ 031) 955-3104
홈페이지_ http://www.gimmyoung.com
이메일_ bestbook@gimmyoung.com
좋은 독자가 좋은 책을 만듭니다.
김영사는 독자 여러분의 의견에 항상 귀 기울이고 있습니다.

한국현대사와 함께한
方又榮의 신문 만들기 55년

나는
아침이
두려웠다

방우영 지음

김영사

서문(序文)

나는 1952년 조선일보에 말단기자로 입사해 55년 동안 '언론 외길'을 걸었다. 하지만 나는 언론인이라기보다는 신문인(新聞人)으로 살아왔다고 하는 것이 정확한 표현일 것이다. 언론인이라고 하면 신문에 기사 쓰고 논설 쓰는 사람과 그것을 지면에 담아내는 사람, 즉 신문 지면을 만드는 기자(記者)들이다. 그들이 신문의 안[內]을 담당한 사람들이라면 나는 기자들이 기사를 쓰고 지면 제작에 전념할 수 있도록 환경을 만들어 주고 뒷받침해 왔다는 점에서 신문의 밖[外]을 책임진 경영인이었다. 나는 그런 의미에서 신문인이라고 말하고 싶다.

나는 일생을 그 일에 바칠 수 있었던 것을 자랑으로 여기고 영광으로 삼는다. 그리고 55년의 노력 끝에 모든 조선일보인(人)들과 함께 조선일보를 오늘의 '1등 신문'으로 일궈낼 수 있었던 것에 감사한다. 신문인으로서도 큰 행운아였던 셈이다. 이 책은 그 고마움과 영광을 표현하기 위한 조그마한 기록이다.

1948년 대한민국이 탄생해서 오늘에 이르기까지 나는 신생(新生)의 감격과 아픔, 격동과 혼돈을 조선일보라는 창(窓)을 통해 목도하고 체험했다. 나의 신문 만들기 55년은 바로 대한민국의 역사와 함께한 세월이었다. 이 책은 그 현장의 야사적(野史的) 기록이기도 하다.

나는 10년 전 나의 자전적 회고록 『조선일보와 45년』의 서문에서 그 45년이야말로 '한국 언론의 독립운동사(史)' 그 자체였으며 그것은 '재정적(財政的) 어려움과의 싸움이었고 정치권력과의 투쟁이었다'고 썼다. 내가 조선일보에서 한 일은 그것이 전부였다고 해도 과언이 아니다. 재정적 독립 없이는 언론의 자유를 지키기 어려웠고 정치권력과 싸우지 않고는 신문을 지켜낼 수가 없었다.

하지만 정치권력과 투쟁하는 상황에서 재정적 독립은 더더욱 어려웠던 이율배반의 현실 앞에 때로 좌절하곤 했다. 언론의 자유는 결코 공론(空論)으로 얻어지는 것이 아니라고 생각해왔던 나는 실사구시(實事求是)의 길로 갈 수밖에 없었다. 그래서 재정의 독립과 권력과의 투쟁이라는 양면의 전선(戰線)에서 하루는 웃고 하루는 우는 그런 시절을 살았다.

이제 조선일보를 포함해 한국 언론은 정치권력과의 투쟁을 존재의 이유로 삼는 시대를 벗어나고 있다. 권력의 자의(恣意)는 여전하겠지만 언론은 그것을 이겨낼 내성을 길렀다. 국민들도 그것을 용납하지 않는다. 따라서 한국 언론은 내가 살았던 시대의 논리에 머물러서는 안 된다. 이제는 더 이상 재정과 권력 사이에서 머뭇거려서도 안 된다. 조선일보는 '방우영의 시대'를 딛고 넘어서 나라의 미래와 국민의 삶에 붓의 날카로움을 고정시키는 한 단계 성숙한 길로 나아가야 한다. 어쩌면 이것이 내가 이 책을 쓰게 된 내면의 절실한 이유였는지도 모른다.

그 긴 세월 역사의 오선지 위에서 춤췄던 많은 사람들이 새벽하늘의 별처럼 스러져갔다. 한 시대를 주름잡고 세상을 호령하던 권력자들도 그렇게 갔고 어려운 시절 조선일보를 함께 만들었던 언론 동지들도 유명을 달리했거나 언론계를 떠났다. 이 책은 그들에 대한 나의 인사이고 애정이며, 또한 나의 고해(告解)다.

나 홀로 옛 고옥(古屋)에 남아 빈 뜰의 풀을 매만지며 언론 노병(老兵)의 적막을 달래고 있는 심정이다. 나로 인해 마음 아팠던 사람들, 조선일보로 인해 고통을 당했던 많은 사람들에게 용서를 구한다.

2008년 正初

方 又 榮

선배님들
물러나
주십시오

1

세대교체가 절박했지만

조선일보를 위해 일생을 바쳐온 분들에게

나가달라는 말을 도저히 할 수가 없었다.

그들은 내가 기자 시절부터 모셔온 대선배들이기도 했다.

고민 끝에 이를 악물고 피를 토하는 심정으로 펜을 들었다.

빚더미 신문사로 돌아오다

34세에 받은 상무 발령

1962년 10월, 세상은 어수선했다. 5·16 군사쿠데타가 일어난 지 1년 남짓 지났을 때였다. 그 해 3월 윤보선 대통령이 하야(下野)하고 박정희 최고회의의장이 대통령권한대행을 맡았다. 12월에는 개헌을 위한 국민투표가 실시될 예정이었다. 그때 나는 조선일보 기자 생활을 접고 방계회사인 아카데미극장을 맡아 바삐 뛰어다니고 있었다. 그러나 시시각각 변하는 정치 상황이 궁금해 매일 극장 바로 옆에 있는 신문사에 들러 귀동냥을 했다.

그날도 편집국을 한 바퀴 돈 뒤 형님(방일영 당시 조선일보 대표) 방에 들렀다가 함께 신문사를 걸어 나오고 있었다. 전등도 없는 컴컴한 복도에서 형님이 나를 불러 세웠다. 그러더니 불쑥 "내일부터 신문사 상무로 나와서 일해라" 하셨다. "이제 극장도 빚에서 벗어나 제 궤도에 올랐으니 신문사로 돌아올 때가 되지 않았느냐"는 것이었다.

너무나 뜻밖이었다. 그러나 형님 말씀에 뭐라 대꾸할 수가 없었다. 아버지가 일찍 돌아가신 때문이기도 했지만 나는 평소 형님을 아버지 이상으로 어려워했고 형님의 뜻을 거역해 본 적이 없었다. 게다가 이런 중요한 문제를 형님이 즉흥적으로 결정했을 리가 만무했다. 형 님으로선 깊이 생각한 끝에 내린 고육지책이었을 것이다. 그러니 내가 뭐라고 토를 달겠는가. 그렇게 해서 나는 컴컴한 복도에서 엉거주 춤 선 채 상무 발령을 받은 셈이 됐다.

어릴 적 내 별명은 '신문사집 아이'였다. 학교 친구들이나 선생님 도 으레 그렇게 불렀다. 신문을 만들고 경영하는 집안에서 자라다 보 니, 어릴 때부터 신문기자를 동경했고 편집국장 한번 해보는 것이 소 원이었다. 그런데 차장 타이틀 한번 달지 못하고 나이 서른넷에 덜컥 신문사 경영에 참여하게 됐으니, 눈앞이 캄캄할 수밖에 없었다. 그러 나 마음 한켠에선 젊은 패기가 끓어올랐다.

피투성이 장부

우선 신문사의 재정 상황을 파악하는 것이 급선무였다. 당시만 해 도 경리가 주먹구구였고 변변한 장부 하나 없었다. 지하 보일러실 옆 에 빈 방이 하나 있어 거기다 책상과 나무침대를 갖다놓고 업무국 막 내인 송석환과 함께 밤을 새며 장부 정리하는 일을 시작했다. 하루는

1975년 6월 편집국에서 열린 편집국장 취임식. 이 자리에서 나는 "더 좋은 신문을 만들자"며 기자들의 단합과 분발을 촉구했다.

새벽녘까지 장부 정리를 하고 살짝 잠이 들었는데, 다급히 문을 두드리는 소리가 났다.

"우영이 여기 있느냐?"

형님 목소리였다. 내가 계속해서 집에 안 들어오니까 찾아나선 것이었다. 그때가 겨울이 다 됐을 때였는데 지하 보일러실에서는 분탄을 때서 연기가 시커멓게 나왔다. 형님이 "공기도 나쁜 데서 왜 이러고 있느냐. 꼭 이렇게 해야만 일을 하는 건 아니지 않느냐"고 야단을 쳤다.

우여곡절 끝에 장부 정리가 끝나고 보니 상황은 생각보다 훨씬 심각했다. 여기저기서 끌어 쓴 사채만 1억 5천만 원에, 은행융자가 2억 원이었고, 세금 체납액도 8천만 원에 달했다. 이 무렵 쌀 한 가마니 값이 3500원, 한 달 신문 구독료가 130원이었으니 지금 돈으로 따지면 수백억 빚을 안고 있는 것이었다. 말 그대로 피투성이 장부였다.

사원 중에도 1년치 월급을 가불해 그 돈으로 회사에 사채를 놓고 이자를 받아먹는 사람들까지 있었다. 기가 막힐 노릇이었다. 한 달 이자가 5퍼센트 이상이었다. 우선 고리 사채를 이자가 싼 다른 사채로 바꿔나가는 일부터 시작했다.

사채보다 더 급한 발등의 불이 체납 세금이었다. 군사정부는 언론 길들이기용 채찍으로 툭하면 융자금을 회수하겠다거나 신문용지 공급을 중단하겠다고 위협했다. 거기에다 "세금 안 내면 윤전기에 딱지 붙이겠다"는 협박도 단골 메뉴였다. 그때 조선일보에는 일정 때부터 쓰던 윤전기가 수명이 다해 서울신문사에서 사온 낡아빠진 윤전기 한 대가 돌아가고 있을 뿐이었다. 그마저 봉해버리면 신문사는 그날로 문 닫는 거였다.

재무부 출입기자 시절 세무서나 은행 사람들을 두루 잘 알고 지냈지만, 혁명이 나고 보니 하나도 통하지 않았다. 그때 백경복이라는 육군 중령이 현역으로 서울 사세청장(현 서울지방국세청장)으로 나와 있었다. 급한 마음에 무작정 그를 사무실로 찾아갔다. 수인사를 하고 보니 그는 고향이 평안북도였다. 동향 출신이라는 데에 용기를 얻어 사정을 솔직히 털어놓았다.

"당신들 목숨 걸고 혁명했으니, 이제 민족지 조선일보 한번 살려주시오. 내 비록 세상 물정 모르는 젊은 놈이지만 죽을 각오로 신문사를 일으켜 세울 테니 조금만 시간을 주시오. 세금은 무슨 일이 있어도 납부하겠소."

나의 호소가 통했는지 그가 2년 분할 납부를 허락하며 도장을 꾹 찍어주었다. 백경복 씨는 나중에 증권협회 회장을 지냈는데 나로서는 그때의 고마움을 잊을 수 없었다.

나는 새도 떨어뜨린다는 김종필과의 대면

겨우 한숨을 돌릴까 하는데 이번에는 은행들로부터 느닷없이 "융자금을 회수하겠다"는 일방적인 통고가 날아들었다. 신문사 형편이야 뻔해서 돈 될만한 게 없다 보니 각 은행마다 '조' '선' '일' '보' 제호 하나씩을 담보로 돈을 빌려준다는 우스갯소리까지 있던 시절이다. 그런데 갑자기 한 달 안에 대출금 2억 원을 전액 상환하라니 앞이 캄캄했다. 군사정권이 자신에 우호적이지 않은 조선일보를 눈엣가시로 여기고 보복조치로 융자금 회수를 은행에 사주한 것이다. 기가 막힐 노릇이었지만 어쩌겠는가.

1964년 IPI(국제언론인협회) 조사단이 왔을 때 내가 신문협회 부회장 자격으로 이들을 만난 적이 있다. 조사단원 중 한 사람인 미국 신문사 사장이 한국 정부의 언론탄압책이 뭐냐고 물어왔다. 융자금 회수 얘기를 했더니 그는 전혀 이해를 하지 못했다. 자본주의 사회에서 회사에 신용이 있으면 은행이 융자를 주는 건데, 다른 이유로 그걸 회수하다니 말이 되느냐는 거였다. 중국집 아서원에서 점심을 먹으며 세 시간 넘게 설명을 했더니, 마지못해 고개를 끄덕이는 눈치였지만, 제대로 이해를 했는지는 알 수 없었다.

융자 문제를 해결하기 위해 백방으로 뛰어다녔지만 별 수가 없었다. 결국 형님이 나를 불러 "신문사를 살리기 위해서는 달리 방법이 없다. 아카데미극장을 팔도록 해라"고 했다. 쓰린 마음으로 급히 인수자를 물색하니, 마침 피카디리극장을 경영하던 이 모 씨가 나섰다. 협상 끝에 2억 5천만 원에 넘기기로 하고 우선 계약금 5천만 원을 받았다.

그런데 3일 후 의외의 곳에서 문제가 풀려나가기 시작했다. 그때 김종필 씨가 중앙정보부장이었고, 그의 오른팔로 강성원 재건동지회(공화당 창당 사전조직) 조직부장이 있었다. 나중에 그는 목장 일에 전념해 '강성원 우유'를 만들어냈다. 그와는 5·16 전부터 안면이 있었다. 또 민간인으로 혁명주체세력이었던 김용태 씨는 이은상 선생을 따라 충무공기념사업회 일을 하면서 우리 신문사 사람들하고 친했는데, 그와 김종필 씨는 서울사대 동기로 가까운 사이였다.

내가 강성원과 김용태 두 사람을 붙잡고 "지금 융자 회수하면 신문사 쓰러진다. 신문사는 살려놓고 봐야 될 거 아니냐, 2년만이라도 유예해 달라"고 사정을 했다. 그런데 이들로부터 김종필 씨와의 면담 일정을 잡았으니 직접 사정해보라는 연락이 왔다. 당시 김종필 씨의 권세는 그야말로 나는 새도 떨어뜨릴 정도였다. 나에게 허락된 시간은 단 5분이었다. 그 시간에 무슨 이야기를 하느냐고 난감해하는 나에게 강성원 씨는 앞뒤 사정은 다 보고가 돼 있으니 인사만 하고 나오라고 일러줬다.

중앙정보부장실에 들어서니 짙은 선글라스를 낀 매서운 인상의 젊은 미남자가 있었다. 신문사의 명줄을 이 초면의 실력자가 쥐고 있다고 생각하니 앞뒤 가릴 여유가 없었다. 나는 다짜고짜 "고맙습니다. 덕분에 신문사가 살아나게 됐습니다. 이 은혜는 잊지 않겠습니다"고 했다.

그는 별말 없이 고개만 가볍게 끄덕였다. 은행융자 회수를 유예한다는 뜻이었다. 안도의 한숨이 절로 나왔다. 면담을 마치고 나와보니 응접실은 면담순서를 기다리는 사람들로 문전성시(門前成市)를 이루고 있었다. 시계를 보니 5분도 채 지나지 않았다.

계약금까지 치른 아카데미극장 건은 다행히 계약자가 신문사의 사정을 잘 이해해주고 두말없이 해약에 동의해주어 고맙기 이를 데 없었다. 아카데미극장 자리에는 나중에 조선일보 새 사옥이 들어서게 된다. 그때 만약 아카데미극장을 팔았다면 조선일보 사원들은 집 지을 자리도 없이 떠돌아다녔을지도 모른다.

"선배님들 물러나 주십시오"

새 술은 새 부대에

상무 발령을 받은 지 두 달 남짓 만인 1963년 1월, 나는 발행인을 맡게 됐다. 말이 발행인이지 나이 서른다섯에 신문사 경영 경험도 일천한 풋내기일 뿐이었다. 층층시하 대선배들 틈에서 신문사를 어떻게 운영해야 할지 참으로 난감했다. 위로는 홍종인 회장으로부터 최용진·유봉영 두 부사장이 계셨고, 편집국에는 윤고종·남기영·김창헌 등 해방 후 속간 때부터 일해온 부장들이 독불장군들처럼 버티고 있었다. 이들 간의 갈등과 반목도 보통이 아니었다. 붙박이 부장들이 독립군단처럼 자기 부하들을 거느리며 군웅할거 하는 형국이었다. 위세도 대단했다. 어떤 부장은 대놓고 "어이, 방일영!" 하고 사장 이름을 부를 정도로 안하무인이었다. 인사발령이 났는데도 후임에게 자리를 비워주지 않고 버티는 부장도 있었다.

파벌싸움에 빠져있다 보니 지면은 안이와 타성에 젖어 있었다. 이에 반해 경쟁지 한국일보는 미국 여배우 메릴린 먼로나 야구선수 행크 아론 이야기를 특집기사로 다루는 등 과감하고 참신한 시도로 젊은 층의 눈길을 사로잡았다. 조선일보 부수는 동아·한국·경향에 뒤져 4위에 처져 있었다.

내가 상무가 됐을 때 편집국장은 윤주영 씨였다. 윤 국장은 중앙대 교수로 있다가 논설위원으로 신문사에 들어왔다. 편집국 경력이 전무한 그가 편집국장에 발탁된 데에는 젊고 강한 추진력으로 편집국을 개혁해보라는 뜻이 담겨 있었다. 방일영 대표가 나를 상무로 임명하면서 당부한 말도 "윤 국장과 힘을 합해 신문사를 혁신하라"는 것이었다.

그런데 난감한 일이 생겼다. 윤 국장이 방일영 대표를 모시고 일본 여행을 하던 중 김종필 씨와 식사를 하게 됐는데, 공화당 창당을 준비 중이던 그가 윤 국장의 능력을 눈여겨보고서는 귀국하자마자 대변인으로 데려가겠다고 했다. 김종필의 최측근인 강성원 씨가 지프차를 타고 윤 국장 집을 뻔질나게 드나드는 삼고초려 끝에 결국 윤 국장은 1962년 12월 신문사를 떠나게 됐다.

윤 국장까지 떠나고 나니 사방에 의지할 데가 없었다. 신문사를 살리기 위해서는 막힌 곳을 뚫고 새로운 기운을 불어넣어야 할 텐데 어디서부터 어떻게 손을 대야 할지 막막했다. 홀로 앉아 골똘히 생각에 잠겨있다 보면 어느새 태평로 거리엔 어둠이 짙게 내려앉았다. 어두운 태평로를 향해 "내가 무엇을 어떻게 해야 합니까?"라며 울부짖기도 여러 번이었다.

세대교체가 절박했지만 조선일보를 위해 일생을 바쳐온 분들에게 나가달라는 말을 도저히 할 수가 없었다. 그들은 내가 기자 시절부터 모셔온 대선배들이기도 했다. "방일영과 박정희 빼고 무서울 사람 없다"고 호언하던 혈기 방장한 때였지만 대선배들 앞에서는 한없이 작아지는 나였다. 고민 끝에 나는 원로들에게 편지를 쓰기로 했다. 이를 악물고 피를 토하는 심정으로 펜을 들었다.

젊은 사람들이 조선일보를 쇄신해보려고 합니다. 선배님들이 물러서 주셔야 잘났든 못났든 후배들이 설 땅이 있고 회사를 끌고나갈 수 있지 않겠습니까. 그동안 고생들 많으셨는데, 결단을 내려주십시오. 후배들에게 기회를 주십시오. 저희들의 간절한 소망입니다. (…)

선우휘를 동반자로

편지를 보내놓고 가슴을 졸이고 있는데 홍종인 회장이 제일 먼저 나를 불렀다.

"편지 잘 받았네. 직접 말 못하는 어려운 심정 십분 이해하네. 나부터 솔선해서 물러나겠네."

여러 말이 필요 없었다. 그리곤 다음날로 짐을 싸서 회사를 떠났다. 참으로 처신이 깨끗한 분이었다. 그의 살신성인(殺身成仁) 덕택에 최용진 부사장 등 원로들도 시간을 두고 자연스럽게 물러나게 되었다.

이제 새로운 편집국장의 기용이 급선무였다. 첫째 신뢰성, 둘째 관리능력, 셋째 애사심, 그리고 무엇보다 기존의 인맥과 파벌을 타파할 수 있는 중립성을 갖춘 인물이어야 했다. 나는 선우휘 논설위원을 주목했다. 그는 일본강점기 때 조선인으로서는 입학하기가 어려웠던 경성사범을 수석으로 입학해 졸업했고, 군 장교 시절 단편 〈불꽃〉으로 동인문학상을 수상한 다재다능한 분이었다. 고향 선배이기도 해서 가깝게 지내고 있었는데 무엇보다 사심이 없었다.

1963년 6월 초순, 우리 두 사람은 회사 근처 대머리집이라는 소줏집에 마주 앉았다. 나는 그에게 편집국을 맡아달라고 부탁했다.

"고립무원입니다. 도와주십시오, 선우 형. 제가 편집에 대해서 뭘 압니까."

이틀 동안의 설득 끝에 그가 "방 상무가 정도를 벗어날 때는 언제라도 그만두겠다"는 조건 아래 편집국장직을 수락했다.

윤주영 씨 후임으로 편집국장을 맡고 있던 유건호 씨는 상무로 승진했다. 그는 충남 공주 출신으로 1946년 사회부 기자로 입사해 3년 만인 27세에 사회부장으로 발탁됐다. 원만한 성품과 포용력으로 사내의 '큰형님'으로 통했다.

나는 사회부 기자 시절 유건호 씨의 두둑한 배포를 현장에서 직접 체험할 기회를 가졌다. 장안의 큰 주먹 김두한이 국회의원 선거에 출마해 이승만 대통령을 비방하다 구속당한 사건을 내가 취재해 기사화한 적이 있다.

다음날 김두한 부하들이 찾아와 저녁을 사겠다고 해서 유건호 부

1960년대 초 편집국 풍경. 편집국 기자를 다 합해야 70명 정도였고, 여름에는 대형 프로펠러, 겨울에는 조개탄 난로로 냉난방을 하던 시절이었다.

장과 함께 따라나섰다. 초대받은 요정에는 마(馬)씨라는 이름난 종로 주먹계의 두목을 비롯해 험상궂은 사람들이 즐비했다. 그들이 잔을 권하는데 손이 얼마나 큰지 술잔은 보이지 않고 거친 주먹만 오락가락하는 듯했다. 정종 열 되 가량이 들어왔고, 그 태반을 유 부장이 태연하게 받아 마셨다. 그러면서도 몸가짐 하나 흐트러지지 않았다. 나는 "신문기자가 되려면 저렇게 술도 세고 두둑한 오기와 배짱도 있어야 하는구나"라고 생각했다.

1963년 10월 대통령 선거가 끝나고, 민정 이양과 함께 선우휘 논설위원이 편집국장에 취임했다. 우리는 6개월간 사내에서 침식을 함께하며 매사를 긴밀히 의논했다. 편집국 개혁 작업에도 가속도가 붙기 시작했다.

상전 같은 부장들이 하나 둘 물러났다. 당시 조선일보 사원이 모두 160여 명이었는데, 한 해 동안 무려 30여 명을 물갈이했다. 이 고통스런 작업을 떠맡은 선우휘 국장은 혼자 모든 욕을 얻어먹고 책임을 뒤집어쓰는 고난을 감수했다.

1등 사람 뽑아 1등 대접하라

신문사를 살려보겠다고 악역을 자처한 나를 선배들이 너그럽게 용서하고 순순히 물러나 준 것은 결코 잊을 수 없는 고마운 일이다. 홍종인 회장은 능력에 부친 짐을 지고 고민하던 나에게 "젊은 놈이 무엇이 어째? 오줌이 빨갛게 나오도록 일하고 또 일하라"고 야단을 쳤다. 그러면서 "1등 가는 사람들 데려다가 1등 가는 대접하면 1등 신문은 저절로 된다"는 귀한 가르침을 주고 떠났다.

'1등 사람, 1등 대접'은 나의 조부인 계초 방응모가 조선일보를 인수할 때부터 사장이던 고당 조만식과 함께 확립한 조선일보의 경영철학이었다. 일본강점기부터 조선일보 기자를 했던 홍종인은 그 정신을 잘 알고 있었다. 이런 경영철학이 선배들을 거쳐 나에게로 이어지게 된 것이다.

조선일보 제호만 빼고 다 바꿔라

화려한 편집과 특종만이 살 길이다

1960년 4월 19일, 광화문 거리는 독재정권에 항거하는 시위인파로 뒤덮였다. 시위대의 함성은 광화문 대로에 접해 있던 조선일보 편집국에도 그대로 밀려들었다. 편집국은 흥분된 분위기 속에 긴박하게 돌아가고 있었다. 그러나 송지영 편집국장은 편집국 한가운데 국장석에 앉아 눈을 감은 채 한참 동안 미동도 하지 않았다. 마감시간이 임박했다. 이윽고 눈을 뜬 그는 붓을 들어 먹물을 듬뿍 먹이고는 일필휘지했다.

學海(학해)에 海溢(해일)! 怒號(노호)는 岩壁(암벽)에서 咆哮(포효)!

4·19 현장을 전하는 기사의 제목이었다. 신문편집자들 사이에 두고

두고 회자된 명제목이었다. 편집국장이 붓을 들어 제목을 뽑아내는 모습에는 멋과 권위가 있었다. 내가 발행인이 된 1963년까지도 신문편집은 붓으로 하고 있었다. 사환이 대기하고 있다가 먹을 갈아 대령했다.

그러나 세월이 변하지 않았는가. 하루가 무섭게 세상이 달라지고 있는데 언제까지 먹 갈고 붓 들어 편집을 하겠다는 건가. 나는 "붓을 치워라"고 선언했다. 일본 출장 선물로 만년필을 스무 자루 사와서 편집국에 돌리고 "이제 붓과 먹으로 편집하던 시대는 갔다" "편집이 바뀌어야 신문이 산다"고 선언했다. 편집기자들이 붓 대신 펜을 잡기 시작했다.

1960년대 초반까지 조선일보는 전통과 역사를 내세워 제호 아래 먹칠만 해서 신문을 팔아왔다고 해도 과언이 아니었다. 편집의 개념이 없었다는 이야기다. 기사가 길면 긴 대로 짧으면 짧은 대로 적당한 제목을 달아 줄줄 이어붙이는 식이었다. 제목을 간결하게 압축하고 지면 전체를 짜임새 있게 만들려는 노력이 없었다. 내가 발행인이 돼 지면쇄신에서 가장 서두른 것은 편집이었다. "화려한 편집과 특종이 있어야 제대로 된 신문"이라는 게 나의 소신이었다.

편집을 획기적으로 개선하기 위해 민국일보 편집부장으로 있던 김경환을 편집부장으로 영입했다. 그는 당대 최고의 편집자라는 말을 듣고 있었다. 신문에 미친 사람이었는데 부채 하나 들고 아침부터 밤 늦도록 신문 만드는 일밖에 몰랐다. 회사를 집처럼 여겨 줄무늬 파자마바지 차림으로 일하기도 했다. 그나마 격식을 차린다고 위에는 와이셔츠에 넥타이까지 매기도 해 보는 사람들의 웃음을 자아내는 일이 많았다. 나는 김경환에게 주문했다.

"잘한다는 편집자는 몽땅 데려와 조선일보 한번 말아먹어 보라우."

한국일보 부국장으로 있던 윤임술을 비롯해 동아일보의 조영서, 부산일보의 조병철·남철기 등 쟁쟁한 편집자들이 스카우트돼 왔다. 나는 김경환 부장이 요청하는 사람이면 그대로 방을 붙였다. 여러 신문들이 명멸하던 때라 실력 있다고 소문난 편집기자들은 여기저기서 스카우트 손길을 받고 있었다. 그러나 이들은 신문사의 사세나 대우를 따지기보다는 의리와 정분을 중요시했다. 사직동 대머리집이나 조선일보 앞 동그랑땡집 같은 기자들의 단골술집에서 술 한 잔 나누다 의기투합하면 다음날로 신문사를 옮기기도 했다. 젊은 기자들은 조선일보가 뭔가 새롭게 변해보려는 노력을 하고 있다는 사실에 끌리는 듯했다. 한국일보에서 최병렬·이상우, 경향신문에서 김종헌·배우성 등이 속속 조선일보 편집부에 합류했다. 수습 출신 중에는 인보길이 편집 전문기자의 길을 걸었다.

1964년 11월 내가 전무로서 대표이사에 오른 뒤 이듬해 1월 대대적인 인사개편을 단행하면서 주필에 최석채, 편집국장에는 김경환을 앉혔다. 순수 편집기자 출신인 김경환을 편집국장에 임명한 것은 매우 이례적인 조치였다. 그만큼 편집을 중요시했기 때문이다.

당시에는 정치부장과 사회부장을 거친 사람 중에서 편집국장을 고르는 것이 관행처럼 돼 있었다. 이때도 차기 국장은 조용중 정치부장이 맡게 될 것으로 예상하고 있었다. 조 부장은 글도 잘 쓰고 언변도 뛰어난 훌륭한 기자였고, 방일영 회장의 신임도 두터웠다. 그러나 나는 김경환 카드를 고집했다. 정치 보도가 통제된 상황에서 신문이 살아남는 길은 참신한 기획과 특집, 그리고 무엇보다 돋보이는 편집이

형님인 방일영 전 조선일보 고문과 함께. 형님이 돌아가시기 4년 전인 1999년 1월 1일 새해를 맞아 흑석동 형님댁에서 찍었다. 아버지를 일찍 여읜 내게 형님은 아버지와 같은 존재였다.

우선이라고 판단했기 때문이다.

형님과 두 시간 담판 끝에 김경환 편집국장을 관철시켰다. 내가 형님 앞에서 이렇게 고집을 부려본 것은 그 전에도 그 이후로도 없었지 않나 싶다. 형님이 조 부장에게 미안했던지 그를 비서실장에 임명했는데, 나중에 그는 서울신문으로 옮겨갔다.

내가 젊은 기자들에게 요구한 것은 파격과 혁신이었다. "제호 빼고 다 바꿔보라"고 했다. 참신하고 감각적인 제목이 올라오면서, 지면이 확확 바뀌기 시작했다. 좋은 제목이 눈에 띄면 다음날 해당 편집기자를 불러 봉투를 주며 격려했다. 1964년 의친왕의 김비(金妃)가 사망했을 때, 편집기자 조병철이 붙인 제목은 「칠궁이 운다- 먼 훗날 우리 후손들이 한말(韓末)을 묻거들랑 여기 가장 불우했던 왕비가

내가 상무 발령을 받은 1962년, 수습 4기로 들어온 반영환 기자의 급여통지서. 수습기자 발령을 받은 1962년 3월 1일의 급여가 3만 환이었다. 당시 한 달 하숙비가 2만 환 정도였다. 9월 1일 정식 사원으로 임명되면서 7천 원으로 조정됐다(1962년 6월 9일 10환이 1원으로 화폐 개혁됨).

숨겼노라고 전하라」였다. 제목은 짧고 간결해야 한다는 통념을 깨버린 것이었다. 노장 편집자들이 수군댔지만, 나는 아랑곳하지 않고 조기자에게 두둑한 봉투를 내렸다. 끊임없이 새로운 변화를 시도하는 정신을 격려한 것이다.

한밤의 습격자들

당시는 너나없이 배고프던 시절이었고, 편집부 기자들의 고생도 이만저만이 아니었다. 밤샘 야근을 밥 먹듯이 해도 지면에는 이름 석 자 박히지 않으니 직업에 대한 남다른 자부심이 없으면 배겨내기 힘들었다. 나는 '편집 제일주의'를 표방하며 편집기자들의 사기를 올려주려고 애썼다. 가판 마감 끝내고 편집국을 돌아다니다 보면 편집부 쪽에서 "사장님, 양념이 모자랍니다" 하는 소리가 나온다. 그러면 슬그머니 지갑을 꺼내 편집부 기자들이 한 잔 할 수 있게 했다. 한번은 조영서 편집부장이 새벽 1시쯤에 집에 전화를 걸어 "사장님, 배가 고파 야근을 못하겠습니다"고 했다. 그리고는 최병렬 등 야근 기자들을 한 무더기 이끌고 우리 집에 쳐들어왔다. 부랴부랴 집사람을 깨워 한 상 차려냈다.

광화문 뒷골목의 술집 '낭만'과 '블론디'로 편집부가 회식을 가면 나도 종종 동행했다. 때로 밀린 외상 술값을 갚아주기도 해서인지 기자들이 나를 배척하지는 않았다. 젊은 기자들과 어울려 편집에 대해 열띤 토론을 벌이다 보면 어느새 통금이 가까워져 있었다. 그때는 "광화문에서 돌 몇 개를 던지면 그중 하나는 조선일보 시인 머리에 가서 맞을 것"이라고 할 만큼 조선일보 편집부에는 시인이나 시인 지망생들이 많았다. 조영서, 조병철, 이유경 등이 모두 시인이었다. 수십, 수백 줄의 기사를 단 몇 단어로 압축하는 촌철살인의 미학, 사건의 핵심을 함축하고 있으면서도 시적 여운이 남는 조선일보의 명제목들이 열띤 토론을 거쳐 이들의 손끝에서 탄생했다.

파벌은 없다, 기자는 글로 승부한다

편집만이 아니라 정치·경제·사회 등 각 분야에서 능력 있는 젊은 사람들을 스카우트해서 조선일보 수습 출신 기자들과 경쟁하고 힘을 합치면서 신문사를 탈바꿈시켜보자는 것이 내 생각이었다.

조선일보는 전통적으로 사회부가 약하다는 지적을 받아왔고 인력 보강이 시급했다. 경쟁지 한국일보에서 사회부장을 하던 장정호와 최현우를 스카우트했다. 정치부는 민국일보에서 남재희, 서울신문에서 이자헌 등이 조선일보로 옮겨왔다.

원로기자들이 대거 빠져나간 편집국에서 중심역할을 맡게 된 층은 1959년에 입사한 수습 2기들이었다. 1966년에는 2기인 신동호가 입사 7년 만에 사회부장에 올랐다. 이어 이종식이 정치부장, 김용원이 경제부장, 이규태가 문화부장으로 각각 발령났다. 다른 신문사에 비해 5~6년 빠른 혁신적인 인사였다. 기수와 경력으로 밀어붙이던 시대는 지났다는 것이 나의 생각이었다. 인맥(人脈)과 파벌을 없애고 경쟁체제를 도입해 실력으로 당당히 겨루게 해주자는 것이었다. 나는 "투철한 프로정신으로 무장해 글로 승부하는 게 기자다. 기사 잘 쓰면 모두 차장, 부장 된다"고 선언했다.

좋은 신문 만들어 한판 승부하겠다는 사원들의 의지와 집념이 불붙으면서 조선일보는 살아나기 시작했다. 외래파니 수습 출신이니 해서 파벌이 있는 것도 아니었다. 조선일보라는 용광로에서 혼연일체가 됐다. 나도 틈만 나면 편집국으로 내려가 기자들과 어울렸다. 특종을 하면 모두 청진동 해장국집으로 신나게 몰려갔고, 낙종을 하면 이를 악물었다.

시위대와 함께 농성하는 기자들

6·3사태 현장에 조선일보 배포

제3공화국 출범과 함께 박정희 정권이 일본과의 국교정상화를 서두르자 대학생들이 '굴욕외교'라며 거세게 항의하기 시작했다. 전국 곳곳에서 격렬한 반대시위가 이어졌고, 시위대의 구호는 점차 "박정권 물러가라"는 반정부 성격으로 바뀌었다.

1964년 5월 30일에는 서울대생들이 동숭동 캠퍼스에서 단식농성에 들어갔다. 그러자 조선일보 수습 3기인 김동익·임재경 기자 등은 이 사실을 보도한 조선일보 가판을 매일 300부씩 차로 날라 현장에 뿌렸다. 자신들의 투쟁 상황이 담긴 신문을 보고 학생들은 용기를 얻었다. 신참인 수습 4기 황승일·장지원·채영석 등은 아예 학생들 틈에 섞여 함께 밤샘을 했다. 삼엄한 시절에 여간한 배짱으로는 해내기 어려운 일이었다. 학생들 사이에서 조선일보의 인기가 올라갈 수밖에 없었다. 중앙정보부가 즉각 중단하라고 경고했지만 조선일보의 젊은 기자들은 그대로 밀고 나갔다.

6월 3일 광화문 네거리가 시위대로 가득 메워지고 정일권 총리가 박 대통령에게 헬리콥터 편으로 피할 것을 진언하는 일촉즉발의 상황이 전개됐다. 이날 저녁 8시를 기해 전격적으로 비상계엄령이 선포됐다. 무장군인들이 신문사로 몰려들고 발행인들의 연행 작전이 시작됐다.

국방부 출입기자가 나에게 전화를 걸어 이런 사실을 알려주면서 잠시 피해 있는 것이 좋겠다고 했다. 운수부에 지프차를 준비하라 이르고 급히 2층 계단을 내려오는데 군인들이 들이닥치고 있었다. 내가 그 옆을 지나가는데도 군인들이 붙잡지 않았다. 허름한 점퍼 차림에 조그만 체구의 젊은 친구가 무슨 발행인이겠느냐 싶었을 것이다. 나는 유유히 회사를 빠져나와 고삼저수지의 낚시터로 향했다. 3~4일쯤 후 회사에서 이제 괜찮다는 연락이 와 서울로 돌아왔다.

계엄령 아래에서 지면 제작의 자유는 한없이 위축됐다. 수습 5,6기들이 매일 신문 대장(臺狀)을 들고 서울시청에 가서 검열 도장을 받아왔는데 보도 통제로 누더기가 돼있기 일쑤였다. 신문을 제대로 만들 수 없는 상황에서 뭔가 돌파구가 필요했다.

그러던 중에 6·25 발발 14주년을 맞아 대담을 하기 위해 신문사에 들른 영락교회 한경직 목사와 이야기를 나누다 납북인사 문제가 화제로 떠올랐다. 한 목사는 "조선일보 사장인 계초 선생도 북으로 끌려간 뒤 소식이 끊겼는데 알아볼 방법이 없겠는가"라며 안타까워했다. 한 목사와 이야기를 나누면서 납북자(拉北者) 송환운동을 벌여야 겠다는 생각이 들었다. 전쟁 때 북한에 끌려간 남한 사람만 1만 7천 여 명인데, 안부는커녕 생사조차 확인하지 못해 가족들이 애를 태우고 있었다. 만나는 건 두고라도 우선 생사를 확인하고 편지라도 주고받을 수 있어야 할 것 아닌가. 내가 간부회의에서 이런 이야기를 했더니 다들 좋다고 호응해주었다. 이렇게 해서 '납북인사 송환을 위한 100만 인 서명운동'이 시작됐다.

계엄령도 녹여버린 납북자 송환 캠페인

「생사조차 모르는 내 아버지, 내 남편, 내 아들, 내 오빠/ 그리운 그 사람을 돌려보내라」는 제목으로 사고(社告)가 나가자 독자들의 반응이 뜨거웠다. 7월 1일부터 편집부·사회부 기자들과 총무부 직원들이 출동해 전국 곳곳에서 가두서명을 받기 시작했다. 서울에서는 종로 네거리, 서울역 앞, 명동입구 등 열네 곳에 가두서명소가 설치됐다. 뙤약볕 아래서도 서명 행렬은 금세 장사진을 이뤘다. 혈육을 그리는 피맺힌 절규 앞에 계엄령도 온데간데없어졌다.

데모하던 대학생들과 고등학생들도 자원봉사자로 참여했고, 민기식 당시 계엄사령관이 조선일보사를 찾아와 서명을 하고 가기도 했다. 일본강점기에 조선일보 주필을 지냈고 전쟁 때 납치당한 안재홍 씨의 부인은 절간을 돌아다니며 혼자 1천 명의 서명을 받아왔다. 시민들은 자원봉사 여학생들에게 시원한 음료수를 제공하고, 납북자

1964년 12월 11일 유엔본부를 방문, 존 험프리 유엔 인권국장에게 '납북인사 송환을 위한 100만 인 진정서'를 전달했다. 왼쪽은 김용식 유엔 주재대사.

가족들은 도시락을 싸와 진행요원들을 격려했다. 반공주의와 휴머니즘이 결합된 이 캠페인에 남녀노소가 동참했다.

그러자 안재홍 등 납북인사 15명이 북한 방송에 출연해 "납북된 일이 없다"고 말했다. 누가 보더라도 북한 당국의 강요에 의한 것임을 쉽게 알 수 있었다. 북한 당국은 '조국통일위원회'라는 단체이름으로 "납북인사란 없고 오히려 유엔군이 후퇴할 때 수많은 북한 주민들을 끌고 갔다"는 적반하장의 성명을 발표했다. 북한 노동신문도 사설을 통해 납북인사들은 북한의 제도를 지지해 "자진 월북한 것"이라고 강변하는 등 납북인사 송환 운동을 저지하느라 혈안이 되었다.

서명운동의 열기는 폭발적이었다. 서명운동 첫날 서명자가 5만 명을 넘어서더니 한 달 만에 82만 명을 돌파했고 51일 만에 100만 명을 기록했다. 8월 말 마감 결과 모두 101만 1980명이 서명한 것으로 집계됐다. 모두 102권에 달하는 서명록의 무게만도 자그마치 303킬로그램이나 됐다. 7~8월 한여름 무더위 속에서, 그것도 삼엄한 계엄 아래서 이루어낸 대기록이었다. 헤어진 가족 친지를 그리는 국민들의 애절한 심정이 어느 정도인지를 조선일보가 생생하게 보여준 것이다.

"원더풀"…유엔본부 앞에 쌓인 산더미 서명록

12월 5일 나는 김상현 편집부국장과 함께 서명록을 유엔총회에 전달하기 위해 뉴욕행 비행기에 올랐다. 나로서는 처음 미국 땅을 밟는 기회였다. 태평양 하늘을 나는 비행기 속에서 승무원이 여권에 '데이트 라인'(날짜 변경선)이라는 스탬프를 찍어주던 기억이 난다. 서명록은 열한 개 뭉치로 포장해 미리 화물 편으로 부쳐 놓았다.

뉴욕에 도착해 곧바로 김용식 유엔 대사를 만나 절차를 상의했다. 12월 7일 서명록 전달을 세계에 알리기 위해 뉴욕타임스, 워싱턴포스트와 AP, UP통신의 유엔 담당 기자들을 타임스가든 빌딩에 있는 음식점으로 초대해 설명회를 가졌다. 다음날 우리 일행이 유엔본부 현관 앞에 산더미 같은 서명록을 부려놓자 그들은 눈이 휘둥그레지며 "원더풀"을 연발했다.

그리고는 김용식 대사와 함께 유엔본부를 방문, 와병 중인 우 탄트 유엔 사무총장을 대신해 존 험프리 유엔 인권국장에게 서명록과 '납북인사 송환을 위한 100만 인 진정서'를 전달했다. 험프리 국장은 "이 진정서가 1965년 3월 제네바에서 열리는 유엔 인권위원회의 정식 안건으로 상정될 수 있도록 적극 노력하겠다"고 말했다.

돌아오는 길에 워싱턴에 들러 AP통신 기자 스펜서 데이비드와 점심을 먹다 즉석에서 국무성 극동담당 차관보 윌리엄 번디와 면담 일정이 잡혀 단독 인터뷰를 하게 됐다. 번디 차관보는 "납북인사 송환을 촉구하는 귀사의 서명운동은 대단히 장한 일"이라고 감탄하면서 "적극적으로 지원하겠다"고 했다.

납북인사 송환 캠페인에는 많은 국민이 참여했지만 그중에서도 특히 이북에서 내려온 사람들과 기독교계의 호응이 컸다. 그러면서 조선일보의 독자층도 많이 넓어졌다. 신문의 계도·계몽 역할이 어떤 것인지를 보여준 뜻깊은 캠페인이었다. 그러나 조선일보가 납북인사 송환 캠페인을 벌인 지 40년이 넘도록 북한의 외면으로 납북자 문제가 진전을 보지 못하고 아직도 많은 사람들이 가슴에 한을 품은 채 세상을 떠나고 있는 것은 참으로 안타까운 일이다.

"조선일보는 분명히 반대했습니다"

언론윤리법에 '옥쇄' 각오

6·3사태의 와중에서 박정희 대통령은 노골적으로 언론에 대한 불만을 드러냈다. 박 대통령은 1964년 6월 26일 국회에 나와 "세상에는 신문이 나라를 망쳤다는 소리도 있다. 우리나라 신문은 지난 18년 동안 너무나 많이 자극적이고 편파적이고 선동적인 언사를 써왔다. 신문이 국가와 사회에 유익하다고 단언할 사람이 누구겠나"고 말했다.

박 대통령의 이런 언급은 언론과 야당의 거센 반대에도 불구하고 끝내 언론의 자유를 규제하는 입법을 강행하겠다는 강력한 의사 표시로 해석됐다. 예상대로 공화당은 '언론윤리위원회법'을 국회에 상정해 일요일인 8월 2일 밤 야당의 퇴장 속에 본회의를 통과시켰다. 이 법은 명목상으로는 언론의 자율규제를 내세우면서 실제로는 정부

통제를 받는 언론심의위원회가 언론사의 사활을 좌지우지할 수 있도록 해놓은 전형적인 언론 악법이었다. 이 법에 따라 8월 28일까지 각 언론사 대표는 신문발행인협회에 나가 언론윤리위 소집에 대해 찬반 입장을 밝혀야 했다.

전국의 언론사가 찬반을 놓고 의견이 분분한 가운데 조선·동아가 어느 편에 설 것인지가 초미의 관심이 되었다. 경영진의 입장에서는 참으로 곤혹스런 상황이었다. 언론의 자유와 신문의 명예를 지키기 위해서는 마땅히 반대를 해야 했다. 하지만 막상 반대편에 섰을 경우 정부의 강력한 압박을 어떻게 견뎌야 할지 가늠이 안 됐다.

은행융자 문제를 겨우 해결해 놓았는데 다시 회수 압력이 들어올 것이 뻔했다. 신문용지를 배당받지 못하는 최악의 경우까지 각오해야 할 판이었다. 당시는 종이 확보가 어려워 하루에 4면, 6면, 8면으로 발행 면수가 들쭉날쭉할 정도였다. 이상과 현실 사이에서 참으로 결단을 내리기 힘든 상황이었다.

결단의 시간을 사흘 앞둔 8월 24일 저녁. 편집국으로 들어선 선우휘 편집국장은 아무 말 없이 책상을 정리한 뒤 "이제 모든 것이 끝장이다"는 한마디를 남기고 자리를 떴다. 편집국의 단합을 촉구하기 위한 행동이었다. 그날 야간 당직 책임자이던 목사균 지방부장은 한밤중에 편집국 간부들에게 전화를 걸었다. 새벽통금이 풀리자마자 본사 앞에 속속 도착한 열한 명의 부장급 이상 편집국 간부들은 세 대의 택시에 나눠 타고 흑석동 방일영 대표 집으로 향했다. 나도 비상연락을 받고 흑석동으로 달려갔다.

폭우가 내리는 새벽이었다. 간부들은 "신문사의 문을 열어놓고 죽는 수가 있고, 닫고 사는 수가 있다"며 권력의 언론탄압에 끝까지 저항할 것을 역설했다. 목사균 부장은 눈물을 흘리며 읍소했다. 비장한 분위기였다.

나는 덜컥 겁이 났다. 내가 발행인이라고는 하지만 철도 없을 때고 대단한 용기가 있던 것도 아니었다. 그런데 편집국장 이하 간부들이 울부짖고 반대하니 안 따라갈 수 없었다. 사원들이 총궐기해서 조선일보가 사는 길은 반대투쟁밖에 없다는데 그 길이 아무리 가시밭길이라도 피할 수가 있겠는가.

"신문용지 며칠 버틸 수 있나?"

이튿날인 26일 방일영 대표가 나를 불러 "외래 용지 배당이 중지됐을 때 며칠을 버틸 수 있나?" 하고 물었다. 나는 최소한 20일은 자신 있다고 답했다. 형님은 한참 생각에 잠기더니 결연히 말했다.

"알았어, 결행하자."

이 날짜 내 일기에는 "1964년 8월 26일 오전 11시, 형님께서 결심하시다"라고 기록돼 있다.

28일 신문회관에서 신문발행인협회 산하 26개사 발행인들의 기명(記名)투표가 실시됐다. 그날 투표장은 아수라장이었다. 신아일보 장기봉 사장이 "국가와 언론의 상호발전을 위해 언론윤리위 소집에 적극 찬성해야 한다"고 하자, 동아일보 주필 천관우 씨가 단상 위로 올라와 "언론자유를 억압하는 악법을 철폐하라"며 고함을 질렀다.

투표 결과 찬성 21, 반대 4, 기권 1로 나왔다. 동아는 예상대로 반대였고, 대구의 매일신문이 반대표를 던졌다. 경향도 반대였다. 투표를 하고 나오니 기자들이 몰려들고 카메라 플래시가 터지는데 정신이 하나도 없었다. 등에 식은땀이 줄줄 흘렀다. 내가 신문사 발행인이었지만 그때까지 기자회견이나 인터뷰를 해본 적이 없는데다 신문사의 운명이 걸린 심각한 순간 아닌가. 기자들의 쏟아지는 질문에 무슨 말을 어떻게 했는지 기억이 하나도 없다. 현장에 있었던 기자들의 말로는 내가 "조선일보는 분명히 반대했습니다"라고 했다는 것이다.

회사 편집국에 들어서니 사원들이 만세를 부르고 박수를 쳤다. 그 흥분이 말도 못했다. 신문사의 운명은 한 치 앞을 모르게 됐지만 권력의 부당한 언론탄압에 우리가 결연히 맞섰다는 사실이 사원들의 자긍심을 한껏 고무시킨 것이다. 이 일이 우리 신문사가 발전하는 중요한 하나의 계기가 됐다. 그때 사원들의 일치단결된 힘이 없었다면 회사가 그런 단호한 결단을 내리기는 어려웠을 것이다. 젊고 경험이 짧았던 나 역시 우물쭈물하다 다른 신문사들의 대세에 휩쓸렸을지도 모른다.

하지만 시련은 그때부터였다. 예상대로 정부는 즉각 반대 언론사에 대한 보복조치에 들어갔다. 은행융자금 회수, 용지 공급 중단에다 광고 중단 압력, 정부기관과 공무원 가족의 조선일보 구독 금지를 지시했다. 심지어 신문사 차량의 야간운행증까지 회수해 신문 발송에 차질을 빚게 했다.

그러나 우리는 굴하지 않았다. 언론의 정도를 지키려는 소신에서 한 발자국도 물러서지 않았다. 편집국 기자들은 8월 31일 긴급회의를 갖고 "본사 발행인에 대한 압력을 즉각 중지하라"는 결의문을 채택했다. 기자 총회를 지켜보고 있던 나의 가슴에서 뜨거운 그 무엇이 솟구쳐 올라오는 것을 느꼈다. 나는 앞으로 나갔다. "여러분들의 뜻이 그러하다면 나 역시 끝까지 여러분들과 함께 하겠습니다. 어떤 무서운 결과가 오더라도 죽어도 같이 죽고 살아도 같이 살 것입니다." 뜨거운 박수와 만세 소리가 편집국을 진동시켰다.

언론계의 저항이 예상 외로 거세지자 정권도 주춤하는 기색이었다. 공화당 의원이며 동양통신사 사장인 김성곤 씨가 막후교섭에 나서 유성온천에서 언론계 인사들과 박정희 대통령 간의 만남을 주선했다. 이른바 '유성회담'이다. 조선일보에서는 유봉영 주필이 언론윤리위원회법 철폐투쟁위원회 위원장 자격으로 참석했다. 여기서 사전에 합의한 대로 언론윤리법 시행을 보류하는 것으로 결정이 났다. 이로써 근 3개월을 끌었던 언론파동은 일단락됐다.

눈에서 독기 … 처음 대면한 박 대통령

사태가 어느 정도 진정되자 9월 중순 청와대는 각 언론사 발행인들을 초청해 화해의 자리를 마련했다. 이때 처음으로 박정희 대통령과 대면했다. 그가 최고회의의장 시절 흑석동에 찾아와 사랑방에서 형님과 술 한 잔 나눌 때 먼발치서 본 적은 있지만 가까이서 대면한 것은 이때가 처음이었다. 얼굴이 새까만 사람이 담배를 꺼내 피는데, 눈에서 독기가 뿜어져 나오는 듯했다. 분위기가 살얼음판이었다. 아무도 먼저 얘기 꺼낼 생각을 못했다.

이후락 청와대 비서실장이 임기응변에 능한 사람이었다. 편집인협회 부회장 자격으로 참석한 조선일보 최석채 논설위원에게 "언론계 대표로서 한 말씀 해달라"고 했다. 최석채 씨는 글도 잘 썼지만 언변도 좋았다. 최 위원은 "일제 식민지로 일본 사람들한테 그렇게 짓밟히고 이제 한일수교를 한다는데 이 정도의 소란도 없다면 우리 국민은 죽은 국민이다. 언론이 선동한다는 편견을 버려야 한다. 권력과 언론이 국가의 안위를 위해서 협조할 땐 협조하는 것이 서로의 자세다. 이번 일로 언론도 반성할 점이 있지만, 정부도 언론 발전을 위해 많은 지도 창달을 바란다"는 취지로 말했다.

언론계 대표 50여 명이 모인 가운데 최고 권력자 앞에서 당당하게 언론의 본분을 밝힌 것이다. 그러면서도 대통령을 자극하지 않기 위해 절제된 표현을 썼다. 최 위원의 발언이 있자 박 대통령의 얼굴이 좀 풀리면서 분위기가 녹기 시작했다. 이날 만남은 이후 박 대통령과 최 위원이 가까워지는 계기가 됐다.

신문
전쟁이
시작됐다

2

떨리는 마음으로 윤전기 시동 버튼을 누르는 순간

우르릉 소리와 함께 육중한 기계가

서서히 돌아가기 시작했다.

잠시 후 색깔도 선명한 인쇄물이 쏟아져 나오기 시작했다.

우리는 번쩍 손을 들고 소리 높여 "만세"를 외쳤다.

드디어 컬러신문 인쇄에 성공한 것이다.

4등 신문의 설움

똑똑한 총무 열 명만 데려와라

1963년 1월 조선일보 발행인인 된 나는 잠시도 가만있을 틈이 없었다. 한가하게 사무실에 앉아 결재 도장이나 찍는 것은 내 성미에도 맞지 않았다. 낮에는 업무국·공무국의 여러 부서들을 두루 돌아다녔고, 저녁 마감이 끝나면 편집국에 들러 기자들과 어울렸다. 밤이 되면 사무실에 야전침대를 갖다놓고 야근을 했다. 나는 사옥 뒤쪽 창고 옆에 나무판자로 임시 사무실을 지어 내 방으로 쓰고 있었다. 난방도 되지 않아 한겨울 새벽에 일어나면 잉크가 얼어 있곤 했다.

시내판이 나오면 통금이 풀리기를 기다렸다가 지프차를 타고 서울 시내 보급소를 순회했다. 보급소 사무실에서 연탄불 위에 찌개냄비를 올려놓고 보급소장과 이야기를 나누다 보면 신문 돌리러 나갔던 배달 소년들이 하나 둘 돌아왔다.

현장 경험은 나에게 많은 깨달음을 주었다. '마감 시간 엄수'도 그
중 하나이다. 편집국에서 마감 시간을 제대로 안 지켜 신문이 보급소
에 늦게 도착하면 전국의 수많은 배달 소년들이 허둥지둥 고생을 해
야 했다. 등교시간 때문에 신문을 다 돌리지 못하는 경우도 있었다.

더욱 심각한 문제점도 현장에서 확인할 수 있었다. 당시 서울시내
많은 보급소가 조선과 한국 두 신문을 함께 취급했는데, 새벽에 보급
소에 나가보면 한국일보를 먼저 배달하고 조선일보는 나중에 배달하
고 있었다. 조선일보 발행 부수는 동아와 한국의 절반 수준에 머물렀
고, 경향신문에도 뒤지고 있었다. 당시 동아·경향은 석간이었다. 보
급소장들 입장에서야 부수 많은 한국일보를 먼저 배달하고, 시간이
남으면 조선일보를 배달하는 것이 당연했다. 한국일보 지국에 얹혀
조선일보를 파는 것이나 다름없었으니 수모도 그런 수모가 없었다.

서울시내 보급소장 절반을 교체

"독립된 판매망을 갖추지 못하면 부수를 늘릴 수 없고 신문이 제대
로 설 수도 없다"는 판단이 섰다. 그러나 기존 보급소장들은 조선일보
를 맡지 않으려고 했다. 부수가 적었기 때문이다. 그래서 보급소에서
일하는 똑똑한 총무들을 수소문했다. 총무는 보급소장 밑에서 신문배
달과 수금을 책임지는 사람이다. 성석기 판매부장과 의논해 비밀리에
서울에서 총무 열 명을 뽑았다. 이 사람들을 한 사람씩 개별적으로 면

담한 뒤 서울시내 열 곳에 조그만 집을 전세내서 이들에게 줬다. 임시 보급소였다. 없는 돈 짜내서 세 얻느라 경리 담당자들이 고생했다.

총무들에겐 "뛰어라. 성공하면 조선일보 보급소장 시켜주겠다"고 약속하고 각서까지 써줬다. 희망을 갖게 된 총무들이 열심히 뛰어주었다. 다들 3천 부, 4천 부씩 했다. 이때 서울 보급소장의 절반을 교체했다. 판매가 부진한 지방에도 젊은 총무들을 과감히 내려보냈다. 일약 보급소장이 된 총무들은 신이 나서 뛰어다녔다. 부수가 5천 부 넘어가는 지역은 둘로 쪼갰다. 당시 5천 부 나가는 보급소는 알짜부자였다. 그 정도 되면 보급소장들이 느긋하게 여유를 부리게 마련이었다. 기존 보급소장들의 반발이 심했지만 밀어붙였다. 그렇게 해나가면서 신문 판매가 조금씩 활성화되기 시작했다.

이때 뛰었던 사람들이 모두 60~70년대 서울에서 1등 가는 보급소장이 됐다. 유명한 '마포 영감' 전주연 씨나, 중구의 손창수와 남대문의 손광수 형제, 명륜 지국의 이원직 씨 등이 그런 분들이다. 이런 분들이 판매 현장을 열심히 발로 뛰어준 덕분에 1960년대 초 10만 부를 밑돌던 발행 부수가 1965년 20만 부 돌파에 이어 1970년 35만 부로 급신장할 수 있었다.

악바리 기자를 업무국장으로

광고 분야도 일대 수술이 시급했다. 당시 신문 광고는 제약회사와 극장 광고가 90퍼센트 이상이었다. 광고국 사람들은 광고 하나 받아

오면 6할을 자기가 먹고 4할만 회사에 내면 됐다. 신문사가 위탁 형식으로 광고국을 운영했기 때문이다. 광고 역시 본사 직영으로 해야겠다는 판단이 섰다. 목사균 공무국장을 1971년에 광고까지 책임지는 업무국장으로 임명했다.

목사균 국장은 원래 편집국 기자 출신으로 알아주는 '악바리'였다. 그가 사회부장 때 기사문제로 육군방첩대에 끌려갔는데 방첩대 참모장이 유학성 씨였다. 각서를 쓰면 풀어주겠다고 했지만 목 부장은 끝까지 버텼다. 얼마 뒤 그가 월남특파원으로 나갔다. 원수는 외나무다리에서 만난다고 유학성 씨가 비둘기부대장으로 월남에 가 있었다. 목 부장이 연일 '비둘기부대 식량배급 문제 있다'는 식으로 비판기사를 써대니까 유학성 씨가 나한테 찾아와서 "제발 좀 살려달라"고 했다. 그래서 화해 자리를 주선하기도 했는데, 둘 사이는 끝내 좁혀지지 않았던 것으로 기억한다.

국내 최초로 컬러윤전기 도입을 앞두고 공무국 개혁 작업이 급했다. 나는 장기적 안목에서 공무국을 쇄신하려면 편집국 출신을 공무국장으로 기용해야겠다고 판단하고 목사균 부국장을 불러 그런 뜻을 전했다. 그러자 그는 닭똥 같은 눈물을 뚝뚝 흘리며 "서울역에서 지게 지고 밥을 먹었으면 먹었지 공무국에는 안 간다"고 버텼다. 기자로서 자긍심이 대단한 분이었다. 그리곤 다음날부터 회사에 안 나왔다. 수소문 끝에 그를 찾아 사흘을 설득한 끝에 마침내 마음을 돌릴 수 있었다. 독한 성격답게 목사균 씨는 1969년 공무국장으로 발령받자 야무진 일 처리 솜씨로 전환기 공무국의 개혁과 안정에 크게 기여했다.

2년 뒤 그에게 업무국장 발령장을 주며 나는 '이제 광고영업도 창

1970년 11월 지국 순시 중 경기도의 한 지국에서 송석환 판매부장(가운데)으로부터 판매현황을 보고받고 있다.

조적으로 할 때가 됐다. 새 바람을 한번 일으켜달라'고 당부했다. 그는 광고를 직영으로 바꾸면서 편집국과 호흡을 맞춰 새로운 광고시장을 개척했다. 얼굴 갖고 적당히 주문받는 것이 아니라 적극적으로 광고영업에 뛰어들었다.

광고 유치에 직접 팔 걷어붙여

제약회사와 극장 광고를 유치하는 데는 나도 힘을 보탰다. 신문사 경영에 참여하기 전 아카데미극장 사장을 지내봐서 극장 사장들을 두루 잘 알고 있었다. 직접 뛰어다니면서 "극장 광고 내달라"고 부탁하고 다녔다. 제약회사 생리도 좀 알고 있었다. 대학 시절 친구네 약방에서 자전거로 약품 나르는 일을 아르바이트 삼아 일했던 경험이 도움이 됐다.

당시는 한국일보의 발행 부수가 우리보다 많은데다 장기영 사장의 수완이 워낙 좋아 한국일보 쪽으로 약 광고가 몰렸다. 우리는 10분의 1도 안됐다. 내가 목사균 국장과 함께 제약회사들을 돌아다니며 "우리 신문에도 광고를 내달라"고 설득했다.

회사가 틀을 잡아나가자 업무국 산하에 있던 판매·광고·경리 부서를 각각 독립된 국으로 승격시키면서 목사균 씨를 광고국장으로 발령내고, 경리는 성석기, 판매는 송석환 씨에게 맡겼다. 또 목사균 후임 공무국장으로는 정광헌 편집부국장을 임명했다. 이 네 분은 애사심과 책임감이 남달랐다. 특히 목사균·송석환·정광헌은 1930년생 말띠 동갑으로, 황소 같은 고집에 밀어붙이는 추진력이 대단했다. 성석기 씨는 편집국장을 지낸 성인기 씨의 사촌동생으로 선린상고 졸업 후 1952년 조선일보에 들어왔다. 고지식할 정도로 빈틈없는 분이라 1993년 정년퇴임 때까지 신문사의 금전출납을 알뜰히 관리했다. 퇴임을 앞두고 그는 이렇게 회상했다.

"70년대 초만 해도 여기저기서 빚 얻어오느라 동분서주해야 했다. 한 달에 두 차례 부서별로 돌아가며 사원들 월급 주기도 벅찼고, 당장 신문 찍을 용지 값도 급했다. 조흥은행 광화문 지점장을 찾아가 대출 부탁하는 게 일이다 보니 은행 지점장한테 대접 한 번 받아보는 것이 소원이었다. 그런데 이제 세월의 흐름과 함께 회사 사정이 좋아져 지점장은 물론 은행 간부들까지 인사하러 찾아오게 됐으니 여한이 없다."

신문전쟁이 시작됐다

삼성의 중앙일보 창간

1965년 9월 22일 중앙일보가 창간됐다. 삼성을 등에 업은 종합일간지의 출현에 언론계는 초긴장했다. 한 해 전 동양방송(TBC)을 개국한 삼성이 신문 사업에까지 손을 뻗치려한다는 소문은 진작부터 돌고 있었다.

중앙일보 창간에 앞서 이병철 씨가 홍진기 씨와 함께 언론사 순방 인사차 우리 신문사를 찾아왔다. 그 자리에서 내가 작정하고 입바른 소리를 했다.

"재벌이 어떻게 신문을 만듭니까. 나랏돈 갖고 돈 번 사람이 정부를 비판할 수 있겠습니까. 신문 사업이란 것이 돈벌이와는 거리가 멀어 우리도 겨우 먹고 살기 바쁩니다. 재벌이 왜 신문에까지 손을 대려고 합니까. 그럴 돈 있으면 신문에 광고나 많이 내 신문사들을 도우십시오."

그때 이병철 씨한테 이렇게 대놓고 싫은 소리한 사람은 아마 나밖에 없었을 것이다. 나중에 보니 그는 종합미디어 사업을 염두에 두고 신문에 뛰어든 것이었다. 중앙일보는 그해 말 동양라디오와 동양텔레비전을 통합 운영하여 신문·라디오·TV의 3개 매체를 겸영하는 첫 언론사가 됐다.

내가 이병철 씨를 처음 본 것은 재무부 출입기자를 할 때였다. 장관실에 들렀다가 삼성 이병철 사장이 온다는 이야기를 듣고 얼굴이나 한번 보려고 기다렸다. 안경을 낀 자그마한 신사가 짧은 지팡이를 짚고 조용히 들어왔다. 신발이 슬리퍼 비슷한 것이어서 눈길을 끌었는데 "무좀 때문에 그렇다"고 양해를 구했다. 야심만만한 기업가라기보다는 학자 같은 풍모였는데, 은테안경 너머로 번뜩이는 눈빛이 예사롭지 않았다.

예상대로 중앙일보는 막강한 자금력을 바탕으로 파상적인 공격을 퍼붓기 시작했다. 우선 각 신문사에서 기자들을 대량 스카우트해갔다. 특히 장기영 사장의 입각 후 입지가 흔들리던 한국일보에서 기자들을 많이 데려갔다. 우리 회사에서도 김인호 일본특파원을 비롯해 정치부 김동익 기자 등 칠팔 명을 스카우트해갔다. 보급소도 공격을 받았다. 돈을 많이 준다니까 다른 신문사 보급소장들이 중앙일보로 몰려갔다. 이때부터 한국일보 판매망이 무너지기 시작했고, 동아일보도 타격을 받았다. 우리는 동고동락해온 총무 출신 보급소장들이 버티고 있어 그나마 피해가 덜했다.

삼성의 막강한 자금력이 언론시장을 교란시켰다. 60년대 후반에 동양방송에서만 한 달에 100억 번다는 말이 나돌 정도였다. 상대할 수가 없었다. 조선일보가 신문 팔아서 겨우 빚 갚고 할 때 중앙일보는 엄청난 자금력을 과시했다. 제일기획이라는 광고회사가 만들어져 삼성 광고를 중앙일보에 몰아줬다. 전문 광고회사의 설립도 당시로는 앞선 시도였다.

삼성은 전주제지라는 종이 회사도 갖고 있었다. 신문사에 파는 두루마리 종이 한 덩어리가 750킬로그램쯤 나간다. 당시엔 종이의 질이 좋지 않아 인쇄 도중 종이가 끊어지는 지절(紙切)사고가 자주 일어났다. 초고속으로 돌아가는 윤전기에서 종이가 한 번 끊어지면 15~20분씩 걸려야 헝클어진 종이를 끊어내고 다시 이을 수 있었다. 그 과정에서 직원들은 잉크투성이가 되어 고생이 막심하고 비싼 종이값의 손해도 컸다. 그러나 중앙일보에는 잘 끊어지지 않도록 원료를 배합한 질긴 종이를 비싸지 않은 가격으로 공급한다는 소문이 있었다. 막강한 자금력을 휘두르는 중앙일보와 경쟁하려니 신문 구독료도 올릴 수가 없었다. 정말 앞뒤 꼽추 신세였다.

"재벌 신문은 2등만 하세요"

중앙일보가 언론계에 태풍을 몰고 왔지만 신문으로서 한계도 있었던 것 같다. 재벌 소유의 신문은 잘 나가다가도 결정적인 순간에는 권력에 약해지게 마련이다. 그것은 태생적 한계일 수도 있다. 나중에 삼성에서 계열 분리를 통해 독립하기는 했지만 그 한계에서 완전히

1970년대 청와대 언론인 초청 모임에서 김종필 총리(왼쪽), 홍진기 중앙일보 사장(오른쪽)과 이야기를 나누고 있다.

벗어나기는 어려웠을 것이다. 신문협회 부회장을 함께 한 홍진기 중앙일보 사장한테 내가 늘 한 말이 "중앙일보는 1등 할 생각 마십시오. 1등 하면 얻어맞으니 2등 갈 생각만 하십시오"였다.

어쨌든 중앙일보 창간은 신문사 간에 본격적인 경쟁을 불러일으켰다. 판매 전선에 일대 전쟁이 벌어졌다. 나는 "신문도 기업이다. 돈 없으면 신문사 문 닫아야 한다"며 부수 확장을 독려했다.

이 무렵은 월남전이 한창이었고, 한강변에 막 아파트가 들어서기 시작할 때였다. 5·16 후 신흥 중산층으로 부상한 군인 가족들이 이 아파트에 많이 입주했다. 중앙일보가 월남에 기자들을 많이 보내 월남특집을 만들고 아파트촌에 신문을 공짜로 돌리면서 군 장교 부인들을 파고들어갔다.

우리는 이에 대응하기 위해 다양한 기획물로 지면 혁신을 꾀하는 한편, 보다 빠른 발송을 위해 전력을 기울였다. 특히 경쟁이 치열한 서울시내 발송이 문제였다. 그 무렵 자전거가 서울시내에 많이 보급될 때였다. 나중에 삼천리자전거가 된 자전거회사 사장이 평양 출신으로 나와 안면이 있었다. 그 사람한테 이야기해서 자전거 50대를 월부로 사와 신문사에서 10~15분 거리에 있는 광화문, 종로, 중부 일대의 보급소에 무료로 나눠줬다. 새벽에 신문이 나오면 본사 사옥 일대가 자전거 끌고 나온 보급소 총무들로 장관(壯觀)을 이뤘다. 모두 촌각을 다투며 신문을 빨리 받아가느라 북새통을 이뤘다.

먼저 문을 두드려라

서울 외곽은 자전거로 해결될 문제가 아니었다. 지프차가 있어야 했다. 원래 조선일보에는 지프차가 세 대 있었지만 5·16 후 군사정부가 "신문사 지프차는 군용"이라고 우기며 모두 압수해가 버렸다. 1962년 내가 상무로 취임하면서 민기식 육군참모총장에게 부탁해서 지프차 여섯 대를 불하받았다.

서울을 동대문·청량리, 돈암동, 용산·노량진, 서대문·마포, 영등포 5개 노선으로 나눈 뒤 각 방면마다 지프차 한 대씩을 배당했다. 그리고는 총무부 차량과의 우후룡 씨를 불러 "발송을 책임질 사람 열 명만 불러오라"고 했다. 그가 마포 태생이라 그 인연으로 한덕희, 김태룡, 이상덕 등 마포 인맥들이 대거 입사해 운수부가 만들어졌다.

신문은 정해진 시간에 정해진 장소에서 독자들이 어김없이 받아볼 수 있어야 한다. 특종 백 번 해도 정해진 배달 시간을 못 지키면 헛것이었다. 배달 소년들에게는 "비나 눈이 오면 욕을 먹더라도 우선 문을 두드려라"고 일렀다. 아파트가 일반화되기 전이라 대부분 단독주택이었고, 비닐로 신문을 싸는 방법이 나오지 않았을 때였다. 물에 젖지 않은 신문을 독자 손에 쥐어주려면 문을 두드리는 수밖에 없었다.

손이 모자랄 때는 나도 직접 지프차를 몰고 영등포 쪽 발송을 맡았다. 사회부 기자 시절 세계일주 취재를 꿈꾸며 따놓았던 운전면허를 요긴하게 써먹었다. 당시는 운전면허 있는 사람도 흔치 않을 때였다. 그런데 지프차가 워낙 고물이다 보니 툭하면 브레이크가 말을 안 듣고 말썽을 일으켰다. 그럴 때면 내 나름의 '묘책'이 있었다. 소주를 사다가 일단 한입 마시고 브레이크에 들이붓는 것이다. 그러면 신기하게도 말을 잘 들었다. 일이 끝나면 운수부원들과 어울려 막걸리 잔을 나누었다.

운수부의 우후룡·조광연은 운전 솜씨도 좋았지만 정비 실력도 일류였다. 우후룡 씨는 1·4후퇴 때 나와 함께 재수복 전인 서울로 올라와 거리에 버려진 미제 포드 차를 발견하고 말짱하게 수리해서 부산까지 몰고 내려간 적도 있다. 그의 형인 우선룡은 조선일보에서 장기영 씨 차를 운전하다 1954년 한국일보 창간과 함께 그곳으로 옮겨갔다. 형제가 나란히 두 조간 경쟁지의 자동차 핸들을 책임진 것이다.

조광연 씨는 4·19 때 숨진 조광집 씨의 동생이다. 4·19가 일어난 날 밤, 조광집은 신동호·정광헌 기자와 정범태 사진기자를 태우고 취재에 나섰다가 변을 당했다. 동대문경찰서 앞에서 헌병이 차를 세웠고, 경찰이 쏜 총이 운전석에 앉았던 그를 관통했다. 급히 병원으로 이송했지만 끝내 숨을 거두고 말았다.

'조선일보 마피아'로 불린 사람들

이처럼 때론 목숨까지 걸 만큼 취재현장에서 고락을 함께하다 보니 운수부원들과 기자들 간의 의리도 대단했다. 그때는 통행금지가 있을 때니까 새벽 두세 시에 시내판 마감을 끝내고 나면 집에 갈 수가 없었다. 그래서 사옥에 조그만 방 하나를 꾸며서 사원들이 잘 수 있도록 했다. 견습 6기로 들어온 허문도 기자는 입사 후 1년 동안 아예 집에 들어가지 않고 회사에서 침식을 해결했다.

집으로 갈 기자들은 운수부원들이 맡았다. 지프차에 통행증을 붙이고 새벽 시내를 질주해 야근 기자들을 일일이 집까지 데려다 준 뒤 졸린 눈을 비비며 다시 신문 발송에 나섰다. 운수부원들이 새벽에 우이동이나 인천 방면의 인적 드문 도로를 쌩쌩 달리다 길가에 나온 개를 치게 되면 싣고 들어와 저녁에 회사 근처 민가에서 파티를 열었다. 그런 날 저녁이면 운수부에서 전화가 온다. "사장님 저녁 드셨어요?" 보신탕 끓여놨다는 신호다. 그러면 선우휘, 정광헌, 목사균 등과 함께 내려가 별식을 맛보았다.

운수부원들은 의리와 회사에 대한 충성심이 유별났다. 크고 작은 행사나 궂은 일이 생길 때마다 앞장섰고 이 때문에 '조선일보 마피아'라는 별명까지 얻었다. 이런 분들의 애사심이 회사 발전에 밑거름이 됐음은 물론이다.

하네다공항의 비밀 공수작전

선명한 인쇄를 위해서라면

1964년 10월 일본 하네다공항. 묵직한 자루 하나씩을 어깨에 멘 네 명의 사내들이 서울행 비행기에 앞다퉈 올랐다. 유건호 상무를 단장으로 한 조선일보 동경올림픽 취재단이었다. 조규 사진부장, 이방훈 체육부장에다 전무 겸 발행인인 나도 끼어있었다.

끙끙대며 비행기 안에 겨우 자리를 잡은 나는 "생각보다 무거운데…"하며 한숨을 푹 쉬었다. 유건호 상무가 "왜 아닙니까. 하마터면 어깻죽지가 빠질 뻔했습니다"며 고개를 내둘렀다. 우리는 남이 볼까 몰래 안도의 웃음을 나눴다. 자루 안에 든 것은 구리로 된 자모(字母)였다. 자모는 활자를 만드는 데 쓰이는 틀이다. 이걸 절차를 밟아 정식으로 수입하려면 돈도 많이 들고 시간도 오래 걸려 내가 직접 나서 비밀 공수(空輸)작전을 펼치게 된 것이다.

신문이 독자에게 사랑받으려면 참신한 기획, 괄목할 특종, 화려한 편집, 이 세 가지를 갖추어야 한다. 여기에 빠질 수 없는 것이 선명한 인쇄다. 그런데 1960년대 초만 해도 조선일보의 인쇄 상태는 엉망이었다. 서울신문에서 사온 구닥다리 윤전기 한 대로 근근이 신문을 인쇄하고 있었는데, 윤전기 성능도 떨어지는 데다 활자 상태가 좋지 못하니까 곳곳에 글자가 뭉개져 꼭 파리똥처럼 보기 흉했다. 편집을 아무리 잘해도 화려한 지면이 나올 수가 없었다.

윤전기 교체는 시간과 돈이 많이 들기 때문에 우선 활자부터 개선해보기로 했다. 그때는 어느 신문사고 할 것 없이 활자를 제대로 갖추고 있지 못했다. 특호나 고딕 같은 큰 제목활자는 동아, 한국, 경향이 서로 빌려쓰고 돌려주곤 했다. 빌려쓰는 데도 한계가 있었고, 또 아예 없는 활자도 있었다. 그래서 도장 잘 파는 젊은 사람 두 명을 뽑아 목각으로 활자를 만들어 썼다. 제목 밑에는 주로 1호 활자를 썼는데, 동아출판사에서 개발한 명조체 1호 활자가 아주 날렵한 것이 보기 좋았다. 동아출판사의 전무가 나의 대학 동기여서 "그것 좀 빌려달라"고 해서 요긴하게 썼다.

본문 활자는 주조기로 만드는데 회사에는 일제 때부터 내려오던 헌 주조기밖에 없었다. 주조기에 펄펄 끓인 납을 집어넣어 활자를 만들어야 하는데, 그러려면 구리로 만든 글자 틀인 자모가 있어야 했다. 당시 우리나라는 자모 만드는 기술이 없어 일본의 이와다 자모회사가 한국에 자모를 공급하고 있었다.

동경지사장에게 의논을 하니 "이와다 자모를 들여오는 것만이 살

길"이라고 했다. 한글 자모는 아니었고, 한자 자모였다. 정식 수입은 허가과정도 복잡하고, 비용도 만만치 않았다. 마침 1964년에 동경올림픽이 열려 유건호 상무를 취재단장으로 해서 우리 기자 몇몇이 일본에 가게 됐다. 절호의 기회라고 생각하고 '하네다공항 자모 공수 작전'을 개시한 것이다. 하네다공항 앞의 조그만 여관에서 자고 자루에 자모를 가득 넣어 메고 오기를 두 차례 했다.

아슬아슬하고 힘든 작전이었다. 마음을 졸이며 김포공항까지 무사히 도착하면, 그 다음은 비행기 트랩을 내려 공항 건물까지 한참을 걸어야 했다. 구리로 만든 자모가 어찌나 무거운지 어깻죽지가 빠질 지경이었다. 그래도 세관원이 눈치를 챌까 봐 아픈 표정도 짓지 못했다. 목사균, 정광헌 씨도 출장으로 일본을 몇 번씩 드나들면서 자모 나르느라 고생 많았다. 이렇게 한 2년 애쓰면서 새 활자를 만들었다.

수시로 끊어지는 전기에 대비해 발전기를 확보

윤전기 도입도 늦출 수 없는 일이었다. 하루가 다르게 부수가 늘고 있는데 고물 윤전기로는 시간 안에 인쇄를 대기 힘들었다. 하지만 정부의 수입 허가를 받기도 힘든 데다 대당 수십만 달러에 달하는 가격도 부담이었다.

마침 일본 교토일보에서 헌 윤전기를 매각한다는 소식이 들려왔다. 일본이 동경올림픽을 전후해 경제가 발전하면서 신문사들이 부수도 늘고 지면도 늘어나자 윤전기를 새 것으로 바꾸는 바람이 불고 있었다. 그 틈을 타서 우리가 성능 좋은 교토일보 윤전기를 싸게 구입할 수 있었다. 1964년에 들여오게 됐는데 이게 아주 효자 노릇을 했다. 인쇄를 잘 해줬고 고장도 잘 안 났다.

1965년에는 일본 도쿄기계에서 고속 윤전기를 도입했다. 시간당 15만 부를 인쇄하는, 당시로서는 고성능 윤전기였다. 1966년에는 다시 일본에서 활판(活版) 다색(多色) 윤전기를 도입한데 이어, 1967년과 1968년에는 연이어 일본 이께가이기계에서 F4형 초고속 윤전기를 도입했다. 이로써 조선일보는 시간당 30만 부의 인쇄 능력을 갖추게 됐다. 신문은 남보다 빨리 찍어서 빨리 배달하는 게 중요하다. 그래서 무리를 하더라도 윤전기만큼은 제때 도입하려고 애썼다. 조선일보 인쇄가 선명하고 빨라지자 다른 신문사들이 부러워하고 독자들도 좋아했다.

그때는 나라 사정이나 신문사 형편이 참 어려울 때였다. 밤 12시가 넘으면 통행금지와 함께 일반 전기도 끊겼다. 신문사에는 서울시청이 특수선을 끌어다 전기를 공급해주긴 했지만 가끔씩 이 전기가 안 들어와서 골치였다. 1972년인가, 한밤중에 도둑고양이가 지나가다 이 전선을 건드려 합선되는 바람에 윤전기가 중단돼 시내판이 제대로 못나온 적도 있었다.

이런 비상사태에 대비하기 위해 신문사마다 자체 발전기를 확보해 놓아야 했다. 윤전기 하나 돌리려면 200~300킬로와트짜리 자가 발전기 한 대가 있어야 했다. 그런데 대한민국 구석구석을 찾아봐도 발전기를 구할 수가 없었다.

일정 때부터 조선일보 오사카지사장을 하던 사람에게 전화를 걸어

"중고 발전기 한 대 구할 수 없겠냐"고 에스오에스를 쳤다. 일본서 200킬로와트짜리 발전기 한 대를 구해 배에 싣고 오는데 한 달이 걸렸다. 발전기 한 번 돌리면 사옥 전체에 냄새가 진동을 하고 연기가 가득했다.

활자를 뽑고 납을 녹이며

공무국 견습생으로 시작한 신문사 인생

공무국은 내가 조선일보에서 첫 직장 생활을 시작한 곳이다. 1·4
후퇴 때 대구로 피난갔다 3·15 서울재수복으로 서울로 올라온 직후
인 1952년 5월 공무국 견습생 생활로 나의 신문사 인생이 시작됐다.
장기영 씨가 조선일보 위탁경영을 맡고 있을 때였다. 나는 제대로 된
발령장도 없이 김한호 공무국장의 양해를 얻어 공무국 일을 배우기
시작했다.

내가 처음 맡은 일은 해판(解版) 작업이었다. 강판이 끝난 판을 허
물어 제목활자는 다시 쓸 수 있도록 일일이 골라내 문선함에 넣고,
본문활자는 가마솥에 집어넣는 일이었다. 본문활자는 일일이 골라내
려면 시간과 노력이 너무 걸려 통째로 녹여서 다시 활자를 만들었다.

김한호 공무국장은 한국 신문인쇄 분야의 전설적인 분이었다. 일본강점기에 조선일보에 입사한 그는 활자와 윤전기에 일생을 바쳤고, 윤전기도 그를 알아보는 듯 어떤 문제가 생겨도 그의 손길만 닿으면 해결이 됐다. 조선일보에는 일정 때부터 내려오던 윤전기가 있었는데 1940년 조선일보 폐간과 함께 총독부 기관지였던 경성일보에 넘어간 것을 해방 후 다시 찾아온 것이었다. 6·25 때 퇴각하던 북한 인민군이 이 윤전기를 가져가려고 뜯었다가 미처 챙기지 못하고 창경궁, 미아리고개 등에 버려놓은 것을 김한호 국장이 거둬들여 천신만고 끝에 조립에 성공했다. 민족의 수난을 고스란히 겪은 이 윤전기는 독립기념관이 세워지면서 이곳으로 옮겨졌다.

김한호 국장은 이 고물 윤전기를 매일 기름칠하고 닦으며 자식 돌보듯 정성을 기울였다. 다행히 이런 분이 있어 새 윤전기가 들어올 때까지 그나마 큰 탈 없이 신문을 인쇄해 낼 수 있었다. 6·25 때 조선일보 인쇄기를 이용했던 미군은 김한호 국장의 솜씨를 보고 "당신은 미국에 가면 국보감이 될 것"이라고 감탄했다고 한다. 회사의 보배 같은 분이라 내가 간청해 70세 되던 1970년까지 공무국을 이끌어 주셨다.

한 달에 두 번은 돼지고기로 납의 독 빼는 날

요즘이야 신문사에서 납이 깨끗이 사라졌지만, 신문제작이 컴퓨터화 되기 전에는 공무국에서 납을 많이 다루었다. 우선 활자를 만들려면 주조기의 자모 틀 안으로 뜨거운 납을 부어야 한다. 납 활자로 기사 본문과 제목을 앉힌 판을 짜면 그 위에 특수종이를 대고 지형을 뜨게 된다. 이 지형을 연판 기계에 집어넣고 뜨거운 납을 부으면 연판이 만들어진다. 이 연판을 윤전기에 걸고 돌리면 신문이 나오게 되는 것이다.

수백 도가 넘는 고온에서 납을 끓이자면 그 냄새는 물론 연기도 대단했다. 납중독이 걱정될 정도였다. 그래서 한 달에 두 번씩 공무국원들이 돼지고기 먹는 날이 정해져 있었다. 돼지고기 기름이 납의 독기운을 뺀다고 여겼기 때문이다. 회사 앞 식당 동그랑땡에서 한 달이면 돼지 네 마리를 잡아 고기를 댔다. 그때는 고사도 많이 지냈다. 헌 기계 하나 들여놓고도 돼지머리 놓고 고사를 지냈다. 그러면 동그랑땡집 주인아주머니와 딸들이 고사떡을 한 아름 해다 나르곤 했다.

공무국의 파워도 셌다. 정판부장 중에 박경환 씨라고 있었다. 외모가 우락부락해 '몽고'라는 별명으로 통했는데, 핀셋 하나 들고 "다들 비키라"고 한 뒤 혼자서 글자 뽑고, 넘치는 분량은 자르고, 제목 넣고 하면서 판을 빨리 잘 짰다. 그런데 성질이 거칠어 고참 편집자들도 이 사람 앞에선 애를 먹었다. 그래서 내가 "딴 거 없다. 편집국 서무한테 돈을 듬뿍 줘서 저 사람을 동그랑땡집에서 매일 먹게 해라"고 했다. 그게 주효했는지는 모르겠지만 나중엔 관계가 한결 매끄러워졌다고 한다. 반면 임명길 정판부장은 아주 점잖은 분이었는데 그의 아들 임병학 씨는 교열부장을 지냈다.

원고를 보고 활자를 뽑아내는 문선부원들은 공부를 많이 한 사람들이다. 편집국 기자들의 필체를 귀신같이 구별해 내고 어느 기자가 기사 잘 쓰고 못 쓰는 것까지 훤히 꿰뚫고 있었다. 작가 최인호의 글씨는 누구도 알아보기 힘든 악필(惡筆)이었는데, 그걸 정확히 읽어내는 최인호 전담 문선공도 있었다.

나도 공무국 견습생 생활 두 달 만에 문선부로 배치돼 반년 가량 활자 뽑는 일을 했다. 선배들 어깨너머로 열심히 배운 덕분에 1분에 10자 뽑을 실력까지는 됐다. 숙련공들이 평균 27자 뽑는 것에 비하면 초보였지만 그럭저럭 체면치레는 한 셈이다. 이때 배운 실력으로 1970년대 초 공무국 파업 때는 문선부에 내려가 활자 뽑는 일을 거들기도 했다.

1970년 컬러윤전기를 도입하고 나서 일 년에 네 차례 공무국 기능 경진대회를 정기적으로 개최했는데, 최고기능자의 경우 문선은 1분에 34자를 뽑고 정판은 12단 조판을 15분 만에 해냈다. 옆에서 보면 손이 안 보일 정도였다.

역사의 뒤안길로 사라진 문선공

1980년대 들어 숙련공들이 사라지고 새로 문선공을 뽑으면 활자 찾는 게 무슨 숨은그림찾기처럼 속도가 느려졌다. 그러다가 1990년대 들어 신문제작이 컴퓨터화(CTS) 하면서 문선공들은 역사의 뒤안길로 사라지게 됐다.

1992년 9월 28일 저녁 9시, 마지막 납 활자 신문제작을 마치고 공무국에서 조촐한 행사가 열렸다. 강상대 편집부장대우가 고별의 시

〈오랜 친구와 헤어지면서〉를 낭송했다.

조선일보가 가장 오랜 친구를 오늘 떠나보냅니다. (…) 활자 하나하
나엔 우리 모두의 추억들이 빼곡하게 스며들어 있습니다. 빛나는 특종
도, 뼈아픈 낙종도, 그리고 급박한 강판 1분 전의 어처구니없던 오자의
애환도 담겨 있습니다.

신문의 한 시대가 가고 새로운 시대가 열리고 있음을 알리는 상징
적이고 역사적인 장면이었다.

한국 최초의 컬러신문을 만들다

컬러와 흑백을 결합시킨 '조선일보 표' 윤전기

1970년 2월 11일 조선일보 사옥 지하에는 전 사원이 모여 있었지만 숨소리조차 들리지 않았다. 성공이냐, 실패냐. 회사가 사활을 걸고 도입한 컬러윤전기 가동식이 열리는 순간이었다.

나 역시 긴장되기는 어느 사원보다 더했다. 떨리는 마음으로 윤전기 시동 버튼을 누르는 순간 우르릉 소리와 함께 육중한 기계가 서서히 돌아가기 시작했다. 잠시 후 색깔도 선명한 인쇄물이 쏟아져 나오기 시작했다. 내 눈에는 그것이 그 어떤 보석보다 더 찬란해 보였다. 누가 먼저랄 것도 없이 우리는 번쩍 손을 들고 소리 높여 "만세"를 외쳤다. 울컥 눈시울이 뜨거워졌다. 드디어 컬러신문 인쇄에 성공한 것이다. 한국 언론사 최초였다.

1960년대 들어 화사한 나일론 옷감이 선보이고 텔레비전이 등장하면서 영상시대가 개막됐다. 신문도 '읽는 신문'에서 '보는 신문'으로 변모하지 않을 수 없었다. 나는 무엇보다 지면의 컬러화가 시급하다고 판단했다. 그러나 컬러윤전기가 없었다. 그렇다고 손 놓고 있을 수는 없었다. 아쉬운 대로 1968년 신년호를 일본 나고야에 있는 주니치신문사에서 컬러로 찍어 배편으로 가지고 왔다. 주니치신문은 일본의 지방 신문사로는 가장 컸는데, 프로야구팀 주니치 드래곤즈로도 유명하다.

신문을 일본서 찍어 갖고 들어온다는 게 보통일이 아니었다. 신년호를 몇 달 전부터 기획해 일찌감치 지면을 다 만든 뒤 컬러필름으로 뜬 다음 항공편으로 도쿄로 보내면 우리 특파원이 기차 타고 주니치신문사까지 갖다줘야 했다. 인쇄가 끝난 후에는 수십만 부의 신문을 항구로 날라 와 부산항으로 수송하고, 다시 서울까지 운반해야 했다. 그래도 컬러 지면을 포기할 수는 없었다. 1969년 신년호도 역시 주니치신문사에서 찍어 배편으로 날랐다.

국내 언론사 중 컬러윤전기를 갖춘 곳은 한 곳도 없었다. 이 무렵 일본 미쓰비시사가 컬러용 오프셋 윤전기를 개발했는데 가격을 알아보고는 입이 떡 벌어질 뿐이었다. 어떻게 해야 하나 고민하다가 일본 이께가이기계의 하기 상무와 의논을 해 보았다. 흑백윤전기를 도입하면서 알게 된 그는 기계에 대해 모르는 것이 없었다. 그는 "이께가이 흑백윤전기에 미쓰비시 컬러윤전기를 조합해보라"고 했다. 본문용 활자는 종전의 연판 흑백윤전기를 그냥 쓰고, 사진이나 컬러 제목만 오프셋 컬러윤전기를 쓰면 된다는 거였다. 그러면 비용도 절감되고, 컬러윤전기 값은 연차적으로 갚아나가면 된다고 했다.

"영국의 더 타임스가 언제 컬러로 찍더냐?"

그런데 그때까지 그런 조립은 시도된 적이 없었다. 회사 안에서도 무모한 것 아니냐는 의견들이 많았다. 하지만 "기계끼리 RPM(분당 회전수)만 맞으면 조합이 가능하다"는 하기 상무의 말을 믿어보기로 했다. 조선일보가 자청해서 실험대상이 돼 보겠다고 했다. 미쓰비시도 기계를 팔 욕심에 대번에 좋다고 했다.

우리 주문으로 미쓰비시와 이께가이가 공동으로 참여해 추진한 독특한 형태의 다색쇄 오프셋 윤전기 개발은 성공적이었다. 그 윤전기가 1969년 12월 25일 부산항에 도착했다. 윤전기 한 대에 20~30톤 나가는 기계 덩어리가 몇 개씩 되니 운반과 설치과정도 만만치 않았다. 부산에서 기차로 수송해 사옥에 집어넣기까지 고생의 연속이었다. 다행히 이럴 경우를 대비해 새 사옥을 지을 때 윤전기가 계단을 거치지 않고 지상에서 지하공장으로 바로 내려갈 수 있도록 건물을 설계한 것이 큰 도움이 됐다.

윤전기 조립과정도 장관이었다. 그때만 해도 이럴 때 쓸 수 있는 크레인이 없었다. 이씨라고 우리나라 윤전기 조립의 일인자가 있었는데 그 사람 지휘로 수십 명이 달라붙어 도르래를 돌려 그 무거운 쇳덩어리를 피라미드 쌓듯 쌓아올려 윤전기를 조립했다.

역사적인 가동식이 성공리에 끝난 후 이 특이한 조합의 윤전기는

1970년 조선일보는 국내 최초로 오프셋 컬러윤전기를 도입, 컬러신문 시대를 열었다. 1970년 2월 오프셋 컬러윤전기 가동식에서 내가 시동 버튼을 누르고 있다.

고장 한 번 나지 않고 잘 돌아갔다. 우리의 성공을 보고 일본 신문사에서도 이런 윤전기 시스템이 도입됐다고 한다. 국내에서는 한국일보가 우리보다 2년 늦게 컬러 오프셋 윤전기를 도입했고, 동아일보는 "영국의 더 타임스가 언제 컬러 했더냐?"고 하다가 결국 5년 늦게 컬러윤전기를 들여왔다. 한국일보 장기영 사장이 "다른 건 다 이겼는데 컬러인쇄만은 조선일보에 졌다"며 한탄했다는 이야기가 들려왔다. 1970년대의 치열한 신문 판매경쟁 속에서 조선일보가 앞서 나갈 수 있었던 데는 한발 빠른 컬러화가 큰 힘이 됐다고 생각한다.

그러나 당시 오프셋 윤전기로 천연색 인쇄를 할 수 있는 신문용지와 잉크는 국내에서 생산되지 않았다. 한동안 캐나다산 용지를 수입 했는데 모두 폭 1576밀리미터 규격의 용지여서 4개면을 컬러로 인쇄 하려면 함경도에서 원목을 자르던 노인을 모셔다 직경 1미터짜리 신 문용지를 박을 타듯 톱으로 정확하게 반을 썰어 788밀리미터로 두 동강 내어 인쇄해야 했다. 최첨단 윤전기와 톱의 합작이었다고 할 까? 또 윤전기용 컬러잉크도 일본 동양잉크사 제품을 매일 항공기로 수입하느라고 공항 출입하던 박경진 기자가 취재업무 외에 통관 및 수송에 고생을 많이 했다.

컬러윤전기를 들여오는 데는 김윤환 일본특파원과 백경석 동경지 사장의 공로를 빼놓을 수 없다. 김윤환 씨는 서울대 교수를 지낸 김 규환 씨 동생이다. 김규환 씨가 국제언론인협회(IPI) 사무국장으로 있으면서 방일영 회장과 외국 출장을 자주 다니며 친하게 지냈는데 "대구매일에 내 동생이 있는데, 좀 데려가 달라"고 해서 조선일보에 오게 됐다. 처음엔 문화부로 배치됐지만 일본어도 잘하고 멋쟁이에 다 발도 넓어 특파원이 제격이다 싶었는데 마침 한일국교 정상화를 앞두고 일본 뉴스가 폭증하고 있어 초대 일본특파원으로 나가게 됐 다. 그는 일본특파원으로 있는 동안 마이니치신문사와 조선일보가 제휴관계를 맺는 데도 일조했다.

백경석 씨는 조선일보 동경지사에서 광고를 담당하고 있었다. 김윤 환 씨가 접촉해 보고 "사람이 괜찮다"고 추천을 해서 1966년 정식으 로 조선일보 동경지사장으로 임명했다. 당시 우리는 윤전기 도입을 위해 은행에 융자 신청을 했지만 정부로부터 번번이 퇴짜를 맞고 있 었다. 그런데 백경석 지사장이 일본 현지에서 광고를 많이 유치해와

5년, 10년씩 장기계약을 해준 덕택에 그 돈으로 윤전기를 들여올 수 있었다. 일본에서 벌어들인 돈으로 일본에서 윤전기를 사온 것이다.

이것 가지고도 외화도피다 뭐다 해서 말이 많았다. 우리가 최신 윤전기를 도입하니까 경쟁사에서 중상모략을 해댄 거였다. 사방에서 날아오는 투서 때문에 중앙정보부 조사도 여러 번 받았다. 하지만 다 근거 없는 비방이었기 때문에 오해가 풀렸다. 백 지사장의 뒤를 이어 아들 백진훈 씨가 10여 년간 일본지사장을 지내며 애를 많이 썼는데, 그가 2004년 일본 참의원에 당선되는 경사를 맞았다.

6년 만에 갖게 된 사장실

마지막 기념사진

1969년 9월 21일, 오랜 산통 끝에 조선일보의 새 사옥이 완공됐다. 구사옥 뒤편 아카데미극장 자리에서 첫 삽을 뜬 지 꼭 1년 만이었다. 청명한 날씨 속에 준공식이 거행됐다. 푸른 가을 하늘을 배경으로 우뚝 솟은 사옥을 보고 있으려니 감회가 새로웠다. 지상 6층 지하 1층의 새 사옥은 엘리베이터와 전체 냉·온방 시설을 갖춘 당시로는 최첨단 건물이었다. 정권의 집요한 방해공작에 애간장을 태웠던 지난 시간이 주마등처럼 스쳐 지나갔다.

그리고 한 달 후, 태평로1가 대로변에 위치한 34년 역사의 조선일보 구사옥이 철거됐다. 서울시 도시계획에 따라 대지 일부가 도로로 편입되는 바람에 부득이 헐리게 된 것이다. 새 사옥도 그래서 지어졌다. 일제 식민통치와 해방, 민족 분단과 전쟁으로 이어지는 민족의 수난사를 조선일보와 함께 겪어 온 유서 깊은 사옥이 역사 속으로 사라지는 순간이었다. 건물이 헐리기 직전인 10월 15일, 나를 포함한 조선일보 간부 49명은 구사옥을 배경으로 마지막 기념사진을 찍었다. 그렇게나마 아쉬움을 달래고 싶어서였다.

1935년에 세워진 구사옥은 대지 1400평에 지상 4층 지하 1층 규모로, 2년 뒤 세워진 화신백화점과 함께 당시 서울 장안의 대표적인 건물이었다. 1940년 8월 조선일보가 일제에 의해 강제폐간 당할 때 순직사원들에 대한 추모회가 이 건물 4층 강당에서 열렸다. 중학교 1학년이던 나도 가족들과 함께 이 행사에 참석했다. 선친이 조선일보 총무부장을 거쳐 함경도 영흥의 산림사업부 책임자로 있다가 현지에서 돌아가셨기 때문이다. 강당에는 호루겔피아노가 놓여있었는데, 내가 그랜드피아노를 본 것은 그때가 처음이었다. 행사가 끝나고 옥상에 올라가보니 쌍발기 한 대가 단단히 묶인 채 전시돼 있었다. 1934년 삼남지방에 큰 수해가 났을 때 국내 언론사상 최초로 항공 취재에 나섰던 살무손 2A2형 비행기였다. 또래 친구들과 비행기 구경을 하며 장난을 쳤던 기억이 난다.

구사옥은 한때 내무부 청사로 쓰인 적도 있다. 내가 1·4후퇴 때 지리산 지구전투경찰대 경사로 복무하다 서울수복 후 내무부 치안국 선발대로 제일 먼저 서울로 올라와 신문사에 가보니, 다행히 크게 허물어진 데는 없고 옥상 한 귀퉁이가 대포를 맞아 부서져 있었다. 하지만 윤전기는 인민군들이 다 뜯어가 버려 휑했다. 사옥 1층은 내무부 청사로 사용 중이었고 조병옥 장관이 집무 중이었다. 당시 조선일보는 수원에서 전시판을 발행하고 있었다. 이처럼 민족의 수난을 고스란히 간직하고 있는 구사옥이 도시계획에 따라 헐리게 된 것이다.

중앙청(지금은 헐린 옛 총독부 건물)에서부터 남대문까지 도로를 확장하려는 계획은 자유당 때부터 세워져 있었지만 예산 때문에 미뤄져 오던 것이 5·16 후 속도가 붙게 되었다. 그런데 정부가 돈이 없으니까 도로로 편입된 대지에 대해 현금 보상은 못하고 대신 서울시 소유의 성북동 땅을 줬다. 우리는 이 땅을 팔아 새 사옥 건축 비용을 대야 했다.

당시는 한일수교(韓日修交) 문제로 정국이 한창 시끄러울 때였다. 중앙정보부의 기사 탄압도 극성을 부렸다. 정보부는 조선일보에 대한 압력용으로 성북동 땅을 매각 못하도록 집요하게 방해했다. 이 땅은 1967년에야 겨우 재동산업 심상준 씨에게 2억 5천만 원에 팔 수 있었다. 1965년에 지어야 할 사옥을 미루고 미루다가 1968년에 짓기 시작해 1년 만에 완공한 것이다.

신사옥 준공 이듬해인 1970년 3월 5일, 조선일보는 역사적인 창간 50주년을 맞았다. 우리나라에서 반세기 역사를 지닌 언론사가 처음으로 탄생하는 순간이었다. 신문사에 오프셋 컬러윤전기를 들여와 지하공장에 설치하고 회사 강당에서 50주년 기념식과 리셉션을 성대하게 열었다. 700여 사원들이 함께 기쁨을 나누며 정상 조선일보를 향해 힘차게 도약할 것을 다짐하는 뜻깊은 자리였다. 이날 대표이사 전무에서 사장에 취임한 나는 사원들에게 "조선일보맨의 긍지를 갖고 정상을 향해 매진하자. 회사도 후생과 복지를 위해 배전의 노력을 기울이겠다"고 약속했다.

그런데, 내가 대표이사가 된 1967년 9월부터 사장에 취임한 1970년 2월까지 2년 5개월은 조선일보 역사상 '사장이 없던 시기'로 기록된다. 6·25 때 납북된 계초(방응모)가 이후에도 계속 사장으로 남아 있다가 1967년 8월 31일 명예사장으로 추대됐지만 후임 사장은 임명되지 않았기 때문이다. 방일영 대표는 사장을 거치지 않고 회장이 됐다.

판잣집 사무실에서 6년 만에 해방

신사옥 건립과 함께 나도 사장실을 따로 가질 수 있게 됐다. 상무 취임 이후 전무, 대표이사를 지내는 6년 동안 사옥에는 내 방이 없었다. 구사옥 2층에 사장실과 귀빈실이 있었지만, 사장실은 방일영 회장이 쓰고 귀빈실은 논설위원들이 쓰고 있었다. 맞은편에는 편집국이 문선부와 붙어 있었다. 그 아래층에는 납 끓이고 판 뜨고 인쇄하는 공장이 있었다. 그 공장 옆에 커다란 창고가 하나 있었는데, 그 옆에 나무판자로 임시사무실을 지어 내 방으로 썼다. 그 판잣집에서 대표이사 노릇을 했다.

창간 50주년을 얼마 앞두고 김성곤 의원이 나를 불렀다. 그가 신문사 안에 도서관을 하나 꾸며놓으면 기자들이 기사 쓰는 데 도움이 되지 않겠느냐며 봉투를 내밀었다. 500만 원이 들어 있었다. 동양통신 사장이던 김 의원은 방일영 회장과 각별한 사이여서 사옥 신축을 축하하는 뜻으로 적지 않은 돈을 회사한 것이다. 고마운 마음으로 받아 양호민 논설위원에게 부탁해 일본서 귀한 서적들을 많이 사와 장서

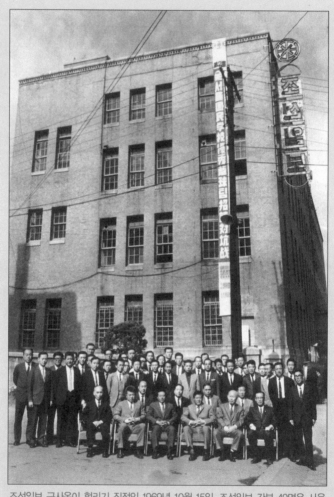

조선일보 구사옥이 헐리기 직전인 1969년 10월 15일, 조선일보 간부 49명은 사옥 앞에서 마지막 기념사진을 찍었다. 일제 식민통치와 해방, 민족 분단과 전쟁으로 이어지는 민족의 수난사를 조선일보와 함께 겪어온 유서 깊은 사옥이 역사 속으로 사라지는 순간이었다. (앞줄 왼쪽에서 세 번째가 나.)

7500권에 열람석 40석을 갖춘 집필실 겸 도서실을 신사옥 5층에 꾸몄다. 그리고 김 의원의 호를 따 '성곡도서실'이라고 이름붙였다. 창간 기념 리셉션에 참석한 김 의원에게 도서실을 보여주고 구내식당에서 식사를 함께 하는 자리에서 거듭 감사를 표했더니 그는 "내가 돈 줬으니까 성곡 이름표가 붙어있지만 한 2년 후에는 이름표 떨어질 걸요" 하고 농담처럼 말했다. 그런데 실제로 얼마 후 그 도서실은 사라지게 됐다. 하지만 그 책들은 두고두고 신문사에 남아 성곡의 따뜻한 정을 되살려 주었다.

사옥 신축은 우리 신문사 발전의 중요한 전기가 됐다. 새 사옥 짓고 창간 50주년을 지나면서 회사가 무섭게 커 나가기 시작했다. 돈이 부족해 한 달에 두 번 나눠주던 월급이 해마다 20~30퍼센트씩 인상됐으며, 연말 보너스노 100퍼센트씩 지급됐다. 국내 최초로 컬러윤전기를 도입하면서 지면의 대대적인 쇄신작업도 이뤄졌다. 신문의 발행 부수는 쭉쭉 자라나는 오동나무처럼 하루가 다르게 늘었다.

현대건설 정주영 사장과의 배짱 담판

박 대통령이 권한 코리아나호텔 건축

구사옥이 헐린 자리에는 원래 조선일보 사옥을 번듯하게 올릴 예정이었다. 아카데미극장 자리에 지은 6층 건물은 사실 정식사옥을 짓기 전 임시사옥의 성격이 짙었다. 그런데 박정희 대통령이 뜻밖의 제안을 해왔다. 호텔을 지으면 어떻겠느냐는 것이었다.

당시 서울엔 외국인이 머물만한 호텔이 별로 없었다. 시내에 고급 호텔이라야 반도호텔과 조선호텔 정도였다. 게다가 조선호텔은 너무 낡고 객실이 얼마 되지 않았으며, 반도호텔은 도로 확장으로 헐리게 되었다. 5·16 후 경제개발에 온 힘을 기울이던 시기라 외국인 출입이 많이 늘었으나 숙박할 만한 호텔이 부족하게 되자 박 대통령은 우리에게 호텔 건립을 강력히 권했던 것이다.

1965년 어느 날 방일영 회장이 청와대 오찬에 초대받아 갔다가 박 대통령으로부터 직접 이런 제안을 받았다. 하지만 신문사 형편으로는 고층호텔을 지을 여력이 없었다. 방 회장이 난색을 표하자 박 대통령은 "일본에서 들여오는 민간차관 중 일부를 할당해주겠다"며 호텔 건축을 강력히 권유했다. 그렇게 해서 정부의 지급보증으로 일본에서 400만 달러 민간차관을 들여와 코리아나호텔을 짓게 됐다.

장관 자리에 있으면 얼마나 더 있겠습니까

호텔 지을 때 박 대통령의 주문 사항이 하나 있었다. 옥상에 헬리콥터 이착륙장을 만들라는 것이었다. 3·1빌딩이 공사 중이었으므로 서울에서 코리아나호텔 건물이 제일 높았는데 유사시에 이용할 수 있도록 하려는 뜻이었다. 고층건물에 헬기장을 만든 건 이것이 처음이었다. 그 후 한동안 고층건물 옥상에는 고사포부대 아니면 헬기장을 만드는 것이 불문율이었다.

차관을 들여오는 데도 애로가 없지 않았다. 당시 경제기획원 장관은 한국일보 창립자인 장기영 씨였다. 그는 경쟁지가 20층이 넘는 고층건물을 짓는 게 내키지 않았던지 차관 문제를 뭉개고 있었다. 차관 도입이 계속 미뤄져 더 이상 두고 볼 수 없게 됐을 때 내가 그를 찾아가 단도직입적으로 말했다.

"장관 자리에 있으면 얼마나 더 있겠습니까. 조선일보에 차관을 주십시오. 그러면 이것이 선례가 되어 한국일보 사옥 신축 때도 도움이 될 것입니다. 끝내 차관 인가를 안 내주면 앞으로 한국일보도 차관으로 사옥을 짓지 못할 줄 아십시오."

조선일보 사장을 지낸 장기영 씨였다. 한때 그는 사장이었고 나는 말단사원이었다. 나이도 한참 아래인 내가 당돌하게 대들자 그의 얼굴이 벌겋게 달아오르면서 억지 너털웃음을 지었다.

"허허, 방우영 씨 협박하네…."

장기영 씨는 나를 항상 '방우영 씨'라고 불렀다. 한 번도 '방 사장'이라고 부른 적이 없다. 그가 내 이름 석 자에다 씨 자를 붙여 부를 때마다 나는 묘한 기분을 느꼈다. 어쨌든 그날 장관실 옆 별실에서 냉면을 시켜 먹어가며 담판을 지은 끝에 그로부터 "도와드려야지"라는 답을 얻어냈다.

외상으로 호텔 지어달라 부탁

호텔 건립을 위한 차관 도입은 해결됐지만, 정작 호텔을 지을 자금은 한 푼도 없었다. 일본에서 들여오기로 한 400만 달러 차관은 전부 한국서 생산되지 않던 H빔 철골, 알루미늄 섀시, 보일러, 냉방냉동기, 화장실 도기 같은 현물들이었기 때문이다. 이 무렵 현대건설이 경부고속도로를 비롯해 각종 건설사업을 맡아 한참 커 나가고 있었다. 우리 회사 신사옥도 현대에서 지었다. 나의 사촌 자형 되는 이종택 씨가 일정 때 좌익활동을 하다가 해방 후 이북으로 넘어간 후 다시 빨치산으로 내려왔다가 자수하고 조선일보 총무국장을 하고 있었

1985년 3월 5일 조선일보 창간 65주년 기념 리셉션에 참석한 정주영 현대그룹 회장을 내가 맞이하고 있다. 왼쪽은 유건호 부사장.

다. 그의 경성전기학교 동창이 현대건설 현장소장으로 있어 그 인연으로 신사옥 건설을 현대건설이 맡게 됐다.

1969년 9월 신사옥이 완공되고 10월엔 구사옥도 헐렸으니 이제 호텔 지을 일만 남았는데 돈 구할 길이 막막했다. 달리 방법이 없었다. 현대건설 사장 정주영 씨와는 일면식도 없었지만, 무작정 사무실로 찾아갔다.

첫 대면한 정주영 씨는 남자답게 생긴 멋있는 사나이였다. 패기도 있어 보였고 뭐든 솔직하게 사정을 털어놓으면 남자 대 남자로 통할 것 같았다. 내가 군소리 빼고 용건을 말했다.

"보시다시피 저 돈 없습니다. 조선일보를 보고 호텔 한번 지어주십시오. 다음에 성공하면 은혜는 꼭 갚겠습니다."

정주영 씨가 나를 물끄러미 쳐다봤다. 겉으론 태연히 시선을 받았지만 심장이 콩닥콩닥 뛰었다.

그는 "나도 젊어서부터 민족지 조선·동아를 애독했다"며 옆에 있던 계산기를 들고 이리저리 두드려보았다. 그러더니 무릎을 탁 치며 "오케이, 5년 분할상환으로 합시다" 하며 흔쾌히 허락을 해주었다.

그 전에 현대에서 조선일보 신사옥을 지을 때 우리가 땅 판 돈이 있어 건축비를 미루지 않고 꼬박꼬박 제때 지급한 것이 좋은 인상을 주었을 것이다. 그러나 그렇다고 해서 20층이 넘는 호텔 건물을 외상으로 지어주겠다고 선뜻 결정하는 게 쉬운 일은 아닐 것이다. 때로는 사업적인 잇속을 떠나 결단을 내릴 줄 아는 그의 배포와 안목을 느낄 수 있었다. 정주영 사장의 배려로 현금 한 푼 없이 호텔 건축을 시작할 수 있었다.

호텔 설계는 일본에서 건축을 공부하고 돌아와 여의도 국회의사당 현상 설계 공모에 당선된 박춘명 씨가 맡았다.

1등 신문이 되다

1979년 100만 부 돌파

조선일보가 판매 부수 1등을 차지하게 된 시기에 대해서는 여러 설이 있지만, 대개 1970년대 중반 이후로 잡고 있다. 1962년 10만 부가 채 안 됐던 부수는 1970년대 초 30만 부 이상으로 올라가면서 한국일보를 추월하게 됐다. 나는 사원들에게 "다음 목표는 동아일보"라고 선언했다. 1970년대 사내 구호는 '부수 1등'과 '100만 부 돌파'였다.

1970년대는 국가경제 발전과 더불어 중산층이 형성되기 시작할 때였다. 어떤 신문사가 이들을 잡느냐에 따라 신문사 간 판도가 뒤바뀔 수 있었다. 조선일보의 주 독자층은 생활이 안정되고 교육을 제대로 받은 중산층이었다. 한강변에 아파트가 막 들어서기 시작할 때 가구별 구독신문을 조사해 보니 80퍼센트가 조선일보였다. 사람들 사이

신문사에서는 매일 마감시간과의 전쟁이 벌어진다. 1981년 6월 6일에 열린 편집국 회의 모습. 칠판에는 '어제 최종 강판 시간 2분 늦었음'이라는 글씨가 보인다.

에 동아는 급진적 야당지고, 중앙은 재벌신문이라는 인식이 널리 퍼져 있었다. 한국일보는 장기영 사장이 부총리로 입각하면서 여당 신문으로 여겨졌다. 반면 조선일보는 중도 논조를 지킨다고 생각했고, 그 점이 중산층의 정서와 맞아떨어졌다. 판매직원들은 부수 확장할 때 이런 점을 이용하기도 했다. "여당지 보려면 보세요. 세상을 볼 줄 아는 사람은 조선일보 같은 중립지를 봅니다"라고 선전한 것이다.

시대의 변화도 조선일보를 도왔다. 1960년대 초까지는 사람들이 주로 가판에서 신문을 사봤다. 석간은 낮 12시부터 가판대에 깔리는데, 조간은 저녁때가 돼서야 나오니 경쟁이 되지 않았다. 그런데 1970년대 들어서면서 생활패턴이 바뀌었다. 사람들이 아침에 현관에 놓인 신문을 들고 화장실이나 식탁에서 보기 시작한 것이다. 석간보다는 조간이 경쟁의 우위에 서게 됐다.

아무리 좋은 상품을 만들어도 잘 팔지 못하면 그만이다. 신문사 수입 면에서 판매보다 광고 비중이 훨씬 높지만, 광고 수입의 밑거름도 신문을 얼마나 많이 파느냐에 달려 있다. 광고는 판매가 확대 재생산되면서 낳은 부가가치인 것이다.

조선일보가 부동의 정상 자리를 차지하게 된 데에는 판매사원들의 힘이 컸다. 60년대 중반 본사 판매부 사원은 다 합해 열 명을 조금 넘었다. 사원들 월급을 한 달에 두 번씩 나눠줄 때였다. 다들 봉지쌀에 연탄 몇 장 들여놓고 근근이 생활을 이어나갔다. 나는 판매부 직원들을 만날 때마다 "우리 잘 살아보자우. 그러려면 너그, 신문 안 팔면 안 된다. 조선일보 20만 부만 만들어보자우"라고 호소하고 나녔다. 이늘은 물불 가리지 않고 판매 전선에 뛰어들었다. 한 달이면 20일을 지방으로 출장 다니며 신문 한 부라도 더 확장하기 위해 발이 부르트도록 뛰었다. 송석환 씨는 "회사 지프차에 다 탄 연탄불을 올려놓고 온기를 쬐며 담요를 뒤집어쓰고 전국을 누볐다"고 회상했다. 그는 1968년 업무국 판매부장을 시작으로 판매담당 국장, 상무를 맡아 22년간 조선일보 판매를 총지휘했다.

'앙숙' 편집국장과 판매국장

지국장들 중에서는 지역 유지로 행세하며 현상 유지에 만족하는 사람들도 있었다. 그런 사람들은 과감히 바꿨다. 그 과정에서 우여곡

조선일보는 1979년 2월 27일 발행 부수 100만 부 돌파에 이어 1984년 11월 4일 150만 부 돌파를 기록했다. 11월 17일 열린 150만 부 돌파 기념 자축연. 왼쪽부터 목사균 광고국장, 방상훈 전무, 나, 송석환 판매국장, 성석기 감사.

절도 많았다. 교체 통고를 하러 판매직원이 들어서면 기선을 제압하기 위해 가죽장갑을 낀 주먹으로 전구를 쳐 깨뜨리는 지국장도 있었다. 독자 주소록을 감추고 안 내놓기도 했다. 조규린 수도권판매부장은 황찬석, 최봉인, 인진수 등 판매부원 칠팔 명으로 '특공대'를 조직했다. 이들은 회사 근처 여관에서 새우잠을 자다 새벽이면 시내 보급소로 향했다. 배달원들을 몰래 따라다니며 독자 집 주소를 일일이 확인한 후 보급소를 기습 접수했다. 특공대원들에게는 검은 가죽잠바 하나씩을 사줬다. 사시사철 세탁할 필요도 없고, 여관방에서 끼어잘 때 이불 대용도 돼서 안성맞춤이었다.

지방 판매를 맡은 직원들은 군·면 소재지뿐 아니라 리 단위까지 전국 방방곡곡을 돌아다녀야 했다. 이들은 독자를 만날 때마다 "왜 조선일보를 보십니까?" "뭐가 좋습니까?"라고 물었다. 현장의 독자 여론 조사 결과는 그대로 간부회의에 보고돼 생생한 지면으로 되살아났다. 판매부 직원이던 김화헌 씨가 완도로 출장 갔다 고생한 이야기는 눈물겹다.

강진에서 완도행 버스를 기다리는데, 태풍이 몰아쳐 발목까지 물이 찼다. 겨우 버스를 탔는데, 5분쯤 가자 도로에 가로수들이 넘어져 있었다. 운전사가 근처 농가에서 톱을 빌려와 나무를 자르더니 앞으로 나갔다. 그런데 계속해서 가로수들이 누워있는 게 아닌가? 서너 명의 승객들이 모두 내려 가로수를 세운 뒤 버스가 지나가면 내려놓는 중노동을 계속하면서 완도에 도착하니 새벽녘이었다. 저녁은 굶었지, 기진맥진했다. 그런데 완도지국장은 이웃 섬으로 출장을 갔다 태풍 때문에 발이 묶였다고 했다. 참 황당하고 허탈했던 것은 말도 못한다. (…)

김화헌 씨는 업무수습 1기 출신으로, 송석환 씨에 이어 1988년부터 1996년까지 판매국장을 지냈다.

간부회의에서 판매국장과 편집국장은 앙숙 관계다. 마감시간 못지켜 배달에 차질이 생기면 판매국장이 "신문사 말아먹으려 하느냐"고 핏대를 세웠다. 그러면 편집국장은 "우리가 그냥 늦는 거냐, 좋은 기사 하나라도 더 넣으려는 거지"라고 받아쳤다.

정상 조선일보는 하루아침에 이루어지지 않았다. 새가 날기 위해 수없이 날갯짓을 하듯, 비행기가 이륙하기 전 땅위를 질주하듯, 전

사원들이 합심해 정신없이 달렸던 그 힘들이 합해져 마침내 정상 탈환의 기쁨을 누릴 수 있었다. 1979년 3월 5일 창간기념일에 우리는 대망의 100만 부 돌파를 선언할 수 있었다. 조선일보는 그해 2월 27일 100만 4700부를 기록했던 것이다.

시대의 빛과 그림자

3

아침이 밝자 세상이 발칵 뒤집혔다.
독자들은 자신들의 답답증을
후련하게 풀어준 사설에 환호했다.
일격을 당했다고 생각한 중앙정보부는
부랴부랴 조선일보 회수작업에 들어갔지만
신문은 이미 독자들 손에 들어간 뒤였다.

선우휘·이영희 필화사건

윤전기를 멈춰 세운 중앙정보부 요원들

1964년 11월 20일, 한밤중에 조선일보사에 중앙정보부 요원 10여 명이 들이닥쳤다. 이들은 다짜고짜 "윤전기를 세우라"면서 인쇄된 신문을 전량(全量) 압수했다. 뒤이어 전국 주요 도시 철도역에 도착한 지방판과 서울시내 배달분도 모조리 빼앗아갔다.

중앙정보부가 문제 삼은 것은 1면에 실린 「남북한 동시가입 제안 준비」라는 제목의 기사였다. 인도네시아, 알제리, 캄보디아 등 중립 국가들이 유엔에 남북한 동시가입안을 제출할 것 같은 움직임을 보이고 있다는 내용을 정치부 이영희 기자(나중에 자신의 이름을 리영희로 바꿈)가 고위 소식통을 인용해 보도한 것이었다.

내가 긴급보고를 받았을 때는 이미 선우휘 국장과 이영희 기자가 연행된 뒤였다. 두 사람은 반공법 위반 혐의로 긴급구속돼 서울구치소에 수감됐다.

중앙정보부 수사국장이 요원들을 데리고 본사를 찾아와 "시내판에서 기사를 빼줄 것"을 요구했다. 나는 이 기사를 빼는 대신 같은 자리에 같은 크기로 「한국 문제 유엔 관계 보도로 각 지방서 본보를 압수/오늘 새벽 선우 편집국장, 이 기자 연행」이라는 제목의 기사를 넣도록 했다.

다음날 신문에는 "보도의 허위여부는 법정에서 가려질 것이나, 신문을 불법 압수하고 편집국장을 구속하는 것은 언론자유에 대한 중대한 위협"이라는 사설을 실었다. 나는 두툼한 솜옷을 싸들고 서대문에 있던 구치소로 면회를 갔다. 선우 국장은 의연한 모습이었다.

그런데 묘한 것은 이 보도를 가지고 정보부가 온갖 수단을 다해 압력을 가해오는 데 반해 청와대의 반응은 의외로 조용했다. 나중에 안 일이지만 박 대통령은 남북관계에 미묘한 변수로 작용할 수 있는 이 보도를 두고 세간의 여론이 어떻게 움직이고 있는가를 예의 주시하고 있었다는 것이다.

그런 사정을 알 길이 없는 회사에서는 24일 최석채 논설위원이 청와대에 대통령 면담을 신청해서 이튿날 박 대통령을 만나 선처를 약속받았다. 곧이어 조선일보 보도가 사실임을 확인해 주는 내용의 기사가 외신으로 전해졌다. 남북한 유엔동시가입 문제가 실제로 유엔에서 논의됐다는 보도였다.

27일 구속적부심에서 선우 국장은 "기사의 소스(취재원)는 분명하나 국가공무원의 이름을 밝히지 않은 것은 언론인의 책임이요, 또한 외신이 뒷받침하고 있으니 허위보도라는 것은 어불성설"이라며 '허위보도'라는 당국의 주장을 간단명료하게 반박했다. 선우 국장은 석방됐으나, 이영희 기자의 구속적부심은 기각됐다.

이제 이영희 기자를 석방시키는 일이 급선무였다. 선우 국장은 "박 대통령이 나를 기피인물로 지목했으니 회사의 안보를 위해서 국장직을 사임하겠다"는 의사를 표명했다.

'남산'으로 출근하는 기자들

권력 쪽의 태도로 보아 선우 국장의 사임은 불가피한 것으로 보여 12월 1일 내가 김형욱 중앙정보부장을 만나 "선우휘가 국장을 사임하는 대신 구속 중이던 이영희를 석방한다"는 조건에 합의했다. 보름 후 선우 국장은 무혐의 불기소처분이 내려지고, 이 기자는 집행유예 1년을 선고받고 석방됐다. 이렇게 해서 근 한 달을 끌었던 필화(筆禍)사건이 막을 내리게 됐다. 이듬해 1월 인사에서 선우 국장은 논설위원으로 옮기고 후임에 김경환 국장이 임명됐다.

그때는 중앙정보부가 있는 '남산'에 기자들이 하루가 멀다 하고 불려갔다. 그러다보니 선우휘 편집국장은 거의 매일 남산을 들락거려야 했다. '언론파동'을 전후해서가 특히 심했다. 수염 깎을 시간조차 없었는지 아니면 그럴 정신이 없었는지 수염도 더부룩했다.

하루는 내가 선우 국장과 함께 남산을 갔는데 입구에 경비 서던 헌병이 "아휴 국장님, 수염이나 좀 깎고 오세요"라고 했다. 선우 국장이 자주 들락거리며 두 사람이 친해진 듯했다. 그러니까 선우 국장이 "댕기라도 맸으니까 다행 아니냐"고 응수했다. 댕기란 넥타이를 말하는 것이었다. 선우 국장은 일 년 열두 달 같은 양복에 같은 넥타이를 매고 다녔는데 누가 타박을 주면 "넥타이는 사람의 중심을 잡아주는 댕기 같은 것으로, 매기만 하면 되는 것"이라고 대꾸하곤 했다.

중앙정보부가 기자들을 연행하려고 할 때 내가 미리 그 정보를 아는 경우가 많았다. 밀고 당기면서 인간적으로 친해진 중앙정보부 요원들이 나에게 슬쩍 귀띔을 해줬다. 살벌한 세상이었지만 그런 인간관계는 있었다. 한번은 정치부 주돈식 기자를 데려간다는 정보를 입수하고 얼른 편집국으로 내려가 눈짓으로 주 기자를 화장실로 불러냈다. 편집국 안에 정보부 요원들이 상주하고 있을 때였다. 용변을 보면서 "빨리 튀어라"고 해 그 길로 주 기자가 도망을 갔다. 그런데 고지식한 주 기자가 옷가지를 챙긴다며 집으로 직행하는 바람에 미리 와 기다리고 있던 정보부 요원에게 잡혀버렸다.

악명의 김형욱, 목 떨어지니 그도 인간이었다

중앙정보부장들 중에서는 '돈까스' 김형욱이 특히 악명이 높았다. 그는 온갖 치사한 방법으로 조선일보에 압박을 가해왔다. 일본 도쿄 기계에 주문한 윤전기 도입 허가를 갑자기 취소하는가 하면, 구사옥 철거로 환지(換地) 받은 성북동 땅을 팔지 못하도록 훼방을 놓았다. 이 땅을 팔아야 그 자금으로 새 사옥을 지을 수 있는 형편이었다.

그런데 환지 받은 땅이 서울시 것이라 서울시 도장이 없으면 팔 수가 없었다. 또 수경사 관할 지역에 있어서 아무나 사고팔 수도 없었다. 이걸 이용해 중앙정보부가 골탕을 먹인 거였다. 겨우 땅 임자를 만나 계약을 하려고 하면, 정보부에서 압력을 넣어 못 사게 만들었다. 사옥 철거 날짜는 다가오는데 애가 바짝바짝 탔다.

1966년 존슨 미국 대통령이 방한했을 때도 중앙정보부가 기사문제로 하도 트집을 잡아대기에 아침에 유건호 전무와 함께 은으로 만든 쟁반을 들고 성북동 김형욱 집에 찾아간 적도 있다. 그를 만나지도 못하고 가정부를 통해 쟁반만 집으로 들여보낸 뒤 씁쓸히 돌아서야 했다.

권불십년(權不十年)이라고 김형욱이 1969년 정보부장에서 물러나 서울대병원에 입원했다기에 찾아갔다. 초췌한 모습의 그가 "그래도 내가 황해도 출신이라서 조선일보는 생각했다"고 하는 것이었다. 같은 이북 출신이라는 뜻이었다. 생각해 준 게 그 정도였나 싶어 어처구니가 없었다. 그러나 한편으론 "당신도 인간이구려. 목 떨어지니까 고향을 찾고…" 하는 생각이 들었다.

신문사 사장이 끌려가 맞은 게 무슨 자랑이오?

"곡괭이 자루에 얻어맞은 학생! 눈알 빠졌다"

걸핏하면 기자들이 정보기관에 끌려가던 시절, 그 기자들을 빼내오느라 나도 수시로 정보기관을 들락거려야 했다. 그러다가 나도 보안사에 연행된 적이 있었다. 1973년 '윤필용 사건'으로 신문사 사장들이 모두 연행돼 갈 때였다. 당시 군부의 최고 실세로 꼽히던 윤필용 수도경비사령관이 업무상횡령 혐의로 군법회의에 회부되자 그가 박 대통령의 후계자 자리를 노리다 제거 당하게 됐다는 등의 온갖 이야기들이 나돌았다.

나는 신문발행인협회 부회장으로 있으면서 윤필용 장군과 알게 돼 개인적으로 상당히 친했다. 그와는 이런저런 얽힌 일도 많았다. 한일수교 반대시위로 1965년 서울시 일원에 위수령이 내려졌을 때 윤필용 휘하 방첩부대가 고려대에 난입해 대학생들을 무자비하게 구타하는 사건이 발생했다.

당시 조선일보 사회면 제목은 「곡괭이 자루에 얻어맞은 학생! 눈알 빠졌다」였다. 그런데 군 당국은 이 학생이 응급조치로 눈알을 도로 집어넣었다 하여, 이 제목이 틀렸다며 생트집을 잡고 나섰다. 웃을 수도 울 수도 없는 기막힌 이야기지만 그때는 그런 시절이었다.

군에서는 목사균 사회부장을 방첩부대로 연행해 갔다. 자존심 강한 목 부장을 그냥 두었다가는 일이 커질 것 같아 내가 직접 필동에 있는 방첩부대로 찾아가 선처를 부탁했더니 풀어주었다. 또 사회부 이도형 기자가 수경사 헌병과 시비가 붙어 영창 신세를 지게 됐을 때도 당시 수경사령관이던 윤필용 씨에게 부탁해 일찍 풀려날 수 있었다.

윤필용 씨가 수경사 산하에 배구단을 창설할 때 그 유지비를 좀 만들어달라고 나에게 부탁하기에 내가 각 신문사에서 100만 원씩 걷어준 적이 있었다. 그런데 윤필용 사건이 나자 군 수사당국이 그걸 문제 삼아 나를 조사하려고 했다.

얼굴에 밥알 튕기는 수사관들의 '기술'

보안사 서빙고 분실로 끌려갔는데, 수사관들이 취조하기 전에 좀 쉬라고 했다. 그러면서 자기들끼리 "뭐 이런 놈이 다 끌려왔나" 하면서 이죽댔다. 피곤해서 좀 쉬려고 한쪽 다리를 의자에 올려놓으니까 "저 놈은 발이 한 짝이 없나"고 쑥덕댔다. 모두 나보고 들으라고 하는 말이었다. 은근히 겁을 주고 기를 죽이려는 수작이었다. 수사관들이 취조하다 설렁탕 먹으면서 기침을 하면 밥알이 내 얼굴 여기저기에 사정없이 날아와 꽂히는데, 그게 다 모멸감을 주려는 '기술'이었다.

그래도 더 이상 험한 대접은 받지 않고 얼마 뒤 풀려나올 수 있었다. 그때 다른 신문사 사장들 중에는 매를 맞는 수모를 당한 사람도 있었다. 대한일보 김연준 사장은 수재의연금을 횡령했다는 혐의로 구속되고, 대한일보는 폐간 당했다.

내가 보안사에서 큰 고초를 겪지 않았던 것은 당시 강창성 보안사 령관이 봐준 덕분이지 않나 싶다. 강창성 씨와는 그가 사단장 때부터 친하게 지냈다. 발행인협회에서 일 년에 두 번 장병 위문을 다녔는데 그때 서로 알게 됐다. 그의 부친이 우리 집안 연고지인 의정부에서 역장을 지낸 인연도 있었다. 보안사 사령관으로 있던 강창성 씨가 내가 윤필용 씨와 큰 일을 도모한 게 없다는 사실을 잘 아니까 험하게 손대는 일 없이 넘어가 준 거라고 생각한다.

맞고도 맞았다 말 못하는 자존심

나는 운이 좋아 그 정도로 넘어갔지만 기자들이 끌려가면 여간 고생하는 게 아니었다. 이삼 일 잠 안 재우고 몽둥이찜질하는 것은 예사였다. "말 안 들으면 삼팔선 앞에 데려다 놓고 총살한 다음 월북하려는 것을 쏘아 죽였다고 하면 된다"고 겁을 주기도 했다. 그래도 기자들은 풀려나면 자존심이 상해서라도 맞은 이야기는 좀체 하지 않는다. 동료들이 목욕탕에서 멍든 자국을 보고서야 그가 어떤 수모를 겪었는지 알게 된다. 윤필용 사건 때 연행됐다 풀려난 한 신문사 사장이 어느 모임에서 바지를 걷어 올려 상처를 보여주면서 "맞았다"고 하기에 내가 "기자들도 끌려가서 맞고 나오는데 신문사 사장이 맞은 게 무슨 자랑이냐"고 말해 준 적이 있다.

육군 참모총장을 지낸 모 인사가 보안사에 끌려갔을 때 구타를 당했다고 공개적으로 하소연한 일이 있는데 내가 어느 사석에서 그를 만나 "육군 참모총장이 사병한테 맞았단 소리를 창피해서 어떻게 하느냐"고 면박을 주었다가 그의 싸늘한 시선을 받기도 했다.

캠페인을 보면 시대가 보인다

극비로 진행된 부정부패 추방 캠페인

1966년 초 김경환 편집국장이 긴히 의논할 일이 있다면서 내 방을 찾아왔다.

"나라 꼴이 한심합니다. 사회 각 분야의 부정부패(不正腐敗)가 심각한데, 아무도 문제 제기를 하지 않고 있습니다. 우리 신문사가 나서서 대대적으로 추방 캠페인을 펼쳐보면 어떨까요?"

5·16 직후 한때 잡혀가는 듯하던 사회기강이 풀리면서 각종 부패 사건들이 꼬리를 물고 터져 나올 때였다. 부정부패를 도려내지 않고는 국가의 장래를 기대할 수 없는 상황이었다. 하지만 의기만으로 일을 저지를 수는 없었다.

"의도야 좋지만… 저쪽에서 가만있겠어?"

"그야 자기네 정권 타도 운동하는 줄 알고 난리가 나겠죠. 그렇기 때문에 더욱 방 대표의 결심이 필요합니다."

"……."

"……."

"좋아. 한번 해보자고. 대신 비밀로 해. 새나가면 끝장이야."

부정부패 추방 캠페인 계획은 철저하게 비밀에 부쳐졌다. 정부에서 알면 방해공작이 들어올 게 뻔했기 때문이다. 편집국장 직속으로 특별취재반이 구성됐고, 각부 데스크에도 알리지 않았다. 취재본부도 별실에 마련됐고 취재와 원고작성도 은밀하게 이루어졌다. 데스크는 편집국장이 직접 보고 편집도 편집부장의 손에서 이루어졌다.

1966년 4월 5일 신문주간에 맞추어 '부정부패 추방 캠페인' 기사는 마침내 포문을 열었다. 당시는 신문이 8개 면이었다. 이중 무려 6개 면이 캠페인 기사로 채워졌다. 1면은 하단 광고마저 빼버리고 전면을 통째로 할애했다.

조선일보의 의지가 펄펄 끓어 넘치는 지면이었다. 1면 제목은 「부정부패를 추방하자」로 간결하고 힘 있게 뽑았다. 왼쪽 끝에서 오른쪽 끝까지 치닫는 통단 컷 제목이었다. 각계 인사 100명이 진단하는 「오늘의 세태」가 이들의 사진과 함께 지면을 장식했다. 매우 이례적이고 독특한 편집이었다.

3면에는 「변칙세태 이것이 현실이다」는 제목 아래 최근 3개월간 드러난 부정부패 사례가 굵직한 것만 11건에 이른다고 고발하고 있다. 기사 첫머리는 이렇게 시작된다. '1966년이 밝기가 무섭게 1월 4

일 서대문경찰서 ○○○ 경위가 달러 암매상을 어물어물해주고 압수한 3천 달러를 횡령한 사건을 일번타자로 공무원 부정사건은 화려(?)하게 피기 시작했다….'

이밖에도 연재물 〈부정부패 요인 나의 진단〉 첫 회로 강원룡 목사의 「전 민족이 피고석에 서자」를 비롯, 「대한민국 20년 부정부패사」「어느 일선 교사의 청빈수기」 등이 기획기사로 실렸다.

독자들의 반응은 폭발적이었다. 1면 하단에 "독자의 고발, 나의 아이디어 난을 신설하니 여러분의 적극적 참여를 기대합니다"는 사고가 나가자 수많은 시민들이 전화와 편지로 억울한 사연을 쏟아냈고, 이렇게 하라 저렇게 하라는 아이디어가 밀물처럼 밀려들었다. 직접 찾아와 호소하고 격려하는 사람들도 줄을 이었다.

"캠페인 집어치우지 않으면 가만두지 않겠다"

독자들의 뜨거운 성원에 힘을 얻은 우리는 2단계로 사회 각 분야의 부정부패 사례를 파헤쳐 그 원인과 처방을 제시하는 〈오염지대〉 시리즈를 내보냈다. 세무서·경찰서·민원창구·보건소·농협 등의 비리를 고발하고, 정치자금의 어두운 거래를 폭로했으며, 사학의 병폐를 파헤쳤다. 사이비 기자들의 실태도 여과 없이 취재해 보도했다. 심지어 "강자에 영합하거나 뇌물을 요구·수수하거나 공갈 협박을 일삼는 사이비 기자들을 발견하는 대로 주저 없이 조선일보사 특별취재반에 고발해 줄 것"을 시민들에게 당부하는 사고도 냈다.

1966년 '부정부패 추방 캠페인'을 시작으로 조선일보는 시대를 선도하는 시의적절한 의제 설정으로 국가의 나아갈 바를 제시해왔다. 1992년 11월 한국을 방문한 영국의 찰스 왕세자가 힐튼호텔에 마련된 조선일보사 환경캠페인 '쓰레기를 줄입시다' 전시장을 방문했다.

  가장 큰 반향을 일으킨 것은 교육 분야에 대한 비리였다. 중학교 입시로 어린 학생들이 한창 시달리고 있을 때였다. 이 캠페인에 호응해 한국부인회가 60만 학부모의 이름으로 '치맛바람 자숙운동' '과외공부 시키지 않기 운동'을 벌였고, 사도(師道) 정화운동으로 '6학년 담임 헌장운동'도 일어났다.

  정부 쪽 반응은 예상대로였다. 조선일보가 정권타도 운동을 벌이는 것 아니냐고 생각한 것이다. 기사가 나간 첫날 공보부 장관이 전화를 하고, 중앙정보부 담당관이 허겁지겁 달려오는 등 일대소란이 벌어졌다.

중앙정보부장은 "캠페인 집어치우지 않으면 가만두지 않겠다"고 연일 협박을 해댔다. 이 와중에 기자들이 수시로 남산(중앙정보부)에 불려갔다 오고, 신문도 두세 번 압수당했다. 각처에서 들어오는 압력을 뿌리치기도 힘들었다.

결국 최석채 주필이 박정희 대통령을 만나 "우리가 캠페인을 벌이는 것은 깨끗한 사회를 만들자는 뜻으로 결국 이 정부 잘되라고 뒷받침해주는 것"이라고 한 시간 동안 설득해서 겨우 사태를 무마할 수 있었다. 박 대통령이 "괜찮다"고 한마디 하니까 그 난리를 치던 정보부며 검찰, 세무서가 모두 잠잠해졌다.

부정부패 추방 캠페인에 대한 국민들의 열화 같은 성원을 지켜보면서 나는 신문의 역할에 대해 다시 한 번 진지하게 생각할 기회를 가졌다. 일어난 사건을 추적 취재해 진실을 보도하는 것도 언론의 중요한 사명이지만, 국가가 나아가야 할 방향을 제시하고 국민적 역량을 결집시키는 것도 이에 못지않게 중요하다고 생각한다. 미디어의 이른바 아젠다 셋팅 기능이다.

내가 발행인에 취임하고 처음 기획한 캠페인이 불우이웃돕기 운동이다. 보릿고개에 시달리는 농민들의 비참한 실태를 생생히 취재해 보도한 데 이어, 1963년 4월 7일 신문의 날을 맞아 '굶는 동포가 있는 한 내일의 번영은 바랄 수 없다'는 캐치프레이즈를 내걸고 대대적인 이웃돕기 운동을 전개했다. "한 줌의 쌀, 한 술의 밥이라도 이웃을 위해 돕자"는 호소에 각계각층의 온정이 답지하면서, 이 캠페인은 한 신문사 차원의 사업을 넘어 국민적인 운동으로 확산됐다.

조선일보는 이후에도 시대를 선도하는 시의적절한 의제 설정으로

국가의 나아갈 바를 제시해 왔다. 1990년대 '쓰레기를 줄입시다'와
같은 환경캠페인이나 '산업화는 늦었지만 정보화는 앞서가자'는 정
보화 운동 등이 대표적인 사례다.

울음으로 부르짖은 함석헌

시론(時論)의 힘

1963년 여름, 무더위가 한창이던 어느 날 나는 유건호 편집국장과 함께 원효로의 꼬불꼬불한 언덕길을 오르고 있었다. 땀을 뻘뻘 흘리며 한참 헤맨 끝에 우리는 나지막한 함석집 앞에 섰다.

"이 집이다."

그 집 쪽박문에는 '함석헌'이라는 문패가 걸려있었다. 초인종이라는 게 있을 턱이 없어 대문을 두드리며 집안을 기웃기웃 하는데 할머니 한 분이 나왔다. 함석헌 씨의 부인 황덕순 여사였다. 우리가 찾아온 용건을 말하자 부인은 진한 평안도 사투리로 "영감님은 강연이 있어 아침 일찍 나갔디요. 밤늦게야 돌아올 겁네다"라며 미안해했다.

나와 유건호 편집국장이 물어물어 함석헌 씨 집을 찾아 나선 것은 그에게 원고를 청탁하기 위해서였다. 함씨는 흰 두루마기 흰 고무신에 흰 수염을 기른 유별난 차림으로 '행동하는 지성'이란 평가를 받고 있었는데, 나와는 만난 적이 없었다. 신문사 발행인과 편집국장이 발품을 팔면서 직접 나선 것은 반드시 그의 원고를 받아야겠다는 각오가 있었기 때문이다.

군정 하에서 언론자유가 크게 제약을 받자 조선일보는 타개책으로 외부 필진을 동원해 시국에 비판적인 글을 실었다. 처음엔 고려대 김성식, 덕성여대 지명관, 숭실대 안병욱 교수 등이 나섰다. 여기에 필진을 보강할 필요가 있다고 생각하던 참에 함석헌 씨가 나의 레이더망에 걸렸다. 그는 5·16 직후 살벌한 분위기에서 《사상계》 잡지에 '4·19는 정의요 군사혁명은 악'이라는 요지의 글을 썼다. 주장의 옳고 그름을 떠나 용기 있는 사람이라는 생각이 들었다. 그는 사상계 장준하 발행인과 가까운 사이였다. 지명관 교수가 중간에서 애를 써준 덕분에 7월 초 장준하 씨로부터 "앞뒤 설명을 충분히 해놓았으니 찾아가 부탁해보라"는 연락이 왔다.

"수염 기르고 잔재주나 부리는 주제에"

함씨 집을 찾아갔다가 만나지 못하고 돌아온 지 일주일쯤 후 그가 예고 없이 신문사에 들렀다. 그는 "나라를 구하는 일이라면 무슨 일인들 못하겠습니까. 조선일보가 제 글을 실어준다니 영광입니다"라고 한 뒤 그동안 생각하고 있던 바를 적어보았다며 편지지에 쓴 글을 내놓았다.

그가 돌아간 뒤 홍종인 회장이 나를 불러 "뭐, 함석헌 글을 싣는다고? 수염 기르고 잔재주나 부리는 주제에 무슨 대단한 존재라고…" 하며 언짢아했다. 두 사람은 오산학교 동창인데 라이벌 의식 때문인지 평소 사이가 좋지 않아 보였다. 나는 "사람이 무슨 상관입니까. 글 내용이 좋고 독자의 관심을 끌 수 있으면 되는 것 아니겠습니까" 라고 답했다.

이렇게 해서 1963년 7월 16일자에 함석헌의 글 〈삼천만 앞에 울음으로 부르짖는다〉가 조선일보에 처음으로 등장했다. 첫회는 「박정희 님에게 드린다」였다.

박정희님, 내가 당신을 국가재건최고회의의장이라고도, 육군대장이라고도 부르지 않는 것을 용서하십시오. (…) 당신이 정말 나라를 사랑한다면 이제 남은 오직 하나의 길은 혁명 공약을 깨끗이 지킬 태세를 민중 앞에 보여주는 일입니다. 그 다음 일은 당신이 걱정하지 마십시오. 말하는 내 맘도 슬픕니다.

쉽고 명쾌하면서 호소력 있는 그의 글은 독자들의 큰 공감을 불러 일으켰다. 내처 그는 정치인, 지식인, 군인, 학생, 민중에게 호소하는 글을 일주일 내내 연재했다.

그의 글이 나가자 중앙정보부가 격앙했다. 함씨의 주장을 반박하는 신사훈 서울대 교수의 글을 신문에 같은 분량으로 실어줄 것을 요구했다. 이유야 어찌됐건 논쟁은 우리 쪽이 바라는 바였고, 이것을 기회로 함씨를 계속 끌어낼 수 있겠다는 기대도 있었다.

그렇게 해서 신 교수의 반박문을 7회에 걸쳐 대등하게 실은 다음, 여세를 몰아 이에 대한 독자들의 찬반 의견을 특집으로 냈다.

이듬해 1964년 신년 특집으로 「삼천만 앞에 또 한번 부르짖는 말씀」을 4회 연재했으며, 창간 44주년(1964년 3월 5일) 기념으로 3월 3일 시민회관에서 '함석헌 시국 강연회'를 개최했다. 그러나 그해 6·3계엄령이 선포되면서 그의 글은 지면에서 사라지게 됐고, 그는 투사로 나섰다.

재야인사들의 아지트 된 조선일보사

함석헌은 평안북도 출신으로 지명관 교수나 선우휘 주필과 동향이다. 그런 인연으로 그는 6·3계엄령 후 신문에 글을 못 쓰게 된 뒤에도 우리 신문사에 자주 놀러왔다. 함씨뿐만 아니라 백기완, 계훈제 등 이북 출신 재야인사들이 선우 주필을 보기 위해 수시로 조선일보사를 들락거렸다. 어떻게 보면 조선일보가 6,70년대 재야인사들의 일종의 아지트 구실을 한 셈이다. 선우 주필은 이들의 궁색한 살림을 걱정해 가끔 용돈을 집어주기도 했고, 정보부에 잡혀가면 신원보증을 서 풀려나도록 도왔다.

그런데 세상이 뒤바뀌어 1980년 '서울의 봄' 때 일부 재야인사와 운동권 학생들이 '선우휘 화형식'을 주도하자 함씨가 앞장서는 기막힌 일이 생겼다. 하도 어이가 없어 단숨에 그의 집으로 찾아가 "어떻게 이럴 수가 있느냐"고 따졌다. 그러자 그는 "내가 뭐 앞장섰나? 주위사람들이 하자기에 따라갔을 뿐이지"라고 해 맥이 탁 풀렸다.

이 일은 선우휘 주필에게 씻을 수 없는 상처가 되었다. 한참 시간이 흐른 뒤 나는 선우 주필과 함석헌 씨를 우래옥에 초대해 화해의 자리를 마련했다. 선우 주필은 "나는 다 용서한다"고 했다. 두 사람이 다정히 이야기를 주고받는 동안 함씨는 갈비에 냉면 곱빼기를 거뜬히 해치웠다. 다석(多夕) 유영모 선생을 존경해 40대부터 1일1식을 실천해왔다는 함석헌 씨였다. 나는 "보통 사람이 세 끼 먹는 양을 한 번으로 보충하는 방법도 있구나" 하고 속으로 고개를 끄덕였다.

연산군이냐 대원군이냐

연재소설 전성시대

내가 발행인으로 취임하고 얼마 안 돼 신년 브리핑을 받는 자리였다. 유건호 상무가 "우리 어머니는 요즘 월탄 박종화 선생의 〈자고 가는 저 구름아〉를 읽는 맛에 사신다"고 했다. 내 귀가 솔깃해졌다. 신문 읽는 재미에서 빼놓을 수 없는 것이 연재소설이라는 사실은 익히 알고 있었지만, 연재소설이 독자를 휘어잡는 힘이 어느 정도인지를 새삼 깨닫게 해주는 말이었다.

1961년 첫회를 시작한 〈자고 가는 저 구름아〉가 낙양의 지가를 올린 후 4년 만에 대미를 장식하게 돼 그 뒤를 이을 후속타가 급해진 상황이었다. 역사소설로 가야한다는 데는 사내에 이견이 없었다. 그러나 대원군이냐 연산군이냐를 놓고 의견이 팽팽했다. 나는 개인적으로 연산군에 끌렸다. 비록 극악무도한 폐정으로 권좌에서 물러나긴 했지만, 궁중의 구습을 타파하고 양반계급을 혁파(革罷)하는 혁명적 기질이 일면 통쾌하게 느껴졌다. 또 서로 죽이고 살리는 음모와 계략이 뒤얽히는 이야기가 긴장감과 박진감을 줄 것이라고 생각했다. 마침 신영균이 주인공으로 나온 영화 〈연산군〉도 히트를 치고 있었다.

하지만 편집국의 반대가 만만치 않았다. 연산군이 뭘 했든 결국은 패륜인데 그를 자칫 미화했다가는 전국의 유림이 들고 일어날 것이라며 말렸다. 그러면서 대원군이 급부상했다. 생각해보니 개혁적 성향의 초기 대원군을 부각시킨다면 사회 각 부문에서 변화의 바람이 일고 있는 5·16 이후의 시대 흐름과도 맞아떨어질 것 같았다. 나도 대원군 쪽으로 생각을 바꾸었다.

역사소설 무경험자 유주현을 '입도선매'

대원군의 작가로 편집국 문화부에서 유주현 씨를 추천했다. 사내 일각에서는 그가 역사소설을 한 번도 써보지 않았다며 불안해했다. 그러나 나는 새로운 감각의 역사소설이 필요하다는 생각이었고 그렇다면 무경험이 오히려 장점이 될 수도 있을 거라고 여겼다.

내가 유주현 씨를 직접 만나 "대원군에 관한 소설을 한편 연재해주셨으면 한다"고 부탁했다. 그는 자신이 한문과 역사 공부를 많이 한 것도 아니라서 아무래도 힘들 것 같다며 사양했다. 나는 물러서지 않고 "김동인의 〈운현궁의 봄〉도 있으니 차분히 자료를 수집하고 궁리하다 보면 작품이 나올 겁니다" 하고 설득했다. 그리고 당시로는 적지 않은 액수인 200만 원을 자료조사비 명목으로 건넸다. 요즘은 출판사에서 선인세 명목으로 작가에게 미리 자료조사비를 주는 일이 드물지 않지만, 그때로서는 이례적인 경우였다.

그렇게 해서 1965년부터 소설 〈대원군〉이 연재됐고, 기대대로 대 히트를 쳤다. 왕족이었던 대원군이 서슬 퍼런 세도가들의 감시를 피 하기 위해 시정 무뢰한들과 어울리며 미친 행세를 한 끝에 마침내 권 좌에 올라 대대적인 개혁 작업을 벌여 기존 세력들을 가차 없이 응징 하는 장면에서 독자들은 대리 만족을 느끼며 환호했다. 〈대원군〉은 2 년간 645회 연재되며 부수 확장에도 기여했다.

서기원의 〈김옥균〉 원고료로 술집 순회

다음 역사소설 선정을 위해 사방으로 물색하던 중, 서울신문 주일 특파원으로 있던 서기원 기자가 김옥균에 관한 자료를 수집하고 돌 아왔다는 소식을 접했다. 그는 재무부 출입기자 시절 나의 절친한 낚 시친구이기도 했다. 깊은 밤 낚싯대를 드리워놓고 소주 한 잔 곁들이 며 그가 풀어놓는 갑신정변의 주인공 김옥균과 조선시대 개혁정치가 조광조의 이야기는 언제 들어도 흥미진진했다. 마침 한일국교 정상 화를 둘러싸고 논란이 분분하던 시절이었다.

풍운아 김옥균의 삶을 소설화한다면 시의에도 맞겠다는 판단이 들 어 그에게 집필을 부탁했다. 처음에 그는 신문 연재소설에 자신이 없다며 사양했으나 "김옥균은 당신 전공이나 마찬가지며, 어차피 소설은 투기 같은 것이니 시도해보자"고 설득해 1967년부터 2년 동안 〈김옥균(金玉均)〉이 연재됐다. 서기원은 원고료를 받으면 제일 먼저 나를 찾아와 무교동과 명동의 술집을 순회했다.

1960년대만 해도 텔레비전이 등장하기 전이니까 신문 연재소설의 힘이 막강했다. 자유당 시절 서울신문에 〈자유부인〉을 연재해 뜨거운 논란과 화제를 불러일으켰던 정비석은 1962년 조선일보에 〈여인백경〉을 연재해 인기를 모았다. 그는 송지영 씨와 가까운 사이여서 종종 술자리에서 만날 기회가 있었다. 관훈동에 있는 요릿집 '선천'에 가면 두 분이 재기발랄한 음담패설을 주고받아 옆에 앉은 이 집 여주인이 배꼽을 잡고 "아이고, 이래서 내가 살이 좀 빠진다"고 익살을 부리곤 했다. 정비석 씨는 단아한 선비형의 외모에 살며시 웃는 표정이 꼭 시골 아저씨를 연상케 했다.

10년 공들여 정비석 〈명기열전〉 탄생

만날 때마다 내가 "〈여인백경〉 후속 작품은 언제 쓰실 겁니까" 하고 조르면 그는 "이봐, 부친께서 데리고 놀던 기생이 몇 명이나 되는지 기억나는가?" 하고 되물었다. 내가 "글쎄요. 소학교 때 번번이 아버지께서 기생들을 집에 데리고 오셔서 어머니께 큰절을 시키고 동치미냉면을 먹이고 나면 흰 봉투에 화대를 넣어 보낸 기억이 납니다" 하고 대답하면 "그렇지. 요즘 사람들이 그런 멋을 알까. 내가 그 이야기를 언젠가 쓰겠네" 하고 약속했다.

그런데 드디어 기회가 왔다. '청운각' 요정의 대머리 지배인 배씨가 『조선권번』이라는 진귀한 책을 갖고 있다는 정보를 듣고 그를 찾아가 "긴요하게 참고할 일이 생겼으니 빌려달라"면서 용돈을 집어주고 입수했다. 내용을 들춰보니 우리나라 권번(기생들의 조합 같은 것)의 유래와 팔도강산에 이름을 떨친 명기들을 소개한 흥미로운 내용이었다.

정비석 씨를 만나 이 책을 건네주며 집필을 부탁했는데 이 책을 토대로 해 1974년부터 그의 유명한 〈명기열전〉이 조선일보에 연재되기 시작했다. 그에게 연재소설 써달라고 로비를 펼친 지 10년 만이었다. 작가의 감칠맛 나는 필치로 그려지는 옛 명기들의 애절한 사랑 이야기는 전국을 들썩이게 했다. 새마을운동이 일어나던 농촌에선 막 시골다방이 생기기 시작했는데 시골 촌부들이 아침이면 다방에 모여 그날 신문에 실린 명기열전을 화제로 삼아 이야기꽃을 피웠다.

"연재 횟수 늘려주오" 지국장의 박카스 공세

때론 어느 구절을 놓고 갑론을박을 벌이기도 했다. 지국에서 올라오는 의견들을 보아도 이 소설이 신문 부수 확장에 지대한 공헌을 하고 있었다. 내가 지방으로 출장을 가면 어떤 지국장은 떠나는 내 차에 박카스 한 박스를 슬쩍 넣어주면서 "〈명기열전〉 연재 횟수를 늘려달라"고 압력을 넣기도 했다. 당시 박카스의 인기도 대단할 때였다.

그러나 홍종인 씨가 편집국에 나타나면 시끄러웠다. 그는 '배꼽 밑에 탕물'이라는 표현을 보고 "조선일보가 어떻게 이런 걸 실을 수 있느냐"며 노발대발했다. 명기열전의 인기가 워낙 좋다 보니 다른 언론사에서 필자를 빼가려는 시도도 심심찮게 있었다. 틈틈이 정비석 선생을 주석에 초대하고 식사도 대접하며 붙들어두느라 내 딴에는 신경을 많이 썼다. 그렇게 해서 명기열전은 1979년까지 장장 5년간 1507회가 연재됐다. 이는 8년간 2456회 연재된 박종화의 〈세종대왕〉 다음가는 장기연재 기록이다.

전후(戰後) 일본의 유명한 여류작가 요시야 노부꼬가 쓴 〈도꾸가와가의 부인들〉이란 소설이 있다. 내가 이 책을 재미나게 보고 내심 명기열전의 후속작으로 〈이조의 여인들〉을 시도해보려는 참이었는데, 한국일보 장기영 사장이 선수를 쳤다. 여류소설가 장덕조 여사가 한국일보에 〈이조의 여인들〉이라는 제목으로 연재를 시작한 것이다. 남몰래 숨겨놓은 보석을 빼앗긴 것처럼 아까웠다. 이 소설이 크게 인기를 끌지 못해 나의 아쉬움은 더 컸다. 신문 연재소설은 아이디어도 좋아야 하지만 매회 긴장과 재미를 주어야 하기 때문에 일반 소설과는 또 다른 작가의 역량과 재주가 뒷받침돼야 독자들의 호응을 얻을 수 있는 것이다.

문선공 반응으로 히트를 예감한 〈별들의 고향〉

1970년대 '한글세대'의 등장에 맞추어 23세의 최인호를 과감하게 내세워 〈별들의 고향〉을 연재했다. 신동호 편집국장의 추천으로 무명의 그를 발탁할 때만 해도 내심 불안한 마음이 없지 않았다. 그런데 연재 시작 보름쯤 지나자 조짐이 나타나기 시작했다. 유경환 문화부장의 이야기로는 연재한 지 며칠 되지 않아 활자를 뽑는 문선공이 자꾸 문화부장 자리로 와서 소설 원고를 빨리 가져가겠다고 했다는 것이다. 문선공이 조금이라도 빨리 읽고 싶어 하는 걸 보고 '물건이 되겠구나' 하는 생각이 들었다는 것이다.

처음 작가가 갖고 온 소설 원고의 제목은 〈별들의 무덤〉이었다. 아침 식탁에 올라가는 조간신문의 소설 제목으로는 어울리지 않아 '무덤'을 '고향'으로 바꾸었다. 참신한 감각과 문체를 내세운 〈별들의 고향〉은 순식간에 장안의 화제로 떠올랐고, 젊은 독자층을 사로잡았다. 이 소설이 영화로 만들어지면서 주인공 '경아'는 만인의 연인이 됐다.

신문에 '세계'를 넣어라

우물 안 기자들을 '해외'로 보내라

1954년, 스물여섯 살 사회부 기자였던 나는 서울대 문리대에 있는 ELI영어학원에서 3개월 동안 열심히 영어회화를 배웠다. 운전면허도 땄다. "자동차를 몰아 실크로드를 일주해 베를린장벽까지 가겠다"는 계획을 세우고 나름대로 치밀한 준비를 하고 있었다.

사회부에 함께 근무하던 문제안 기자와 의기투합했다. 전쟁 직후의 폐허더미에서 우리는 "이 좁은 땅덩어리에서 악악거릴 게 아니라 넓은 세상으로 나가 세계의 흐름을 보고 조국에 전하자"고 다짐했다. "8월 15일 광복절에 베를린장벽에 태극기를 꽂는다"는 목표도 세웠다.

그러나 우리의 원대한 취재계획은 이루어지지 못했다. 회사의 재정 사정이 그걸 허용하지 않았기 때문이다. 그 무산된 꿈은 두고두고 나의 가슴속에 회한으로 남아 조선일보 경영자가 된 뒤 기자들에게 "세계로 나가라"고 독려하는 힘이 됐는지도 모른다.

문제안 기자는 4년 후 한국일보로 옮겨가 '베를린-판문점 횡단'을 결행한 후 다시 조선일보로 돌아와 1964년 아프리카 일주 자동차여행을 떠나게 됐다. 매일 신문용지 값 대기에도 허덕이던 나는 그에게 턱없이 부족한 취재비를 손에 쥐어주며 "팔자 좋다. 나는 여기서 썩고 있는데 문형은 훨훨 날아다니고…"라고 한마디 했다. 정말 부럽기도 했지만 경영자로서 취재비를 충분히 주지 못하는 미안함을 그렇게 표현한 것이다.

1970년대 들면서 나라 경제가 급속히 성장하고 신문사 살림도 한결 나아지기 시작했다. 회사 형편이 펴지면서 나는 기자들을 해외로 내보내기 시작했다. 때마침 신문도 컬러화가 절실한 시점이었고 해외 문물을 천연색 사진과 함께 보도하면 독자들의 눈길을 사로잡을 수 있다고 생각했다.

1970년 〈세계 10대 컬러 기행〉을 준비하고 첫 시도로 1970년 6월 21일부터 2개월에 걸쳐 「신왕오천축국전(新往五天竺國傳)」을 연재했다. 천 년 전 신라 고승 혜초의 발자취를 따라가며 인도의 과거와 현재를 보여주는 기획으로, 이규태 기획위원 혼자 출장을 가 만든 작품이었다. 사진기자도 없이 떠나는 그에게 내가 당부한 말은 "사진을 화려하게 찍어오라"는 거였다.

「신왕오천축국전」은 글도 좋았지만 사진도 참 좋았다. 고목에 울긋불긋한 헝겊이 줄줄이 매달려 있는 풍경은 이색적이고 생생한 색

감으로 독자의 눈길을 단번에 사로잡았다. 불교만 대접해주냐는 항의를 염려해 한 달 뒤에는 이스라엘 곳곳을 돌아본 「전란 속의 성지순례」를 연재했다. 이어 1974년에는 「서역 3만 리」를 실었는데 이는 우리나라 최초의 실크로드 횡단 르포다. 모두 이규태의 작품이었다.

「아마존 야생기행」도 컬러 지면의 위력을 유감없이 보여준 기획이었다. 사회부 안종익 차장과 조연흥 기자, 사진부 김인규 기자가 남미로 날아가 1개월간 아마존강 유역을 구석구석 누빈 끝에 자연과 일심동체로 살아가는 아마존 원주민들의 생활상을 12회에 걸쳐 소개했다. 원시적 생명력이 넘치는 원색 사진들이 지면을 화려하게 장식했다.

중동·아프리카에서 유럽·중남미와 인도까지

조선일보 창간 55주년이자 광복 30주년인 1975년에는 7개월에 걸쳐 「역사는 흐른다」를 연재했다. 세계 문명의 발상지를 포함해 인도·유럽·중동을 거쳐 남미 리우데자네이루까지 섭렵한 이 문명기행은 선우휘 주필과 체육부 최호 차장이 맡았는데, 선우 주필 특유의 사색적인 필치가 감흥을 주었다.

두 사람이 전 세계 유적지를 돌아다닌 3개월간 재미있는 에피소드가 많았다고 한다. 파리의 한 호텔에 들어갔는데 선우 주필이 옷장문을 열다말고 갑자기 "악!" 하고 소리를 지르더니 "귀신이야" 하면서 황급히 문을 닫았다는 것이다. 무슨 일인가 싶어 최 차장이 문을 열어보니 옷장 안에 거울이 있었다. 선우 주필이 며칠 동안 면도도 못해 초췌해진 자신의 얼굴을 보고 귀신이 나타난 줄 알았던 것이다.

여류화가 천경자의 그림과 글을 곁들인 「아프리카 기행」, 여류작가 정연희가 세계 각국 정상과 인터뷰하면서 쓴 「세계와의 악수」, 여기에다 「아메리카 포장마차」 「노대국(영국)과의 대화」 「중동은 뛰고 있다」 등 1976년까지 계속된 〈세계 10대 컬러 기행〉은 조선일보가 우물 안에서 벗어나 세계로 달려 나가는 디딤돌이 됐다.

1970년대는 국가적으로 경부고속도로가 개통되고 포항제철소가 세워지는 등 경제가 활기를 찾고 '우리도 잘살 수 있다'는 희망이 국민들 사이에 움트기 시작한 때다. 월남 붐도 이런 분위기에 한몫했다. 당시 월남 파병 군인이 연인원 40만 명을 넘었다. 이들이 귀국할 때 제니스 라디오 한 대씩만 가져와도 한 재산 된다고 하던 시절이었다. 파병군인들이 받는 200달러가량의 월급은 고향집에서 큰돈이 됐다. 전라도 땅끝마을 해남 출신 해병대원 여섯 명이 이 월급으로 고향마을 지붕개량 사업을 벌인 일이 화제가 됐고, 여기서 힌트를 얻어 박정희 대통령이 새마을운동을 시작했다는 이야기도 있었다.

앙드레 말로가 달아준 프랑스 문화훈장

전국 곳곳에서 일기 시작한 근대화의 바람은 신문사도 예외가 아니었다. 컬러윤전기를 국내 최초로 도입한 조선일보는 지면의 컬러화에 총력을 기울였다. 기자들을 해외로 내보내는 한편 《라이프》지

1979년 10월 2일 덕수궁에서 열린 조선일보 주최 '프랑스미술 영광의 300년전' 개막식에 당시 퍼스트 레이디 역을 하고 있던 박근혜 씨가 참석했다. 이 행사가 있고 24일 후 박정희 대통령이 시해됐다.

같은 외국 잡지도 많이 우려먹었다. 캄보디아 내전과 월남 전쟁이 한창일 때라 대포에서 붉은 화염이 뿜어져 나오는 생생한 사진들이 자주 실렸는데 그걸 많이 써먹었다. 《보그》 잡지에선 미용·패션 사진들이 눈에 띄었다. 멋진 사진에다 「금주의 패션」 「이달의 헤어스타일」 같은 제목을 달아 신문 중간에 컬러 섹션으로 내보내면 독자들이 좋아했다. 지금이라면 저작권 때문에라도 불가능한 이야기지만 그때는 이런저런 걸 따질 사정이 못됐다.

수습 10기 신용석 기자가 파리특파원으로 부임한 뒤 능숙한 수완을 발휘해 '프랑스 현대 명화전'을 서울로 유치하는 쾌거도 있었다.

조선일보 창간 50주년을 기념해 1970년 3월 3일부터 4월 19일까지 덕수궁 국립현대미술관에서 전시회를 개최하자 수준 높은 문화에 목 말라하던 서울 시민들이 구름처럼 몰려들었다. 10만 명 이상이 관람했다. 덕분에 신문사도 큰 수익을 올릴 수 있었다. 연말에 사원들 보너스를 두둑이 주며 내가 "이 보너스는 신용석 파리특파원이 주는 것"이라고 했다. 그 뒤에도 신 기자는 특유의 사교력을 발휘해 밀레전, 샤갈전, 피카소전, 후기인상파전을 잇따라 유치했다.

서양의 명화들을 국내에 들여와 전시한다는 것은 당시 정부 차원에서도 엄두를 내지 못하던 일이었다. 조선일보사가 민간 외교 사절의 역할을 톡톡히 한 셈이었다. 그 덕분에 나는 1974년 프랑스 정부로부터 문화훈장을 받게 되었다. 파리 시내 예술의전당에서 내외 귀빈들이 참석한 가운데 앙드레 말로 문화장관으로부터 직접 훈장을 수여받는 영광을 누렸다.

샤갈전 할 때 신문사에서 홍보용 포스터를 만들었는데, 내가 욕심이 나서 신 특파원에게 "포스터에 샤갈 사인 받아올 수 없겠냐"고 하니까 그가 "에이, 사장님도…. 샤갈이 사인해주겠습니까. 사인 한 번 하면 그게 몇만 불짜립니다"라고 나에게 무안을 준 에피소드도 있다.

육영수 여사가 서거한 후 프랑스 명화 전시회가 열리면 퍼스트레이디 역할을 맡았던 박근혜 양이 참석해 테이프 커팅을 하곤 했는데 그때 참 얌전한 아가씨라는 인상을 받았다.

10월유신과 언론 암흑의 시대

일요일 새벽을 노린 개헌안 기습처리

창간 50주년을 앞두고 사옥을 신축하고 컬러윤전기를 도입해 사내 분위기는 희망에 부풀었지만, 시대가 주는 암울함이 점점 언론계의 숨통을 죄어오고 있었다. 1969년 들어 박정희 대통령의 3선을 허용하기 위한 3선개헌론이 고개를 들기 시작하더니 날이 갈수록 그 강도가 더해졌다. 대학생과 야당의 거센 반대 속에서도 여당은 3선개헌 준비를 착착 진행시켜 나갔다.

언론의 3선개헌 반대보도를 봉쇄하기 위한 정권의 압력도 드세졌다. 김형욱 중앙정보부장이 수시로 나와 유건호 상무를 남산에 있는 집무실로 불러 "협조하지 않으면 은행융자 회수하고, 윤전기 도입 보류시키겠다"고 협박했다. 효창동에서 열린 민주당 주최 시국강연회에서 조윤형 의원이 박 대통령 비난 발언을 했는데, 정보부의 경고에도 불구하고 이를 신문에 실었다가 두 달 가까이 어려움을 겪기도 했다.

1969년 8월 7일 마침내 개헌안이 국회에 상정됐고, 야당은 결사반대를 외치며 국회 본회의장을 점거한 채 농성에 들어갔다. 9월 14일, 이 날은 일요일이었다. 월요일 신문이 나오지 않는 틈을 타서 여당이 개헌안을 기습 처리할 것이라는 소문이 무성한 가운데 대부분의 기자들이 토요일 퇴근을 미루고 일요일 새벽을 편집국에서 맞고 있었다.

나도 간부들과 함께 사태의 진전을 주시하고 있었다. 자정을 넘겨 방계성 총무부장이 근처에서 구해온 오징어와 소주를 먹으며 시간을 보내고 있는데, 갑자기 사회부 김명규 기자가 다급히 뛰어들어오며 "큰일 났어. 저것들이 제3별관에서 일을 치를 모양이야"라고 소리쳤다.

경찰 취재를 마치고 들어오다 신문사 맞은편 국회 제3별관으로 여당 의원들이 하나둘씩 모여드는 장면을 목격한 참이었다. 그 소리를 듣고 기자들이 우르르 창가로 몰려갔다. 건너편 국회 별관에서는 불빛이 희미하게 새어나오고 있었다.

조금 있으니 정치부 백순기·이준우 기자가 들어와 "방금 공화당 단독으로 개헌안을 날치기 통과시켰다"고 보고했다. 새벽 2시 50분의 상황이었다. 마감을 넘긴 터라 부랴부랴 호외 제작에 들어갔다. 호외 제목은 「일요일 새벽의 기습/ 벼락 투·개표 20분」이었다.

국회를 통과한 개헌안은 10월 17일 실시된 국민투표에서 65.1퍼센트의 찬성을 얻어 확정됐다. 새 헌법에 따라 1971년 4월 27일 제7대 대통령을 뽑는 선거를 치르게 됐다.

선거를 앞두고 정부는 언론을 탄압하는 한편으로 한동안 유화책을 쓰기도 했다. 채찍과 당근, 양면 구사 작전이었다. 정부의 유화책 덕분에 우리도 큰 숙제 한 가지를 해결할 수 있었다. 1969년 10월 구사옥을 철거한 후에도 호텔 건축 허가가 떨어지지 않아 삽을 뜨지 못하는 난처한 상황이 계속되고 있었는데 해를 넘겨 1970년 1월 26일 가까스로 기공식을 가질 수 있었다.

이후락, 신문사 찾아와 "선거 이길 방법 없을까요"

1971년 박정희 대 김대중 후보 간에 치러진 7대 대통령 선거는 유례를 찾기 힘들만큼 격전이었다. 유세장에 모인 군중 수를 놓고 중앙정보부와 매번 실랑이가 벌어졌다. 김대중 후보 유세장에 수십만 군중이 몰려들었다고 컷을 뽑으면 정보부원들이 와서 제목 바꾸라고 밤새 난리를 쳤다. 그래서 괄호 안에 경찰 추산 몇만 명이라고 써넣는 편법으로 갔다.

사실 정당에서 발표하는 참석자 수는 허풍이 좀 심했다. 자기들은 몇십만 동원했다고 하지만 우리가 보기엔 그렇지 않았다. 유세장 전체 면적에다 한 평에 들어갈 수 있는 인원을 여덟아홉 명으로 잡고 계산해보면 군중 수가 대충 나오는데, 대개 주최 측 발표의 10분의 1도 안 된다. 웬만한 축구장 가득 채워봤자 3만 명이 채 안 된다.

1970년 3월 5일 사옥 5층 강당에서 열린 조선일보 창간 50주년 기념식에서 내가 연설을 하고 있다. 우리나라에서 반세기 역사를 지닌 언론사가 처음으로 탄생하는 순간이었다.

　투표일이 가까워올수록 선거 결과는 예측을 불허할 만큼 안개 속이었다. 하루는 이후락 비서실장이 신문사에 찾아와서 "선거에서 승리할 좋은 방법이 없겠냐"고 물었다. 최석채 주필이 "3선만 하고 더 이상은 안 하겠다고 국민 앞에서 분명히 약속하라"고 말했다.

　며칠 뒤인 4월 25일 서울 장충공원에서 열린 마지막 대도시 유세에서 박 대통령은 "나를 한 번만 더 뽑아달라고 하는 것이 이 기회가 마지막임을 확실히 말해둔다. 나에게 한 번만 더 기회를 주면 부정부패를 완전히 뿌리 뽑은 후 정부에서 물러나겠다"고 공약했다. 개표 결과 박정희 후보가 53.2퍼센트를 득표, 45.2퍼센트를 얻은 김대중 후보를 누르고 제7대 대통령에 당선됐다.

10월유신이 선포되던 날

선거에서 이기자 한동안 정권 측에서는 아주 신이 났다. 어떻든 선거는 선거니까 민심(民心)으로 이겼다고 어깨에 힘이 잔뜩 들어갔다. 가까스로 3선에 성공한 박 대통령은 이듬해인 1972년 10월 17일 전격적으로 유신을 선포했다. 더 이상 표 달라고 하지 않겠다고 하더니 아예 선거 자체를 없애버리고 장기집권의 길로 들어선 것이다.

유신이 선포되던 날, 저녁 마감을 막 끝냈을 때였으니까 오후 5시쯤 됐을 것이다. 편집국에서 기자들과 이런저런 이야기를 나누고 있는데, 회사 옆 국회의사당 앞으로 탱크들이 몰려오는 소리가 났다. 국회의사당은 현재의 서울시 의회 건물이었다. 무슨 일인가 생각할 겨를도 없이 철모를 쓰고 총을 멘 무장 군인 대여섯 명이 편집국에 들이닥쳤다. 내게 거수경례를 붙이더니 "조선일보를 난동으로부터 보호하기 위해 왔습니다"고 했다. 저녁 7시, 박정희 대통령의 특별선언문 발표와 함께 전국에 비상계엄령(非常戒嚴令)이 선포됐다. 언론은 암흑의 시대로 빠져들었다.

주필의 '반란'

발행인 모르게 김대중 납치 규탄 사설 실어

10월유신으로 언론의 숨통이 조여진 가운데 1973년 8월 8일 김대중 납치사건이 일어났다. 일본 호텔서 실종됐던 김대중 전 신민당 대통령 후보가 5일 만에 서울 동교동 자택에 초췌한 모습으로 나타난 것이다. 국내외에 큰 충격을 주면서 심각한 외교문제를 불러온 사건이지만 당국의 지지부진한 수사로 진상 규명은 겉돌고 국민의 의혹은 커져만 갔다. 언론은 당국의 규제로 이 문제에 입도 뻥긋할 수 없었다.

사건이 일어난 지 한 달이 지난 9월 6일 밤, 선우휘 주필이 홀로 논설위원실에 나타나 사설을 썼다. 「당국에 바라는 우리의 충정」이라는 제목의 사설은 "요즘 우리의 심정은 알고 싶은 것이 있는데 알 수가 없고, 말하고 싶은데 말할 수가 없는 상태에서 몹시 우울하고 답답하다"는 말로 시작해 정부가 왜 이 사건을 철저히 규명해야 하는지를 설명한 뒤 "국민은 당국에 (김대중) 사건의 조속하고 떳떳한 해결을 촉구할 의무가 있다"고 끝을 맺었다.

선우 주필은 야근자들에게 윤전기를 세우라고 지시하고는 사설을 갈아 끼웠다. 그는 "주필로서의 판단에 따라 책임지고 행동하겠다. 어떤 위협에도 누구의 간섭에도 굽히지 않겠다"고 선언했다. 조선일보 역사상 발행인도 모르게 주필이 사설을 교체한 것은 전례가 없는 일이었다.

아침이 밝자 세상이 발칵 뒤집혔다. 독자들은 자신들의 답답증을 후련하게 풀어준 사설에 환호했다. 일격을 당했다고 생각한 중앙정보부는 부랴부랴 조선일보 회수작업에 들어갔지만 신문은 이미 독자들 손에 들어간 뒤였다. 어디론가 잠적한 선우 주필에 대해선 '검거령'이 내려졌다. 선우 주필을 대신해 그의 부인이 사직서와 함께 경위서를 들고 나를 찾아왔다. "나의 행동은 나라사랑과 애사심, 그리고 회장과 사장에 대한 충성에서 이뤄진 것일 뿐 조금의 사심도 없는 것이다. 그렇다 하더라도 백배사과로서 물러가려 하니 용서를 빈다"는 내용이었다.

그날 저녁 늦게 선우 주필의 행방이 파악됐다. 그가 평소 제자처럼 아끼던 안양지국장 집에 피해 있었다. 내가 안양에 도착한 것은 밤 12시 통금이 다 돼가는 시간이었다. 우리는 보자마자 서로 껴안고 울었다. 아무 말도 필요 없었다. 맞잡은 두 손으로 서로의 안타까운 심정이 전해졌다. 이심전심이었다.

함께 밤을 지내고 아침에 헤어지면서 선우 주필이 나에게 물었다.

"사장, 내가 그 사설을 써서 보여주었다면 신문에 나갈 수 있었을까요?"

나는 조금도 망설이지 않고 답했다.

"노(No)!"

나는 회사로 돌아와 사태를 수습하기 위해 동분서주했다. 당국과 접촉 끝에 내가 발행인 명의로 이후락 중앙정보부장에게 편지를 보내는 걸로 사태를 일단락 짓기로 했다. "이번 일은 잘못된 일로 유감스럽게 생각한다. 가까운 시일 내에 선우 주필을 해임시키겠으니 인사 문제는 나에게 맡겨달라"는 내용이었다. 일단은 사태를 진정시킨 뒤 나중을 지켜보자는 생각이었다.

다행히 얼마 안 있어 중앙정보부장이 바뀌는 바람에 선우 주필의 해임은 없던 일이 됐다. 신문사를 경영하는 입장에서는 선우 주필의 행동이 자칫 신문사의 운명을 위험하게 만들 수도 있는 모험으로 받아들여질 수밖에 없었지만 그가 언론인으로서 보여준 용기와 기개는 두고두고 나의 가슴에 남았다.

"죽을 각오 없이 국민의 삶을 다루는 자리에 앉지 마라"

이듬해 1974년 8월 15일 광복절에는 재일동포 문세광이 박정희 대통령을 향해 쏜 총탄에 육영수 여사가 맞아 세상을 떠나는 엄청난 사건이 벌어졌다.

총소리에 단상에 있던 고관들이 혼비백산 달아나는 장면이 텔레비전으로 방영되자 독자들의 전화가 빗발쳤다. 선우 주필과 이야기를 나누다 "비겁한 자들에게 일침을 가해주자"는 데 의견이 일치했다. 8월 22일자 조선일보에는 "죽을 각오 없이 국민의 삶을 다루는 자리에 앉지 마라"고 일갈하는 「단상(壇上)에 인영(人影)이 불견(不見)」이란 제목의 시론이 실렸다. 그러자 청와대 김정렴 비서실장 지시로 신문사에 대한 융자가 끊기고, 윤전기 도입 허가가 취소됐다는 통고가 왔다. 김 실장이 그만둘 때까지 4년 동안 우리는 긴축 경영을 하면서 많은 어려움을 겪어야 했다.

1970년대의 가혹한 시대환경 속에서 하루하루 신문 만들기는 참으로 힘들었다. 긴급조치로 입만 잘못 뻥긋해도 잡혀가던 시대였으니 신문제작 과정에서 권력기관의 간섭은 이루 말할 수 없었다. 매일 아침부터 정부 쪽과 신경전 벌이는 게 일이었다. 가판 내려놓고 시내판 나오기까지 밤사이에도 별별 일이 다 있었다.

계엄령 하에서는 기사 검열도 심했다. 그런데 기사를 깎아놓고는 모양이 흉했는지 "깎인 채로 나가면 안 된다. 다른 기사로 채워라"고 성화를 부렸다. 기사도 문제지만 사설이 통채로 잘려나가면 보통일이 아니었다. 마감시간이 촉박해 속도전을 벌여야 한다. 송지영·이열모·양흥모 논설위원이 한 팀을 이뤄 앞머리와 중간, 결론을 각기 써서 조립하는 일까지 있었다. 급할 때는 사설의 주제도 '시내 교통 혼잡'에서부터 '하숙비 너무 비싸다'는 것까지 쉽고 빨리 쓸 수 있는 것으로 정해지곤 했다. 나중엔 검열의 칼날을 슬쩍슬쩍 피하면서 할 말은 하는 요령을 터득하게 됐다.

《주간조선》에서 대통령 전용기를 다룬 기사가 문제가 되기도 했다. KAL에서 도입한 대통령 전용기를 표지사진으로 싣고 호화판이라고 제목을 붙인 것이 당국의 신경을 건드렸다. 이 일로 그 회사의 고위간부가 국가기밀 사항을 흘렸다고 청와대 경호실에 끌려가 곤욕을 치른 끝에 들것에 실려 나왔다는 풍문이 나돌기도 했다. 그 이야기를 듣고 섬뜩했다. 나도 박종규 경호실장에게 불려가 강도 높은 조사를 받았지만 안병훈 청와대 출입기자가 조정을 잘해준 덕에 무마가 됐다.

가짜 호외를 찍으라니

이런 일도 있었다. 1974년 5월, 서울 명동에서 군인 난동 사건이 일어났다. 방위소집근무 중 카빈 두 정과 실탄 510발을 갖고 탈영한 이등병 한 명이 민간인 친구 두 명과 함께 명동 유네스코회관 지하 다방을 점거해 손님 33명을 인질로 붙잡고 군경(軍警)과 대치했다.

어지러운 시국이라 민심에 영향을 끼칠 수 있는 민감한 사건이었다. 범인들은 경찰관 한 명을 쏘아 숨지게 했다. 군경이 "그 경찰은 아직 살아있다"며 자수를 권유하자 범인들은 신문을 넣어달라고 요구했다. 신문기사를 통해 경찰이 살아있음을 확인하려는 것이었다. 그러자 국방장관이 조선일보를 찾아와 가짜 호외를 찍어달라고 요구했다. 청와대와 중앙정보부, 문화공보부에서도 계속 압력이 들어왔다. 어찌나 압력이 거센지 신문사 안에서도 호외를 찍어주자는 의견이 나왔지만 내가 절대로 안 된다고 했다. "권력 압력 때문에 기사를 못 쓰는 일은 있을지라도 거짓말은 할 수 없다"고 했다.

그때 하루 종일 시달리느라 아주 혼이 났다. 결국 군경은 다른 신문사에서 위장 신문을 찍어 다방에 들여보냈다. 조선일보가 쓰지 못한 것도 많고 욕된 역사도 있었지만, 거짓말은 안 하는 신문이었다고 말할 수 있는 에피소드다.

언론 담당 장관들과의 '전쟁과 평화'

홍종철과 화채그릇으로 술 대결

신문사를 경영하면서 권력의 간섭과 탄압으로부터 한시도 자유로웠던 적이 없다. 때론 치욕의 순간도 견뎌야 했다. 신문 경영에 참여하면서 내가 스스로에게 다짐한 것도 '방파제' 역할이었다.

파도로부터 항구를 보호하기 위해 쌓는 둑, 이왕이면 크고 튼튼한 방파제가 되리라. 거센 파도가 끊임없이 밀려와도 결코 무너지지 않는 방패막이가 되어 외부의 공격으로부터 신문사를 보호하고 언론 본연의 임무를 다할 수 있도록 뒷받침하리라….

그 과정에서 싫건 좋건 수많은 정부 인사들과 관계를 갖게 됐다. 주로 청와대와 중앙정보부, 문화공보부 쪽 사람들이 많았다. 치사하고 악랄한 방법으로 신문사를 괴롭힌 사람도 있었지만, 언론을 이해하고 알게 모르게 도와주려는 사람도 적지 않았다.

역대 문공부 장관 중에 내가 가장 먼저 가까이 지내게 된 사람은 홍종철 씨였다. 그는 언론윤리법 파동이 일단락되고 난 직후인 1964년 장관에 취임해 1969년까지 재임했다. 그가 5·16 주체세력으로 최고회의 문교·사회위원장을 지낼 때 처음 대면했다. 1963년이었던 걸로 기억한다. 각 신문사 발행인을 청운각에 초대한 자리에서 그가 "조선일보 사장은 어디 있습니까"고 물었다. 그해에 막 발행인이 됐던 내가 구석에 앉아있다가 "여기 있습니다"고 하니까 한참이나 나를 쳐다봤다. 새까맣고 조그만, 새파란 친구가 사장이라니 기가 막힌다는 표정이었다. 그러더니 옆으로 오라고 했다. 내가 자리에 앉자마자 그는 화채그릇에 정종을 가득 부어 권했다. 오기가 생겨 단숨에 들이키고서 나도 정종을 가득 따라 건넸다. 그렇게 술그릇이 대여섯 번 오간 끝에 두 사람 다 나가떨어지고 말았다. 그날 이후 서로 친밀감을 갖게 되었다.

홍 장관은 평북 철산 출생인데 우리 회사 유봉영 부사장이 철산 사람이어서 더욱 조선일보에 친근감을 갖는 듯했다. 툭하면 전화해서 "카레라이스 먹으러 갑니다" 하고 우리 회사 구내식당에 점심 먹으러 왔다. 기사 문제를 갖고 귀찮을 정도로 신문사를 찾아와서 진한 이북 사투리로 "살콰달라(살려달라)"를 연발해 '살콰줘 장관'이라는 별명이 붙었다.

그는 막 골프를 배우기 시작해 한참 맛을 들였는데 일요일만 되면 나에게 "골프장 가자"고 전화해 문공부 기획실장을 끼워 함께 나가곤 했다. 추운 겨울에 발이 꽁꽁 어는데도 우리는 라운딩을 강행했다. 한번은 김형욱 중앙정보부장이 김성곤 의원과 팀을 이뤄 우리 뒤에서 오다가 앞서가겠다고 해서 별 수 없이 양보했는데, 홍 장관이 하늘을 올려다보며 한숨을 쉬었다. 같은 혁명세력인데도 설움을 당하는가 싶었다. 홍 장관은 혁명주체 세력 가운데선 순수하고 지조도 있고 박 대통령에 대한 충성심이 강한 사람이었다.

장관에 처음 올랐을 땐 "통신사가 전화 고치는 곳인 줄 알았다"고 할 정도로 언론에 문외한이었지만 5년여 재임 동안 말 많고 탈 많은 문공 업무를 큰 잡음 없이 이끄는 저력을 보였다. 퇴임 후 한강 상류에서 아들과 낚시를 하다가 보트가 뒤집히는 사고로 아까운 나이에 저 세상으로 갔다. 날벼락 같은 소식을 듣고 한강변으로 달려가 사체 인양 작업을 안타깝게 지켜봤던 기억이 엊그제처럼 생생하다.

전화하는 사람도 받는 사람도 못할 짓

조선일보 편집국장을 지낸 윤주영 씨가 1971년 문공부 장관이 됐다. 그리고 이듬해 10월유신이 선포됐다. 이 와중에 1973년 김대중 납치사건이 일어났고, 선우휘 주필이 한밤중에 윤전기를 세우고 납치 규탄 사설을 쓴 다음 사표를 던지고 잠적해버리자 중간에 끼인 윤 장관이 애를 많이 먹었다. 어쩔 수 없이 신문에 '부탁' 아닌 부탁을 하면서도 알게 모르게 신문사를 도와주려고 애썼다.

그 후로도 조선일보 출신이 문공부 장관을 비롯해 정부에 들어간 경우가 적지 않았는데 솔직히 서로가 껄끄러웠다. 일이 있으면 전화를 안 할 수 없는데, 하는 사람이나 받는 사람이나 못할 노릇이었다. 기자 출신이 문공부 장관을 맡으면 언론계 속성과 사정을 잘 아니까 그런 걸 더 이용하는 측면도 있었다. 그래서 내 지론은 정권이 기자는 좀 쓰지 말았으면 하는 것이었다.

박정희 대통령은 생래적으로 신문을 싫어했지만 주변에 언론을 이해하고 언론과의 관계를 좋게 끌고 가려고 애쓰는 사람들이 많았다. 이후락·김성곤·백남억 씨 등이 그런 사람들이었다. 그 살벌한 세상에서도 이들은 중간에서 박 대통령과 신문의 관계를 잘 연결해주었다. 이후락 씨만 해도 약은 사람이라 신문사를 직접 치는 것보다 뒤에서 잘 조정하는 것이 효과적이라고 생각했다. 꾀가 많았던 그를 언론계에서는 제갈공명에 빗대 '제갈'이라고 불렀다.

이후락 씨나 김성곤 씨는 나를 보면 '아우'라고 부르며 반갑게 대해 주었다. 아마 형님(방일영 회장)과의 친분도 작용했을 것이다. 국회의장을 지낸 김재순 씨도 당시엔 공화당 소장파 의원이었는데 신문사에 자주 놀러왔다. 이렇게 음으로 양으로 신문사를 도와주는 사람들이 많아 그 험한 시절을 건너올 수 있었던 게 아닌가 싶다. 조선일보가 권력에 아쉬운 소리를 하지 않고 어쨌든 신문 하나에 전념하니까 이들도 부담 없이 조선일보와 가까워질 수 있었을 것이다.

신문기사에 빨간 줄 치면서 따지던 장세동

1975년 동양통신 출신의 김성진 씨가 문공부 장관에 임명돼 1979

년 박 대통령 서거 때까지 재임했다. 그의 재임 시절은 언론과 권력의 긴장관계가 최고조에 달했을 때였다. 그 와중에 김 장관은 신문을 윽박지르고 압력을 가하면서도 저녁에는 각 신문사를 돌며 기자들과 술자리를 갖고 분위기를 풀었다. 그가 코리아나호텔 2층 스탠드바에서 새벽 두세 시까지 기자들과 어울리는 모습이 종종 나에게 목격됐다. "오늘도 김 장관이 삽니까" 하며 내가 술값을 내 준 적도 있다. 언론에 압력을 가하면서도 언론계 인심을 잃지 않으려고 애쓰는 그의 모습이 안쓰러웠다.

반대로 전두환 정권 때 문공부 장관이 된 언론계 출신의 모씨는 플라자호텔 별실에 임시사무실을 차려놓고 툭하면 각 신문사 발행인들을 호출했다. 나도 종종 불려갔다. 저돌적 성격인 그는 조선일보의 논조가 마음에 들지 않는다며 불만을 터뜨렸다. 걸핏하면 미주 지사 송금을 중단시키기도 했다. 참다못해 내가 "아니 같은 신문사 출신끼리 이렇게 해도 되느냐. 나이로 따져도 내가 형님뻘인데, 버르장머리 없이…" 하고 나무란 적도 있다.

역대 중앙정보부장 중에는 김형욱이 신문사를 가장 괴롭혔고, 또 힘들었던 사람이 5공 시절 장세동 안기부장이었다. 장 부장은 기사가 마음에 안 들면 나를 보자고 했는데, 빨간 연필로 신문에 줄을 좍좍 치면서 "기사가 왜 이러냐"고 따졌다. 그럴 때마다 현홍주 안기부 차장이 들어와 "그게 아니고…" 하면서 나를 많이 거들어 주었다. 안기부는 내가 밤에 회사에 없을 때는 빨간 줄 친 신문을 집으로 보내오기도 했다.

청룡야구와 프로야구

프로야구보다 뜨거웠던 청룡야구 열기

1960~1970년대 조선일보사 주최 청룡야구의 열기는 지금의 프로야구보다 더하면 더했지 조금도 뒤지지 않았다. 말 그대로 인기가 하늘을 찔렀다. 정식 명칭이 '청룡기 전국고교야구선수권대회'인 청룡야구는 광복 이듬해인 1946년 자유신문사가 처음 주최했다. 이후 5회까지 개최했으나 6·25전쟁으로 중단됐던 것을 1953년 조선일보사가 인수해 오늘에 이르고 있다. 국내에서 가장 오랜 전통과 권위를 자랑하는 야구 대회다.

따로 여가생활을 즐길만한 여유가 없던 서울 시민들은 백구의 향연에 환호하며 울고 웃었다. 결승전이 열리는 날이면 서울시내 교통량이 크게 줄어들고 상가가 문을 닫았으며, 경기장인 동대문운동장

일대는 인산인해를 이뤘다. 개구멍으로 몰래 들어가려는 얌체 입장객을 막기 위해 조선일보 사원들이 곳곳을 지켰지만 역부족이었다.

너나없이 어렵던 시절, 야구공 확보도 난제였다. 국내에서 경기용 야구공이 생산되지 않아 일본 지사와 미8군에 부탁해 충당했다. 타자가 친 공이 파울 볼이 되어 장외로 나가면 미리 대기하고 있던 직원이 공을 찾아오기도 했다.

사실 나는 야구에 문외한이었는데, 정영일 체육부장을 '과외교사'로 특별 초빙해 용어부터 시작해서 야구 전반에 관해 몇 번 강의를 들은 덕분에 제법 풍월을 읊을 수 있게 되었다. 정 부장은 영화, 클래식 음악, 스포츠 등에 두루 박식했고 야구 해설도 전문가 뺨치는 수준이었다. 그는 1940년대에 상영된 〈대지의 밀사〉라는 미국 영화에 나오는 남녀 배우들의 이름을 줄줄이 꿰고 있었다.

나도 한때 극장을 운영하고 영화를 만들어보았기 때문에 영화에 대해서는 웬만큼 안다고 자신하고 있었지만, 어느 영화에 어느 배우가 나오는지 등을 놓고 정 부장과 내기를 했다가 번번이 져서 술을 사야 했다. 그는 영화에 관한한 시시콜콜한 것까지 모르는 게 없었다. 영화 평점을 매기는 데 별표를 처음 사용한 사람도 정 부장이었다.

경북고와 군산상고의 결승전

청룡야구는 은근히 지역감정까지 가세해 열기를 더했다. 내가 잘 다니던 요릿집 '청송' 주인은 경남 사천 사람이었는데, 결승전에 자신의 지역 팀이 올라오면 아예 가게 문을 닫고 종업원들까지 동원해 응원에 열을 올렸다.

시대에 따라 우승 고교의 지역별 부침(浮沈)도 화려했다. 50년대에는 선린상고를 비롯해 서울세가 강했다면, 60년대에는 동산고가 3연패, 인천고가 2연패를 하는 등 인천세가 짭짤했다. 70년대 들면서는 정권 실세 지역인 경북이 부상하면서 경북고와 대구상고가 위력을 떨쳤다. 잘 나가는 선배들이 뒤에서 정신적으로 재정적으로 지원을 아끼지 않은 것이 힘이 되지 않았나 싶다. 결승전이 열리는 날이면 지방 명문고들이 버스를 대거 전세 내 서울로 올라와 치열한 응원전을 펼쳤다.

대회가 연일 만원사례여서 신문사의 수입도 짭짤했다. 대회 운영에 필요한 경비만 제하고 수익금 전액을 사원들에게 특별 보너스로 지급했다. 회사 형편이 어려워 월급도 두어 차례 나누어 받던 시절에 보너스를 받을 수 있었으니 사원들이 청룡야구를 손꼽아 기다리는 것도 당연했다.

명승부가 속출한 역대 청룡기 대회 중에서도 가장 인상에 남는 경기는 1974년 경북고 대 역전의 명수인 군산상고의 결승전이었다. 6회전까지 3대 3 동점을 기록한 가운데 7회 초 공격에 들어간 군산상고가 원 아웃에 주자를 1루와 2루에 내보내는 찬스를 잡았다. 이때 갑자기 비가 쏟아지기 시작했다. 경북고 감독이 "글러브가 미끄러워 시합을 할 수 없다"며 경기 중단을 요구했고, 군산상고는 당연히 거부했다.

경기장은 순식간에 흥분과 고성으로 가득 찼다. 두 학교의 응원단

끼리 어떤 충돌이 벌어질지 몰라 조마조마했다. 한 시간 동안 회의를 거듭한 끝에 경기를 속개하기로 결정을 내렸다. 다행히 경북고가 이를 받아들여 경기는 다시 시작됐고, 4대 3으로 경북고가 승리했다.

인기 하늘 찌르자 여기저기서 "돈 내놔라"

청룡야구의 인기가 하늘을 찌르자 고교야구대회가 여기저기서 우후죽순처럼 생겨나기 시작했다. 동아일보가 청룡기보다 1년 늦게 황금사자기 대회를 열고 있었고 중앙일보가 1967년 대통령배 고교야구대회를, 1971년에는 한국일보가 봉황대기 고교야구대회를 각각 창설했다.

그러자 그동안 대회를 주관만 하던 대한야구협회도 생각이 달라져 수입의 50퍼센트를 요구했다. 서울시도 대회가 열리는 동대문운동장의 사용료로 수입금의 20퍼센트를 요구했다. 고교야구가 돈벌이가 된다고 생각해 여기저기서 달라붙는 형국이었다.

70년대 황금기를 구가하던 고교야구 대회는 1982년 프로야구 출범과 함께 인기가 급격히 식기 시작했다. 참으로 아쉬운 일이다. 순수한 열정과 페어플레이 정신으로 뭉쳐진 고교야구는 프로야구 못지않게 박진감 있고 드라마틱하다. 스포츠 정신을 통한 교육적인 효과도 적지 않다. 그러나 새로운 인기 품목이 생기면 그곳으로 몰려가는 성향들 때문에 고교야구는 팬을 잃고 만 것이다.

일본에서는 프로야구가 우리보다 더 인기지만 그래도 고교야구의 인기도 그에 못지않다. 매년 여름 오사카에서 벌어지는 고시엔 전국 고교야구대회는 국민행사라고 해도 과언이 아니다. 주최는 아사히신문이 하지만 전 경기를 NHK가 생중계하고 경쟁사인 요미우리나 마이니치도 경기내용 소개에 지면을 아끼지 않는다. 다른 언론사의 대회는 외면해버리는 우리와는 사정이 많이 다르다.

이런 걸 보고 나는 기회 있을 때마다 편집국에 다른 언론사가 주최하는 대회도 가급적 충실하게 기사로 다루라고 부탁하곤 했다. 어쨌든 고교야구가 쇠락한 데에는 언론의 책임도 없지 않다고 생각한다.

청룡봉사상과 경찰청 사람들

조선일보가 주최하는 행사 이름에 '청룡'이 들어간 것으로는 청룡봉사상도 있다. 어려운 여건 속에서 묵묵히 헌신하는 경찰과 희생적인 봉사정신을 발휘한 시민을 격려하기 위해 1967년 조선일보와 내무부가 공동으로 제정한 상이다.

이 상이 만들어진 계기가 재미있다. 1967년 1월 초였던 것으로 기억한다. 한옥신 내무부 치안국장이 최석채 주필과 가까운 사이라 청진동에 있는 '장원'으로 최 주필과 나를 초대했는데, 그 자리에 최치환 의원도 함께 했다. 그런데 네 사람 모두 경찰과 인연이 있었다. 일본 중앙대 법학부 출신인 최 주필은 해방 후 경찰에 들어가 1952년까지 경북 문경·성주·영주에서 경찰서장을 지냈고, 최 의원은 32세에 경찰 보안과장을 거쳐 서울 시경국장을 지냈다. 나는 대학 졸업 후 1·4

후퇴 때 최 의원 덕분에 경찰에 특채되어 지리산지구 전투경찰본부에 근무하면서 2년 동안 『한국경찰전사』를 편찬하는 일을 거들었다.

경찰에 대해 남다른 애정을 가질 수밖에 없는 네 사람의 대화는 자연히 경찰 이야기로 모아졌다. 공공의 안녕과 질서를 지키기 위해 그늘진 곳에서 열심히 일하는 경찰들의 사기를 진작시키기 위해 포상 제도를 만들 필요가 있다는 데 의견이 일치했다.

조선일보에서 신용성 편집부국장과 장정호 사회부장이, 내무부에 선 최석원 경무과장 등이 참여해 상 제정을 위한 실무진을 구성했다. 우리는 단순히 명예만 주는 상이 아니라 수상자에게 일계급 특진이 라는 파격적인 혜택을 주어야 상의 권위와 경찰 사기를 높일 수 있다 고 주장했다. 그러나 내무부는 경쟁이 치열한 경찰 조직에서 일계급 특진은 어려운 일이라며 난색을 표했다. 이 문제는 김경환 편집국장 이 엄민영 내무부 장관을 만나 협조를 요청해 해결했다. 엄 장관은 정치적 센스가 빠른 사람이라 과감한 결단을 내려주었다.

이렇게 해서 2월 17일자 신문 1면에 청룡봉사상 제정 사고가 나갔 다. 선발 기준은 첫째 국민에게 헌신적으로 봉사함으로써 귀감이 되 는 사람, 둘째 현행범과 강력범을 검거하는 데 현저한 공을 세운 사 람, 셋째 용감한 행동으로 시민정신을 발휘한 사람이었다. 이어 3월 7일 시민회관 대강당에서 제1회 청룡봉사상 시상식이 거행됐다. 전 국의 경찰 간부가 한자리에 모인 가운데 경찰 주악대의 팡파르에 맞 춰 박종세 아나운서의 사회로 청룡봉사상은 그 자랑스러운 막을 열 었다.

그 이후 수십 년 연륜을 쌓으면서 청룡봉사상이 전통과 영예의 상징으로 자리 잡아 경찰의 사기를 올리고 있는 모습을 보면서 기뻐했다. 그런데 2006년 8월 어이없는 소식이 들렸다. 이 상을 공동주최해온 경찰청이 일방적으로 철수 의사를 통보해온 것이다. 조선일보에 실린 대통령 비판 칼럼에 속이 상한 청와대가 경찰청에 철수를 종용한 것이 분명했다. 비판 언론에 대한 보복을 위해 경찰의 사기 진작도, 40년 전통과 신의도 헌신짝처럼 내버리는 정권의 속 좁은 처사에 혀를 찰 수밖에 없었다.

월간조선의 탄생

"자랑스럽게 들고 다닐 품위 있는 잡지를 만들라"

시사 월간지를 만들어보겠다는 것은 신문경영에 뛰어들면서부터 지녀온 나의 오랜 꿈이었다. 조선일보는 일정 때 월간지 《조광》《여성》《소년》을 발행한 전통이 있었다. 1968년 창간 48주년을 맞아 조선일보는 "창간 50주년을 맞는 1970년까지 출판국을 부활해 조선일보 강제폐간과 함께 발간이 중지됐던 잡지들을 복간하겠다"고 공표했다.

잡지를 창간하려면 정부의 허가가 있어야했는데, 여간 까다로운 것이 아니었다. 기존 잡지 판권을 인수하면 절차가 수월했다. 마침 《사상계》 잡지 인수 제의가 들어왔다. 나로서는 이게 웬 횡재인가 싶었다. 조선일보에 최석채 주필, 선우휘 편집국장, 양호민·이어령 논설위원 등 사상계 편집위원을 겸하거나 고정필자인 사람이 많아서 그런 제의가 들어온 듯했다.

그런데 인수 작업은 곧 암초에 부딪히게 됐다. 당시 사상계는 부완혁(전 조선일보 주필) 씨가 위탁경영하고 있었다. 사상계 사장인 장준하 씨가 옥중 출마해 국회의원에 당선돼 국회의원 겸직 금지조항 때문에 사장직을 겸할 수 없어 부완혁 씨에게 위탁 형식으로 경영을 맡긴 것이었다. 그런데 무슨 일인지 두 사람 사이에 불화가 생겨 사상계 내부사정이 복잡해지면서 잡지 인수도 무산됐다.

사정이 여의치 않자 우리는 차선책으로 주간지를 내기로 했다. 제호를 《주간조선》으로 정하고 문공부에 등록 허가 신청서를 냈지만, 번번이 퇴짜를 맞았다. 당시 3선개헌을 앞두고 있던 터라 혹시라도 정권에 타격을 주는 매체가 또 하나 등장할까 봐 허가를 내주지 않은 것이었다. 모든 준비를 마치고 오케이 사인만 떨어지기를 기다리고 있는데 감감무소식이라 답답한 마음에 신범식 문공부 장관을 찾아가 몇 번 부탁했으나, 그럴 때마다 그는 그저 허허 웃으며 "위쪽에 알아보라"며 발뺌할 뿐이었다.

최석채 주필이 나서 박 대통령을 설득한 끝에 겨우 허가가 떨어졌다. 조덕송 논설위원을 주간조선 주간으로 임명하는 자리에서 나는 세 가지를 주문했다. 첫째, 이윤은 생각도 말라. 둘째, 품격을 지키며 조선일보의 보조역할을 해달라. 셋째, 교수나 대학생들이 어디서나 손에 들고 다닐 수 있는 품위 있는 잡지를 만들어 달라. 이 무렵엔 주간지하면 으레 낯 뜨거운 선정적인 잡지를 생각할 때였다.

그렇게 해서 1968년 10월 20일 《주간조선》 창간호가 발행됐다. 흑백

인쇄의 타블로이드판 32면에 값은 15원이었다. 커버스토리로 최석채 주필의 글「국민의 동질성이 무너질 때 그 사회는 절망만이 지배한다」를 실었다. 격조 높은 주간지가 등장하자 지식인층의 호응이 컸다. 창간호 판매 부수는 목표로 삼았던 20만 부를 훌쩍 뛰어넘었다.

《사상계》 인수 무산 후 이낙선 씨의 《세대》 인수

이에 앞서 1965년에는 《소년조선일보》를 속간했다. 어린이들을 잘 키워야 조선일보의 미래 독자가 생긴다는 생각에서 조덕송 논설위원에게 속간 책임을 맡겼다. 조 위원이 어려운 일을 연달아 맡아 고생을 많이 했다. 소년조선 속간을 앞두고 사직동 우리 집에서 저녁을 먹다가 그가 "어째서 나에게만 힘겹고 궂은일을 시키냐"고 원망 섞인 항의를 했다. 나는 "당신이 적격자고 당신밖에 맡을 사람이 없으니 당신에게 중책을 맡길 수밖에 없지 않느냐"고 솔직히 대답했다.

잊고 있던 사상계 인수 문제가 다시 수면 위로 떠올랐다. 1970년 5월호 사상계에 김지하의 담시 〈오적〉이 실리면서 부완혁 씨가 반공법 위반 혐의로 구속되고, 사상계 발행도 사실상 중단됐다. 그러자 김계원 중앙정보부장이 내게 사상계를 인수해볼 생각이 있냐는 제안을 해온 것이다.

선우휘 편집국장과 함께 서대문구치소로 부완혁 씨를 찾아가 협상 끝에 양도계약서를 작성하고 도장까지 찍었다. 7월부터 본격적인 준비에 착수해 안병욱·양호민·강원룡·최석채·선우휘 등으로 발간 준비위원회를 구성하고, 최석채 주필을 사상계 주간으로 겸임시켰다. 유경환 조사부 차장을 편집실장으로, 인보길 기자를 차장으로, 박범진·조연홍·최준명·정규만 기자를 편집실 근무로 발령냈다. 조선일보에는 "휴간 중인 월간 《사상계》를 본사가 정식 인수해 10월호부터 발행한다"는 내용의 사고까지 나갔다.

그런데 일이 복잡하게 얽혀들어 갔다. 부완혁 씨로서는 내심 다른 생각이 있었는지, 계약서에 계약을 체결한 연도만 쓰고 월, 일은 적지 않았다. 그는 경성제대 법과를 나오고 일정 때 군수를 지내 법에 밝았다. 그는 "계약서에 날짜가 없으니 무효"라고 주장하며 "조선일보가 나를 직원으로 채용하면 출소 후 내가 편집진을 구성해서 사상계를 내겠다"고 제안했다. 협상은 무산됐고, 사상계 인수는 불발로 끝나고 말았다. 인쇄 직전에 있던 '조선일보 사상계' 제1호는 '기념물'로 남아있다.

오랜 숙원이던 월간지 발행은 1980년대 들어서야 이뤄졌다. 박 대통령 서거 후 얼마 안 돼 신동호 편집국장이 인사동에서 김성진 문공부 장관, 유혁인 청와대 정무수석, 이낙선 전 상공부 장관과 점심을 함께 했는데, 그 자리에서 《세대(世代)》지를 발행하고 있던 이 전 장관이 "경영난으로 어렵다"는 이야기를 꺼냈다. 신 국장으로부터 이 보고를 받고 즉각 교섭을 진행하라는 지시를 내렸다. 일은 순조롭게 진행돼 직원들 퇴직금 2천만 원을 대신 내주기로 하고 잡지를 인수했다. 이렇게 해서 1980년 3월 15일에 《월간조선》 창간호가 나왔다. 《조광》 잡지가 폐간된 지 37년 만에 월간지가 부활한 것이다.

지워지지
않는
마음의 멍에

4

조선일보가 3·6사태를 겪고 있을 때
동아일보는 광고탄압 사태를 겪었다.
정부의 광고탄압에도 동아일보가
석 달을 버티는 걸 보고 놀랐다.
그걸 보고 내가 이를 악물었다.
어떡하든 재정 독립을 이루어야 한다.
그러지 않으면 언론자유도 헛것이다.

기자들의 신문제작 거부

최초의 임금인상 투쟁 '6·4사태'

1973년에 있었던 '6·4파동'은 내가 발행인을 맡은 후 처음으로 맞닥뜨린 제작 거부 사태였다. 6월 4일 오전 11시쯤 기자들이 임금인상을 요구하며 사옥 5층 도서실에 모여 제작 거부를 선언하고 농성에 들어갔다. 나로서는 전혀 예상치 못한 일이라서 벼락을 맞은 기분이었다.

무엇보다 신문을 만드는 것이 급선무였다. 다행히 김종헌 편집부 차장, 이준우 문화부 차장, 안종익 사회부 차장 등이 "신문을 만들면서 투쟁하자"고 주장해 이들과 부장단만으로 신문제작에 들어갔다. 한편으론 신동호 편집국장을 비롯해 간부들이 대화를 하기 위해 5층에 올라갔으나 기자들이 계단과 출입문에 책걸상을 쌓아놓고 출입을 철저히 통제하는 바람에 그냥 내려와야 했다.

기자들의 농성이 계속되자 공무국도 술렁거렸다. 만약 공무국까지 농성에 가담하면 사태는 걷잡을 수 없이 커진다. 걱정스런 마음에 공무국에 내려가 "이게 무슨 짓들인가. 힘든 고비 잘 넘기고 경쟁에서 한 발 겨우 앞섰는데. 이제 봉급 좀 올리고 힘차게 나가보려고 하는데, 그걸 못 참고 집단행동을 한다면 우리 모두 공멸할 수밖에 없다"고 설득했다.

'깡패 동원설'로 사태 악화

겨우 진정이 되는가 싶었는데 엉뚱한 데서 사단이 났다. 인천 올림포스호텔 카지노를 운영하는 유화열 씨와 그 주변사람들이 방일영 회장을 잘 따라서 신문사에 자주 드나들었는데, 마침 이날도 이들이 회장실에 놀러와 있었다. 내가 흥분해서 공무국에 내려간 것을 알고 방 회장이 유화열 씨 일행에게 "얼른 따라 내려가 봐라. 저 녀석 성격에 무슨 짓을 할지 모른다"고 했다. 그런데 이들의 출현을 오해한 일부 공무국원들이 "회사가 폭력배를 동원했다"고 떠들었다. 그 바람에 문선부원 일부가 제작 거부에 합류, 결국 지방판이 나오지 못하는 사태에 이르고 말았다.

최영정 공무국장도 오해를 했는지 나에게 "깡패를 동원할 줄은 몰랐습니다"라고 항의했다. 내가 섭섭하기도 하고 기가 막혀 "그게 무슨 말이냐. 누구보다 내 성격을 잘 알면서 어떻게 그런 말을 할 수 있냐"고 거칠게 나무랐다. "당신도 알다시피 그 사람들 회장과 친한 사람들이다. 내가 한참 혈기왕성하니까 무슨 일이 일어날지 몰라 걱정돼서 내려온 거다. 외부에서 깡패를 동원했다니 그게 말이 되는 소린가"고 언성을 높였다. 내 설명을 듣고 공무국원들은 오해를 풀었다. 조용히 가라앉을 수 있었던 파업 사태가 뜻하지 않은 '깡패 동원설'로 확대가 된 셈이었다.

그런 가운데서도 기자들의 농성은 밤늦도록 계속됐다. 밤 11시쯤 기자들이 허기를 때울 수 있도록 빵과 음료수를 들여보냈는데, 예상 외로 순순히 받아주었다. 속으로 "대화 통로가 아예 막힌 것은 아니구나" 하는 생각이 들었다.

더 이상 사태를 두고 볼 수는 없었다. 유건호 전무, 선우휘 주필, 신동호 편집국장 등 간부들에게 "우리가 올라가서 해결합시다"고 해 함께 농성장으로 올라갔다. 바리케이드를 치고 있던 기자들이 사장인 나까지 막을 수는 없었던지 슬금슬금 옆으로 비켜섰다. 낯익은 얼굴들을 대하자 감정이 북받쳐 올랐다.

보너스 400퍼센트 인상으로 해피엔딩

"우리 이러지 맙시다. 이게 무슨 짓들이오. 사원들의 어려움을 미처 헤아리지 못한 내 잘못이 큽니다. 하지만 조만간 봉급을 인상할 계획이었습니다. 두고 보면 알아요."

사실 회사 측에서는 그 무렵 임금을 대폭 인상하기로 하고 실무 작

업을 병행 중이었다. 신동호 편집국장도 내 방에 들를 때마다 봉급인
상을 빨리 해야 한다고 누누이 강조해오던 참이었다.

기자들의 농성장은 열기로 가득했다. 선우휘 주필이 "주동자가 누
구야?"라고 물었다. 아무도 나서지 않았다. 그렇게 하기로 사전 약속
들을 한 모양이었다. 선우 주필이 군대에서 심리전을 수행해봐서 심
리전에 능했다. "너희들 비겁하다. 주동자가 나와야 협상이라도 할
것 아니냐"고 몰아쳤다. 그러자 최고참급인 안병훈 기자가 "접니다"
하고 손을 들고 나섰다. 뒤이어 사건기자 팀장(시경캡)인 조연흥 기자
가 "아닙니다. 접니다" 하고 또 나섰다. 나는 두 기자의 배를 쿡쿡 찌
르며 "짜식들…" 했다. 두 기자도 멋쩍어 하는 표정이었다.

사장실로 내려가 즉석 협상이 시작됐다. 협상 대표들이 수차례 농
성장을 오르내린 끝에 마침내 보너스를 400퍼센트 올리는 파격적인
인상안에 합의했다.

내가 다시 농성장을 찾았을 때는 새벽이었다. 흥분과 열기에 휩싸
인 농성장은 대낮처럼 훤했다. 나는 생각나는 대로 두서없이 말을 이
어나갔다.

"여러분이 밤낮없이 뛰어준 덕분에 신문사가 이제 먹고살 기반을
마련했습니다. 사원들의 고마움에 미처 보답하지 못한 점을 솔직히
시인합니다. 이번 일을 전화위복으로 삼아 우리 함께 힘을 합해 좋은
신문을 만들어 봅시다."

나의 호소에 기자들은 박수를 쳐서 공감을 표했다. 그리고 농성을
끝냈다. 농성 시작 16시간 만인 새벽 4시였다. 정신을 차리고 보니
속옷이 땀으로 푹 젖어 있었다. 몹시도 무더웠던 초여름 밤이었다.

언론자유 욕구도 커지기 시작

6·4파동은 사원들의 처우개선을 내건 순수한 임금인상 투쟁이었지만, 그 안에는 언론자유에 대한 기자들의 열망이 잠재돼 있었다. 1972년 10월유신으로 언론보도가 극도로 제약을 받는 상황에서 편집국 분위기는 몹시 우울했다. 탈출구를 찾지 못하던 기자들의 불만이 임금인상이라는 불꽃을 만나자 한순간에 폭발한 것이 바로 6·4파동이라고 할 수 있다.

어떻든 사태가 수습되자 신동호 국장이 책임을 지고 국장직을 물러나겠다고 했다. 분위기 쇄신을 위해 6월 15일 대대적인 사내 인사를 단행했다. 후임 편집국장에 김용원 경제부장을 선임했다. 신동호 국장은 논설위원에 임명하고, 사업국장에 최영정, 총무국장에 목사균, 공무국장에 정광헌, 판매국장에 송석환 씨를 임명했다.

그런데 김용원 국장은 그 얼마 전에 내가 직접 불러 "사회부장 한번 해봐라"는 말까지 했고, 신 국장과 의논해 발령을 내려고 준비 중이었다. 다음 편집국장을 맡겼으면 좋겠는데, 경제부 경험만으로는 부족하니 사회부 경험을 쌓아보라는 배려였다. 그런데 갑작스럽게 신 국장이 물러나는 바람에 김용원이 떠밀리다시피 편집국장 발령을 받은 것이다.

지워지지 않는 마음의 멍에

1975년 기자 해직 '3·6사태'

힘들고 속상했던 일도 오랜 세월이 지나고 보면 대부분 담담하게 되돌아볼 수 있는 게 인간사이다. 그러나 1975년에 일어났던 3·6사태는 30여 년 세월이 흘러도 여전히 내 마음의 멍에로 남아있다.

1975년 3월 6일 오후 2시를 기해 기자들이 신문제작을 거부하고 편집국에서 전면 농성에 들어갔다. 이른바 '3·6사태'의 시작이었다.

발단은 1974년 12월 17일 유정회 전재구 의원의 기고문 「허점을 보이지 말자」를 조선일보에 실으면서 시작됐다. 전 의원은 김형욱 중앙정보부장의 보좌관을 지냈는데, 어려운 시절에 정보도 미리 귀띔해주고 곤란한 일이 있으면 나서서 무마도 해주는 등 신문사를 알게 모르게 많이 도와줬다. 그러다 국회의원이 돼 자신의 글을 한 편 실어달라고 부탁하는데 매정하게 거절하기 어려워 편집국에 검토해보라고 넘겼다. 유신체제를 옹호하는 내용의 원고였는데 대폭 줄여서 신문에 싣게 됐다.

그런데 저녁 가판 신문에서 이 글을 본 신홍범·백기범 기자가 김용원 편집국장에게 항의하다 서로 목소리가 높아지고 삿대질이 오가는 상황까지 이르게 됐다. 징계위원회가 열려 두 기자의 파면이 결정됐다.

내가 결재과정에서 간부들을 불러 "파면은 심한 것 아니냐. 시말서 쓰고 사과하면 되지 않겠느냐"고 해 그렇게 하기로 했다. 그런데 두 기자가 끝내 사과하기를 거부했다. 다시 징계위원회가 열려 결국 해임 결정이 났다. 김용원 국장도 책임을 지고 국장 자리에서 물러났다. 유건호 전무에게 편집국장직을 맡기고 비상체제로 들어갔다.

기자들은 파면이 지나치다며 농성을 시작했다. 그러자 김윤환 편집부국장이 "개전의 정을 보이면 두 기자를 내년 창간 기념일(3월 5일)까지 복직시키겠다"고 약속해 다음날 새벽 농성이 풀렸다. 김 부국장은 막후교섭 능력이 뛰어나고 협상을 잘한다고 해서 사내에서 '키신저'라는 별명으로 불리고 있었다. 하지만 이 문제와 관련해 나와 사전에 상의한 바는 전혀 없었다.

1975년 3월 5일 창간기념일까지 두 기자의 복직은 이루어지지 않았고, 이튿날인 3월 6일을 기해 기자들이 농성에 들어갔다. 나는 "두 기자의 복직 약속은 김윤환 부국장이 개인적으로 한 것이다. 개인이 가서 오케이해 주고 신문사 책임이라고 하면 말이 되느냐"고 분명하게 말했다.

기자들이 농성에 들어가자 4층 회의실에 간부들이 모여 근근이 신문 제작을 이어갔다. 신문사의 운명이 한 치 앞을 내다볼 수 없는 상황이었다. 내가 젊은 기자들을 불러서 당부한 것은 단 한 가지, "외부와 연결하지 마라. 순수하게 하라"였다. 그런데 가만 보니 외부 인사들과 기자들이 회사 뒤 한성여관에 모여 있었다. 그게 아지트였다. 가만히 있을 수가 없었다. 기자들은 "외부와 상관없다"고 말하지만, "외부사람들이 와서 진을 치고 있다"는 보고가 들어오니 내 눈으로 직접 확인해 볼 수밖에 없었다. 급한 성격을 주체 못하고 혼자 한성여관으로 달려갔다.

아수라장 된 한성여관

가보니 김지하 등 재야인사(在野人士) 칠팔 명이 모여 앉아있었다. 내가 부아가 나서 술상을 발로 차며 "이 자식들아, 이게 순수한 투쟁이야? 외부인들이 여기 왜 와 있어" 하고 소리쳤다. 김지하가 뭐라고 항의하기에 내가 "가만있어. 〈오적〉 시인이면 다야? 당신이 무슨 상관인데 여기 왔어" 하고 몰아붙였다.

난장판이 벌어졌다. 김명규 기자가 "어휴, 사장" 하며 말리다가 안경이 떨어지고 그 안경을 내가 발로 밟아 깨지고… 아수라장이었다. 신홍범이 저고리 벗고 달려들기에, "야, 이놈아. 그래도 내가 사장이야. 아무리 투쟁이라고 하지만 저고리 벗고 대들면 한판 붙자는 거야? 이런 법이 어딨어. 그런다고 내가 눈 하나 깜짝할 것 같아?" 하고 소리를 질렀다.

이때 총무부 박용환 차장이 헐레벌떡 여관 안으로 뛰어들어 왔다. 회사 간부들이 나 혼자 한성여관에 뛰어든 걸 알고 "사장이 흥분했으니 얼른 가서 모셔오라"고 했던 것이다. 간부들도 무슨 일이 일어날지 걱정돼서 한성여관 입구까지 와 있었다. 박 차장이 힘도 있으니까 나를 말리면서 끌고 나왔다. 그게 말하자면 '한성여관 사건'이다. 그런데 이걸 두고 "박 차장이 한성여관에 와서 가위 들고, 칼 들고 위협했다"는 등 온갖 말이 다 나왔다. 나중에 그쪽에서 누가 와서 "그런 일 없다. 미안하다"고 사과는 했지만 황당하기 그지없었다.

함세웅 신부 추격전, 어찌나 빠르던지

함세웅 신부는 이틀에 한 번 꼴로 조선일보사 경비실에 와서 천주교 정의구현사제단 이름으로 찍은 전단지를 한 뭉치씩 내려놓고 갔다. 내가 뱀같이 독이 올라있을 때였다. "도대체 신부가 신문사 일에 무슨 상관이냐. 가만 두지 않겠다"고 새벽에 기다리고 있었다. "왔다"는 보고를 받고 쫓아 내려가니 벌써 저만큼 달아나고 있었다. 욕설을 퍼부으며 쫓아갔는데 어찌나 빠르던지 무교동 뒷골목 어름에서 놓치고 말았다. 그때 내 심정으로는 그를 붙잡으면 무슨 분풀이를 했을지 모를 정도여서 못 만난 것이 다행이었다.

3·6사태의 원인이나 경과야 어쨌든 내가 가슴 아프게 생각하는 건 결국 내가 키운 사람들을 내 손으로 내보냈다는 것이다. 발단이 됐던

신·백 기자는 수습 9기 출신인데 중간에 한 번 나갔다가 장정호 편집국장 시절 다시 들어왔다. 백기범은 고향이 평안도 박천이고 내 어머니 고향이 그곳이라 입사 때부터 내가 신경을 많이 썼다. 그 뒤로도 설악산, 한라산 등에 데리고 다니면서 내 딴에는 상당히 아꼈는데 그렇게 앞장설 줄은 몰랐다.

박범진은 입사 면접할 때 어려운 가정형편에 가정교사하며 대학 공부한 이야기를 듣고 간부들이 모두 코끝이 찡했다. 유건호 상무가 적극적으로 밀었고 나도 "저런 청년이 조선일보에 들어와야 한다"고 거들었다. 입사해서 기사 관계로 정보부에 끌려가고 어려움을 겪을 때도 조사부로 발령내 보호하고, 사태가 가라앉자 곧 정치부로 복귀시켰다.

이렇게 마음으로 아꼈던 사람들이 회사 문을 닫게 할지도 모를 투쟁에 그토록 모질게 나오니 섭섭한 마음이 들지 않을 수 없었다. 사람의 정리(情理)보다는 투사로서의 투쟁이 더 중요했던 모양이다.

신임 받던 기자들이 차례로 투쟁 전면에

성한표는 성석기 경리국장이 종씨(宗氏)라고 총애했고 정치부장감 이라는 소리를 들었다. 정태기도 내가 신임했다. 그런데 내가 보기에 기자들의 전술이 회사가 신임하고 눈여겨보는 기자들을 투쟁의 전면에 내세우는 것 아닌가 하는 생각이 들었다. 기자들의 농성과 투쟁을 이끄는 조직이 기자협회 조선일보 분회였는데 그 분회장 선거에서 회사의 신임을 받고 있던 기자들이 차례로 선출되는 것이었다.

당시 회사의 방침은 분회를 승인하지 않는다는 것이었고, 분회장에 임명되면 해임 결정이 나올 수밖에 없었다. 정태기가 제일 먼저 분회장을 맡고, 다음엔 김명규, 그 다음엔 주돈식 순이었다. 이러다간 큰일 나겠다 싶었다.

기자들이 자유언론 실천을 주장하는 것은 이해할 수 있는 일이었지만, 그게 아니라 신문제작을 거부하고 기자들의 연속 해직을 초래해서 결국은 신문사가 문을 닫게 되는 것 아닌가 하는 생각이 들었다. 심장이 바싹바싹 타들어가는 듯했다.

문화방송 사장으로 가 있던 최석채 씨가 기자들을 설득해보겠다고 농성장에 올라갔다가 후배들로부터 망신을 당하고 내려오는 일도 있었다. 내 방에서 "후배들이 나한테 이럴 수가 있냐"며 눈시울을 붉히기에 내가 "후배들이라고 다 그런 건 아닙니다. 몇몇 애들이 술책을 부려 창피를 준 겁니다. 참으십시오"라고 위로했다.

아내도 기자 집 돌며 부인들 설득

더 이상 사태를 방치해둘 수가 없어 내가 간부들한테 "우리 모두 4층에 올라가자"고 했다. 간부들이 편집국에 들어가서 기자들을 한 명씩 데리고 나왔다. 나도 편집부 기자 한 명의 옆구리를 끼고 내려왔다. 결국 1주일 만에 농성이 풀렸다. 해산 과정에서 아무런 충돌도 없었다. 오랜 농성에 지친 기자들도 오히려 홀가분한 표정이었다. 그

1975년 3·6사태 당시 기자들이 제작 거부에 들어간 편집국의 텅 빈 모습. 오른쪽에 '농성 제7일' 이라는 글씨가 보인다.

런데도 그걸 두고 또 강제 해산이라는 뒷말이 돌았다.

편집국 농성이 해산되고도 일부 기자들은 회사 건너편 신문회관에서 농성을 계속했다. 간부들이 나서 설득을 시작했다. 성한표는 내가 불러다 설득했다. 어느 한 기자의 부친은 전라도에서 학교 교감을 하고 있었는데 나한테 편지를 보냈다. '제 豚兒가 신문사에서 일하다가 사장한테 이렇게 폐를 끼쳐서 교육자로서 정말 죄송하다'는 내용이었다. 내가 그때 '豚兒(돈아, 집 아이라는 뜻)'란 표현을 처음 알았다. 내가 그 기자를 불러놓고 "아버님이 이렇게 편지까지 보내셨다"고 설득했지만 소용이 없었다.

일부였겠지만 인사에 대한 불만으로 농성에 참가한 경우도 있었다. 그런 기자들은 내가 불러 "네가 언론자유하고 무슨 상관이냐"고 역정을 냈다.

나로서는 한 사람 한 사람 불러 설득하려고 무척 노력했다. 우리 집사람도 기자 집들을 찾아다니며 기자 부인들을 설득하느라 애썼다. 한 달 반 동안 별일이 다 있었다. 나중엔 기진맥진했다. 그래도 그때 더 노력했으면 몇 명은 더 데려올 수 있었을 텐데 하는 아쉬움이 남는다. 결국 32명이 신문사를 떠나게 됐다. 정말 아까운 사람들이었다. 최준명은 몇 달 동안 안 들어왔다가 나중에 복귀했다. 절개가 질겼다. 내가 그의 동생을 불러서 "당신이 책임지고 형님 데려오라"고 했다.

동아일보 광고탄압 보며 '재정 독립' 다짐

조선일보가 3·6사태를 겪고 있을 때 동아일보는 광고탄압 사태를 겪었다. 정부의 광고탄압에도 동아일보가 석 달을 버티는 걸 보고 놀랐다. 당시 조선일보의 재정형편으론 열흘을 버티기 어려웠을 것이다. 그걸 보고 내가 이를 악물었다. 어떡하든 재정 독립을 이루어야 한다. 그러지 않으면 언론자유도 헛것이다. 사원들에게도 우리의 저력을 키우자고 호소했다.

3·6사태로 한꺼번에 30여 명의 기자가 빠져나간 후유증은 두고두고 지속됐다. 중간허리가 뚝 끊겨 나가니까 10여 년 동안 인사 공백이 생겼다. 사람 한 명의 힘이 얼마나 큰가, 사람의 가치가 얼마나 무거운가를 새삼 깨달았다. 그래서 인사에 대해서만은 가혹하게 하지 말자고 결심했다. 서로 뭉치고 웬만하면 온정주의로 나가자고 다짐

했다.

3·6사태는 언론자유에 대한 열망이 쌓이고 쌓여 폭발한 것으로 한 번쯤은 겪어야 할 시대적 숙명이었다고 생각한다. 그러나 아무리 언론자유가 중요하다고 하더라도 기자들이 스스로 신문제작을 거부해서 신문사가 문을 닫으면 남는 게 무엇이겠는가. 언론자유가 중요할수록 어떤 경우에도 신문은 나와야 하고, 또한 언론자유를 지켜줄 수 있는 재정 독립이 뒷받침돼야 한다는 사실을 나는 3·6사태의 쓰라린 교훈으로 간직하고 있다.

해직당한 박세원이 보낸 그림

그래도 언론자유 외치다가 나간 사람들이 조선일보와 크게 원수진 것 같지는 않다는 사실이 나로서는 고마울 뿐이다. 1990년 동아건설 초청을 받아서 김동길 박사와 리비아에 갔는데 공항에서 3·6사태 때 나간 박세원을 만났다. "당신이 어떻게 여기 있냐"고 하니까 대우 리비아 지사에서 일하고 있다고 했다. 3·6 때 책상을 발길로 차며 "방우영이 여기 오라고 해!" 하던 친구였다.

15년이 지나 외국에서 만나니 얼마나 반가운지 몰랐다. 그도 반가운 기색을 감추지 못하며 앞장서 나를 안내했다. 떠나기 전날 호텔에서 함께 저녁을 먹다가 벽에 멋진 그림이 걸려 있기에 내가 지나는 말로 "저 그림 멋있다. 사막과 싸우는 용기 있는 사람들 아닌가"라고 했다. 그런데 서울에 돌아온 지 한 달쯤 후 큰 소포가 도착했다. 리비

아에서 온 그림이었다. 박세원이 그 그림의 화가를 수소문해 찾아가 똑같은 그림을 그려달라고 해서 보낸 것이었다. 가슴이 찡했다. 그 그림을 내 집에 소중히 걸어놓고 있다. 조선일보를 떠났지만 조선일보와 등을 지진 않았구나, 섭섭하고 원망스러웠겠지만 증오를 하진 않는구나, 그런 위안을 느끼며 진심으로 고마웠다. 박세원은 비통하게도 몇 년 뒤 암으로 사망했다.

3·6사태 때 나간 사람들의 자녀가 조선일보 기자로 들어오기도 했다. 해직기자들이 자신의 2세를 조선일보로 보낸 데에는 많은 뜻이 담겨 있다고 생각한다. 나는 그 뜻을 소중하게 생각해 그들의 자녀들이 조선일보에서 일할 수 있도록 최대한 배려했다.

해마다 연말이면 조선일보 전직사우들의 모임인 조우회(朝友會)가 송년회를 갖는다. 여기에는 3·6사태 때 나간 사우들도 모인다. 시대 상황에 따라 불가피하게 헤어졌지만 인간적인 유대는 흐트러지지 않았다는 것을 확인하는 자리라고 나는 생각한다. 어려웠던 시대에 불행한 일로 가는 길이 갈렸지만, 시간의 흐름과 함께 서로의 입장을 이해하면서 3·6 문제의 앙금이 풀려가리라 믿는다.

깨어진 잔칫상

"차라리 내 무덤에 와서 욕을 하라"

1987년 6·29선언 이후 민주화 요구가 거세지면서 언론사들이 노동조합을 결성하기 시작했다. 1987년 다섯 곳이던 언론사 노조는 해를 넘기면서 거의 대부분 언론사로 확산됐다. 조선일보사 노조는 1988년 10월 25일에 출범했다.

당시 나는 88올림픽 보도를 성공리에 끝내고 편집국장에서 물러난 안병훈 상무와 함께 중국을 여행 중이었다. 24일 귀로에 동경에 도착했는데, 본사로부터 "노조가 결성된다"는 연락이 왔다. 나는 남은 일정을 취소하고 귀국했다.

10월 25일 아침 8시 조선일보사 기자 82명은 서울 출판문화회관 강당에 모여 노동조합 결성대회를 열고 사회부 김효재 기자를 초대위원장으로 선출했다. 결성대회 직후 조합 임원들이 사장실로 나를 찾아왔다. 그 자리에서 나는 이렇게 당부했다.

"회사로서는 지금까지 노조 없는 최고의 신문을 만든다는 입장이었습니다. 하지만 기왕 노조가 만들어진 이상 좋은 신문을 만든다는 공동의 목표를 위해 노력합시다. 무엇보다 조선일보를 위한 노조가 돼 주십시오."

회사와 노조 간에 첫 단체협약 교섭이 12월 10일 4층 회의실에서 열렸다. 그 전에 나는 노조 임원들에게 한 가지 당부를 했다.

"우리가 그래도 배운 사람들인데, 폭력과 비방이 난무하는 단체교섭은 하지 맙시다. 지성인답게 신사답게 질서 있게 한번 해 봅시다. 아무리 대등한 입장으로 만난다고 해도 연장자 앞에서 머리띠 두르고 다리 꼬고 있는 꼴은 나는 못 봅니다. 나도 담배 안 필 테니 노조도 그런 점은 지켜주세요."

기자들이 내 요구를 들어줬다. 그런 점은 조선일보다운 노조였다. 34일간에 걸쳐 열 차례의 본회의와 수많은 실무회의를 거쳐 이듬해 1월 14일 편집의 독립과 퇴직금 누진제 등을 담은 단체협약이 체결됐다.

그런데 4월에 접어들자 노조가 3·6사태에 대한 재평가를 요구할 것이라는 보고가 들어왔다. 나로서는 좀처럼 이해가 되지 않았다. 노조와 3·6사태는 아무런 연관도 없는데 왜 갑자기 14년 전 상처를 헤집고 나오는 것인가. 이것은 다분히 정치적 투쟁이라는 생각이 들었다. 노조 간부들과 편집국 기자 대표들을 음식점으로 불러 토론의 자리를 마련했다.

나는 기자들에게 분명히 밝혔다. 내가 노조 자체를 반대하는 것은 아니다, 다만 3·6사태를 끄집어내서 해결하라고 하는 것은 다른 차원이다, 어떻게 3·6사태를 노조와 연계시키고 그걸 당장 해결하지 않으면 안 된다고 하는가, 그건 너무 가혹하지 않은가, 나로서는 아직도 기억에 생생하고 가슴 아픈데 이제 와서 왜 상처를 헤집어내 문제를 확대시키느냐. 당신들이 3·6사태에 대해 뭘 아느냐….

기자들도 주장을 굽히지 않았다. 비록 오랜 시간이 지났지만 3·6사태의 해결 없이는 새로운 시대에 조선일보의 거듭남도 어렵다는 주장이었다. 우리는 격론을 벌였다. 별 수 없이 내가 최후통첩을 했다.

"3·6은 거론하지 마라. 거론하면 또 다른 3·6이 올 수밖에 없다. 차라리 나 죽고 나서 내 무덤에 와서 나를 욕하고 침을 뱉어라."

3·6사태 해결 요구하며 농성

그러나 노조는 5월 15일 저녁 7시 편집국에서 기자조합원 총회를 열고, 회사 측에 '3·6운동이 자유언론실천을 위한 정당한 투쟁이었음을 인정하고, 기자 해고 조치에 대한 사과문을 지면에 게재할 것' 등을 요구하는 성명서를 채택했다. 노조 집행부는 요구조건이 관철될 때까지 무기한 농성을 하겠다며, 이날부터 노조 사무실에서 철야농성에 들어갔다. 기자조합원들은 매일 저녁 마감이 끝난 후 편집국과 코리아나호텔 현관 로비 등에서 농성 집회를 벌였다. 아침에 출근해 편집국에 내려가 보면 시커먼 활자로 뽑은 격문들이 어지럽게 나

붙어 마음이 한없이 심란했다.

노조는 3·6사태의 '진상'을 알리는 글을 조선일보에 실어야 한다고 회사 측을 압박했다. 이를 거부하자, 그러면 노조 이름으로 의견 광고를 싣겠다고 했다. 노조는 5월 31일 오후에 조선일보사 광고국에 광고 접수를 하러 갔지만, 거부당했다. 그러자 "조선일보가 안 실어주면 한겨레신문에라도 광고를 싣겠다"고 했다.

노조가 창립되고 얼마 안 돼 이런 일도 있었다. 국회 언론청문회가 열리자 노조는 "지난 세월 조선일보사의 과오를 반성 성찰하는 사설을 써서 게재해야 한다"고 요구했다. 옥신각신 끝에 1988년 11월 23일자 조선일보 1면에 「청문회에 대한 우리의 입장」이라는 사설이 실렸다. 이 사설을 보고 노조가 본래 의도와 다르다며 이의를 제기했다. 다시 진통을 겪은 끝에 이틀 뒤인 11월 25일자 1면에 사설 「청문회를 본 우리의 다짐」이 실렸다. 그러자 이번에는 부장단이 집단사의를 표했다. 부장단은 "지난 세월이 잘못됐다면, 그 신문을 책임지고 만들어온 부장들이 잘못했다는 이야기인데, 그렇다면 경영진은 우리를 배제하고 노조와 신문을 만들겠다는 것이냐"며 격앙됐다.

노조 위원장과 사무국장이 부장회의에 들어가 "누가 누구의 책임을 묻는 것은 아니다. 노조의 진의를 알아달라"고 해명한 뒤에야 부장단의 사의 표명은 없던 일로 됐다.

3·6사태를 들고 나와 50일간 농성을 벌여온 노조는 이 문제를 놓고 파업 찬반 투표를 실시해 압도적 찬성으로 파업을 결의했다. 사옥 1층 로비에는 조합원들이 집결해 파업 결행 의지를 다지며 구호를 외쳤다. 일촉즉발(一觸卽發)의 상황이었다. 그러나 다행히 노조 집행부

가 실제 파업 돌입은 유보하는 결정을 내려 파국은 피할 수 있었다.

　김대중 편집국장이 노조와 대화를 거듭한 끝에 7월 4일 "조선일보
사는 1975년에 발생한 3·6사태 해결에 적극적으로 노력한다"는 합
의를 이끌어냈다. 노조의 농성도 풀렸다.

"싸우더라도 밥은 먹고 싸우자"

　조선일보사 노조가 처음 생긴 1988년 10월 25일부터 1989년 7월 4
일 합의문이 나올 때까지 사내에서는 하루도 바람 잘 날이 없었다.
3·6사태 당장 해결하라며 노조 집행부가 농성을 벌일 때는 난감했
다. 아침 일찍 농성장을 찾아가 보면 노조 간부들이 집에도 안 들어
가고 밤새 유인물을 만들고 투쟁 전략을 짜고 있었다. 내가 "싸울 때
싸우더라도 밥은 먹고 싸우자"며 해장국집으로 데려가기도 했다.

　노조 초대 집행부가 물러가고 1989년 10월 25일 2기 집행부가 들
어섰다. 12월 초부터 단체협약 개정을 위한 노사 간 교섭에 들어갔는
데, 사원지주제를 둘러싸고 의견 차이가 좁혀지지 않아 갈등이 생겼
다. 해를 넘기고도 이 문제는 해결될 기미가 보이지 않았다.

　노조는 '사원지주제는 주인의식 고취와 편집권의 독립을 구현하는
근본장치'라는 논리를 내세워 회사를 압박했다. 편집권 독립은 최석
채 전 주필이 편집인협회 회장을 맡고나서 기회 있을 때마다 주장해
왔던 것이다. 나와 몇 번 논쟁을 벌인 일도 있다. 나는 "편집권이 경
영진에 있어 문제가 생긴다고 하는데, 그러면 편집권이 기자들에게

넘어가면 공정을 기할 수 있다는 말씀입니까? 지금대로 좋은 신문을 만들기 위해 저나 선생님이 서로 힘을 합쳐나가는 것이 좋을 것 같습니다"라고 했다. 나의 이런 주장을 이해했는지 최 주필은 이후 신문사를 떠날 때까지 사내에서는 한 번도 공식적으로 편집권 문제를 거론하지 않았다.

사원지주제를 놓고 노사 간 협상은 결렬됐고, 노조는 창간 70주년을 사흘 앞둔 3월 2일 파업에 돌입했다. "고희를 앞두고 잔칫상을 깨시렵니까?"라는 사보를 통한 간부들의 호소도 소용없었다.

창간 70주년 잔치는 엉망이 되고 말았다. 사옥 7층 강당에서 열린 창간 70주년 기념식은 기쁨과 자랑, 보람 대신 허탈과 모멸, 슬픔의 자리가 되고 말았다. 불행 중 다행이라고 할까. 파업은 3월 2일 당일로 끝났다.

돌아보면 내가 사장을 맡은 이후 세 번의 제작 거부 파동이 있었다. 그 진통은 컸지만 그래도 최악의 결과는 피할 수 있었다. 기자들이 자존심을 먹고 사는 직업이라 한번 명분을 내걸면 후퇴하기가 힘이 든다. 신문사 경영하면서 기자와 경영진이 맞부딪치면 서로 명분 있게 한 걸음씩 물러나 타협의 조건을 찾기가 참 어려웠다. 세 차례의 제작 거부 파동을 그런대로 극복할 수 있었던 것은 사원들이 투쟁을 하면서도 회사의 앞날을 생각하는 진지한 고민을 함께 했기 때문이라고 생각한다.

말 많고 탈 많았던 언론청문회

떳떳하게 출석하기로 결심

1988년 노태우 정권이 들어서고 그해 4월 총선에서 국회가 여소야 대로 재편되면서 5공화국 청산에 대한 정치권의 요구가 거세졌다. 국회는 16년 만에 부활한 국정감사권을 바탕으로 5공 비리 및 광주 민주화운동의 진상을 규명하는 특별위원회 및 청문회(聽聞會)를 열기로 결정했다. 그러자 1980년 언론 통폐합 및 언론인 강제해직에 대한 청문회도 열어야 한다는 주장이 제기되기 시작했다. 해당 언론사 사주들을 청문회에 증인으로 출석시켜야 한다는 주장이 이어지고 이와중에 신문사 사장들이 청문회 출석을 피하기 위해 해외로 나간다는 소문까지 돌았다. 나는 9월 30일 간부회의를 소집해 이렇게 선언했다.

"오로지 신문 하나만을 경영해온 조선일보로서는 통폐합에 뺏길 것도 얻을 것도 없었습니다. 기자 해직도 상부상조의 노력과 우리 사 기자들이 도덕적으로 걸릴 것이 없어 애꿎게 네 명만 해직됐습니다. 해직기자 수가 적은 것은 자랑은 못할망정 결코 부끄러워할 일이 아 닙니다. 나는 떳떳하게 청문회에 나가기로 결심했습니다."

11월 3일 '일해재단 청문회'를 필두로 5공 비리와 관련한 국회청문 회가 시작됐다. 청문회 현장은 텔레비전으로 전국에 생중계돼 국민 들의 폭발적인 관심을 불러일으켰다. 그러나 우리 의정 사상 처음 실 시된 청문회는 차분하게 진실을 규명해 나가기보다는 과거의 권력자 들에 대한 무차별적 모욕 주기와 응징의 분위기가 강했다. 청문회 의 원들은 증인이나 참고인으로 나온 사람들을 일방적으로 몰아붙이고 고함과 호통을 치면서 그들을 톡톡히 망신 줌으로써 국민의 인기를 얻으려 했다. 증인으로 나온 사람들은 한 인간으로서의 품격을 지켜 낼 수가 없었다.

청문회 출석을 결심했지만 막상 청문회의 이런 모습을 지켜보면서 마음이 한없이 착잡해졌다. "내가 저 자리에 앉아 저렇게 당한다 면…" 생각만 해도 끔찍했다. 나 개인의 명예는 둘째 치고 조선일보 의 명예가 땅에 떨어질 생각을 하니 차라리 이 한 몸 어디론가 없어 져버리고 싶다는 생각에 밤잠을 설친 적이 한두 번이 아니었다. 밀려 드는 정신적 압박과 긴장을 피해보고자 충청도 산에 들어가 엽총을 메고 1주일을 헤매기도 했다. 서울에 돌아오니 "12월 13일 국회 문공 위가 개최하는 언론청문회에 증인으로 출두해달라"는 정식 서한이 와 있었다.

모의청문회에서 혹독한 연습

기왕에 피할 수 없는 일이라면 최선을 다해 준비하기로 마음먹었다. 청문회 증언 경험이 있는 정호용 의원을 만나 조언을 구했다. 그는 "첫째, 국회의원들의 권위와 체면을 어떤 경우에도 존중하라. 모욕과 인신공격을 당해도 참고 성실하게 답변하면 상대방도 질문의 속도를 늦춘다. 둘째, 질문하는 의원의 눈을 똑바로 쳐다보라. 일종의 눈싸움이라고 생각하면 된다. 셋째, 변명하지 말고 질문에 대한 예와 아니오만 분명히 하라. 넷째, 손자병법대로 질문자의 허점이 발견되면 과감히 반격하라. 상황에 대한 인식은 이쪽이 풍부하다"라고 말했다. 그의 조언은 현장에서 도움이 됐다.

12월 들어 최광률 조선일보 법률고문과 김대중 논설위원, 송희영 기자와 함께 청문회에 대비하는 '모의청문회'를 갖기로 했다. 사장실 옆방에 있는 회의실에서 첫 모임이 있었다. 김 위원이 엄숙한 표정으로 "지금 카메라가 돌기 시작합니다. 송 기자 질문에 솔직히 답변해 주십시오"라고 말했다. 그러자 송 기자가 눈 하나 깜짝 않고 "방 증인은 그동안 체제언론의 장본인으로 언론을 왜곡하고 권력에 추종하였는데 지금 심정이 어떻습니까?" 하는 것이 아닌가. 순간 나도 모르게 얼굴을 붉히며 "어떻게 그런 질문을 할 수 있냐"고 소리를 질렀다.

김 위원이 "사장, 우리가 준비한 질문이 30가지인데 청문회에 나가면 이보다 더 무서운 질문이 나올지 모릅니다. 그런 식으로 나오면 낙제입니다. 정신 바짝 차리고 질문 하나하나에 정신을 집중해서 이성을 잃지 말고 차근차근 답변해야 합니다"라고 말했다. 맞는 말이었다. 나의 경솔함을 자성하며 열흘간 열심히 준비했다.

청문회가 열린 12월 13일, 오후 5시쯤 여의도 국회의사당 근처 호텔로 장소를 옮겼다. 전날 밤을 꼬박 새우다시피 한데다 때마침 육십견이라는 어깨통증이 생겨 심신의 상태가 말이 아니었다. 텔레비전에서는 언론청문회 실황이 중계되고 있었다. 그런데 증인으로 나온 김종규 전 서울신문 사장이 "기자 해직에 관한 신문협회의 결의를 직접 사회하셨지요?"라는 질문에 "아닙니다. 그날 사정이 있어서 나가질 못했고, 부회장으로 있던 조선일보 방우영 사장이 대신 사회를 보았습니다"라고 대답하는 게 아닌가.

그는 나와 대학 동기로 30여 년 간 막역한 우정을 나눠온 사이였다. 그냥 사정이 있어 참석 못했다고 하면 될 것을 굳이 내 이름을 거명하면서까지 자기 입장을 모면하려는 태도에 마음이 한없이 울적해졌다. 저녁밥을 뜨는 둥 마는 둥하고 저녁 8시 40분 호텔을 떠나 국회의사당으로 향했다. 증인 대기실에는 동아일보 김상만 명예회장, 한국일보 장강재 회장, 중앙일보 이종기 사장이 도착해 있었다.

개회 시작 5분 전, 연로한 김상만 명예회장을 부축하고 천천히 증언대로 걸어나갔다. 나의 왼쪽에 김 명예회장, 오른쪽에 이 사장, 그 옆에 장 회장이 자리를 잡았다. 여기저기서 플래시가 터지고 카메라 돌아가는 소리가 들렸다. "정신 바짝 차리고 의연하자"는 말을 속으로 되뇌며 정면을 응시했다. 방청석으로 눈을 돌리자 낯익은 회사 간부들의 얼굴이 보였다. "당신들을 위해서라도 최선을 다하리라"고 마음을 다잡으니 긴장이 조금씩 풀리기 시작했다.

"조선일보 하나만 경영하는데 무엇을 뺏어가나"

정각 9시. 정대철 문공위원장의 개막 선언을 들으면서 옆에 앉은 김상만 명예회장에게 조용히 "기분이 괜찮으십니까"라고 묻자 고개를 끄덕였다. 이날 질문은 나에게 가장 많이 쏟아졌다. "다른 회사들은 언론통폐합에서 피해를 입었는데 유독 조선일보만 피해가 없었던 이유는 무엇인가"라는 식의 질문이 핵심이었다. 이에 대해 나는 이렇게 답했다.

"거기에 대해선 길게 말하고 싶지 않다. 내가 경영능력이 부족해서 선대(先代)로부터 물려받은 조선일보만 경영해온 결과라고 생각한다. 나는 방송도 경제지도 갖고 있지 못하고 오로지 조선일보 하나만 성실히 경영해왔다. 60년 된 민족지 하나만을 경영하는 조선일보사로부터 권력이 이 신문을 뺏어갈 수 있겠는가. 그럴 수는 없었을 것이다."

평민당 박석무 의원이 끝까지 물고 늘어지며 나의 말꼬리를 잡으려고 기를 썼다. 나도 정면으로 대응했다.

"언론은 권력도 무섭지만 국민의 심판, 비판, 감시가 가장 무섭다는 것을 누구보다 잘 안다. 박 의원은 나뭇가지만 보지 말고 숲을 보길 바란다. 박 의원은 인정하지 않겠지만, 조선일보는 당시의 상황에서도 논설·기사·칼럼 등으로 문제를 파헤쳐 200만 부라는 독자를 확보한 사실을 헤아려달라."

이철 의원은 "1985년 조선·동아의 민족지 논쟁이 세간에 화제가 된 적이 있다. 당시 상황이 어땠는가"고 물었다. 내가 "하루 이틀 논

1988년 12월 13일 국회에서 열린 언론청문회에서 내가 의원들의 질문에 답변하고 있다. 나의 왼편에 동아일보 김상만 명예회장, 오른편에 중앙일보 이종기 사장, 한국일보 장강재 회장이 앉아있다.

쟁이 있었던 것으로 기억된다. 내가 김상만 동아일보 명예회장에게 전화해 정론의 길을 걷자며 화해했다"고 답하자 이 의원이 "반일·친일 논쟁이 서로에게 득 될 것이 없다고 해서 그친 것 아니냐"고 되물었다.

마치 조선·동아가 친일 신문 아니었느냐는 듯한 뉘앙스를 풍겼다. 나는 격앙된 감정을 누르고 이 의원을 정면으로 응시하며 답했다. "조선·동아가 왜놈의 앞잡이 노릇을 했단 말이냐. 악랄한 조선총독부 아래 선열들이 독립을 지키기 위해 고문을 당하고 피 흘린 것을 그렇게 매도하지 마라. 친일을 했다면 폐간당할 수 있었겠나. 역사를 다시 쓰자는 얘긴가."

나도 모르게 감정이 북받쳐 올라 눈에 물기가 맺혔고, 그 모습이 텔레비전 카메라에 잡혔다.

어느덧 밤 12시가 됐다. 청문회는 차수 연장을 가결하고 10분간 정회했다. 긴장했던지 발이 굳어 일어서기가 거북했다. 잠시 뒤 속개된 청문회는 새벽 1시 30분이 돼서야 끝났다. 그런데 정 위원장이 증인들을 기다리게 하고 청문회와 아무 관련이 없는 다른 안건을 처리하며 시간을 끌었다. 내가 화가 치밀어 자리를 박차고 일어나려는 순간, 방청석에 있던 간부들이 "참으라"는 손짓을 보냈다.

나는 청문회에서 "잘했다 잘못했다, 면책 받으러 이 자리에 나온 것이 아니다. 5공화국에서 권력이 언론을 유린하는 일이 벌어진 것을 제도적으로 보완하는 일에 협조하기 위해 이 자리에 나왔다. 모든 질문에 아는 사실을 정확히 증언할 것이다"고 밝혔다. 나는 실제로 그렇게 했다.

한국 언론사상 초유의 언론청문회는 긍정적 측면도 없지 않았겠지만, 나에게는 잊히지 않는 악몽으로 남았다.

조선일보 불매운동이라니

한 줄의 기사로 촉발된 평민당의 '전쟁' 선포

1989년 3월 3일 평민당이 갑자기 의원총회를 열어 김대중 총재의 유럽 순방을 다룬 주간조선 기사가 '허위, 왜곡'이라고 주장하며 공개 사과와 정정 보도를 요구했다. 또 이상수 대변인을 통해 "그동안 우리 당에 적대적인 입장으로 일관해온 조선일보를 끝까지 규탄하겠다"는 성명을 발표했다. 이어 박영숙 부총재를 위원장으로 한 여덟 명의 대책위원회를 구성, 조선일보 불매(不買)운동 및 법적 대응도 불사하겠다는 입장을 표명했다. 평민당이 조선일보를 향해 전면전을 선포한 것이다. 이른바 '조평 사태'의 시작이었다.

평민당이 문제 삼은 것은 2월 23일자에 발매된 《주간조선》 중 「좌파에도 우파에도 손짓/ 수행의원들 추태 만발―김대중 총재 유럽 순방

뒷얘기」라는 제목의 기사였다. 이 기사는 정치부 부지영 기자가 썼다.

부 기자는 "유럽 순방에 나선 김 총재가 중도좌파인 국제사회주의 연맹에 연내 옵서버 가입에 협력해줄 것을 요청했고, 중도우파인 기독교민주당협회에 대한 옵서버 가입도 추진했다"며 "평민당을 새에 비유하자면 좌측 날개와 우측 날개를 사용해 중도로 날아가는 새와 같다"고 순방의 성과를 분석했다. 그러면서 기사 말미에 "그 성과를 잠식하는 해프닝들이 있었다"며 몇 가지 사례를 소개했다. 수행의원 중 일부가 비행기 안에서 맨발로 돌아다니고, 로마에서 교황을 알현할 때 사진을 같이 찍자고 옷소매를 붙잡는가 하면 심지어 교황을 '헤이'라고 부르고, 호텔 로비에서 외국 귀부인을 희롱했다는 내용이었다.

그런데, 잡지 발매 후 어떤 공식적인 항의도 하지 않던 평민당은 근 열흘이 지나 느닷없이 문제를 제기하며 강경한 자세로 돌아섰다. 당시는 노태우 대통령이 취임한 지 1년이 조금 넘었을 때로, 여소야대의 정국 속에서 통일민주당의 김영삼 총재와 평민당의 김대중 총재가 벌써부터 다음 대선을 의식해 은근히 신경전을 벌이고 있었다. 주간조선 기사를 보고 천주교 측이 평민당에 강력히 항의하기도 했다.

평민당의 전면전 선포가 있은 다음날은 마침 창간기념일(3월 5일)이 일요일이어서 하루 앞당겨 창간 69주년 기념식을 하기로 한 날이었다. 잔칫날의 분위기는 우울했다. 기념식이 끝난 뒤 김명규 정치부장이 사건의 경위를 사원들에게 설명했다.

평민당은 3월 13일 조선일보사에 대해 87억 2천만 원의 손해배상 청구 소송을 제기했다. 언론사상 최대 액수의 소송이었다. 그러나 소장에서도 무엇이 허위이며 왜곡인가에 관한 확실한 근거나 논증은 제시하지 못했다. 이틀 뒤에는 조선일보 70년사를 '곡필'로 규정해 비방모략 하는 당보 100만 부를 찍어 전국의 당원들에게 배포했다.

이에 맞서 우리도 김대중 총재를 출판물에 의한 명예훼손 혐의로 고소했다. 편집국 기자 일동은 "평민당의 기사 시비는 새로운 형태의 언론탄압이며 끝까지 자유언론을 수호하겠다"는 결의문을 채택했다.

일가족 몰살 협박 전화에 기자 가족 피신

이 와중에 부 기자 집에는 "일가족을 몰살하겠다" "부 기자의 배때기에는 칼이 안 들어가느냐" "아기를 숯덩이로 만들겠다"는 협박 전화가 쉴 새 없이 걸려왔다. 가족들은 견디다 못해 한동안 다른 곳으로 피신해야 했다.

'얼굴 없는 테러'는 신문사 지사·지국에까지 무차별로 가해졌다. 광주에서는 "지국을 불 질러 버리겠다"는 협박 전화에 신문사 간판을 내렸고, 주차 중인 배달차량의 유리가 깨지는가 하면 조선일보를 구독하는 다방, 식당은 배척받았다. 이처럼 살벌한 분위기 속에서도 월간조선과 주간조선의 보급을 맡고 있던 이동선 광주지사장은 가판대 밑에 잡지를 숨겨가며 확장에 주력해 신기하게도 부수 증가의 기록을 세웠다. 박래명 지사장과 조광흠 기자가 신변의 위협을 무릅쓰고 신기하·조홍규 의원 등을 설득, 진화에 전력을 기울였으나 대세의 흐름은 어쩔 수 없었다.

조선일보 불매운동은 조선일보 출신인 군산·옥구의 채영석 의원 지구당 사무실 건물에 '조선일보 절대불매!'라는 대형 현수막이 내걸리면서 본격화됐다. 당원들이 조직적으로 지국 사무실에 전화를 걸어 입에 담지 못할 욕설을 퍼부어대자, 경리 여직원들이 "무섭다"며 줄줄이 사표를 내고 배달 소년들도 출근을 하지 않자 일선 판매망이 무너지기 시작했다. 지국 운영을 포기하는 사태가 속출하는 가운데 광주 지역에서만 한 달 사이 40퍼센트에 달하는 부수 감소가 발생했다.

마침 신문의 날(4월 7일)을 맞아 최석채 전 주필은 특별기고문을 보내왔다.

우리가 당면한 가장 우려해야 할 대상은 얼굴 없는 제3의 세력이다. 자기들의 정의를 곧 시대의 정의로 착각하고 무슨 수를 써서라도 자기들을 정당화시키려는 망상에 사로잡힌 집단이 바로 조선일보를 해치려는 세력이다. (…)

민주주의를 앞세워 억지 주장을 펴는 정당의 행태 못지않게 개탄스러운 일은 동업자들의 기회주의와 냉정함이었다. 그동안 호남 일대에서 최고 부수를 차지하고 있던 조선일보에 대한 시기심 때문인지 대부분 신문사들이 강 건너 불구경하듯 바라볼 뿐이었고, 심지어 때를 만났다는 듯 각종 역선전도 난무했다.

악전고투 중인 호남 지국장들을 격려하기 위해 김화헌 판매국장을 급히 현지로 내려보내 판매대금을 90퍼센트까지 감해주는 파격적인 지원책을 제시했다. 전국의 지사장들도 성금을 모아 호남 지국장들에게 전달했다.

7개월 만에 소송 취하

이후에도 평행선을 달리던 조평 사태는 7개월이 지난 10월 17일 평민당이 조건 없이 조선일보에 대한 형사고발과 민사소송을 취하한다고 발표함으로써 해결의 실마리가 잡혔다. 기자들이 유럽으로 가 현지 취재를 통해 주간조선 기사가 사실임을 입증하고, 또 유럽 순방 시 수행했던 타사 기자들이 우리 신문사에 유리한 증언을 해, 패색이 짙다고 판단한 평민당이 화해 제스처를 취한 것이다. 우리로서도 더 이상 끌어봐야 상처만 커진다고 판단해 화해 신청을 받아들이기로 하고 고소를 취하했다.

조평 사태로 인해 조선일보가 입은 피해는 컸다. 호남에서 2만여 부가 줄었다. 부수도 부수지만 이 일로 호남에서 생겨난 조선일보에 대한 부정적 인식은 오랫동안 지속됐다.

재벌이 정권까지 잡는다면

우리 집에서 처음 만난 김동길과 정주영

1992년 3월 24일 제14대 총선이 치러지고 며칠 뒤, 현대그룹 정주영 명예회장으로부터 전화가 걸려왔다. 정 회장과는 코리아나호텔을 지을 때 처음 만난 뒤로 그의 호방한 성격에 매료돼 20년 넘게 가까이 지내오고 있었지만, 그가 직접 전화를 하는 일은 드물었다.

"어쩐 일이십니까?"

"방 사장, 내가 부탁이 있습니다. 김동길 박사를 국민당에 입당시키고 싶은데, 방 사장이 중간에서 소개를 시켜주셨으면 합니다."

정 회장은 1992년 1월 통일국민당을 창당하고 느닷없이 정치인으로 변신한 뒤, 두 달 뒤 치러진 총선에서 31명의 국회의원을 당선시켜 파란을 일으키고 있었다. 국민당은 일약 원내 제3당으로 급부상했다. 나의 대학 동기이자 죽마고우(竹馬故友)인 김동길 박사도 이때 무소속으로 강남에서 출마해 당선됐다.

처음에 나는 정주영 씨가 국민당을 창당한다고 했을 때 막후에서 당을 조종하며 영향력을 행사하려는 건 줄 알았다. 30명 넘는 국회의원을 거느리고 있으면 그 영향력을 누구도 무시 못 할 것이고, 현대기업에도 든든한 바람막이가 될 것이라고 추측해볼 수 있었다. 나는 정 회장의 정치적 감각에 내심 탄복하면서 김동길 의원을 소개시켜달라는 것도 자기 대신 대선주자로 내세우겠다는 뜻으로 해석했다. 그러나 정 회장의 정치적 야망은 나의 이런 순진한 생각을 훨씬 뛰어넘는 것이었다.

며칠 뒤, 내 주선으로 사직동 우리 집에서 정주영, 김동길 두 사람이 처음 만났다. 정 회장이 김 박사를 한참 추켜올린 뒤 "김 박사를 국민당의 중진으로 모시고 대권 꿈을 이룰 수 있도록 물심양면으로 돕겠다"고 했다. 명시적으로 밝히지는 않았지만, 대의를 위해서라면 자신은 얼마든지 대통령 후보를 김동길 씨에게 양보할 뜻이 있는 것처럼 말했다. 사직동 회동이 있고나서 얼마 후 김동길 씨는 국민당 최고위원으로 입당했다.

그런데 막상 대선이 다가오니까 정주영 씨는 자신이 직접 대통령 후보로 나서겠다고 했다. 본심을 드러낸 것이다. 나는 화가 났다. 인간적 도리로나, 대의명분으로나 이치에 맞지 않는다고 생각했다. 전화기를 사이에 두고 그와 내가 설전(舌戰)을 벌였다. 내가 그에게 퍼부었다.

"기업가로 성공했으면 됐지 어떻게 대통령까지 하겠다고 나섭니까. 돈과 권력을 함께 쥐겠다고 하면 국민들이 용납하겠습니까? 지나친 과욕입니다."

이튿날 간부회의에서 나는 이렇게 선언했다.

"재벌이 대통령 되겠다는 것은 말이 안 됩니다. 현대 광고 안 들어올까 봐 걱정하지 말고 국민당 잘못한 것 있으면 가차 없이 비판하시오."

"현대 광고 걱정 말고 국민당 비판하라"

조선일보 지면에는 현대그룹의 조직적인 선거 개입과 금권 타락 선거를 경계하는 기사와 사설이 연이어 실렸다. 그러자 국민당은 '조선일보의 대선 보도가 편파적'이라며 예약된 신문광고를 일방적으로 무더기 해약한데 이어, 현대 직원들에게 조선일보 구독 거절을 강요했다. 광화문 현대빌딩 정면에는 '조선일보 불매'라는 대형 현수막이 내걸렸다. 국민당에 출입하는 조선일보 기자에 대해서는 당사 출입 금지 조치가 내려졌다. 사진부 기자는 취재 중에 국민당 지구당 당원들에게 끌려가 집단 폭행을 당하기도 했다.

12월 8일에는 국민당 당원 300여 명이 조선일보사 앞에서 시위를 벌였다. 머리띠에 어깨띠까지 두른 당원들이 각종 피켓과 플래카드를 들고 몰려와 확성기에 대고 "편파보도 하는 조선일보는 각성하라"고 구호를 외쳐댔다. 그 과정에서 김동길 씨가 방상훈 부사장의 옷섶을 잡고 실랑이를 벌이는 상황이 벌어지기도 했다. 나중에 일이 진정되고 나서 내가 김 박사에게 "왜 그런 짓을 했냐"고 힐난했다.

12월 9일 국민당은 "조선일보가 정주영 후보에 관해 허위사실을 보도했다"고 주장하며 조선일보 사장, 발행인, 편집인, 편집국장을 대통령선거법 위반 혐의로 서울지검에 고발했다. 현대그룹 전 사원들이 조선일보 불매운동 리본을 달았고, 조선일보를 비방하는 국민당의 불법 스티커도 대량으로 나돌았다. 하지만 우리는 "어떤 재벌이라도 정치에 참여해 권력집단화해서는 안 되며 이번과 같은 선거사상 초유의 정경일치를 묵과할 수는 없다"는 원칙에 따라 대처했다.

대선 패배 후 현대 측이 사과

'국민당 사태'는 12월 19일 대통령 선거와 함께 진정됐다. 정주영 후보의 패배가 확정된 직후 국민당 당직자들이 총사퇴했고, 고소·고발 사건에 대해서도 모두 취하하기로 결정했다.

1989년 조평 사태와 그로부터 3년 뒤 벌어진 국민당 사태로 인해 조선일보가 입은 피해는 막대했다. 막강한 힘을 가진 정당들로부터 연이어 공격을 받는 바람에 오랜 세월 다지고 다져온 판매 부수가 줄어드는 아픔을 맛보았다.

소위 민주주의의 본산(本山)이라는 정당이 기사가 마음에 들지 않는다고 그 신문의 불매운동을 벌였다는 사실은 무슨 이유로든 납득하기 힘들다. 1980년대 이전에는 권력이 언론에 재갈을 물렸다면, 이제는 각종 이익집단의 부당한 압력으로부터 언론의 자유를 지키는

대학 동기이자 죽마고우인 김동길 박사와 1990년 12월 유럽 여행길에 올라 독일 분단의 상징이었던 베를린장벽의 브란덴부르크문을 찾았다. 그때만 해도 2년 뒤 조선일보와 국민당 간의 갈등으로 우리가 난처한 지경에 빠질 줄은 꿈에도 몰랐다.

것이 지상과제가 되었다.

그 일이 있은 후 정주영 회장을 만날 기회는 없었다. 하지만, 1993년 3월 정세영 현대그룹 회장이 조선일보사를 찾아와 내게 사과의 뜻을 밝혔다. 나는 그 자리에서 "국민당 사태는 분명 불행한 일이었지만, 이제 새로운 시대가 왔으니 불행한 과거를 청산하는 것이 순리"라고 답했다.

가마니 깔고 신문 만들 각오

세무조사를 언론탄압의 무기로 사용

신문사도 기업인 이상 필요하다면 세무조사를 받는 것은 당연하다. 언론사라고 해서 세무조사를 받지 않을 권리는 없다. 그러나 역대 정권들은 언론사를 겁주고 정권에 협조하도록 만드는 수단으로 세무조사의 칼날을 휘둘러 온 것이 사실이다. 신문기업의 회계활동을 건전하고 투명하게 만들기 위한 국가권력의 공정한 집행으로서가 아니라 때로는 언론을 회유하고 때로는 언론의 숨통을 조이기 위해 그때그때의 필요에 따라 자의적으로 세무조사를 실시해 온 것이다.

조선일보가 처음 세무조사를 받은 것은 박정희 대통령 때인 1970년이었다. 이듬해 실시될 대통령 선거를 앞두고 박정희 대 김대중 후보 간의 대결이 본격화할 무렵이었다. 박 대통령의 3선을 이루기 위해 언론을 길들여 놓으려는 의도가 뻔했다.

당시 국세청장은 5·16혁명 때 해병대를 이끌고 한강을 넘어왔다는 오정근 씨였다. 어느 날 오 청장이 좀 보자고 해서 찾아갔더니 "대통령 각하의 명령입니다. 신문사와 통신사에 대한 일제 세무조사가 곧 시작될 텐데 그대로 순응해주십시오"라고 했다. 신문에 보도하지 말고 조용히 조사에 응해달라는 뜻이었다.

세무조사는 별로 까다롭지 않게 진행됐고 조선일보에는 8천만 원의 세금이 부과됐다. 당시로는 적지 않은 돈이었다. 한국일보와 동아일보에도 엇비슷한 액수가 매겨졌던 걸로 기억한다.

그런데 정부는 세금을 부과한 뒤 신문사마다 은행 하나씩을 지정해주고 부과된 액수만큼 융자를 받도록 한 다음 그 돈을 모조리 환수해 갔다. 조선일보에는 조흥은행이 지정됐는데, 국세청이 서류를 다 작성해 와서 우리보고는 도장만 찍으라고 했다. 융자금은 만져보지도 못하고 국고로 환수됐다. 박정희 정권이 신문사들에게 언제든지 세무사찰을 할 수 있음을 보여준 경고성 세무조사라고 할 만했다.

전두환 대통령은 신문사 발행인들을 한 사람씩 따로 불러 면담하기를 좋아했다. 사람을 앉혀놓고 30분이고 40분이고 혼자서 이야기했다. 면담을 마치고 나올 때쯤이면 으레 "협조를 부탁합니다. 참모들이 신문사에 대한 세무조사를 하자고 해서 고려 중에 있습니다"라는 말을 잊지 않았다. 하지만 실제로 세무사찰을 하지는 않았다. 노태우 정부 때도 없었다.

김영삼 정부가 들어서고 조선일보의 정권 비판이 날을 세우게 되자 세무조사가 들어왔다. 추경석 국세청장이 나에게 전화를 걸어 김영삼 대통령이 조선일보에 대한 세무조사를 지시한 사실을 알려왔다. 3개월에 걸친 조사 끝에 18억 원의 세금이 부과됐다.

"주필, 주간을 바꿔라"

언론에 대한 위협용으로 동원되던 세무조사는 그러나 김대중 정권이 들어서면서부터 확실하게 언론의 숨통을 죄는 무기로 변했다. 김대중 정부는 2000년 6월 15일 남북정상회담 이후 조선일보의 남북문제 관련 논조에 노골적인 불만을 표하면서 압력을 넣어왔다. "정부의 대북정책에 협조해 달라. 그렇지 않으면 정부도 그냥 있을 수 없다"는 신호가 직간접으로 들어왔다. 정부의 대북정책을 앞장서 비판해 온 김대중 주필과 유근일 논설주간, 조갑제 월간조선 편집장을 교체하라는 구체적인 요구도 있었다.

조선일보는 이 요구를 일언지하(一言之下)에 거절했다. 민주화 됐다는 정부가 언론을 탄압하는 데는 군사정권과 다를 게 하나도 없다는 생각에 분노가 치밀었다. 나는 전두환 정권 시절 권력의 압력에 못 이겨 김대중 당시 논설위원을 영국 옥스퍼드대학에 1년간 피해 있도록 한 적이 있다. 살벌한 군사정권 아래서 회사의 앞날과 본인의 신변을 우려한 불가피한 결정이었지만, 기개 있는 기자를 끝까지 보호하지 못한 경영자로서의 무능을 두고두고 자책해야 했다. 그런데 소위 민주화 정부라는 데서 어떻게 또 신문사 필진을 교체하라 말라는 압력을 넣을 수 있다는 말인가. 나는 "한번 내보낸 것도 수치로 생각한다. 다시는 안 내보낸다"고 정부 측 요구를 일축했다.

조선일보가 정부의 대북정책을 무조건 지지하라는 요구를 거부하자 2001년 1월 김대중 대통령은 연두회견에서 '언론개혁의 필요성'에 대해 언급했다. 이어 1월 31일 안정남 국세청장이 중앙언론사 23개 사에 대한 세무조사를 발표했다. 세무조사의 주목표가 조선일보와 동아일보임은 뻔했다. 조선일보사에 대한 조사 대상과 범위는 조선일보 본사에 한하지 않고 스포츠조선, 디지틀조선, 조광, 선광, 조선IS 등 자매사의 법인세와 대주주 개인들의 증여세까지 포함됐다.

일반 기업의 경우 통상 칠팔 명의 조사반원이 투입되는데 반해 조선일보에는 142일 동안 수십 명의 조사인력이 교대로 투입돼 본사는 물론 거래 회사와 은행, 지국까지 샅샅이 뒤졌다. 그 결과 회사와 대주주에 무려 857억 원의 추징금이 부과됐다.

당시 조선일보 연간 매출액이 4700억 원이었다. 매출액 규모로 중기업 수준인 조선일보가 이 정도 추징금을 맞고 버티기란 어려웠다. 조선일보는 매년 수백억 원의 세금을 성실히 납부해 왔다. 조선일보사가 10년간 납부한 세금 3천억 원은 국내 다른 모든 신문사들이 납부한 세금을 합친 것보다 많았다. 그런데도 회사 생존을 위협하는 규모의 추징금이 떨어진 것이다.

배달 소년 방한복도 접대비로 규정

추징금의 규모도 규모지만, 그 내용도 이해할 수가 없었다. 조선일보 법인에 부과된 448억 원의 추징금 중 절반 가까이가 무가지(無價紙)와 관련된 것이었다. 수도권 가구의 이사율이 일 년에 30퍼센트나 된다. 같은 동으로 옮긴 것은 빼고도 그렇다. 이사를 전후한 몇 달은 신문 대금을 받기 어려운 것이 일선 지국의 현실이다. 관내 파출소나 검문소, 고아원, 양로원 등 신문을 무상으로 보내줘야 할 곳도 적지 않다.

지국의 이런 사정을 고려해 신문사는 일정 비율의 무가지를 제공해왔는데, 국세청은 이를 '거래처에 향응을 제공하는 접대성 경비'로 분류해 세금을 매겼다. 심지어 배달 소년들에게 방한용 점퍼를 사 준 것도 '접대비'로 분류했다. 뿐만 아니라 사원들의 퇴직에 대비해 충분한 퇴직적립금을 쌓아둔 것도 잘못이라며 세금을 매겼다.

대주주에게 부과된 세금도 증여세의 증여세, 또 그 증여세의 증여세 식으로 '꼬리에 꼬리를 무는' 과세법을 사용했다. 대주주가 자녀에게 주식을 증여한 뒤 경제적 능력이 충분치 못한 자녀를 대신해 증여세를 대신 내주었는데, 이 증여세에 또 증여세를 물리고, 그 증여세에 또 증여세를 물리는 식이었다.

이렇게 되면 결국 증여세가 증여받은 액수보다 더 많게 된다. 설사 그 논리가 옳다 하더라도 다른 대기업의 주식 증여의 경우에도 이 과세법을 적용했는지 의문이다.

나중에 국세청은 수차례에 걸쳐 420억 원을 자진 취소해 스스로 과세가 무리한 것임을 인정했다. 이에 따라 실제 부과된 세액은 조선일보사가 166억 원, 자매사가 99억 원, 대주주 개인들이 171억 원이었다. 조선일보와 자매사, 대주주들은 법에 따라 추징금 437억 원을 일단 납부한 뒤 그 부당성을 주장하는 소송을 제기했다.

조선일보사가 납부한 166억 원 중 절반이 넘는 90여 억 원은 퇴직금 추계액과 관련된 것으로 기업회계에 따라 계산한 것인데 국세청이 해석상 이견을 보인 것이다. 퇴직금 추계액 계산방법의 차이에 따라 어느 연도가 과세가 되면 이후에는 그만큼 환급받게 된다. 설령 이 부분에 대해 법원이 국세청의 해석을 따라 과세가 확정되더라도 가산세를 제외하면 세금이 귀속되는 시기의 차이만 있는 셈이다. 나머지 70여 억 원도 해외 광고주의 부가세 영세율 적용을 배제한 국세청의 과세조치 등으로 많은 부분 조선일보가 하급심에서 승소하였고 대법원의 최종 판단을 기다리고 있다.

국세청은 회사 간부들의 뒷조사까지 했다. 한번은 "방상훈 사장의 부인이 백화점에서 지불한 10만 원짜리 수표가 김대중 주필의 계좌에서 나온 것으로 확인됐다. 이유를 설명하라"는 추궁이 회사로 들어왔다. 주필의 월급을 주는 척하며 사장 비자금을 만든 것 아니냐는 뜻이었다. 국세청이 간부들의 은행계좌를 샅샅이 뒤적이며 10만 원 수표까지 추적하고 있는 사실을 확인하고는 화가 치밀어 오르고 어이가 없었다.

국세청은 내심 "드디어 한 건 잡았다"고 의기양양했던 모양인데 헛물을 켠 것이었다. 월급날이 되면 회사 간부들은 대개 비서를 시켜 은행에서 현금을 찾아오게 하는데 문제의 수표는 비서가 사장과 주필의 월급을 한꺼번에 찾아와 나누면서 섞여 들어간 것으로 확인됐다.

"우리는 우리의 길을, 당신들은 당신들의 길을"

정부는 처음에 세무사찰의 칼날을 들이대면 조선일보가 항복할 줄 알았을지 모른다. 그러나 우리의 생각은 단호했다. "우리는 우리 길을 가고, 당신들은 당신들 길을 가면 된다"고 했다. 그러자 정권 핵심층에서 "검찰로 갈 수밖에 없다"는 말이 흘러나오기 시작했다. 방상훈 사장은 "내가 다 책임지겠다"고 했다. 그때 그는 이미 구속을 결심했던 것 같다.

결국 국세청은 추징금 부과에 그치지 않고 2001년 6월 29일 조선일보 방상훈 사장과 방계성 전무를 탈세 및 횡령 혐의로 검찰에 고발했다. 검찰은 조선일보사 및 자매사의 임직원과 은행 등 거래처 직원을 포함해 연인원 90여 명을 소환, 강도 높은 조사를 벌였다. 국세청이 과세대상이라고 판단하더라도 다른 기업이었다면 조사 후 과세처분하면 될 사유들이었음에도 조선일보에 대해서는 구태여 형사처벌로 이어졌다는 것은 정치적 의도가 있었음을 보여준다.

방 사장은 8월 10일의 첫 검찰 소환을 앞두고 편집국 각 부와 차례로 회식하며 "내가 가더라도 흔들리지 마라. 신문을 잘 만들어 달라"고 당부했다. 그리고 8월 17일 구속수감 됐다. 방 사장은 서울지법에서 열린 영장실질심사에서 판사가 "하고 싶은 말이 있으면 하라"고 하자 검찰 조사를 받으면서 조선일보 사원들에게 보냈던 이메일을 읽었다. 그 중의 한 대목이다.

저는 펜을 들고 있는 기자는 아니지만, 한국 최대 신문의 발행인으로서 외부의 모진 협박과 탄압으로부터 수백 개의 펜들을 지켜주려고 애써왔습니다. 조선일보의 펜들이 옳은 것은 옳고 틀린 것은 틀리다고 말하며 독자들 앞에 올곧게 서 있을 수만 있다면, 저에게 그 어떤 오명(汚名)이나 그 어떤 고난이 뒤따르더라도 그것을 감수하겠습니다.

방 사장은 수감돼 있는 동안에도 의연하고 당당한 태도를 보여 가족들과 사원들이 용기를 잃지 않을 수 있었다. 불구속 상태에서 수사를 받은 방계성 전무도 검찰의 조선일보에 대한 부당한 공격에 대해서는 한 치도 물러서지 않고 조목조목 반격했다고 한다.

검찰은 또 김대중 주필도 참고인으로 소환했다. 이것저것 뒤져도 별 게 안 나오니까 일단 참고인으로 불러 출두 장면을 사진 찍히게 하고 망신 주려는 속셈이었을 것이다. 김 주필이 참고인 소환을 거부하자 정권 측에선 "정 그렇게 나오면 지금까지 안 걸었던 다른 사람을 걸 수도 있다"고 협박했다. 김 주필은 "이 정권이 정해놓은 언론 탄압의 시나리오대로 이끌려갈 수 없으며 저들이 위장으로 깔아놓은 '탈세의 멍석' 위에서 춤출 수 없다"고 결연한 모습을 보였다. 그러면서 김 주필은 자신으로 인해 다른 사람들이 피해를 보는 일은 참을 수 없다며 사표를 제출했다. 물론 그의 사표는 반려됐다.

방 사장은 2006년 6월 29일 징역 3년 집행유예 4년의 형이 대법원에서 확정되었고, 그에 따라 '신문 등의 자유와 기능 보장에 관한 법률' 제 13조에 의해 발행인을 그만두어야 했으며, 김문순 전무가 발행인이 되었다. 방계성 부사장(2004년 3월, 전무에서 승진)은 대법원에서 파기 환송되어 2006년 12월 15일 벌금형이 확정되었다.

방 사장에게 적용된 법인세 탈루 혐의는 기업회계와 세무회계의 차이에서 비롯된 것으로 당초 형사 기소된 7개 항목 중 6개 항목은 무죄판결을 받았고 1개 항목만 유죄로 확정되었다. 또 증여세 및 횡령 혐의에 대한 부분도 일부만 유죄 확정판결을 받았다.

죽으려 하는 자(者)는 산다

정부는 조선일보 공격에 국세청과 검찰뿐 아니라 공정거래위원회까지 동원했다. 공정위가 언론사의 공정거래법 위반 행위를 조사한 것은 이때가 처음이었다. 시기도 국세청 세무조사와 겹쳤다. 그 때문에 조선일보 사옥 1층에는 공정위 조사반, 2층에는 국세청 세무조사반이 상주하며 서로 자료를 확보하려고 혈안이 되는 웃지 못할 상황이 전개되기도 했다. 공정위는 조선일보 및 자매사에 과징금 33억 9천만 원을 내라는 결정을 내렸다. 조선일보사는 이에 불복해 행정소송을 제기했다. 그런데 김대중 정권 막바지인 2002년 12월 30일 공정위가 과징금을 직권 취소했다. 권력의 언론탄압이 얼마나 무리한 것이었는지를 스스로 보여준 참으로 어처구니없는 상황이었다.

노무현 정권 역시 조선일보에 세무사찰을 실시했다. 국세청은 2006년 10월 "조선일보와 계열사인 스포츠조선에 대한 세무조사를 실시한다"고 발표했다. 국세청은 "왜 특정 신문사에 반복적으로 세무조사를 실시하느냐"는 의문에 대해 "언론계에 대한 정기조사일 따름"이라고 둘러댔다. 국세청의 세무조사 대상이 되는 법인은 전국 32

만 개에 달하고, 이 가운데 정기 세무조사를 받는 기업은 한해 평균 3천 개로 전체의 0.9퍼센트에 불과하다고 한다. 여기에 조선일보가 반복적으로 해당되는 이유가 무엇이겠는가.

권력이 90년 역사의 신문사를 죽이려고 별짓을 다 하지만 조선일보가 그렇게 호락호락하지 않다. 숱한 역경을 겪으면서 재정독립의 기틀을 다져놓았기 때문에 웬만한 충격에는 끄떡 않을 자신감도 있다. 세무사찰 통고를 받았을 때 나는 위기는 기회라는 각오를 다졌다. 조선일보가 정상의 자리에 오래 머무르면서 사원들에게 안이한 마음이 생긴 것도 사실인데, 위기가 닥치면 내부 결속도 커지게 마련이다. 이 어려움을 계기로 사원들이 일치단결해 정진한다면 오히려 전화위복이 될 수 있다고 생각했다.

조선일보 사원들은 실제로 위아래 할 것 없이 일치단합 하여 권력의 부당한 간섭과 탄압을 이겨냈다. 어떤 일이 닥치더라도 가마니 깔고 신문 만들겠다는 각오만 있으면 무서울 게 무엇이 있겠나. 나는 '사즉생(死卽生)'이란 말의 참뜻을 권력의 부당한 세무사찰을 통해 새삼 깨달았다.

조선일보의 가장 큰 재산

5

"1등 가는 사람 데려다가 1등 가는 대접하면

1등 신문 된다"는 조선일보의 오랜 경영철학이다.

오늘의 조선일보가 한국 언론의 정상을 지키고 있다면

그것은 조선일보를 만들어온 사람들이

최고의 인재들이었기 때문이다.

25시를 사는 제제다사(濟濟多士)

　나는 조선일보라는 울타리 안에서 수많은 사람들과 만나고 헤어지면서 한평생을 살아왔다. 그들은 오직 좋은 신문을 만들어보겠다는 순수한 열정 하나로 뭉쳐 하루를 25시간으로 살고 내달려온 사람들이다. 세상만사가 그렇듯 조선일보도 결국은 사람들이 만들고 가꾸어온 것이다. 오늘의 조선일보가 한국 언론의 정상을 지키고 있다면 그것은 조선일보를 만들어온 사람들이 최고의 인재들이었기 때문이다.

　나는 언론경영자로서 "최고의 신문을 만들려면 최고의 인재들을 데려와 최고의 대우를 해야 한다"는 선배들의 가르침을 잊지 않고 실천하려 애썼다. 최고의 인재들이 역량을 마음껏 발휘할 수 있도록 여건을 조성해 주는 것이 경영인의 가장 중요한 사명이라 믿었다. 조선일보가 갖은 고난을 겪으면서도 튼튼한 재정적 기반을 갖추기 위해 그렇게 노력해온 것도 재정적 독립 없이는 권력과 외부압력에 맞서 진정한 언론자유를 확보할 수 없다고 믿었기 때문이다. 아무리 훌륭하고 유능한 언론인일지라도 외부의 간섭과 압력으로부터 보호받지 못한다면 직필 정론을 펴기가 어려울 것이다. 신문경영인으로서 나의 역할은 언론인들을 보호하고 방패막이가 돼주는 것이었다.

한 인간의 삶은 어떤 사람들을 만나느냐에 따라 그 결이 달라진다. 그런 점에서 나는 참 복이 많은 사람이다. 조선일보에서 함께 지내온 수많은 사람들은 조선일보를 최고의 신문으로 만들었을 뿐 아니라 나의 삶까지도 풍요롭게 만들어주었다.

대학을 갓 졸업하고 신문사에 입사하고 보니 당대의 제제다사(濟濟多士, 재주가 많은 여러 사람)들을 가까이서 접하는 것 자체로 흥분이 됐다. 1950년대 조선일보에는 부완혁, 천관우, 고정훈, 송지영 등 이름난 논객들이 포진해 있었다. 나는 이들의 일거수일투족을 눈여겨보며 그들의 식견을 조금이라도 흉내 내 보려고 애썼다. 글쟁이들이라 그런지 습성이 별난 분도 많았다. 초보 기자의 눈에는 이들의 기행과 객기조차 그지없는 멋으로 보였다.

한국의 게리 쿠퍼, 홍종인

나의 기자 시절 주필은 홍종인 씨였다. 평북 정주의 오산학교를 졸업한 뒤 일정 때 조선일보 평양지국에서 일하다 필력을 인정받아 사회부 기자로 특채된 분이다. 훤칠한 키에 우뚝한 코가 미국 배우 게리 쿠퍼를 닮았다고 해서 청년시절 장안 여성들의 선망의 대상이 됐다고 한다. 그는 대학을 못 나왔다는 것이 평생 짐이 됐던지 언제 어느 때고 배우고 익히기를 게을리하지 않았다. 6·25 피난길에도 영어

회화 책을 옆에 끼고 공부했을 정도다. 음악, 스포츠 등 다방면에 박식해 '홍박'이라는 애칭으로 통했다. 반면 자존심과 자기주장이 남달리 강해 때론 괴팍한 면모도 보였다.

한번은 그가 미 국무성 초청으로 6개월간 미국을 다녀온 적이 있었는데, 유건호 사회부장이 환영의 뜻으로 홍 주필이 평소 좋아하던 어묵쟁반을 대접했다. 그러자 그는 "무식하게 어떻게 음식을 같이 먹을 수 있느냐"면서 자신은 탕밥을 따로 시키는 바람에 분위기가 머쓱해지고 말았다.

내가 기자 때부터 홍박에게 귀가 아프도록 들은 말이 '책 읽어라' '영어 배워라' '넥타이를 매라'는 세 가지였다. 그 앞에서 일본말을 쓰면 호통을 쳤고, 영어 하는 기자들을 유별나게 편애했다. 1963년 회장을 끝으로 조선일보를 떠난 후에도 일주일에 한 번 정도는 신문사에 들렀는데, 편집국에 들어서서 대뜸 한다는 말이 "오늘 아침 기사 누가 썼어?"였다. 그런 다음 "이걸 기사라고 썼어?" "무식해" "창피해" 하는 꾸지람이 이어졌다. 그는 누구에게나 만년 '선배 기자'였다.

'앵선생'이라 불린 깐깐한 원칙주의자, 성인기

홍 주필 시절 편집국장을 지낸 성인기 씨는 깐깐한 원칙주의자였다. 별명이 '앵선생'이었다. 기자들 중 앵선생의 잔소리를 듣지 않는 사람이 없었다. 그는 결재서류가 올라오면 일단 거절하고, 결재하지 않을 수 없을 때는 거꾸로 도장을 찍는 옹고집으로 유명했다. 작지만 다부진 체구에 자기 규율이 엄격했고 남에게 생색낼 줄 몰랐다.

사회부 기자 출신인 홍 주필과 편집기자로 일관한 성 국장은 스타

일이 다른 만큼 사사건건 부딪쳤다. 두 사람이 제작 문제를 놓고 설전이 벌어지면 볼 만했다. 홍 주필이 "취재기자 한 번 못해본 꽁샌님 주제에 뭘 안다고 참견이냐"고 하면 성 국장은 "대학도 안 나온 게 입만 살아서"라고 쏘아붙였다. 그러면 시사만화를 그리던 웅초 김규택 화백이 "병신들 또 모여 육갑을 떨고 있다"고 일침을 놓았다.

그는 1950년 편집국장에 올라 8년 9개월간 재임했다. 이는 조선일보 최장 편집국장 재임기록이다. 전란 후 조선일보의 혼란을 수습하는 데 크게 기여한 뒤 정치에 뛰어들었다.

1959년 초 부사장으로 있던 그가 사임을 앞두고 회사 근처 식당에서 회식을 한 적이 있다. 돌아오는 길에 그의 기분이 좋아 보여 나는 큰맘 먹고 입을 열었다. "저도 기자 생활 10년 가까이 됐으니 차장 한번 시켜주시면 안 되겠습니까?" 그러자 그는 "방씨가 무슨 차장이야. 할 사람도 많은데"라면서 뒤도 돌아보지 않고 걸어갔다. 그날 무교동 밤거리는 유난히 썰렁했다.

전화기 내던지는 33세 편집국장, 천관우

한국일보에서 〈지평선〉을 쓰면서 필명을 날리던 천관우 씨는 1956년 조선일보 논설위원으로 와서 2년 뒤 성인기의 뒤를 이어 편집국장이 됐다. 그의 나이 33세였다. 서울대 사학과 재학시절 이병도 교수가 그를 수제자로 몹시 아꼈다고 한다.

그가 편집국장일 때 나는 경제부 기자였다. 그는 담배를 입에 문 채 이야기하다 손도 대지 않고 콧바람만으로 재를 획 하고 털어버리는 묘기(?)를 가진 사람이었다. 덥수룩한 머리에 노타이 차림으로 종종 고무신을 신고 출근했다. 그가 맹장염으로 입원했을 때 방일영 대표의 심부름으로 입원비를 전하러 간 적이 있었다. 그런데 그는 봉투를 받아 고맙다는 말도 없이 옆에 있는 의자에 휙 던져 내가 몹시 무안했다.

그는 의욕적으로 편집국 개혁 작업을 벌였으나 일부 노장파 기자들은 '외래파 30대 국장'에 대해 대놓고 반기를 들었다. 이 때문인지 그는 한 달에 한 번꼴로 술에 취해 편집국에 들어와 전화기를 내동댕이치곤 했다. 총무국 직원들이 "아예 쇠사슬로 수화기를 묶어놓자"는 제안까지 했을 정도다. 그는 10개월 남짓 조선일보 편집국장을 하다 후에 동아일보로 옮겨 주필을 지냈다.

멋쟁이, 그러나 빈털터리 진보 정치인, 고정훈

1980년대 민주사회당 당수를 지낸 고정훈도 1960년대에 조선일보 논설위원실에 있었다. 4·19 때 나는 고 위원의 카리스마 넘치는 연설을 옆에서 직접 지켜보았다. 이승만 대통령이 하야 성명을 발표한 1960년 4월 26일, 고 위원은 확성기를 들고 편집국에 딸린 발코니로 나가 태평로를 가득 메운 시민들을 향해 열변을 토했다.

"여러분은 이겼습니다. 여러분은 지금 영광스러운 승리의 감격을 맛보고 있습니다. 우리 먼저 경건한 마음으로 묵념을 올립시다. 오늘의 영광을 안겨주기 위해 그 찬란한 젊음을 바친 학생들의 거룩한 영령에 묵념을 올립시다."

그러자 시민들은 "민주주의 만세"를 외치며 화답(和答)했다. 그들의 머리 위로 신문사 옥상에서 뿌린 호외가 눈송이처럼 흩날렸다.

고 위원은 영어, 러시아어, 중국어, 프랑스어에 두루 능통해 외국인 친구들이 많았다. 이 때문에 대통령 하야라는 특급 정보를 남보다 빨리 입수할 수 있었다. 그는 정계로 진출해 사회혁신당을 창당했지만, 5·16이 일어나자 좌익으로 몰려 5년간 감옥생활을 했다.

낭인으로 떠돌던 시절의 그를 시내 한복판에서 우연히 만났는데 "돈 좀 있으면 빌려달라"고 해서 가지고 있던 돈을 다 털어준 적도 있다. "돈 한 푼 마련하지 못하는 사람이 무슨 정치를 한다고…" 하는 생각이 들기도 했다. 술자리에서는 러시아어로 〈카추사의 노래〉를 멋들어지게 불렀고, 활달한 성격에 남성적 매력이 있어 여성 팬들이 따랐다.

'天才 위의 夫才', 부완혁

5·16이 일어났을 때 조선일보 주필은 부완혁 씨였다. 경성제대 법학과 출신으로 일정 때 군수를 지낸 그는 자신의 두뇌에 대한 자부심이 대단했다. "人才(인재) 위에 大才(대재), 대재 위에 天才(천재), 천재 위에 夫才(부재)가 있다"고 우스갯소리를 하곤 했다. '人' 자에다 획 하나씩을 차례로 늘려가는 기지를 보인 것이다. 귀족 취향도 남달랐다. 여름이면 새하얀 양복을 입고 다녔고, 술자리에서는 코냑 병을 가지고 나와 홀짝거리다 흥이 나면 영어, 독일어를 섞어 시를 낭송했다.

5·16 후 조선일보는 계속해서 "군인은 본연의 자세로 돌아가야 한다"는 사설을 썼다. 그러자 박정희 국가재건최고회의 의장이 부 주필을 불러 "혁명에 반대하고 체제 전복을 선동하는 자"라며 몰아붙

였다. 두 시간 넘는 독대 동안 온갖 협박을 다 받았을 것이다. 대쪽 같은 성격의 부 주필은 "당신들의 강요에 의해 물러날 내가 아니다. 내 일은 내가 알아서 결정하겠다"며 자리를 박차고 나왔다 한다. 얼마 후 그는 "내가 나가지 않으면 신문사가 중대한 위험에 처할지 모른다"는 말을 남기고 스스로 조선일보를 떠났다.

부완혁 씨가 혁명 반대편에 선 것은 군인들의 정치참여를 반대하는 것도 있었지만, 자신이 족청계였던 것도 한 이유가 아니었나 싶다. 철기 이범석이 해방 직후 결성한 우익 청년단체였던 '조선민족청년단(족청)'은 이승만 대통령의 지시로 1954년 대한청년단에 흡수되면서 사라졌다. 그러나 이념적 조직이었던 족청의 뿌리는 그 후로도 오랫동안 남아 있어 '족청계'라는 말이 생겼고, 부 주필 역시 이열모 논설위원과 더불어 사내 족청계 인맥으로 통했다.

5·16이 나자 부 주필은 회사 간부들에게 "혁명의 진짜 주체세력은 족청계로 박정희는 앞잡이에 불과하다. 이제 곧 족청계가 전면에 등장한다"고 장담했다. 그러면서 "족청계가 집권하면 나는 총리를 맡고, 이열모 논설위원은 산은총재를 시키고…" 하며 농담반 진담반으로 조각(組閣)까지 했다. 나도 옆에서 듣고 있다가 "저 사람들이 집권하면 조선일보도 형편이 좀 나아지려나" 하고 은근히 기대를 하기도 했다. 그런데 부완혁 씨는 입각이 아니라 감옥으로 가게 됐다.

'사설이 강한 신문'을 만든 논객들

조선일보는 전통적으로 사설이 강하다는 평가를 받아왔다. 국가의 중대 고비마다 논설위원실의 기라성 같은 논객들이 나서 때로는 정론으로 때로는 우국론으로 나라의 갈 길을 제시했다.

1960년 3·15부정선거 직후 최석채 논설위원은 "호헌 구국운동 이외의 다른 방도는 없다"는 사설을 쓴 뒤 잠적했다. 3월 17일자 1면에 실린 사설은 국민 총궐기를 촉구하는 내용이었다.

뜻있는 전 국민은 엄숙히 자문자답해 본다. 과연 이것이 선거인가고. (…) 사는 길은 오직 호헌 구국의 대의를 내걸고 전체 국민과 더불어 투쟁하는 국민운동의 전개 이외에 다른 방법이 없는 것을 자각한다.

이 사설은 4·19혁명을 촉발시키는 도화선이 됐다. 자유당 정권을 향한 시민들의 분노가 한순간에 폭발하면서 4월 19일 서울 장안은 성난 시위대의 행렬로 가득 찼다. 하지만 최 위원의 행방은 여전히 오리무중이었다. 방일영 대표가 나에게 최 위원을 찾아보라고 했다. 당시 나는.경제부 기자였다. 이리저리 수소문을 하던 중 광화문 사거리에서 시위 군중들 틈에 섞여 있는 최 위원을 발견했다. 반가운 마음에 얼른 다가가 "어휴, 여기 계셨습니까"라고 하자, 그는 흥분이 가시지 않은 목소리로 "민중이 승리했다"며 기뻐했다.

20세기 '언론자유 영웅', 최석채

일본 중앙대학 법과를 나와 한때 경찰서장을 지낸 그는 관료 출신답게 예의바르고 깐깐한 데가 있었다. 나이가 아래인 내 방에 들어올 때도 꼭 양복 상의를 갖춰 입고 문 앞에서 깍듯이 인사를 한 다음에 들어왔다. 소소하게 정이 있는 사람은 아니었지만 바른 사람이었다.

그의 사설은 이전까지의 '~란 말인가' 같은 개탄조 문투에서 벗어나 법률적 지식에 바탕을 둔 논리를 중요시했다. 허례허식을 모르는 성격답게 글에도 군더더기가 없었다. 편집국장을 할 때 "기사나 문장은 대패로 깎고 다듬어야 하는데 둥글둥글하지 않고 모가 나야 한다"고 입버릇처럼 말해 기자들로부터 '최대패'라는 별명을 얻었다.

박정희 대통령은 종종 그를 청와대로 불러 세상 돌아가는 이야기도 듣고 조언도 구했다. 언론윤리법 파동 때 청와대 모임에서 그가 당당하게 의견을 개진한 뒤부터다. 모임이 끝나자 박대통령은 "면종복배하는 놈보다 낫지. 내 앞에서 그만한 말을 하는 사람이 어디 있는가"라며 그를 다시 찾았다고 한다.

술이라곤 전혀 못해 맥주 한 잔에도 얼굴이 벌게질 정도였고, 고지
식한 성격에 유머감각도 없는 편이었다. 그래서인지 교제 범위가 넓
은 편은 아니었으나, 정일권 총리·박태선 장로와는 태어난 해, 날,
시가 같아 사주팔자가 비슷하다면서 해마다 세 사람이 생일 때면 축
하 꽃을 주고받았다.

국제언론인협회(IPI)는 2000년 5월 협회 창립 50주년을 맞아 언론
자유 수호에 기여한 20세기 전 세계 언론인 50명을 '언론자유 영웅'
으로 선정하면서 한국 언론인으로는 유일하게 최석채를 뽑았다.

여권 받고 감격한 '상처받은 언론인', 조덕송

1964년 11월 조선일보 대표이사에 취임한 나는 이듬해 최석채 논
설위원을 주필로 임명하는 자리에서 "주필 책임하에 논설위원들이
사설을 집필하면 여기에 대해서는 회사 경영진 누구도 간섭하지 못
한다"고 선언했다. 조선일보의 불문율로 내려오던 '사설 불간섭주
의'를 거듭 확인한 것이다.

최 주필이 양호민, 송건호, 이어령, 김성두, 박노경 등 실력 있는
필진들을 외부에서 영입해오면서 기존의 조덕송, 이열모, 박운대, 양
홍모, 김상현 등과 함께 조선일보 논설진이 한층 강화됐다.

조덕송 씨는 '우리 시대의 상처받은 언론인'이라고 할 수 있다. 조
선통신사 기자 시절 그가 쓴 제주 4·3사건 기사가 필화를 일으켜 조
선통신사는 폐간되고 그에게는 체포령이 내려졌다. 이후 어딜 가나
'붉은 딱지'가 붙어 다녀 내내 그늘진 언론생활을 감내해야 했다. 그
러다가 1960년 송지영 편집국장 때 조선일보 문화부장으로 오면서

1980년 초 논설위원실의 회의 모습. 왼쪽부터 송지영, 조덕송, 김성두, 양호민, 이규태, 박노경, 선우휘.

그늘에서 벗어났다고 할 수 있다. 1970년 처음 여권을 발급받아 일본 엑스포에 참가하고, 1972년 남북적십자회담 때는 자문위원으로 북한을 다녀오는 등 완전한 자유의 몸이 되자 "이게 다 조선일보 덕"이라며 감격해 했다.

다정다감한 성격으로 사내에서 '조대감'이라는 애칭으로 불렸던 그는 허름한 옷차림과 빗질 안 한 머리에 굵고 검은 안경테가 트레이드 마크였다. 70년대 후반 서울 답십리에 열 평짜리 집을 처음 마련하고 집들이를 한다기에 가 본적이 있다. 좁은 마루에 예닐곱 명이 끼어 앉으니 옴짝달싹할 공간이 없었고, 술잔이 모자라 유리잔·소주잔을 다 동원해야 했다. 청빈한 언론인은 그를 두고 하는 말인 듯 싶었다.

고생 끝에 장남이 서울대학교에 입학하자 자신의 전력이 아들에까지 미칠까 염려해 "제발 데모 때 앞장은 서지 말고 중간에 껴서 조심하라"고 신신당부를 했다고 한다. 그런데 하루는 아들이 상처투성이로 귀가해 "아버지가 하란 대로 중간에 서있었는데, 전경들이 허리를 끊는다고 대열 중간을 자르는 바람에 봉변을 당했다"고 했대서 다 함께 웃었다.

그는 두주불사에 안주 없이 깡술만 들이켰다. 내가 보다 못해 "그러다 간이 상해 죽는다"고 여러 번 경고하다 서울대병원에서 진찰을 받게 했는데 김정룡 박사가 "누구보다 간이 깨끗하고 튼튼하다"고 해 주위의 부러움을 샀다.

투사가 된 선비, 송건호

송건호 씨는 경향신문 편집국장을 하다 1966년 조선일보에 왔는데 술도 담배도 하지 않는 선비형이라 논설위원실에서 별명이 '송진사'였다. 원고지가 뚫릴 정도로 펜을 꾹꾹 눌러 글을 쓰던 습관처럼 자기 원칙과 고집이 강한 사람이었지만, 투사 체질은 아니었다. 그런데 어느 날 동아일보로 가서 편집국장을 하다 해직된 후 언론투쟁의 선봉이 됐고 한겨레신문 초대사장을 지냈다.

이열모 논설위원은 독학으로 재무부 이재국장까지 오른 분이다. 내가 그를 처음 본 것은 북아현동 큰이모 집에서 대학을 다닐 때였다. 그가 동네에서 외국인과 능숙하게 영어로 대화하는 모습을 보고 그에게 짬짬이 영어를 배웠다. 훗날 경제부 기자로 재무부를 출입하면서 이재국장이던 그를 다시 만나게 됐다. 그런 인연으로 그는 1960

년 조선일보 상무로 들어와 나중에 논설위원을 하며 경제 사설을 담당했다.

세상 휘저으며 바람처럼 산 풍운아, 송지영

송지영에게는 풍운아라는 말이 딱 제격이다. 백발 단구에 재기가 넘쳤던 그는 천성이 워낙 자유분방해 그 성정(性情) 그대로 바람에 팔랑개비 돌아가듯 세상을 마음껏 휘저으며 살다간 분이다.

그는 1958년 조선일보 논설위원으로 들어와 편집국장까지 지낸 뒤 4·19가 나자 민족일보를 창간하겠다며 퇴사했다. 일본을 드나들며 텔레비전 방송국을 세워보겠다고 동분서주했는데, 하루는 나를 찾아와 구사옥 3,4층 시네마코리아극장 자리를 빌려주면 방송국을 해보겠다고 했다. 잠시 솔깃하기도 했지만 뭔가 짚이는 게 있어 거절했다.

5·16 후 그는 일본에서 좌익진영의 돈을 받아 민족일보 창간을 주도했다는 혐의로 구속돼 사형을 선고받았다. 국제사면위원회(AI)를 비롯, 국내외에서 그의 구명운동이 활발히 벌어져 감형을 거듭한 끝에 1967년 출감할 수 있었다.

그 후 중앙정보부와 교섭을 벌인 끝에 내가 이호 법무부 장관에게 보증인 각서를 제출하는 조건으로 그를 다시 논설위원으로 모셔왔다. 음식점 '장원'에서 열린 환영모임에서 조덕송 위원은 얼마나 기쁜지 큰 소리로 울며 그를 반겼다. 그러자 송지영은 벼루와 먹을 갖다 달라고 해 단숨에 글씨를 써내려갔다. 내용은 '生者必滅(생자필멸) 盛者必衰(성자필쇠)'였던 걸로 기억하는데 어느 논설위원이 갖고 갔는지 행방이 묘연하다. 민족일보 창간 때 경리 책임자가 필요하다고 간청해서 전승택 경리국장을 잠깐 파견하는 조건으로 보냈었는데, 5·16 후 그도 억울한 옥살이를 해야 했다.

송지영 씨는 원래 평북 박천 사람인데 정감록을 믿는 아버지를 따라 어릴 때 경북 풍기로 내려왔다. 청년시절 중국으로 건너가 상해시보 기자로 잠깐 일하다 일제 말기 임시정부 공작원으로 구속돼 2년 형을 받았다. 일본 나가사키 형무소에서 복역 중 미군의 원자탄이 투하되자 구사일생으로 살아나 해방 후 귀국했다. 언젠가 술자리에서 그가 "내 이마가 모로 튀어나와 팔자가 센 탓인지 두 번이나 죽을 고비를 넘겼다"고 한탄했던 기억이 난다.

그는 중국 야사와 한문에 두루 박학했으며, 문인다운 풍류도 넘쳤다. 단골 술집 주인들의 청을 받아 술집 이름도 많이 지어주었다. 아람, 바나실(바늘과 실), 여울, 사슴, 한가람 등이 그것이다.

송지영 씨가 베푸는 술자리에 나도 종종 초대를 받았다. 그런 자리를 통해 이병주의 〈바람과 구름과 비〉, 한수산의 〈밤의 찬가〉 같은 연재소설이 조선일보에 실리게 됐다. 1970년대 중반, 장개석 총통 서거일을 기념해 대만 정부의 초청을 받고 그와 함께 대만으로 여행을 한 적이 있다. 중국말에 능통하고 대만에 친구가 많았던 송 위원 덕분에 국민당 간부를 비롯해 정부 고위층 인사들로부터 일주일 내내 술대접을 극진히 받을 수 있었다. 타이베이 근교 유명한 환락가의 경찰서장은 그의 중국 남경대학 동기생이었는데, 친구가 왔다고 누각 한 채를 전세내고 미기(美妓) 10여 명을 동원해 근사한 주연을 베풀어주었다. 그 자리에서도 송 위원은 능숙한 중국말로 좌중을 압도했다.

그는 술에 취하면 옆에 앉은 사람의 머리를 때리는 버릇이 있었다.

평안도 사투리로 '새망이 있다(앙칼지다)'고 하는데, 그래서 종종 시비가 붙기도 했다. 평소에는 손으로 턱을 만지는 습관이 있었다. 한번은 내가 양해를 얻어 그의 턱을 만져본 적이 있는데, 아니나 다를까 콩알만 한 굳은살이 단단히 박혀있었다.

송지영 씨의 호는 우인(雨人)이다. "비를 부르고 비를 맞는 나그네라 이렇게 호를 지었다"고 스스로 설명했다. 송지영 씨의 풍류자적 기질이나 낭만적 문학성향으로 보아 그에게 있어 진보적 색깔은 굳건한 사상적 토대라기보다 하나의 멋이었다고 할 수 있다.

신문에 미친 신문쟁이들

너무 인간적이라 허점도 많았던 선우휘

선우휘는 언론인이자 작가였다. 평생 자기 소신대로 살았고, 글과 행동으로 자신을 표현하는 데 주저함이 없었다. 천의무봉(天衣無縫), 무욕의 인물이었으나, 때론 그 무욕이 그를 방종하게 만든 점도 있다고 생각한다. 너무나 인간적이었기에 허점 또한 많은 사람이었다. 그에 대한 세상의 평가가 어떠하든 간에 나는 그에게 큰 은혜를 입었다. 내가 신문사를 처음 맡아 어려움에 신음할 때 그는 살신성인의 자세로 나를 도와주었고 신문사의 기틀을 잡는 데 지대한 공헌을 했다.

선우 주필은 어디에도 얽매이지 않는 자유분방한 성격이었다. 술을 한번 마시면 인사불성이 될 정도로 끝장을 봤다. "한 달에 한 번쯤은 통음을 해야 머릿속 찌꺼기를 씻어낼 수 있다"는 것이 그의 변이었다. 술에 취하면 독특한 이북 사투리로 "신상초 이 새끼야" 하고 소리를 질렀다.

중앙일보 신상초 논설위원은 그와 동향에 동갑이었다. 친한 친구에게 육두문자가 나오기 시작하면 술이 오를 만큼 올랐다는 신호였다. 그러면 비상이 걸렸다. 한번은 수위가 올라와 "지금 선우 국장이 술에 취해 지프차를 부수고 있는데 어떻게 할까요?"라고 묻기에 "그냥 둬. 쇳덩어리 부숴봤자 별 수 있어. 기껏해야 유리창 몇 장 깨지겠지" 한 적도 있다. 결근하는 때도 많았다. 그럴 때면 어디 가서 무엇을 하고 있는지 뻔히 알고 있는 터라 운전사를 시켜 용돈을 보내면 오후 늦게 멋쩍은 표정으로 출근하는 천진난만한 분이었다.

그는 번뜩이는 재치와 사람의 의표를 찌르는 기지도 대단했다. 논설위원 때 구상 등 몇몇 작가와 점심을 먹는 자리에서 한 친구가 "요즈음 보신탕을 먹으니 정력이 세진다"고 하니까 "당신이 해? 개가 하지"라고 쏘아붙였다.

최석채 주필이나 선우휘 주필 모두 박정희 대통령과 사이가 각별했는데, 최 주필이 존경받는 언론인으로서 국정 자문역을 했다면, 선우 주필은 박 대통령의 마음 편한 술친구라는 표현이 더 맞을 것이다. 1960년대 후반 월남 파병 문제로 여론이 분분할 때 선우휘 씨가 제일 먼저 "자유민주주의를 지키고 우방에 대한 의리를 지키기 위해서는 의용군이라도 보내어 계속 반공사상으로 무장해야 한다"는 사설을 썼다.

우국충정의 마음이 서로 통한 것도 있겠지만, 선우 주필의 성품 자체가 워낙 순수하고 또 허튼 소리도 잘하는 분이니까 국사에 지친 박 대통령이 마음 편하게 술 한 잔 나누고 싶을 때 종종 그를 찾았다. 두

1975년 늦은 봄, 선우휘와 함께 오른 등산길에서. 그는 너무 욕심이 없어 허점을 보이기도 했다.

사람이 잔뜩 술에 취해 군가 부르면서 어깨동무하고 청와대 층계를 내려왔다는 이야기도 있다.

이 때문에 그는 세간의 의혹을 사기도 했다. 하지만 내가 지켜본 그는 세속의 부귀와 영화를 탐하기엔 영혼이 너무나 자유로웠다. 박 대통령이 "들어와서 좀 도와달라"며 끈질기게 감사원장을 맡아달라고 권유하자 "들에 핀 꽃이 어여쁘다 해서 집 안에 옮겨 심으면 아름답겠냐"는 말로 사양한 사람이다.

선우휘 주필은 육군 정훈장교 출신으로 현역에 있으면서 〈불꽃〉이라는 단편으로 동인문학상을 받았다. 1·4후퇴 당시 적군이 이용하지 못하게 조선일보사를 불지르라는 상사의 명령을 받고도 처벌을 각오하고 활자판만 몇 개 엎어뜨리고 끝내 불을 지르지 않았기에 조선일보는 큰 피해를 빗겨갈 수 있었다.

1985년 백경석 일본지사장 아들 결혼식에 참석하기 위해 동경에 갔다가 선우 형과 함께 소설 〈설국〉의 무대인 시나노오마치라는 외진 온천장을 찾았다. 우리는 술잔을 기울이며 깊어가는 밤하늘을 안주 삼아 고향 생각을 나누었다. 두 사람 다 실향의 아픔이 있었다. 그 때 그는 분단의 아픔을 주제로 대하소설을 쓰기로 약속했다. 하지만 그 약속을 지키지 못한 채 그는 이듬해 다시 못 올 먼 길을 떠났다.

용기 있는 언론인이었으며, 술과 모든 것을 사랑한 낭만주의자였고, 무엇보다 삶을 사랑한 인간주의자였던 그의 영정 앞에서 나는 깊이 고개 숙여 명복을 빌었다.

내가 화내면 조용히 참을 '忍' 자 건네던 유건호

조직의 리더를 흔히 지장·덕장·용장으로 구분하는데, 조선일보사 부사장을 지낸 유건호 씨는 덕장의 전형이 아닐까 한다. 평생 남과 다투거나 큰 소리를 내는 것을 본 적이 없고 항상 중용지도(中庸之道)를 내세워 상하의 단결과 화목을 중시했다. 자신을 과시하는 법 없이 맡은 바 임무를 충실히 수행하며 회사의 발전을 위해 솔선수범한 조선일보의 대들보 같은 존재였다.

일제 말 학도병으로 강제 징집됐다 탈출해 만주의 광복군에 들어간 그는 8·15해방 후 귀국, 조선일보에 들어왔다. 인품과 능력을 인정받아 입사 3년 만인 27세에 사회부장으로 발탁됐다. 내가 대학시절 신문사에 들르면 유 부장이 사장실에 들어와 무엇인가 열심히 설명하고 계초가 만족스런 표정으로 고개를 끄덕거리던 장면을 목격할 수 있었다.

그의 마른기침 소리는 유명하다. 멀리서 기침 소리만 들려도 그라는 것을 금방 알 수 있었다. 전쟁 중이던 1952년 부산 분실장으로 있으면서 하루 두 번 서울 본사로 전화 송고를 해야 했는데, 전화 사정이 나빠 고래고래 고함을 지르며 통화를 하다 보니 목에 가시가 생겨 기침을 자주 해야 풀리는 지병이 생겼다는 것이다.

음식 먹는 속도는 그가 사내에서 제일 빨랐을 것이다. 자장면 한 그릇을 1분 만에 먹어치웠다. 이유를 물어보니 "학병으로 있을 때 식사가 늦으면 기합을 받게 되므로 씹지도 않고 통째로 들이붓다 보니 그렇게 됐다"고 했다. 애주가에 음식을 가리지 않았고 특히 보신탕을 즐겼는데, "보신탕을 먹지 못하면 기자가 아니다"라는 그의 지론(?) 때문에 곤욕을 치른 기자가 한둘이 아니었다.

유건호 씨는 나의 기자 시절 첫 부장이었다. 내가 처음 사회부 기자로 발령받았을 때 교육의 중요성을 감안해 문교부를 출입처로 배정해주었고, 장차 경영 수업을 위해 경제부 근무가 필요할 것이라며 부서 이동도 주선해 주었다.

30대 팔팔한 나이에 경영자 자리에 오른 내가 혈기만 앞세워 간혹 분수에 넘친 행동을 할 때면 그는 아무 말 없이 참을 '忍(인)'자를 써서 내게 건네주었다. 1987년 발행인 겸 부사장을 끝으로 40여 년에 걸친 신문사 생활을 마감했을 때 그의 이력서는 단 두 줄이었다.

"조선일보 입사, 조선일보 퇴사."

'사장, 편집국에 그만 좀 내려오세요' 하던 신동호

1959년 수습 2기로 조선일보에 들어온 신동호는 입사 7년 만인 1966년에 사회부장으로 발탁됐다. 파격적 인사여서 그때부터 그에게는 '프린스' '황태자'라는 호칭이 따라붙었다. 발탁 배경에는 집안 관계도 있다. 신동호의 모친이 계초의 수양딸이라는 인연이 있어 형님(방일영)이 그를 무척 신임했다. 그러나 사사로운 인연을 제쳐두고라도 그는 객관적으로 능력이 출중한 기자였다. 서울고 문예반장을 지냈고 서울대 정치학과 시절 문학서클 '정문회'를 만들었던 그는 늘 "작가가 되지 못한 게 한"이라고 말하곤 했다.

경기도 용인생으로, 군수 출신 조부와 국회의원을 지낸 부친 밑에서 유복하게 자라 너그러운 성품에 재치 있는 언변이 남달랐다. 대외 조정 능력은 물론, 후배 장악력도 대단해 오랫동안 편집국의 대부로 인정받았다. 사회부장을 지낸 후 편집국장·논설주간·주필·발행인·대표이사 부사장 등을 거치며 조선일보 발전에 큰 힘이 됐고, 1991년 스포츠조선이 창간되자 초대사장으로 부임해 기틀을 잡아주었다.

그런데 그의 이력이 좀 특이하다. 시경캡(경찰기자 팀장) 두 번, 사회부장 두 번, 편집국장 두 번 등 남들은 한 번 하기도 어려운 자리를 두 번씩 거쳤다. 스포츠조선 사장까지 합치면 대표이사도 두 번 지냈다.

그는 여러모로 재주가 많지만, 스포츠 쪽으로는 젬병이었다. 골프는 만년 100을 끊지 못해 한때 '원 투 제로(120) 냉장고'로 불렸다. 반면 식사 후 후배 기자들과 어울려 고스톱 한 판 치는 것은 마다하지 않았다. 논설주간 때 그는 "친구끼리 심심풀이로 친 고스톱은 노

1979년 신동호 편집국장(서있는 사람)이 회사 근처 식당에서 기자들과 간담회를 할 때 나(신 국장 오른쪽)도 자리를 함께 했다.

름이 아니다"라는 법원 판결을 지지하는 사설을 썼다.

그가 편집국장일 때 나는 마감이 끝나면 거의 매일 편집국에 내려가 살다시피 했다. 군만두 같은 주전부리를 사다놓고 기자들과 둘러앉아 이런저런 이야기를 나누느라 시간가는 줄 몰랐다. 세상 돌아가는 이야기도 들을 수 있고 기자들 개개인의 개성도 파악할 수 있어 나로선 매우 유익한 자리였다. 그런데 하루는 신동호 국장이 여러 사람 있는 앞에서 "사장, 편집국에 그만 좀 내려오세요. 일 좀 합시다"라고 얘기해서 무안했다. 그렇다고 편집국에 가지 않을 나도 아니었지만 그의 얼굴을 봐서 며칠은 참았다.

나는 그에게 세 번 편지를 받았다. 내가 성격이 모나고 감정이 앞설 때가 많았는데, 그럴 때마다 그는 장문의 글로 아량과 인내의 처세술을 배우라고 지적해주었다.

이규태의 '삼불(三不) 원칙'

1983년 초였다. 신동호 주필을 비롯해 편집국장과 각 부장들이 참석하는 편집회의가 매주 한 번씩 있었는데, 그날은 나도 자리를 함께 했다.

"신 주필, 이규태 나 좀 빌려줘."

회의 도중 내가 불쑥 이렇게 말하자 신 주필은 영문을 모르겠다는 표정이었다.

"뭐하시려고요?"

"내가 써먹을 데가 있어."

나는 오래 전부터 생각해 오던 것을 털어놓았다.

"그날그날 신문의 화젯거리를 동서고금의 사례를 들어가며 가볍고 재미있게 풀어가는 칼럼을 만들자. 필자는 이규태가 적임자야. 칼럼 이름도 〈이규태 코너〉라고 하고."

옆방에 있던 이규태 논설위원이 불려 왔다. 나는 그에게 두 가지를 당부했다.

"길게 쓰면 인기 없어. 200자 원고지 여섯 장 안 넘게 하고 매일 쓰는 걸로 해. 당신 매일 쓸 자신 있지?"

그의 긴장을 풀어주기 위해 나는 농담 한 마디를 덧붙였다.

"당신 잘하는 거, 후라이 까는 거 있잖아."

조그만 소재를 갖고도 동서고금의 사례를 덧붙여 감칠맛 나게 이야기를 끌고가는 이규태 위원의 글 솜씨를 믿는다는 뜻이었다.

그렇게 해서 1983년 3월 1일자에 〈이규태 코너〉가 탄생했다. 3·1선언의 현장인 명월관의 내력을 다루는 것으로 대장정의 첫발을 뗐다. 명월관이 들어서기 전에는 그 집에 이완용이 살았으며, 그 집 뒤뜰에 있는 고목(古木)에 벼락이 쳤다는 이야기였다.

그 후 이규태 코너는 장장 24년간 무려 6702회를 이어가면서 숱한 화제를 낳았다. 세계 언론계에 유례를 찾기 힘든 1인 장기연재 칼럼이다.

이규태 코너에 곁들인 그의 캐리커처도 세상 변화에 따라 바뀌어 갔다. 원래는 필자가 파이프 담배를 문 모습이었는데 할아버지 독자가 "젊은 사람이 건방지게 노인들 앞에서 담배를 핀다"는 항의 편지를 보내와 연필을 든 모습으로 바뀌었다. 그러다가 다시 "지금이 펜으로 쓰는 석기시대인가"라고 지적하는 독자들이 늘어나 1993년 연필이 컴퓨터로 바뀌었다.

내가 기자 이규태를 주목한 것은 1967년 〈개화백경〉을 연재하면서다. 우리나라가 쇄국을 푼 지 100년이 되던 그 해에 나는 우리의 근현대사를 재조명하는 재미있는 역사물을 연재해보자고 편집국에 제안했다. 개화 100년 동안에 새로 등장한 문물들, 예를 들어 전화·전기 등이 한국적 전통과 어떻게 조화를 이루며 뿌리를 내려왔는지 알아보는 것도 의미 있고 재미있는 기획물이 될 것 같았다. 각종 자료와 생존자 인터뷰, 현지답사 등을 통해 실증적으로 접근해보기로 하고, 박종화, 이은상 선생 등 원로들에게 집필을 부탁드렸다.

1968년 3월 21일자에 사고(社告)를 내고 〈개화백경(開化百景)〉이란 제목으로 연재를 시작했다. 그러나 처음부터 난항이었다. 연로한 필

나는 이규태와 종종 산행을 함께 했다. 쉬지 않고 꾸준히 정상을 향해 한 발 한 발 내딛는 그를 보고 있으면 그가 매일 이규태 코너를 이어갈 수 있는 저력이 어디서 나오는지 짐작할 수 있었다. 사진은 1974년 모습이다.

자들로부터는 원고가 제때 나오지 않았다. 사고가 나간 상태라 중간에 그만둘 수도 없는 노릇이었다. 궁여지책으로 이규태 조사부장을 불러 "독자와의 약속이니 딱 7회만 쓰라"고 일렀다. 이 부장은 3년 전 조선일보 창간 44주년 기념 연재물 〈횃불은 흐른다〉에서 역사물을 다루어내는 필력을 충분히 과시했기에 긴급 소방수로 차출된 것이었다.

졸지에 큰 일을 맡게 된 이 부장은 인사동 헌책방의 고문서에 파묻혀 살다시피 하며 자료를 찾아내 연재물을 이어갔다. 공대 화공과를 졸업한 그가 한문을 제대로 공부했을 리가 없겠지만 뚝심으로 밀고 나갔다. 그런데 서너 회가 나가자 독자들로부터 "재미있다" "이색적이다"는 반응이 쏟아졌다. 일곱 번만 하자던 그의 연재는 그해 12월 31일까지 무려 60회가 이어졌다.

이때부터 '이규태 한국학'이 본격적으로 싹트기 시작했다. 그는 한국의 인맥을 다룬 〈인맥〉을 1969년 1월부터 1970년 2월까지 53회에 걸쳐 연재했다. 이어 〈한국인의 의식구조〉를 연재했고, 이것은 모두 여덟 권의 책으로 묶여 초장기 베스트셀러가 됐다. 이 무렵 다른 신문사에서는 "이규태가 밖으로 돌아다니면 안심해도 된다. 하지만 안 보이면 긴장해라. 자료 들여다보고 있다가 대형물 하나씩 터뜨린다"는 이야기가 돌았다.

이규태는 곱슬머리에 굵은 테 안경, 두터운 입술을 가졌다. 그는 이발소에 가지 않고, 주례 서지 않고, 텔레비전에 나가지 않는다는 '삼불(三不)' 원칙을 고수했다. 이유는 "내 얼굴에 그게 되겠습니까?"였다. 그가 책상에 앉아있는 자세도 일품이었다. 거구에다 얼굴을 살짝 파묻고 히죽이 웃는 모습이 그렇게 천진스러울 수 없었다. 그러나 주기가 오르면 눈을 부릅뜨고 후배들을 향해 "참새들이 대붕의 속을 어찌 헤아리겠느냐"고 일갈했다.

나는 그와 종종 산행을 함께 했다. 넓적한 그의 궁둥짝만 보고 정신없이 걷다보면 어느새 정상에 도달해 있곤 했다. 쉬지 않고 꾸준히 정상을 향해 한 발 한 발 내딛는 그를 보고 있으면 매일 이규태 코너를 이어갈 수 있는 저력이 어디서 나오는지 짐작할 수 있었다. 그의 진중한 참을성, 굼뜬 듯한 무던함, 질박한 성품을 나는 좋아했다.

한번은 그와 함께 계룡산에 올랐다. 정상에 오르니 마침 비가 와서 암자에서 점심을 먹었다. 대학생들이 그를 알아보고 인사를 하며 악수를 청하는데, 나는 수행비서 정도로 취급했다. 그래도 기분이 좋았다. 일본에 가면 헌책방에 들러 이규태가 반길 유익한 책을 두어 권씩 사다주기를 낙으로 삼았다.

대기자 이규태. 그는 평생 글만 쓰느라 주요 직책은 문화·조사·사회부장 합쳐 5년에 주필도 잠시였다. 사실상 무관(無冠)의 기자 인생이었다. 그러나 그는 어떤 감투보다 영광스러운, '진정한 기자'라는 감투를 썼다.

정보부가 뗀 목 청와대가 붙인 안병훈

안병훈은 70년대에 청와대 출입기자, 80년대에 편집국장, 90년대에는 전무·부사장을 맡아 '정상 조선일보'를 일궈낸 주역 중 한 명이다. 듬직하고 착실해서 뭐든 맡기면 정성을 다해 만들어내고야 마는 의리의 사나이였다. 모나지 않은 성격에 원칙주의자로서 면모가 돋보였다. 한마디로 세상을 열심히 살아가는 사람이라고 할 수 있다.

사회부·정치부 기자 시절 그는 특종 잘하는 기자였다. 그가 편집국에 들어서면서 손을 들어 올리면 특종거리가 있다는 신호여서 편집국장 얼굴이 펴졌다. 88올림픽 때는 편집국장으로서 '벤 존슨 약물 복용'이라는 세계적 대특종을 지휘했다. 관리자가 된 후에는 특유의 인화와 추진력으로 수많은 사업 아이디어를 성공시켜 조선일보가 기획에 강한 신문이라는 인식을 확고히 심어주었다. '쓰레기를 줄입시다' '샛강을 살립시다' '산업화는 늦었어도 정보화는 앞서가자'는 캠페인과 '아! 고구려' '이승만과 나라 세우기' '대한민국 50년 우리들의 이야기' 등 대형 전시회를 그가 주도했다.

박 대통령 서거 직전, 그가 정치부장을 할 때 일이다. 신민당 총재 김영삼의 국회 제명을 비판한 기사가 당국의 심기를 건드려 중앙정보부로부터 정치부장을 해임하라는 압력이 들어왔다. 유신 말기 권력의 발악이 극에 달했을 때였다. 간부들이 모여 난감해하고 있는데, 소식을 듣고 안병훈 부장이 찾아왔다. 그는 "회사 처분대로 하겠습니다"라고 했다.

뒷날을 기약하며 해임 방을 붙인 지 몇 시간 지나지 않아, 이번에는 중앙정보부로부터 "빨리 복직시키라"는 전화가 걸려왔다. 알고 보니 그날 저녁 박근혜를 만난 다른 신문 청와대 출입기자들이 그 얘기를 꺼냈다고 한다. "근혜 양도 알다시피 안 부장이 얼마나 좋은 사람입니까. 그런데 오늘 해임됐어요." 깜짝 놀란 박근혜가 아버지에게 이 소식을 알렸고, 박 대통령으로부터 호통을 들은 김재규 중앙정보부장이 급해서 나에게 전화를 건 것이었다.

김재규는 "빨리 복직시키지 않으면 참지 않겠다"고 했다. 내가 기가 막혀 "안 참으면 어쩌자는 거냐? 신문사 체면이 있지 어떻게 몇 시간 만에 바꾸냐"며 실랑이를 벌이는 웃지 못할 일이 있었다. 안병훈 씨가 조선일보 퇴직 후 2007년 한나라당 대선후보 경선에 나선 박근혜 의원을 돕겠다고 나선 데에는 두 사람 간에 오랫동안 이어져온 각별한 인연과 안병훈 씨 특유의 의리가 작용했을 것이라고 생각한다.

1965년 수습 8기로 들어와 2003년 대표이사로 정년퇴임한 안병훈의 진가는 궂은일을 떠맡아 솔선수범하는 데 있었다. 어려운 일, 잘 안 되는 일이 생기면 거기엔 어김없이 그가 나타났다. 타의 추종을 불허하는 인화의 보스였고, 타협과 조정의 명수였던 그가 있었기에 나는 늘 든든했다.

6·25 때 납북된 그의 아버지(안찬수)는 조선일보 편집부장을 지냈다. 안병훈은 대학 졸업 후 조선일보와 동양통신 시험에 동시 합격한 뒤 동양통신에 먼저 출근했다. 그러나 그의 부친과 가깝게 지냈던 유건호 씨가 "안찬수 아들이면 조선일보로 와야 할 것 아니냐"고 해서 따로 면접을 보고 조선일보에 들어왔다.

천생 기자인 '별종', 김대중

김대중은 수습을 막 끝내고 경찰기자로 나갔을 때 제일 먼저 한 일이 서대문 관할 파출소를 때려 부순 것이었다. 이 일로 그는 시말서를 썼다. "별종 하나 들어왔구나" 싶었다.

1972년 입사 8년차이던 그를 워싱턴 특파원으로 발탁했다. 당시 워싱턴 특파원은 부장 이상의 간부들이 가는 것이 관례였다. 내가 편집국에 가서 기자들과 이야기를 나눌 때 꼬박꼬박 말대답을 하며 제 주장을 굽히지 않는 친구가 정치부 말석에 앉아있던 김대중 기자였다. 그래도 내가 명색이 사장인데 겉으로라도 대접 좀 해주면 좋으련만 어떨 땐 밉살스러울 정도였다. 그는 통역 장교를 지내 영어 실력도 뛰어났다. 배짱과 실력이 있으니 미국서도 견딜 것이라 생각해 특파원 발령을 낸 것이다.

워싱턴으로 떠나는 그에게 "동아의 권오기, 한국의 조세형이라는 노련한 기자들이 버티고 있으니 무조건 기사를 매일같이 보내는 게

김대중 주필(가운데)은 골프를 쳐보라는 나의 강권을 끝내 뿌리쳤다. 그는 대신 등산을 좋아해 조선일보사 산악회 회장을 맡기도 했다. 1990년대 초 그와 함께 설악산에 올라 잠시 허기를 채우고 있는 모습이다. 오른쪽은 박광성 월간 《산》 부장.

장땡"이라고 당부했다.

그가 미국에 가자마자 굵직한 사건이 꼬리를 물고 터졌다. 닉슨의 방중(訪中)과 주한미군 감축, 워터게이트 사건, 월남 패망, 카터의 미군 철수 계획, 박동선 사건, 김형욱 청문회…. 김대중 특파원이 어찌나 기사를 많이 보냈던지 1면 편집자이던 배우성 기자는 "1면 톱 거리가 없으면 김대중이가 뭐 하나 보내겠지 하고 대책 없이 기다렸다. 그러면 어김없이 그가 기사를 보내왔다"고 했다. 김대중은 간단명료하게 바로 핵심을 파고 들어가는 분석 기사가 특히 압권이었다.

대개 특파원 임기가 3년인데 그는 일을 잘한 탓에 6년 6개월을 미국에서 지내야 했다. 그는 이따금 내게 편지를 보내 "왜 못 들어가게 하느냐"고 항의를 했다. 나중에 내가 "당신 그때 한국에 안 들어온

거 다행으로 알아라. 만약 들어왔으면 당신 성격에 3·6사태 때 앞장 섰을 것이고 그러면 오늘의 김대중도 없는 거 아닌가"라고 하니 본 인도 대체로 수긍했다.

김대중은 천생 기자다. 그가 출판국장 때 월간조선이 광주사태를 특집기사로 다룬 적이 있다. 내가 파문을 우려해 몇몇 문제될 부분을 "깎으라"고 하니 그가 밤새 울며 못 하겠다고 했다.

다음날 하루 종일 술 마시고 눈이 퉁퉁 부은 채 다시 사장실에 와 서 "절대 못 깎는다"고 또 항의를 했다. 그런 게 진짜 기자라고 나는 생각한다.

그는 골프를 치지 않고 산행을 한다. 컴퓨터 대신 펜으로 글쓰기를 고집한다. 미국 특파원 떠날 때 샀다는 구두를 30년 넘도록 신고 다 닌다. "구두 좀 바꾸라"고 말하면 "반짝반짝 광이 나는 것이 좀 더 신 어야겠다"고 태연하게 답한다.

아버지는 '반동'인데 아들은 '용공', 류근일

류근일은 김대중과 더불어 조선일보를 대표하는 논객 중 한 사람 이었다. 차례로 조선일보 주필을 지낸 두 사람은 원고를 쓰면 제일 먼저 상대방에게 보여줬다고 한다. 서로가 믿고 맡길 수 있는 '데스 크'였던 셈이다.

두 사람은 어려서부터 알고 지낸 사이다. 김대중의 형인 전위예술 가 무세중(본명 김세중)이 류근일과 초등학교 동기동창이라 어릴 때 김대중이 류근일을 "형"이라고 불렀다고 한다.

류근일은 대학시절부터 유명인사였다. 서울대 정치학과 2학년 때

「전체 무산대중은 단결하라」는 글을 문리대 신문에 실었다가 국가보안법 위반으로 구속됐다. 6·25 이후 첫 필화사건 구속이었다. 이후 민청학련, 민통학련 사건으로 도합 8년 1개월간 복역했다.

그의 가족사도 참 기구하다. 서울대 언어학과 첫 학과장을 지낸 그의 부친은 6·25 때 월북해 김일성대 교수를 지내다 숙청당했고, 아들은 남쪽에서 용공분자로 몰려 감옥에서 청춘을 보내야 했다. 그는 출옥 후 중앙일보에서 일하다 1981년 조선일보로 옮겨왔다.

신문을 끓게 만든 '최틀러', 최병렬

최병렬은 다부지고 빈틈이 없는 차돌 같은 성격으로, 만사에 의욕적이고 활력에 넘치는 돌격형 지휘관이었다. 부하 다룰 줄도 알아서 기자 개개인이 가지고 있는 능력과 에너지를 최대한 뽑아냈다.

일단 일을 맡기면 성에 찰 때까지 어찌나 몰아붙이는지 한 기자가 "내가 히틀러 밑에서 일하나, 최틀러 밑에서 일하나"라고 푸념을 하기도 했는데, 그 뒤로 그의 별명은 '최틀러'가 되었다. 거침없고 담백한 성격이라 정치부장으로 있을 때는 늦은 밤에도 부원들을 이끌고 사직동 우리 집을 찾아와 의견을 솔직하게 털어놓곤 했다.

그는 정치부에서 잔뼈가 굵었지만 신문사 생활을 편집기자로 시작했다. 취재와 편집을 두루 알아 편집국장에 오른 뒤 지면을 활기차게 꾸려갔다. 그가 국장으로 있던 1980~1985년은 조선일보가 1위를 공고히 다진 시기였다.

최 국장 시절 편집국 부장회의는 볼 만했다. 설전과 토론이 난무하는, 아주 역동적인 분위기였다. 안병훈·김대중·최청림이 정치·사회·경제부장을 맡고 있어 회의 멤버들도 만만치 않았다. 최청림은 자기주장을 굽히지 않다 회의 도중 쫓겨난 적도 있다. 고성이 오가고 육탄전 일보직전까지 가는 치열한 논쟁과 토론은 신문 지면을 펄펄 끓게 만들었다.

최병렬은 정계로 진출해 국회의원, 노동부 장관, 서울시장, 한나라당 대표를 지냈다.

조선일보 기자가 되려면

키가 작아야 한다?

"조선일보 기자가 되려면 어떤 점을 갖춰야 합니까?"

조선일보 인사부에는 종종 이런 문의 전화가 걸려온다고 한다. 세세한 조건이야 그때그때 실무 부서에서 정하겠지만, 나는 가장 기본적이면서도 변하지 않는 조선일보 기자의 조건이 있다고 생각한다.

내가 사장 시절 송형목 총무국장이 나에게 이런 말을 했다.

"사장님은 키가 작은 게 콤플렉스인지 면접장 들어가기 전에는 늘 '이번엔 키 작은 사람들 뽑지 말자우' 하면서 뽑고 나면 대부분 키 작은 사람들입니다."

편한 자리에서 우스개처럼 한 이야기겠지만 듣고 보면 크게 틀린 말도 아니었다. 내가 사람 뽑는 기준은 간단하다면 간단했다. 다부진 사람, 눈망울 똘망똘망한 사람, 근성이 있는 사람이다. 그런데 그렇게 뽑고 나면 키 작은 사람들이 많았다.

조선일보사가 해방 후 처음 수습기자를 뽑은 것은 1954년이다. 위탁경영을 맡고 있던 장기영 씨가 한국일보를 창간하면서 기자들을 줄줄이 데리고 나가는 바람에 인력 공백이 생겼다. 이를 메우기 위해 급히 기자들을 모집한 것이다. 필기시험과 영어면접을 거쳐 조동오·장병칠·이정석·이문홍 등 여덟 명이 선발됐는데, 서울대 출신이 다섯 명이었다. 이 가운데 김자동은 상해 출신으로 영어와 중국어에 능숙해 홍종인 주필의 총애를 받았다.

수습 1기들은 노후한 편집국에 새 바람을 일으켰지만 재래파의 텃세에 눌려 기를 못 펴다가 얼마 못 가 대부분 퇴사했다. 1962년 내가 상무가 됐을 때 1기 여덟 명 중 남은 사람은 장병칠과 이문홍 둘뿐이었다. 1기 중 조동오는 중앙일보 편집국장을, 이정석은 KBS보도본부장을, 이문홍은 상공부 차관보를 지냈다.

수습 2기를 뽑은 것은 이로부터 5년 후인 1959년 천관우 편집국장 때이다. 한국일보는 벌써 수습 10기를 뽑고 있었다.

2기는 모두 아홉 명이 들어왔는데, 이들이 회사 발전의 견인차 역할을 했다. 1960년대 후반 조선일보가 지면을 혁신하며 부수를 신장해 나갈 때 2기들이 각부 부장·차장 자리에 포진해 편집국 허리 역할을 훌륭히 수행했다. 정치부에 있던 이종식은 2기 중 가장 먼저 차장으로 진급한 유망한 친구였는데, 이후락 씨가 유정회 의원으로 데려가는 바람에 신문사를 떠났다. 송기오는 영어를 잘해 주미특파원을 거쳐 외신부장을 하다가 박태준 씨가 포철로 데려갔다. 김용원은 편집국장을 지낸 뒤 대우전자 사장을 지냈다. 최영정은 '바람의 파이터' 최배달의 동생으로, 사업국장을 거쳐 한국신문잉크 사장을 지냈다. 2기 중 신동호와 이규태는 조선일보에서 정년퇴직했다.

1961년에 입사한 3기는 김동익·호영진·임재경·송원옥·박성래·이강희·이덕수 등 일곱 명이었지만 다들 일찍 퇴사했다. 김동익은 중앙일보 사장, 호영진은 한국경제신문 사장, 임재경은 한겨레신문 부사장을 지냈다.

3기 이후에는 수습기자 공채가 순조롭게 이뤄져 1년 터울로 4기(황승일, 채영석, 반영환, 박종형, 유지형, 장지원), 5기(최호, 문학모, 김태준, 윤병해, 이준우), 6기(김태호, 오호성, 박범진, 허문도, 황문수, 송형목, 홍현우, 조재신)가 들어왔다.

5기의 윤병해는 취재력, 돌파력, 사교성 등 기자로서 센스와 인간미를 고루 갖춘 유능한 친구였다. 1967년 1월 19일 동해상에서 북한의 포격을 받고 침몰하는 우리 해군 56함의 마지막 순간을 담은 필름을 단독 입수, 세계적 특종을 하는 쾌거를 올리기도 했다. 반골 정신이 강했던 그는 10월유신이 나자 신문사를 그만두고 미국으로 이민을 갔다. 나중에 조선일보가 뉴욕지사를 만들 때 내가 그를 만나 "당신이 맡아서 성공시켜 보라"고 했지만 받아들이지 않았다. 그의 꼿꼿한 성품과 신념이 그대로인 것 같아 내 마음이 섭섭하지만은 않았다.

1965년 중앙일보가 창간되면서 스카우트 바람이 불었다. 조선일보에서도 몇몇 기자들이 스카우트돼 갔다. 거기에다 판매 부수가 급격히 늘고 있는 상황이어서 인력 확충이 시급했다. 1965년 한 해 동안

7기, 8기, 9기를 뽑았다. 언론계에서 유례가 없는 일이었다. 일 년 내내 면접 보고 사람 선발하느라 바빴다. 일 년간 스물네 명을 뽑았다.

나의 편집국장론

기자들의 꿈은 아마도 편집국장일 것이다. 기자들을 지휘하며 지면 제작의 권한과 책임을 갖고 자신의 소신대로 신문을 만들 수 있는 편집국장은 기자라면 누구나 해보고 싶은 자리일 것이다. 그러나 그 자리는 누구에게나 주어지지는 않는다.

편집국장의 요건을 조목조목 구체적으로 말할 수는 없겠지만, 나의 편집국장론을 두루뭉수리하게라도 말한다면 "책임감과 애사심, 추진력과 통솔력을 갖추고 미래에 대한 비전을 제시할 수 있는 인물"이라고 할 수 있다. 경력 면에서는 사회부와 정치부는 반드시 거치는 것이 바람직하다고 본다. 그리고 외국어를 구사할 수 있어야 한다. 글로벌 시대에 영어든 중국어든 외국어 한 둘에 능통하지 않고는 편집국장 하기 힘들지 않을까 생각한다.

우리 언론 환경에서 한 가지 아쉬운 점은 대기자(大記者) 제도가 정착되지 않은 것이다. 필요성은 모두가 공감하고 있다. 하지만 차장, 부장, 국장으로 올라가지 않으면 밀려났다고 생각하는 한국적 풍토에서 대기자 제도의 정착은 어려운 과제이다.

대기자와 함께 전문기자의 양성도 한국 언론의 숙제다. 기자들 사이에 "저널리스트는 제너럴리스트"라는 냉소적인 말이 있다. 한 분야에 익숙해질 만하면 출입처가 바뀐다. 외국에서는 한 분야를 10년, 20년씩 담당해 온 노련한 기자들이 백발이 성성한 나이에도 취재 현장을 누비는 경우를 심심찮게 본다.

미디어 환경의 변화로 이제 단순한 속보 경쟁은 의미가 퇴색했다. 활자매체가 영상매체를 압도할 수 있는 길은 심층 취재와 탐사 보도에 있다. 뉴욕타임스의 대기자 솔즈베리는 나이 60이 넘어 모스크바에서 철의 장막을 폭로했고, 70이 넘어 천안문 현장을 생생하게 기록했다. 워터게이트 사건을 파헤친 워싱턴포스트의 번스타인과 우드워드 기자는 매일 열여섯 시간씩 300일 동안 취재를 강행한 끝에 『대통령의 사람들과 마지막 날』이란 책을 공동집필해 퓰리처상을 받았다.

"얕게, 그러나 넓게"는 이제 옛말이다. 기자들도 한 분야를 파고들어 전문가와 당당하게 맞설 수 있어야 한다. 청운의 꿈을 품고 언론계에 뛰어든 젊은이들에게 당부한다. 세상은 넓고 쓸 거리는 널려 있다. 미련스러울 만큼 사물에 도전하는 근성과 오기, 사회의 불합리와 부조리에 당당히 맞설 수 있는 용기는 기자로서 기본 덕목이다. 여기에 전문분야에 대한 해박한 지식을 갖춘다면 금상첨화다.

"신문기자는 투철한 직업의식으로 글로써 승부해야 한다"는 게 나의 지론이다. 이런 기자를 발굴해 역량을 마음껏 펼칠 수 있는 여건을 만들어 주는 것이 신문인으로서 나의 의무였고 보람이었다.

내가
본
대통령들

6

독대를 마치고 나오니까 대통령 경호실장이 좀 보자고 했다.

"방 사장님, 담배 좀 안 피셨으면 좋겠습니다."

"피고 싶은 걸 어떻게 참소."

"그래도 각하 앞에서는 피지 말았으면 좋겠습니다."

"내가 뱀띠라 천성이 차갑습니다"

박정희 대통령 : '월남 파병' 나에게 직접 설득

1965년 초, 내가 납북인사 송환을 위한 100만 인 서명 철을 유엔에 전달하고 귀국하자 청와대에서 좀 보자는 연락이 와서 선우휘 편집국장과 함께 들어갔다.

이 무렵 월남에 국군을 보낼 것이냐 말 것이냐를 놓고 국론이 심한 분열상을 보이고 있었다. 박정희 대통령이 직접 월남 파병(派兵)의 필요성을 설득하기 위해 우리를 부른 것이었다. 박 대통령은 한 시간 동안 구체적인 숫자를 들이대며 파병의 필요성을 역설했다.

"역사상 한국인이 대거 해외로 진출한 예가 없는데 파병 군인들을 로테이션 시키면 연인원 40만 명이다. 장병 월급이 사병의 경우 한 달에 160불, 장교가 220불인데, 이것을 1년만 모으면 각자 국내에서 집 한 채 살 수 있다. 후방부대라 전사자도 별로 없을 것이다. 우리 군함으로 장병들을 수송하고, 귀국 시 장비까지 싣고 오면 해병 2개 사단을 무장시킬 수 있다. 우리 군이 6·25를 겪은 지도 오래됐는데, 월남전에 참전하면 전투 실전 경험이 고스란히 남을 수 있다. 뿐만 아니라 군인들이 진출하면 장사꾼도 따라가게 돼있다. 운송이나 건축 회사들이 진출해 해외에서 돈벌이하는 계기가 될 수 있다."

박 대통령이 직접 연필을 들고 종이에 계산을 해가면서 조목조목 설명하는데, 수학적으로 매우 치밀했다. 머리가 상당히 좋은 사람이라는 느낌이 들었다.

박 대통령이 열변을 토하다 말고 갑자기 우리보고 "해외에 나가보신 적 있습니까"라고 물었다. 그리곤 "월남도 해외입니다. 과거 프랑스 식민지여서 수준도 상당히 높아 배울 것도 많습니다" 하면서 "우리가 예전엔 미군들한테 시레이션 얻어먹었는데 이젠 우리도 나눠줄 수 있게 됐습니다"고 했다. 듣는 우리도 기분이 뿌듯했다.

회사로 돌아와 간부회의에서 박 대통령의 파병 논리를 들은 대로 전해주었다. 간부들이 대부분 공감하는 분위기였다. 이를 계기로 조선일보 논조가 파병 찬성으로 방향을 잡아나갔다. 1월 9일자 조선일보에는 "우리도 6·25 때 미군의 참전을 받은 입장에서 파병의 원칙에는 찬성하나 전투병은 희생이 너무 크고, 지원병을 보내는 것이 바람직하다"는 사설이 실렸다.

경부고속도 도면 직접 그리며 열변

1967년 경부고속도로 건설 문제로 다시 청와대에 가게 됐다. 조선일보는 "경제기반이 탄탄하지 못한 나라에서 고속도로 건설은 시기상조"라며 반대하는 입장이었다. 청와대에서 나와 최석채 주필, 김경환 편집국장을 불렀다. 박 대통령이 접견실 한쪽에 있는 테이블 옆에 서서 종이를 놓고 도면을 직접 그리며 한 시간 반 동안 설득했다.

"고속도로는 국가의 대동맥 같은 것입니다. 고속도로를 통해 물동량이 증가하면 국내 산업이 비약적으로 발전할 수 있습니다. 전국이 1일 생활권화하면서 오가는 데 드는 시간이 크게 줄어들고, 인근 도시가 잇따라 개발되는 부수적 효과까지 거둘 수 있습니다."

그러면서 포항제철 이야기까지 다 했다. 쇳덩어리 끓여서 나오는 찌꺼기로 고속도로를 깔고, 시멘트도 만들어 국내 건설 산업을 발전시킬 수 있다고 했다. 미국 루스벨트 대통령이 뉴딜 정책 펴서 경제 살린 이야기, 독일 라인강에 본부터 프랑크푸르트까지 운하 만들어 물자 수송으로 라인강변 도시들이 다 발전하게 됐다는 예까지 들었다. 고속도로 건설이 결국 철강 산업, 자동차 산업의 발전으로까지 이어진다는 이야기였다.

박 대통령의 열변을 들으면서 얼굴을 자세히 들여다봤다. 그의 용모는 이만 두드러진 게 별로 잘생긴 축에는 못 든다. 그런데 가느다란 눈에서 안광(眼光)이 번뜩이는데 아주 매서웠다. 카랑카랑한 목소리로 조목조목 따져가며 설명하는데 구체적인 수치와 공정을 파악하고 있는 정도가 건설기술자 이상이었다. 쇳덩어리 몇 톤이 필요하다는 것까지 정확히 짚어냈다.

"새마을교육 한번 받아보세요"

새마을운동 때도 청와대에서 불렀다. 박 대통령은 "가난 극복이 우리의 지상 과제입니다. 농촌도 잘 살 수 있는 사회를 만들기 위해 정부가 새마을운동을 벌이려고 하니 조선일보가 잘 도와주세요"라고 부탁했다. 내가 "새마을운동이 대체 뭡니까"라고 묻자 "마을 길 닦고 집 개량하고 공장 만들어, 화투 치는 농민들을 일하게 만드는 것"이라고 했다.

박 대통령은 취락개선 사업을 설명하면서 직접 슬레이트 지붕 모델하우스를 스케치해 내게 보여줬다. 사범학교 출신이라 그런지 그림 솜씨가 있었다. 그는 벽돌 쌓는 방법부터 슬레이트 지붕을 할 경우 비올 때 어떤 이점이 있는지까지 구체적으로 설명했다.

"농민들이 정부 보조금 얻어 지붕 개량하면 보다 나은 환경에서 살수 있고, 또 겉모습이 바뀌면 농민들도 희망을 갖지 않겠습니까"

열성적으로 설명하던 박 대통령이 갑자기 내 쪽을 보더니 이렇게 말했다.

"방 사장, 새마을학교에 한번 들어갔다 오세요. 생각이 많이 바뀌실 겁니다."

그래서 내가 수원 새마을학교 1기생으로 들어가게 됐다. 5박6일과정이었다. 당시엔 장·차관, 교수 등 지도층 인사들이 돌아가며 새

1967년 경부고속도로 건설을 앞두고 조선일보가 "시기상조"라는 입장을 보이자, 박 대통령은 나를 청와대로 불러 고속도로 건설의 필요성을 역설했다. 사진은 1970년대 초 청와대 행사.

마을학교에 들어가서 하루 여섯 시간씩 공부했다. 도시인들이 농촌의 현실에 대해 알고 농민들이 자립할 수 있도록 돕게 하자는 취지였다. 나름대로 좋은 취지였고 보람도 있었다. 사회지도층 인사들이 5박6일 동안 교육받으면서 "이제 여기서 나가면 우리 술 그만 먹고 건전하게 살자"고 다짐도 했다. 그러나 연수원에서 나와 한 달도 안 돼 잊어버렸다.

새마을운동이 불붙기 시작하면서 전국 곳곳에서 '새벽종이 울렸네 새 아침이 밝았네…' 노랫소리가 울려 퍼졌다. 그 소리가 시끄러워서라도 농민들이 늦잠 못자고 곡괭이 들고 뛰쳐나올 수밖에 없을 지경이었다. 이 노래도 박 대통령이 작사 작곡했다고 하는데, 충분히 그럴 수 있다고 생각한다. 박 대통령이 피아노도 꽤 쳤다. 일본강점기에 초등학교 선생님 하려면 피아노든 그림이든 두루두루 웬만큼해야 한다.

1967년 8월 의암댐 준공식 때 신문사 발행인들이 초청돼 갔다. 땡볕에 참석자들을 앉혀놓고 박 대통령이 의암댐을 왜 만들었는지, 어떻게 만들었는지 등등을 20여 분에 걸쳐 설명했다. 그런 건 대통령이 아니라 장관이나 실무자가 해도 그만이었다. 박 대통령은 그걸 직접하지 않고는 못 배기는 것 같았다. 워낙 일을 꼼꼼하게 파악하고 챙기니 아랫사람들이 꼼짝을 못했다.

사람에 대한 호·불호가 대단히 강한 사람

내가 박 대통령을 처음 본 것은 5·16이 일어난 지 얼마 안 돼서였다. 국가재건최고회의 의장 시절, 그는 어느 날 저녁 무렵 이후락 공보실장을 대동하고 흑석동 형님(방일영 당시 조선일보 대표) 집을 찾아왔다. 일행 중에는 박 의장과 대구사범 동기인 서정귀(전 호남정유회장), 황용주(전 문화방송 사장), 형님과 경기중학 동기인 최세경씨(전 KBS 사장) 등이 있었다.

당시 조선일보는 혁명정부와 껄끄러운 관계였다. "군인은 본연의자세로 돌아가야 한다"는 사설을 계속해서 싣자, 박 의장이 부완혁주필을 불러 두 시간 넘게 다그쳤고, 결국 부 주필이 사표를 냈다. 이일이 있고 난 다음 형님이 이후락 공보실장을 통해 박 의장을 흑석동에 초대한 것이다.

냉면으로 저녁을 먹고, 이어 술상이 들어갔다. 나도 그때는 흑석동에 살 때니까 술 주전자 들고 왔다갔다하면서 방 안을 들여다보았다. 깡마른 체구의 박정희는 새까만 얼굴에 반짝이는 눈과 하얀 이만이 유난히 돋보여 한눈에도 의지가 강한 사람이라는 걸 알 수 있었다. 술에 취해 흥이 어느 정도 오르니까 머리에 수건을 질끈 동여매고 군가를 힘차게 불렀다.

내가 겪어 본 바로는 박정희는 호·불호가 대단히 강한 사람이었다. 5·16 직후 '악덕 언론인' 120명의 명단을 발표했는데, 제1호가 조선일보에서 국방부를 출입하던 방낙영 기자였다.

방 기자는 자유당 시절 귀중품인 지프차 타이어를 구하기 위해 국방부 출입기자 두세 명과 함께 동해에 있는 송요찬 1군 사령관을 종종 찾아갔는데, 그때 사령관 지시로 타이어 갈아준 군수참모가 바로 박정희 소장이었다. 박정희는 현장 입회 내내 팔짱을 낀 채 아니꼬운 표정으로 쳐다보며 "다음부터는 다른 데 가서 구걸하시오"라고 빈정대는 바람에 방 기자가 뒷맛이 씁쓸했다고 한다. 장면 정권 때는 이런 일도 있었다고 들었다. 기라성 같은 장군들이 대구에 모여 출입기자들과 회식을 가졌다. 2군 부사령관으로 새로 부임한 박 소장이 외톨이로 술을 마시고 있기에 방 기자가 "한 잔 하시오"라며 습관대로 술잔을 던져주었다. 그런데 박 소장이 자리를 박차고 나가는 바람에 자리가 머쓱해졌다는 것이다.

내가 재무부 출입기자 시절 전매청장을 지낸 안정근 씨는 황해도 사람인데 성품이 좋아서 기자들과 친하게 지냈다. 신당동에 살 때 슬하에 자녀도 없으니까 술자리 후 지프차에 일행과 기생들을 싣고 집으로 와 몇 번 2차를 했던 모양이다. 그런데 그 광경을 옆집에 살던 박정희 장군이 지켜보았다는 게 그의 불운이었다. 5·16 후 그는 부정부패 공무원 1호로 잡혀갔다.

그는 언론에 대해서도 좋지 않은 선입견이 있었다. '신문이란 나라를 위해 존재하는 것이지, 비판하기 위해 존재하는 것이 아니다'는 것이 그의 언론관이었다. 이에 대해 최세경 씨는 "여순반란사건 때 적색분자로 낙인 찍혀 군사재판에서 무기징역을 선고받고 난 다음 특사로 풀려났으나 그 후 늘 기자들의 취재 대상이 되어 곤욕을 치렀기 때문"이라고 분석하기도 했다.

차가움 뒤에 숨은 순박과 다정다감

박정희 대통령을 보고 냉정하고 차갑다는 평가들이 많았는데 대체로 맞는 말인 것 같다. 한번은 청와대 모임에서 내가 "국민들 사이에 박 대통령의 인상이 너무 차갑다는 말들이 많습니다. 사람들을 많이 만나면 그런 오해가 불식될 것입니다"라고 말했다. 그러자 박 대통령은 수북이 쌓인 면담 신청서를 보여주며 "이렇게 많은 사람들을 어떻게 일일이 다 만나겠습니까"라고 말했다. 그러면서 "제가 뱀띠라서 천성이 차갑습니다"라고 했다.

박 대통령은 그래도 나름대로 정치적 제스처를 취할 줄도 알았다. 박정희 시절에는 일 년에 한 번씩 관악산 지하벙커에서 각계 요인들을 모아놓고 국가 비상시 대책을 브리핑했다. 회의장에 대통령이 입장하면 200여 명의 참석자가 일어나 박수를 쳤다. 그는 눈인사를 하며 걸어오다가 언론인 좌석에 오면 꼭 동아일보 김상만 사장과 악수를 했다. 동아일보 광고탄압으로 그렇게 원수가 졌을 때도 악수를 청했다. 이어서 내 앞에 와서는 어깨를 감싸 안고 가볍게 툭툭 치면서 "별일 없지? 백씨는 안녕하시고?" 하는 말을 하고 갔다. 좌중의 이목이 집중되는 순간에 '내가 그렇게 언론탄압만 하는 사람은 아니다'라는 제스처를 취한 셈이었다.

박 대통령은 사범학교를 나온데다 오랜 군대생활 영향인지 성격이 깐깐하고 유교적 예의범절도 상당히 따졌다. 일 년에 한두 번 신문사 발행인들을 청와대에 초청해 환담하는 자리가 있었는데 한번은 김남중 전남일보 사장이 대통령과 이야기하다가 무심코 다리를 꼬았다. 불안해진 내가 '다리 좀 내리라'고 신호를 보냈지만, 김 사장은 눈치를 못 챘다. 아니나 다를까, 박 대통령이 눈을 내리깔며 김 사장 쪽을 쫙 째려봤다. 김 사장이 아차 싶었는지 얼른 다리를 내려놨다. 박 대통령으로서는 '나이도 어린 사람이 어디 대통령 앞에서…' 하는 심리가 있었을 것이다.

반면에 그는 농촌 출신다운 소박한 면도 있었다. 그의 밥 먹는 버릇은 독특했다. 보통 사람들은 국그릇에 밥을 말아먹는데, 박 대통령은 밥그릇에 국을 부어 먹었다. 김을 먹을 때도 숟가락으로 밥을 떠서 김에 척 갖다 대면 탁 붙었다. 옷차림도 검소해 계절별로 양복 하나를 정해두고 늘 같은 옷을 입는 것 같았다. 어찌나 다림질을 여러 번 했는지 옷 표면이 반들반들 윤이 났다. 넥타이도 자주 바꾸지 않았다.

어느 해인가, 청와대 초청 오찬에 앞서 발행인들이 둥근 테이블에 둘러앉아 환담을 나누고 있을 때였다. 박 대통령 옆자리에는 항상 동아일보 김상만 사장과 내가 앉았는데, 대화 도중 갑자기 박 대통령의 눈동자가 왔다갔다하며 무언가를 쫓고 있는 것 같았다. 시선을 따라가 보니 파리 한 마리가 윙윙대고 있었다. 갑자기 박 대통령이 들고 있던 유리잔을 테이블 위에 놓더니 손바닥으로 테이블을 꽝하고 내리쳤다. 다들 깜짝 놀랐다. 잠시 뒤 다시 대화가 시작되자 박 대통령이 나한테로 몸을 기울이더니 "방 사장, 잡았어" 하면서 손바닥을 펴는데, 그 안에는 파리 한 마리가 놓여 있었다. 그런 순진한 일면도 갖고 있었다.

혀로 석유 맛을 보았더니

1976년 포항에서 석유가 나왔다고 떠들썩할 때였다. 청와대에서 신문사 발행인들을 초청했다. 오찬 도중 김정렴 비서실장이 병에 든 석유 샘플을 신주단지 모시듯 들고 들어왔다. 박 대통령이 먼저 뚜껑을 열고 냄새를 맡은 뒤 옆자리의 발행인들에게 돌렸다. 각자 냄새 한번 맡고 고개 한번 끄덕이면서, 병이 돌아가고 있는데 내 차례가 됐다. 냄새를 맡은 뒤 병 속에 손가락을 집어넣은 다음 꺼내 혀에 대보았다. 별 뜻이 있었던 건 아니었다. 다들 한결같이 냄새 맡고 고개 끄덕이고 똑같이 행동하는 게 조금 우습기도 해서 옛날 영등포로 신문 발송 다닐 때 지프차가 말을 잘 안 들으면 입으로 휘발유를 빨아

올리던 일이 떠올라 그냥 남다른 행동을 취해본 것뿐이었다.

그런데 박 대통령이 너무나 기뻐했다. 살얼음 같던 분위기가 순식간에 녹아내렸다. 박 대통령이 들뜬 목소리로 물었다.

"어때요? 냄새가 좀 나나요?"

"진짜 냄새가 나는 것 같습니다."

며칠 뒤 김성진 문공부 장관이 전화를 걸어왔다. 1년 가까이 보류됐던 조선일보 윤전기 도입을 대통령이 결재했다는 소식이었다.

1974년 육영수 여사 서거 후 신문사 발행인들이 위로차 청와대에 들어갔다. 그런데 박 대통령이 20여 분간 아무 말 않고 담배만 피워대니까 감히 누구도 말을 꺼낼 엄두를 못 냈다. 방 안에 얼음덩이가 둥둥 떠다니는 것 같았다. 박 대통령이 원래 과묵한 사람이다. 앞에 사람을 앉혀놓고 아무 말 없이 담배를 피면 표정 하나 바꾸지 않는다. 매서움을 넘어 소름끼칠 정도다. 그날도 나는 박 대통령의 그런 표정을 보면서 "저 사람은 죽음도 두려워하지 않을 것"이라는 생각이 들었다.

청와대 만찬 메뉴가 보통 한식인데, 그날은 양식이 나왔다. 우리가 밥을 먹고 있는데 김성진 문공부 장관이 뒤늦게 들어왔다. 김 장관을 보자 박 대통령의 표정이 부드럽게 바뀌었다. "배고프지? 얼른 밥 먹어라" 하는데 다정하기 이를 데 없는 말투였다. 냉정하고 차가운 성격이면서도 부하에게는 다정다감했던 박 대통령의 그런 점이 많은 충성스런 사람들을 만들었을 것이라고 짐작한다.

귀거래사를 읊던 고독한 대통령

최규하 대통령 : "체격 값은 한다"는 평가

1979년 10·26사태로 박정희 대통령이 서거하자 최규하 국무총리가 대통령권한대행을 하다가 그해 12월 6일 이른바 '체육관 선거'를 통해 제10대 대통령에 당선됐다. 직업공무원 출신인 그는 외교관 생활을 오래 하다가 갑자기 총리가 되더니 또 어쩌다가 대통령이 됐다.

최규하 대통령은 보스 타입은 아니었다. 외무부 장관 때도 자기 사람을 안 키워 심복이 없었다. 처음에 그가 대통령이 됐다고 하니까 신문사 내부에서도 "어떻게 저런 사람이 대통령이 되냐"는 반응이 많았다. 그러나 시간이 지나면서 그가 우리 사회의 민주화 의지와 군부의 집권 욕구 사이에 끼어 나름대로 애를 쓰는 걸 보면서 "체격 값은 한다"는 평가가 나오기도 했다.

최규하 대통령권한대행은 12월 12일 새 총리에 신현확을 임명했다. 그리고 그날 밤 전두환이 이끄는 합동수사본부팀이 총격전 끝에 정승화 육군참모총장을 연행하는 12·12사건이 일어났다. 신군부에게 실권이 넘어간 가운데 12월 21일 대통령에 취임한 그는 허울뿐인 대통령이었다.

최 대통령은 신문사 사람들 만나기를 좋아했다. 전두환 세력들에 둘러싸여 있으니 마음 편히 함께 밥 먹을 사람도 많지 않았을 것이다. 그의 재임 중 한 달에 한 번꼴로 만나 식사를 했던 걸로 기억한다. 주로 플라자호텔 중국식당에서 만났다.

끝내 아무 말 없이 서거

한번은 선우휘 주필, 신동호 편집국장과 함께 최 대통령과 점심을 먹는데, 조선일보 〈만물상〉에 실린 옛 선비들의 낙향 이야기가 화제에 올랐다. 선인들이 벼슬을 마치면 쓸데없는 잡음을 피하기 위해 고향에 내려갔다는 이야기에 다들 공감을 표시했다. 최 대통령은 "나도 대통령을 그만두게 되면 고향 강릉에 내려갈 생각"이라고 말했다.

"고향에서 책도 읽고 글도 쓰며 오가는 지인들을 만나고 지역사회 발전에 도움이 되는 일을 하고 싶은 게 제 퇴임 후 소망입니다. 여러분도 설악산 가는 길에 들러주십시오."

우리 셋은 돌아오는 길에 "최 대통령이 거취를 분명히 할 줄 아는 분"이라며 그의 낙향 계획을 좋게 받아들였다. 그의 마음속 깊은 고

1977년 7월 덕수궁에서 열린 조선일보 주최 '프랑스 18세기 명화전' 개막식에 참석한 최규하 총리. 왼쪽은 김성진 문공부 장관.

뇌도 조금은 느낄 수 있을 것 같았다.

1980년 '서울의 봄'과 '광주사태'를 거쳐 8·15광복절 경축사를 끝으로 그는 취임 9개월 만에 대통령직에서 물러났다. 그러나 퇴임 후 그의 낙향 계획은 실현되지 않았다. 아마 경호상의 문제도 있었을 것이다. 그를 만나면 낙향 이야기를 한번 물어보려고 했는데 기회가 없었다.

2006년 10월 22일 그의 서거 소식을 들었다. 향년 88세였다. 5공화국 출범 과정에 대해 그의 입을 주시하는 사람들이 많았지만 그는 끝내 아무 말도 하지 않고 갔다. 당시를 기록한 그의 비망록이 있느냐 없느냐를 두고 말이 많았지만, 내 생각으로는 있을 것 같지 않다. 그런 걸 남겨놓지 않는 것도 최 대통령의 특이한 고집이라는 생각이 든다.

사람은 기막히게 쓸 줄 아는 사람

전두환 대통령 : "국방헌금 좀 해주셔야겠습니다"

12·12사태가 나고 얼마 안 돼서다. 전두환 보안사령관으로부터 "만나고 싶다"는 연락이 왔다. 경복궁 옆 보안사령부로 찾아가니 걸 걸한 목소리의 주인이 나를 맞았다.

"점심 안 드셨죠?"

그는 추탕 한 그릇을 시켜 놓고는 12·12사태의 정당성에 대해 한 참 이야기했다. 30분도 넘게 장황한 설명을 늘어놓는데 나는 그저 "네…" 하고 듣고 있을 수밖에 없었다.

장광설을 늘어놓던 그가 갑자기 "방 사장, 국방헌금을 좀 해주셔야 겠습니다"라고 했다. 이건 또 뭔가 싶어 "무슨 뜻이냐"고 되물었더니 조선일보사 뒤에 보안사 안가가 있는데, 그걸 좀 인수해 달라는 것이었다. 그러면서 가격까지 제시했다. "국방헌금 하는 셈치고 3억 원에 인수해 달라"고 했다. 내가 그 자리에서 뭐라 답하기도 어려워 일단 "잘 알겠습니다. 신문사 간부들과 상의해서 말씀드리겠습니다"라고 한 뒤 회사로 돌아왔다.

알아보니 조선일보사 뒤쪽으로 안가(安家)가 있는데, 그 터가 200평쯤 됐다. 박 대통령을 시해한 김재규가 처음 잡혀와 조사받은 곳도 여기였다. 보안사는 정동 안가가 안가로서의 효용을 상실했다고 판단하고 연희동 근방으로 옮기려 했다. 보안사는 정동 안가를 3억 원에 내놓았으나 좀처럼 매입자가 나서지 않자 조선일보사에 매수를 요청했고, 실무선에서 진척이 잘 되지 않자 전두환 사령관이 나에게 직접 이야기한 것이다. 그런데 보안사가 국유재산인 정동 안가를 매각할 경우 복잡한 매각 절차를 거쳐야 할 뿐 아니라, 매매대금이 국고에 귀속되므로 다시 예산을 배정받아 새로 안가를 구입해야 하는 불편이 따랐다. 이 때문인지 보안사는 조선일보로부터 받은 매각 대금 3억 원과 자체자금을 더해 연희동 땅을 매입하고 조선일보사와 공동명의로 소유권 이전 등기를 마쳤다가 이를 정동 안가와 교환하는 형식으로 일을 마무리한 듯하다.

전두환 씨를 만나면서 이야기를 나눠보니 사람이 분명하고, 사나이다운 점이 있었다. 적어도 구질구질하지는 않았다. 그에게는 보스 기질이 있었다. 내가 그를 처음 본 것은 이보다 두 달 전인 1979년 10월 부마사태 직후에 중앙대학교 임철순 총장이 주선한 모임에서였다. 장충동 어느 술집에서 만난 그는 얼굴 혈색이 좋고 아래턱이 두둑해 장군으로서의 위엄을 풍겼다. '대장부구나' 하는 첫인상을 받았던 기억이 남아 있다.

국방헌금 일이 있고 얼마 안 있어 그가 또 나를 불렀다. 이번에는 "들어와서 일 좀 해주십시오" 하고 부탁하는 것이었다. 신군부의 서슬이 시퍼럴 때였다. 나는 "도와드릴 일이 있으면 도와드려야지요" 라고 답할 수밖에 없었다. 그때는 언론계 통폐합에 관해 온갖 설이 난무할 때여서 신문사마다 촉각을 곤두세우고 있었다.

우리 신문사도 김용태 편집국장과 최병렬 정치부장이 직접 나서 정보를 구하고 있었다. 12·12 주동세력 중 한 명인 유학성 1군 사령관이 나와 친해서 혹시 정보를 얻을 수 있을까 하여 김 국장과 내가 그가 주둔하고 있는 용인으로 찾아가기도 했다. 그는 별 정보는 주지 못했지만 "조선일보는 가진 게 신문사 하나뿐인데 별일 있겠습니까" 하고 나를 안심시켰다.

"국보위 언론계 대표로 결정됐습니다"

전두환 씨를 만나고 얼마 안 있어 보안사 '언론대책반'의 책임자로 알려진 이상재 씨가 신문사 사장실로 나를 찾아와 "국가보위비상대책위원회를 만들려고 하니 참여해달라"고 했다. 내가 그때 국보위가 뭐하는 곳인지 알 턱이 없었다. 이런저런 생각으로 시간을 보내고 있는데 전두환 씨가 다시 나를 불렀다. 그리곤 "국보위 언론계 대표로 방 사장이 결정됐습니다"라고 했다. 숫제 통보였다. 그는 "학계 대표로는 고려대 총장과 이화여대 총장이 하시기로 됐습니다"라고 했다.

내가 "언론계 대표에 왜 동아일보가 빠졌습니까?"라고 묻자 그는 "동아일보는 김상협 고대 총장이 들어가니까 피장파장"이라고 했다. 나는 "조선·동아가 국내 양대 신문인데, 동아일보는 빠지고 조선일보만 들어가게 되면 나로서도 곤란한 점이 있습니다. 신문사 간부들과 상의해 보겠습니다"고 한 뒤 일단 물러났다.

나는 고민 끝에 국보위에 참여하기로 결심했다. 세상이 어디로 튈지 모르는 살벌한 때에 나의 명예보다는 신문사의 안위가 먼저였다. 그러나 어떻든 국보위 참여는 나의 50여 년 언론사 생활에서 큰 오점(汚點)이었다.

"각하 앞에선 담배 피지 마십시오"

전두환 대통령은 독대를 좋아했다. 그러나 만나면 30~40분간 혼자 떠들었다. 담배도 혼자만 폈다. 지루해 죽을 지경이었다. 한번은 내가 하도 답답해 "저도 담배 한 대 피겠습니다"고 하니까 그제야 "아, 담배를 피우시던가요?"라고 능청을 떨었다. 그래서 나도 담배를 서너 대 피웠다.

독대를 마치고 나오니까 장세동 경호실장이 좀 보자고 했다.

"방 사장님, 담배 좀 안 피셨으면 좋겠습니다."

"피고 싶은 걸 어떻게 참소."

"그래도 각하 앞에서는 피지 말았으면 좋겠습니다."

다음번 만났을 때 그래도 내가 담배를 피자 장 실장은 더 강력하게

1980년대 초 전두환 대통령이 언론사 사장들을 청와대로 초청해 모임을 갖고 있다. 왼쪽부터 전두환 대통령. 이원홍 KBS 사장, 문태갑 서울신문 사장, 나.

항의했다. 그 다음부터는 내가 삼갔다. 담배 피는 걸 놓고 경호실장과 티격태격 하는 게 구차했기 때문이다.

1983년 4월 청와대 안에 외빈용 전통한옥인 상춘재를 준공한 뒤 전두환 대통령이 처음으로 신문사 발행인들을 부부 동반으로 초청했다. 막걸리를 곁들인 주연이 끝나고 식사로 잔치국수가 나왔는데, 국물이 미지근했다. 취기도 오른 김에 내가 "청와대 음식이 뭐 이래?"라고 중얼거리자 안사람이 내 다리를 꼬집어 댔다. 집에 오는 길에 들어보니, 대통령 부부와 마주앉은 내가 이 말을 하자 영부인 표정이 심상치 않게 변해 얼른 다리를 꼬집어 신호를 보냈다는 것이다.

전두환 대통령은 머리가 상당히 좋은 사람이라고 생각한다. 그는 적어도 "나보다 유능한 부하를 써야 한다"는 점만은 분명하게 알고 있었다. 청와대 비서관이나 각료에 훌륭한 사람들이 발탁됐다. 이 바람에 아웅산 사태 후 "인재가 고갈됐다"는 이야기가 나올 정도였다. 카네기 묘비에 "자기보다 나은 사람을 부하로 하고 그와 더불어 일하는 길을 알고 있는 사람, 이곳에 잠들다"란 글귀가 있다고 하지 않는가. 전두환 대통령을 지켜보면서 나는 "다른 건 몰라도 사람 하나는 잘 쓴다"고 느꼈다. 그는 넉살도 좋은 사람이었다. 레이건 미국 대통령이 방한했을 때 부둥켜안고 어깨를 두드렸을 정도다.

그러나 결국 광주의 원죄를 안고 탄생한 정권이기에 그에 대한 평가는 원성과 비난에 묻히는 운명이 되었다.

북방정책 홍보 잘해달라고 부탁

노태우 대통령 : 술자리의 해프닝

　전두환 대통령이 취임하고 나서 노태우 보안사령관이 음식점 '장원'에서 신문사 발행인들을 초청해 저녁을 산 적이 있다. 그는 한참 동안 전 대통령을 치켜세우더니 느닷없이 마룻바닥에 손을 대고 "잘 부탁합니다" 하면서 큰절을 올렸다. 나는 속으로 "덩치는 커다란 사람이 흉한 구석이 있네"라고 생각했다. 퇴임 후 그가 수천억 원에 달하는 비자금이 들통나 곤욕을 치를 때 나는 장원에서의 그의 모습이 떠올랐다.

　노태우 대통령은 재임 중 언론을 기피해서 기자들을 잘 만나지 않았다. 그래서인지 언론들도 대통령 기사를 적극적으로 다루지 않았다. 노 대통령이 북방정책을 의욕적으로 추진하면서 외유를 자주 다

넜는데, 언론사들이 기사를 소홀히 취급한다고 청와대에서 불만이 많았다. 전임 전두환 대통령 시절 '땡전' 뉴스와 비교하면 청와대가 서운해할 만도 했다. 홍성철 청와대비서실장이 같은 이북 출신이라는 인연으로 오래전부터 나와 친했는데, 노 대통령의 외유 후에는 늘 찾아와서 "조선일보가 북방정책 선전 좀 잘해달라"고 부탁했다.

이런 분위기에서 청와대가 언론과의 관계를 개선하기 위해 1989년 10월 언론사 대표들을 초청했다. 나와 김병관 동아일보 사장, 이건희 삼성그룹 회장, 장강재 한국일보 사장, 서영훈 KBS 사장 등이 자리를 함께 했다. 연장자인 나보고 인사말을 하라는 권유가 있어 "도와드리지 못해 죄송합니다. 앞으로 북방정책의 성과가 국민들에게 잘 전달될 수 있도록 협조하겠습니다"는 취지로 말했다. 그리고는 동동주가 몇 잔 오갔다. 노 대통령 맞은편에 내가 앉았다.

자리가 무르익어 갈 무렵 일행 중 한 명이 무릎을 꿇은 채로 대통령한테 가서 "술 한 잔 올리겠습니다"고 했다. 그 모습이 몹시 비위에 거슬렸다. 그래서 내가 커다란 유리잔에 술을 가득 부어 그 사람에게 주면서 핀잔을 주었다. 이 때문에 자리가 어수선해지고 시비가 붙었다. 내가 술이 취해 이 사람 저 사람에게 말을 좀 심하게 했다. 언쟁이 벌어지고 분위기가 험악해지자 노 대통령은 슬그머니 자리를 떴다.

그날은 분명히 내가 실수한 것이다. 내가 술이 취하면 속에 담고 있던 말을 그대로 내뱉고 감정을 제대로 억제하지 못하는 경우가 많았다. 그래서 형님(방일영)한테 꾸지람도 듣곤 했다. 그날은 대통령 앞에서 주사를 부린 꼴이 됐다. 이튿날 이건희 회장한테 전화를 걸어

1970년 월남 참전 제대 군인의 어려운 형편을 전한 조선일보 기사를 보고 소속 부대였던 맹호부대 장병들이 성금을 모금했다. 당시 노태우 중령(오른쪽)이 대표로 조선일보사를 방문해 사장인 나에게 성금을 전달했다. 이때만 해도 그가 대통령이 될 것이라고 상상이나 했겠나.

"어떻게 된 겁니까"고 물었더니 "어제는 방 사장이 실수한 겁니다" 고 했다. 얼굴이 화끈거렸다.

그날의 해프닝은 내 술버릇이 발단이 된 게 분명하지만, 노 대통령 이 언론계에 좀 무르게 비친 것도 원인이었다고 할 수 있다. 노 대통 령은 주변을 휘어잡는 장악력이나 권위가 전임자만 못했다.

문산과 서울 사이에 대규모 신도시 건설 건의

노 대통령이 취임 후 처음으로 발행인들을 초청한 자리에서 "정부 가 보유한 석유기금 5천억 원을 어떻게 활용하면 좋겠냐"고 의견을 물었다. 내가 평소 생각해둔 바가 있어 이렇게 건의했다.

"중동 건설현장에서 철수한 중장비들을 활용해서 판문점과 문산 사이에 신도시를 건설하십시오. 문산과 서울역 간에 전철을 만들어 경의선을 복선화하고, 초·중·고와 대학교를 유치하면 사람들이 몰려오게 돼 있습니다. 장기 저리로 주택자금을 대출해줘서 서민들이 집을 장만할 수 있게 하십시오. 휴전선과 가까운 곳에 대규모 신도시가 들어서면 북한 인민군도 감히 총을 쏘지 못할 겁니다. 이스라엘이 가자지구 철책 방어선에 전략촌을 만든 것도 같은 원리입니다."

노 대통령은 그 자리에서 긍정적으로 검토해보겠다고 했다. 그러나 얼마 후 다시 만났을 때는 난색을 표했다.

"전쟁을 하려면 공간이 있어야 하는데, 신도시를 건설할 경우 공간이 좁아져 전쟁을 수행하기 어렵다고 군에서 반대합니다."

나로서는 도저히 이해가 가지 않았다. 현대전에 무슨 공간이 필요하다는 건가. 노태우 정권은 나중에 분당과 일산에 신도시를 건설했다.

전두환 대통령 임기 말기에 후계자 문제로 논란이 분분했을 때, 신문사에서는 "노신영 총리가 되는 것 아닌가" 하는 기대와 전망이 있었다. 만약 그때 민간 출신의 노신영 씨한테 정권이 넘어갔으면 세상이 어떻게 변했을까, 부질없는 생각도 해 보았다.

배짱, 고집, 예민한 감성

김영삼 대통령 : 아들 청와대로 데려가지 말라는 충고 묵살

내가 김영삼 씨를 처음 만난 것은 1956년 사회부 기자 시절 문교부를 출입할 때였다. 그때 문교부 장관은 일본강점기에 조선일보 편집국장대리를 지낸 이선근 씨였다. 내가 이 장관 방에 자주 들렀는데 20대의 초선 국회의원이던 김영삼 씨도 이 장관 방에 자주 놀러왔다. 6·25전쟁 중에 이 장관이 국방부 정훈국장으로 있을 때 김영삼 씨와 사제관계를 맺어 인연을 이어왔다고 했다. 김영삼 씨는 같은 초선의원이던 손도심(나중에 서울신문 사장을 지냄) 씨와 자주 동행했다.

우리 셋은 단성사 위 2층 '안동장'이라는 중국집에서 점심도 함께 하면서 가깝게 지냈다. 나는 술을 잘했지만, 그는 술을 잘 안 했다. 귀공자 인상에 늘 웃는 얼굴이었고 성격도 밝고 모나지 않아 호감이

갔다. 나이를 따져보니 그의 생일이 나보다 한 달쯤 빨랐다. 이후 우리는 이런 저런 일이 있으면 서로 얼굴을 보며 친분을 유지해 왔다.

1992년 14대 대통령 선거에 김영삼, 김대중, 정주영 후보가 대결했다. 세 사람 모두 나와는 이런저런 인연으로 얽혀있고 가까운 사이였지만 내 개인적으로는 "이번에는 김영삼 씨가 되는 것이 순리"라는 생각을 하고 있었다. 김대중 씨가 대통령 되기에는 여러 면에서 시기상조로 보였고, 정주영 씨는 재벌이 정권까지 잡는 걸 납득하기 어려워 지지할 수가 없었다. 회사 간부들의 생각도 나와 크게 다르지 않은 것 같았다.

이런 생각들이 조선일보 지면에 어느 정도 영향을 끼쳤을 수도 있을 것이다. 주변 사람들이 "정주영 표 너무 무시하지 마라. 그러다 대통령 되면 어떡할 거냐"고 걱정도 해주었지만 나는 "재벌이 어떻게 정권을 잡겠다는 거냐"고 일축했다. 그래서 국민당이 조선일보 불매운동을 벌이는 일도 벌어졌다.

그해 12월 18일 대통령 선거가 끝나고 나는 충남 홍성군 광천에 사냥을 나가 있었는데, 그가 전화를 걸어 "그동안 고마웠다"고 했다. 내가 축하드린다고 하자 그는 "왜 빨리 안 올라오냐"고 했다.

김영삼 대통령 취임 전에 롯데호텔에서 김대중 주필과 함께 그를 만났다. 반주를 곁들이며 이야기를 나누던 중 그가 "아들 부부를 청와대에 데리고 들어가려고 합니다"라고 했다. 그러자 김 주필이 즉각 반대의사를 표명했다. "권력을 향해 달려가는 부나방의 세계에 대통령의 가장 큰 신뢰를 지닌 대통령의 아들을 방치한다는 것은 자칫 대통령 주변의 기강과 질서를 깨는 결과를 가져올 것입니다. 청와대에 아들 데리고 가는 것은 재고해 주십시오. 친인척은 불가근불가원이 원칙입니다." 그의 낯빛이 싹 변했다.

해가 바뀌고 김 대통령이 취임하기 직전인 2월 하순쯤 김 주필이 대통령의 차남 김현철의 이름을 직접 거론하며 지나친 정치 개입을 경계하는 「대통령의 친인척」이라는 칼럼을 썼다. 이때부터 조선일보와 김영삼 대통령 관계가 틀어지기 시작했다. 그가 그때 김대중 주필의 말을 귀담아 듣고 아들 관리에 조금만 신경을 썼더라면 나중에 아들 문제로 그렇게 험한 곤욕을 치르지는 않았을 것이다.

정부 정책 비판하면서 더욱 껄끄러워져

김영삼 대통령 취임 후 조선일보가 새 정부에 대해서도 비판할 것은 비판하기 시작하자 정권과의 관계가 점점 더 껄끄러워졌다. 그가 금융실명제를 밀어붙일 때 나는 신중하자는 입장이었다. 청와대에서 김 대통령을 만나 "돈은 물 흐르듯 해야 한다. 억지로 막으면 탈이 난다. 경제정의 실현을 위해 금융실명제는 실시돼야 하지만, 아직은 때가 아니다"고 말했다. 이런저런 게 밉게 보였는지 1994년 추경석 국세청장을 시켜 조선일보를 세무사찰 했다.

그는 배짱이 있고 고집이 세면서도 감성이 예민한 사람이다. 개인적으로 비위에 안 맞으면 못 참았다. 김대중(DJ) 씨와의 관계에도 이런 성격이 많이 작용한 것으로 생각된다. 김영삼 씨가 앞뒤 재면서 치밀하게 일을 계획하는 점은 부족했지만 자신의 타고난 정치적 감

1993년 5월 조선일보 주최 '서울도서전' 개막식에 참석한 김영삼 대통령을 내가 안내하고 있다. 20대 때 사회부 기자와 초선 국회의원으로 만난 우리는 나이도 비슷해 오랫동안 친구처럼 가까이 지냈다.

각을 믿고 속전속결로 일을 해치우는 데에는 일가견이 있었다. 대통령 취임하자마자 김재순 국회의장을 재산 문제로 걸고 들어가 내쳤다. 그를 대통령 만드는 데 기여를 했고 대선 후 조선일보에 축하 시론을 쓰기도 한 사람이었는데 인정사정없었다. 그때 '토사구팽'이란 말이 인구에 회자됐다. 군대 내 사조직인 하나회를 칠 때도 나는 좀 놀랐다. 김영삼 씨를 오래 알아왔지만 그렇게까지 세게 나올 줄은 몰랐다. 독하긴 독한 사람이라고 다시 보게 됐다.

어떻든 김영삼 대통령과는 임기 말까지 별로 좋은 관계를 갖지 못했다. 임기 말에 권력 누수현상이 생기니까 그가 급해졌는지 나에게 "만나자"고 했다. 이인제 씨가 대권 도전 의사를 굽히지 않고 있을 때였다. 이인제 씨는 김영삼 씨가 민자당 대통령후보로 있을 시절 코리아나호텔에서 나와 함께 식사를 할 때면 공보담당 비서로 수행했다.

다음 대선은 김대중과 이회창의 양자(兩者) 구도가 예상됐는데 여기에 이인제가 끼게 되면 어떤 일이 벌어질지 불투명한 상황이었다. 김 대통령을 만난 김에 내가 "이인제 어떡할 겁니까" 하고 물었다. 그는 "이인제한테 말을 해도 안 듣습니다"라고 할 뿐이었다. 이인제의 출마를 적극적으로 저지할 의지가 느껴지지 않았다. 그로서는 판사 출신의 꼬장꼬장한 이회창씨가 감사원장 할 때부터 자신한테 대들어 온 걸로 미루어 후임자가 돼서도 자신을 칠 거라고 생각했는지도 모르겠다. 반면 김대중 씨는 서로 약점을 속속들이 잘 아니까 오히려 자기를 치지는 못할 거라고 생각했을 수도 있다.

"대통령 되려면 세 가지 해결하라"

김대중 대통령 : 단 둘이 식사하며 입바른 충고

1987년 8월 16일 독립기념관 개관을 기념해 조선일보가 노태우, 김영삼, 김대중 등 대권주자들을 초청해 '국민화합대행진' 행사를 열었다. 그때 김대중 씨 측 지지자들이 들고 나온 피켓에 '우리 김대중 선생님을 노벨평화상 후보로'라는 문구가 적혀 있었다. 진작부터 김대중 씨는 노벨평화상을 염두에 두고 있었고 결국 2000년에 그 상을 받아냈다.

1971년 선거유세 중 일어난 의문의 교통사고 이후 그는 리셉션에 참석하면 사람들과 어울리기보다 지팡이 짚고 구석에 딱 서 있었다. 그렇게 자기 이미지를 가꿀 줄 아는 사람이었다.

나는 옛날부터 김대중 씨를 '타고난 계략가'라고 표현하곤 했다.

좋게 말하면 집념이 강한 사람이고, 다르게 말하면 야욕이 많은 사람이다. 김영삼 씨가 양성이라면, 그에 반해 김대중 씨는 음성에 가깝다고 할 수 있다.

1988년 가을 무렵 김대중 평민당 총재로부터 식사를 함께 하자는 연락이 왔다. 그가 대통령 선거에서 낙선한 지 1년쯤 됐을 때다. 서울 마포의 서교호텔 식당에서 단 둘이 식사를 하게 됐다. 단 둘이 마주앉아 밥을 먹은 것은 이때가 처음이었다.

자세히 보니 그가 사람을 직시하지 못하고 위로 눈을 치켜뜨며 보는 버릇이 있는 것 같았다. 사형 선고까지 받는 험난한 정치 역정을 거치면서 생긴 후유증으로 보였다. 창문이 덜컹 하는 소리가 나도 깜짝 놀라는 모습을 보면서 인간적인 동정심이 일었다. 내가 작정하고 말했다.

"김 총재가 대통령이 되고 싶다면 다음 세 가지를 해결해야 합니다. 첫째, 사상적 의심을 받고 있으니 이를 해소하십시오. 둘째, 거짓말하고 앞뒤 다르다는 평이 있으니 이를 불식시키십시오. 셋째, 지역감정에서 벗어나 호남을 인질로 표 얻으려고 하지 마십시오. 이 세 가지만 해결한다면 대통령은 물론, 역사에 길이 남을 큰 인물이 될 수 있을 겁니다."

나로서는 진심어린 충고였다. 하지만 김대중 씨는 기분이 좋은 것 같지 않았다. 내가 너무 입바른 소리를 했나 싶었다.

그러나 언젠가는 꼭 해주고 싶은 이야기였기에 그의 반응에 크게 개의치 않았다.

"조선일보는 민족의 독립 위해 싸우다 수난"

1989년 김대중 총재의 로마 교황청 방문 이야기를 다룬 주간조선의 기사를 빌미로 평민당이 조선일보를 공격해 왔다. 이 일로 조선일보와 김대중 진영은 갈등이 깊어졌고 조선일보는 호남지역에서 큰 타격을 입었다.

1992년 4월 조선일보사 광주 인쇄공장 준공식을 앞두고 김상현 의원이 나를 찾아왔다. 그는 김대중 진영의 사람들 중 그 당시 나를 찾아오는 거의 유일한 사람이었다. 김 의원은 "준공식에서 방 사장이 김대중 씨를 환영하는 인사말을 해준다면 김대중 씨가 참석해 축사를 하도록 주선해보겠다"고 했다.

그 해가 대통령선거가 있는 해이니 그쪽에서 적극적인 화해 제스처를 취해오는 것이라고 생각했다. 나로서도 마다할 이유가 없었다. 그렇게 해서 김대중 당시 민주당 대표가 조선일보 광주공장 준공식에 참석하게 됐다.

나는 "비가 왔다 날이 개는 걸 보니 하늘이 도와주는 것 같다. 김대중 대표께서 참석해 축하해주시니 감사하다"고 인사말을 했다. 그러자 김대중 씨는 "조선일보는 3·1운동의 민족적 힘의 집결로 탄생해 줄곧 민족의 자주와 독립을 위해 싸우다 갖은 수난을 당한 대표적 신문"이라며 축사를 했다. 그 해 연말 대선에서 김대중 후보는 또 낙선했다.

5년 뒤 1997년 대선에서 김대중·이회창·이인제 후보가 맞붙었다. 선거 유세에 바쁜 김대중 씨를 사직동 우리 집으로 초대해 저녁을 함께 먹기도 했다. 그가 평소 중국음식을 좋아해 중국식으로 식탁을 차

1998년 8월 14일 예술의전당에서 열린 조선일보 주최 '대한민국 50년—우리들의 이야기전' 개막식에 참석한 김대중 대통령(오른쪽)이 1971년 대통령 선거 유세 당시의 자신의 모습을 보며 웃음 짓고 있다.

렸던 것으로 기억한다. 이 선거에서 마침내 김대중 씨가 네 번째 도전 만에 대통령에 당선됐다.

대통령 취임 후 언론인 중 나를 가장 먼저 초청

그가 대통령 취임 후 언론인 중에서는 나를 제일 먼저 청와대에 초청했다. 청와대에 갔더니 박지원 공보수석이 "조선일보가 중립을 지켜줘서 고맙습니다. 방 회장님이 언론인 중에서 제일 먼저 청와대에 오신 겁니다"라고 했다. 반주로 '샤토 오브리엥' 와인이 나왔다. 사실 나는 그때 그 술이 뭔지도 몰랐는데, 옆에서 샤토 오브리엥이라고 일러줘 상표를 보니까 그렇게 써있었다. 먹고 나와서 친구들한테 물어보니 아주 좋은 와인이라고 가르쳐줬다. 김대중 대통령은 와인을 잘 알고, 상당한 미식가다. 청와대 만찬도 아주 잘 차렸던 걸로 기억한다. 그가 말년에 혈당이 생기고 신장이 나빠져 고생하는 것에는 음식 탓도 있을 것이다.

반면에 김영삼 대통령은 청와대에서 만나면 늘 마주앙만 마셨다. 내가 "술 좀 좋은 거 없습니까. 포도주도 다른 좋은 것도 좀 마시세요"라고 한 적도 있다. 김영삼 대통령은 청와대에서 음식도 매일 칼국수만 내놓고, 그것도 혼자 후딱 먹어치웠다. 그래서 내가 "옆 사람하고 속도 좀 맞추시라. 대통령이 혼자 먹어버리면 우리가 어떻게 마음 편히 먹냐"고 슬쩍 핀잔을 주기도 했다.

나는 김대중 씨가 대통령 된 것은 잘된 일이라고 생각한다. 만약 그가 또다시 낙선했다면 호남 사람들의 한이 계속됐을 것이다. 그의 집권으로 광주와 호남의 한이 조금이나마 풀릴 수 있었다는 점에서 다행이라고 생각한다.

김대중 대통령이 퇴임한 후 어떤 신문은 그를 비판하는 기사를 쏟아냈다. 나는 회사 간부들에게 가급적 그렇게 하지 말라고 했다. 비판하려면 재임 중에 해야지 "물러난 사람에게 침 뱉는 것은 신문이 할 일이 아니다"고 했다.

편집국장이
꿈이었지요

7

신문사 집안에서 태어난 인연으로

어릴 때부터 내 꿈은 편집국장 한번 해보는 것이었다.

그런데 차장 한번 못 달고 기자를 그만두려니

마음 한구석에 진한 아쉬움이 남았다.

나의 경쟁자, 나의 스승

두려운 상대이자 본받고 싶었던 선배, 장기영

1951년 7월 정전(停戰)회담이 시작되면서 치열했던 공방전도 소강
상태에 접어들었다. 조선일보도 1년여의 피난생활을 정리하고 태평
로 본사로 돌아왔다. 그러나 앞날은 막막하기만 했다. 신문사 내부는
폐허나 다름없었고, 자금난은 날로 가중돼 회사의 존망이 위태로울
지경이었다.

이때 천우사 전택보 사장이 조선은행(지금의 한국은행) 부총재를
지낸 장기영 씨를 방일영 대표에게 소개했다. 교섭 끝에 방일영과 장
기영이 공동 취체역(取締役, 예전에 주식회사의 이사를 이르던 말)으로
조선일보 경영에 참여하기로 합의했다. 신문사의 재산권은 변동하지
않는 대신 계초 몫인 주주권 행사를 5년 동안 장기영 씨에게 위임한

다는 일종의 위탁경영 형식이었다. 이렇게 해서 1952년 4월 장기영 씨가 조선일보 사장에 취임했다.

내가 공무국에 첫 출근을 한 것은 이로부터 한 달쯤 뒤다. 제대 후 정식 발령장도 없이 김한호 공무국장의 양해 아래 공무견습생으로 들어가 해판 작업을 거드는 일부터 시작했다. 부원들이 챙겨야 할 뒤치다꺼리를 도맡아 처리해주고 가끔 막걸리 대접도 받으며, 신문사 분위기를 익혀나갔다.

두 달 후 활자를 뽑는 문선부로 배치됐다. 최재극 문선부장은 "기자가 되려면 훌륭한 기사를 읽어가며 활자를 뽑는 일이 도움이 될 것"이라고 격려해 주었다. 반년 가량 열심히 배운 덕분에 그럭저럭 서당 개 흉내는 낼 수 있게 됐다. 짧은 공무국 견습 생활이었지만 인쇄 시설의 중요함과 현장의 어려움을 절절히 체험할 수 있어 내게는 값진 경험이었다.

그해 12월 말 장기영 사장의 비서실장으로 있던 김종규 씨가 날 찾아와 사장실에 가보라고 했다. 나는 그동안 장기영 사장을 가까이서 볼 기회가 없었다. 처음 보는 그는 육중한 몸집에 거드름을 피우는 인상을 주었다.

"얘기는 많이 들었는데… 내일부터 교열부에서 일해보지."

사장의 발령인 셈이었다. 교열부에 가보니 김용진 부장 밑에 부원이라야 김호·홍유선 두 명뿐이었다. 김 기자는 점잖은 서울 양반이었는데, 나중에 중앙일보 교열부장을 했다. 홍 기자는 선린상고를 나와 조선은행에 다니다 장기영 씨를 따라 신문사에 들어왔다. 아버지가 종로 우미관 옆에서 책방을 해서 독서량이 풍부했고 음악에도 박식했는데, 나중에 한국일보 편집국장을 지냈다. 제한 송전을 할 때라 밤 10시면 전기가 나가 우리는 촛불을 켜놓고 교정지를 봤다. 강판이 끝나면 통행금지에 걸려 집에 못 가고 숙직실에서 새우잠을 잤다.

장기영 체제에서 신문사 운영은 차츰 안정을 찾아갔지만, 2년 동안 빚이 무려 4억 원에 이르게 되었다. 그대로 두었다가는 신문사 소유권이 넘어갈 판국이었다. 다행히 형님의 경기중학 동기인 태창방직 백남일 사장(비디오아티스트 백남준의 형)이 무이자로 3억 원을 빌려줘서 1954년 4월 30일 장기영 사장이 퇴사하고, 경영권을 되찾을 수 있었다. 그 후 장기영 씨는 태양신문을 인수해서 한국일보를 창간했다.

장기영 씨가 신문 제호를 한국일보로 정한 데에는 이런 사연이 있다. 이대 총장을 지낸 김활란 씨가 공보처장으로 있을 때 조선일보의 '조선'이라는 제호가 북한이 쓰는 국호와 같으니 바꿔야 한다고 주장하면서 이 안을 국무회의에 상정했다. 격론 끝에 이승만 대통령의 재가를 받기 위해 김 처장이 경무대를 방문했다. 이 대통령은 한참 머뭇거리다 "조선일보는 일제 때부터 사용한 고유명사인데 조선이면 어떻고 한국이면 어떠냐?"고 했다고 한다. 하마터면 조선일보 제호가 날아갈 뻔한 순간이었다. 그 후 장기영 씨가 새 신문을 창간할 때 제호 문제로 고민하다 이 대통령 말이 생각나 한국일보로 명명했다는 것이다.

아침마다 조선일보가 아닌 한국일보를 먼저 읽어

기자 시절 곁에서 지켜본 장기영 씨는 아이디어와 패기가 넘치는 정열가였다. 은행가 출신답게 계수에 밝았으며 머리 회전이 빨랐다. 문장에도 일가견이 있어 논설위원들에게 사설을 구술하기도 했고, 자신이 직접 원고를 고치기도 했다.

기자들보다 더 꼼꼼히 신문기사를 정독해 일일이 오자를 지적하고 정정해 주었다. 외국과의 거래가 활발하지 못하던 시절에 누구보다 빨리 해외 신간 서적과 신문을 입수해 최신 정보와 풍부한 기삿거리를 제작진에 공급했다. 광고주를 상전으로 모셨고, 보급소장들을 기자 이상으로 배려했다. 그런 모습은 훗날 내가 신문사를 경영할 때 많은 참고가 되었다.

그의 방에는 전화기가 열 대나 가설돼 있었고, 책상 밑에는 초인종을 달아놓았다. 그는 한 손으로 전화통을 붙잡고, 다른 손으로는 산더미처럼 쌓인 책상 위의 신간들을 뒤적이고 일본 신문들을 펴놓고 훑어가며, 또 발로는 초인종을 눌러가며, 지시하고 명령하고 소리쳐 비서를 부르곤 했다. 이런 모습은 사장실을 출입하는 사람들에게 '초인(超人)'의 이미지를 각인시켰다.

1977년 4월 초, 몸살이 나서 집에 일찍 들어가 쉬고 있는데 신문사 경비전화로 비상연락이 왔다. 비서가 다급한 목소리로 장기영 사장의 별세 소식을 알려주었다.

백상 장기영. 그는 내가 신문사를 경영하면서 가장 두려운 존재였고 본받을 선배였으며, 실질적인 스승이었고 힘겹게 겨루어야 할 상대였다. 나는 신문사 경영에 뛰어든 순간부터 아침에 눈을 뜨면 조선 일보보다 한국일보를 먼저 손에 들었다. 한국일보가 특종 하면 하루 종일 우울했고, 우리 신문이 앞서면 기분 좋게 아침밥을 먹었다. 그 런 세월이 10년 이상 갔다.

전화를 끊고 나서도 나는 한참을 그대로 서 있었다. 창밖에는 막 물이 오른 연초록 버들가지들이 눈부셨다. 눈을 감고 고인의 명복을 빌었다.

지당 장관, 낙루 장관, 병신 장관

    1954년 4월 방일영 대표이사가 취임하면서 대대적인 편집국 인사 이동이 단행됐다. 나는 사회부로 발령을 받았다. 교열부 기자로 있으면서 의욕적으로 현장을 뛰는 취재기자들이 부럽던 참이었다. 집안 형님인 방낙영 선배가 축하한다고 소공동에 있는 해창양복점에서 정장 한 벌을 맞춰주었고, 김창헌 차장이 한창 유행하던 애로우 와이셔츠와 필그림 넥타이를 선물했다.

    유건호 사회부장이 전동천 선배가 나가고 있던 문교부를 출입처로 배정해주었다. 전동천 기자는 문장력이 뛰어났는데, 6·25 때 그가 쓴 기사인 「평양 최후의 날-죽음으로 찾은 자유」는 중학교 국어 교과서에 실렸다. 전 선배를 따라 불안과 기대가 뒤섞인 심정으로 문교부에 인사를 가니 건장한 체격에 위풍이 당당한 이선근 장관이 "내가 일제 때 조선일보 편집국장을 지낸 대선배"라고 반갑게 맞아주었다.

얼마 안 있어 이른바 한글파동이 터졌다. 미국에서 오래 생활한 이 승만 대통령이 현행 철자법이 너무 어렵다며 소리 나는 대로 쓰는 '한글 간소화'를 지시하자, 각계에서 반대 여론이 들끓었다. 문교부 가 한글 간소화 안을 만들어 국회에 상정한 후 나는 정치부 선배들을 따라 국회로 출근하며 취재에 열을 올렸다. 하루는 조병옥 의원이 단 상에 올라 발언을 시작했는데, 명연설이었다.

> 우리 국무위원들 가운데엔 지당(至當) 장관이 있는가 하면, 낙루(落 漏) 장관도 있고, 병신(病身) 장관도 있어서, 대통령에게 올바른 직언을 하지 못하고 있습니다. (…)

신문사로 돌아와 이 장면을 설명하자 이규홍 정치부장이 기사로 써보라고 했다. 끙끙대며 기사를 써서 넘겼더니 7월 12일자 1면 〈국 회 낙수〉란에 실렸다. 신문기자가 된 뒤 처음 활자화된 내 첫 번째 기사였다. 기사가 나쁘지 않았는지 기사를 읽은 성인기 편집국장이 "누가 거들어주었나?" 하고 물었다.

그런데, 기사 말미에 "한글 간소화 안을 마련한 문교부 장관은 지 당, 낙루, 병신 장관 중 어디에 해당하는가" 하고 꼬집은 것이 이 장 관의 심기를 건드려 비서실 직원들이 나를 찾느라고 법석을 떨었다. 사회부 유용규 선배한테 "이럴 때는 어떻게 하는 것이 좋으냐"고 물 었더니 "잔말 말고 며칠 동안 밖을 빙빙 돌며 장관실에는 접근하지 말라"고 일러줬다. 며칠 후 기자회견을 한다기에 눈 딱 감고 들어갔 더니 이 장관은 아무 일도 없었다는 듯 태연한 표정으로 한글 간소화

1954년 내가 사회부 기자시절, 미육군 보병 제3사단 윤복주 정훈장교를 취재하고 있다. 이 사진은 촬영 32년 만인 1986년 2월 조선일보 조사부가 미국 워싱턴DC 볼링공군기지 사진보존소에서 발견해 입수한 것이다.

의 정당성을 장황하게 설명했다.

한번은 서울대학교 문리대 안에서 한글 간소화 안에 대한 토론회가 열려 취재하러 갔다. 그런데 사학계의 권위자인 이병도 박사가 뜻밖에도 간소화 안을 지지하는 발언을 했다. 청중들 사이에서 야유가 터져 나왔다. 신문사에 돌아와 보고 들은 대로 스케치 기사를 썼지만 데스크에서 이 부분은 삭제했다.

문교부 출입 시절에 만났던 사람으로 오재경(전 공보처 장관) 씨가 인상에 남아 있다. 당시 그는 운크라(UNKURA)에서 문교부에 연락 책임자로 파견 나와 있었다. 단정한 차림새에 영어 솜씨가 훌륭했던 걸로 기억한다. 정치 초년생이었던 김영삼 씨도 손도심(전 서울신문 사장) 씨와 함께 장관실에 자주 놀러와 안면을 익혔다. 두 사람은 한

글철자 문제를 놓고 종종 논쟁을 벌였는데, 곱상한 용모의 김영삼 씨는 한글 간소화에 반대하는 입장이었고, 우락부락한 인상의 손도심 씨는 찬성하는 쪽이었다.

한글파동으로 연일 시끄럽던 어느 날 국회 기자석에 앉아 열심히 의원들의 발언을 받아 적고 있는데, 누가 뒤에서 "애, 넌 어디서 나왔어?" 하고 비아냥댔다. 내가 비록 신참이긴 하지만 그래도 조선일보를 대표해서 취재하는 기자인데 그냥 넘어갈 수 없다는 생각이 들었다. 대학 다닐 때 권투부 주장도 한 나인데 몸싸움에선 누구한테도 지지 않을 자신도 있었다. 내가 뒤돌아보며 쏘아 붙였다.

"넌 뭔데 나보고 그렇게 불러."

나보다 나이가 많아 보이는 상대방은 "사람을 몰라본다"며 삿대질을 했다. 나는 그의 어깨를 움켜잡고 "밖으로 나가자"고 했다. 분위기가 험악해졌다. 옆에 있던 기자들이 뜯어말려 더 이상의 충돌은 면했지만 나는 분을 삭일 수 없었다. 그래서 현관에서 한참 동안 그가 나오기를 기다렸다. 알고 보니 그는 합동통신 김진학 정치부장으로, 언론계에서 잔뼈가 굵은 고참 기자였으며 정치판에서도 끗발을 날리던 인물이었다.

그런데 이 일이 '후배가 선배를 때리려 했다'고 소문이 퍼지면서 언론계에서 하나의 사건이 됐다. 결국 나는 유건호 사회부장에게 단단히 주의를 받고, 분하지만 합동통신사로 찾아가 김 부장에게 사과해야 했다. 어쨌든 그때부터 나는 신문기자는 글도 잘 써야겠지만, 배짱과 자부심도 있어야겠다고 다짐했다. 기자는 언제 어디서나 그가 속한 소속사를 당당하게 대표할 수 있어야 한다.

기자의 쓴맛과 단맛

"처음으로 정조를 바친 몸값"

1년여의 사회부 생활을 뒤로하고 1955년 3월 경제부로 발령이 났다. 정대영 부장 밑에 심형보·박봉용·이문홍 기자와 나까지 모두 다섯 명이었다. 정 부장은 내 출입처로 재무부를 지정해주었다. 마침 한국일보 이광표 기자도 새로 재무부를 출입하게 되어 함께 장관실로 신고를 하러 갔다. 이중재 장관은 서울의 명문집안 출신에 금융계의 원로로 명망이 높은 분이었다.

이 장관은 이 기자를 보자마자 대뜸 "자네 어른을 내가 잘 알아"라고 했다. 이 기자의 부친이 은행 지점장을 지냈는데, 이 장관의 후배뻘이었다. 나를 보고서는 "조부와 많이 닮았군. 내가 할아버지와 잘 아는 사이"라고 거리낌 없이 대했다. 그러고 보니 이 장관이 의정부

별장에 종종 놀러와 봤던 기억이 떠올랐다. 이렇게 신참기자들의 기를 꺾어놓은 이 장관은 계속해서 국제정세에 관해 이야기를 해나갔다. 우리는 엉거주춤 선 채 재무부 일과는 상관도 없는 시사 강의를 듣고 있어야 했다.

이 장관은 아침 10시쯤 출근해 정확히 낮 12시면 비서를 데리고 무교동의 용금옥으로 점심을 하러 나가고 5시면 퇴근했다. 대신 실무는 한국은행 출신인 김영찬 차관이 도맡아 처리했다. 출입기자들은 이 장관을 가리켜 '뼈가 굵은 장관'이라고 했다. 중량급의 인품과 관록을 갖춘 장관이라는 평가였다.

재무부 출입 6개월 만에 이중재 장관이 물러나고 김현철 씨가 신임 장관으로 들어왔다. 그는 이승만 대통령이 미국에 있을 때의 측근중 한 명으로 가방을 들고 따라다녔다는 이야기가 들렸다.

장관 임명 소식을 듣고 출입기자들과 함께 서대문에 있는 그의 집으로 찾아가니 허름한 가옥에 가정부만 데리고 독신생활을 하고 있었다. 와이셔츠 소매에는 때가 끼었고 기름칠을 하지 않은 머리는 어수선했다. 그는 장관으로 발탁된 소감을 묻는 질문에 우물우물할 뿐이었다.

김현철 장관은 전임 이중재 장관과 대조적으로 외유내강형의 인물이었다. 취임하고 얼마 되지 않아 그가 만사를 조용한 가운데 합리적으로 잘 처리해나가는 모습을 보고 '사람은 겉보기와 다르다'는 말을 다시 새길 수 있었다.

그해 추석에 기자실 총회가 열리고 간사라는 친구로부터 '촌지'가 전달됐다. 기자가 된 지 1년 반 만에 처음으로 받아보는 '떡값'이라는 명목의 하얀 봉투, 그 안에는 5만 환이 들어있었다. 참으로 신기하면서도 한편으로 께름칙한 생각이 들었다.

신문사에 들어와 부장에게 보고했더니 "방 기자, 이제야 기자 생활을 하게 되는구만" 하고 알 듯 모를 듯한 웃음을 보였다. 마침 이문홍 기자가 담당 부처를 농림부로 이동하게 되어 이를 축하한다는 명목으로 부장을 모시고 부원 전체가 명동으로 나가 진탕 마셨다. 이튿날 잔액 2만 환을 편집부 김창진 차장에게 건넸더니 "무슨 돈이냐"고 물었다. 나는 "처음으로 정조를 바친 몸값"이라고 답해주었다.

1958년 한국은행 부총재로 있던 송인상 씨가 재무부 장관으로 부임했다. 한은 시절부터 그는 은행가에서 다크호스로 불렸는데, 능력이 뛰어날 뿐 아니라 재치도 있고 어울리기도 잘했다. 1년에 두 번 중앙청 마당에서 출입기자단 대항 축구시합이 벌어지면 그는 웃통을 벗어젖히고 우리와 함께 뛰곤 했다.

1960년 4·19가 나면서 자유당 정권이 무너지고 그도 장관직에서 물러났다. 혁명의 파도가 휩쓸고 지나간 다음 송 장관이 기자실을 찾아와 한탄처럼 털어놓은 이야기가 지금도 기억에 남아있다.

"만일 프란체스카 여사가 그때 미국의 아이젠하워 대통령이 보낸 최후통첩을 각료들에게 보여주고 대책을 의논하였더라면 오욕의 역사는 피할 수 있었을 텐데…. 이 대통령 측근 몇몇과 박마리아(이기붕의 아내)가 붙들고 앉아서 뭉개고 있었으니 4·19는 피할 수 없게 된 것이다."

레코드판 선물하며 이한빈 과장에게 접근

재무부는 엘리트 경제관료들의 집합소였다. 당시 사무관, 과장, 국장들 대부분이 뒷날 우리나라 경제를 이끄는 주역으로 등장했다.

이한빈 예산과장은 하버드에서 공부하고 귀국 후 스스로 이승만 대통령에게 "아까운 인재가 놀고 있으니 발탁해달라"고 끈질기게 편지를 낸 끝에 특채가 된 화제의 인물이었다. 경제 이론에 밝을 뿐 아니라 음악에도 조예가 깊어 피아노 연주 실력이 상당했고 음악 평론도 잘했다. 나는 깐깐한 성격의 그에게 접근하기 위해 명동에 있는 음반가게에서 토스카니니 지휘의 차이코프스키 피아노 협주곡을 구입한 다음 "당신이 좋아하는 레코드판을 친구가 갖고 있기에 달래서 가지고 왔다"고 하며 건넨 적도 있다.

김학렬 관리과장은 고시 1회 출신이라는 자부심이 대단했다. 처음에는 천병규 차관실 촉탁이라는 한직을 맡고 있었는데, 기자들이 술자리가 있을 때 종종 불러내 함께 하곤 했다. 명석한 두뇌와 강직한 성격에다 인상이 학같이 생겨 '학상'이라는 애칭으로 불렸다. 초임 사무관으로는 김용환·최각규 등이 기억에 남아 있다.

당시 경제 관료들은 한국은행 출신들이 많았다. 특히 한은 조사부에는 쟁쟁한 엘리트들이 포진해 있었다. 한은 조사부장은 장관감이라고 했다. 신병현·김정렴·유창순 씨 같은 분들이 모두 한은 조사부 출신들로, 나중에 차관·장관·부총리를 역임했다. 나는 이틀에 한 번꼴로 한은 조사부에 들러 우리나라 금융과 재정에 관해 궁금한 점을 묻곤 했다. 그러면 신병현 조사부장과 김정렴 차장이 조목조목

친절하게 설명해주곤 했다.

재무부를 출입하며 기업인들도 많이 만날 수 있었다. 한진의 조중훈 회장은 당시 군납업(軍納業)을 크게 벌이고 있었다. 미8군에 군납을 하고 그 대금을 일 년에 네 차례 나눠 받았는데 돈을 늦게 받을수록 손해가 막심해 고민을 하기에 내가 나서서 도와준 적이 있다.

김흥배라는 기업인은 "우리나라에도 외국어를 전문적으로 가르치는 고등교육기관이 필요하다"고 역설했다. 공감한 기자들이 국유재산이었던 토지를 관재국에서 불하받아 대학 부지로 이용할 수 있도록 했다. 그렇게 해서 한국외국어대학교가 만들어지게 됐다. 그 일이 있고 얼마 후 김흥배 씨가 신문사를 찾아와 고맙다는 뜻으로 봉투를 내밀었다. 나는 "뜻은 고마우나 굳이 주시겠다면 우리 신문사에 한봉덕이라는 화가가 있는데 잘 알려지지 않아 용구 값도 챙기지 못하고 있으니 이 분의 그림을 한 장 사 주시라"고 부탁했다. 이 그림을 재무부 출입기자실 벽에 걸어두었는데 하루는 한 화백이 들렀다가 나가면서 "방 기자, 내 그림이 거꾸로 붙어 있네" 하고 귀띔해주었다. 추상화라서 위아래 구분하기가 쉽지 않았던 것이다. 나는 자꾸 웃음이 나왔다.

박흥식 화신백화점 사장은 가회동 자택으로 기자들을 일 년에 두어 차례 초대해 세상 돌아가는 이야기를 나누곤 했다. 식탁에는 금 포크와 금 나이프가 세팅돼 있어 속으로 놀랐다. 우리는 "이거 하나만 들고 나가 팔아도 한 잔 잘 먹겠다"고 뼈있는 농담을 주고받곤 했다.

김교철 조흥은행장도 일 년에 두 번씩, 한여름 복날과 자기 생일 다음날에 기자들을 초대해 술자리를 마련해 주었다. 그는 기자들을 만날 때마다 "월급을 타면 무조건 증권을 사두라"고 입버릇처럼 말했다.

그 시절 재무부를 제 집 드나들 듯하던 군인이 한 사람 있었다. 특무대 대장 김창룡이었다. "이권에 개입해 정치자금을 만든다"는 뒷말이 돌았다. 백범 김구 암살의 배후로 지목되기도 한 그는 공산당 타도를 기치로 무소불위(無所不爲)의 권력을 휘두르다 결국 암살되고 말았다.

차장 한번 못해보고

재무부 출입기자단은 중앙일간지를 중심으로 하는 제1기자단과 지방지를 중심으로 하는 제2기자단이 나눠져 있어 종종 갈등을 빚었는데, 1958년 내가 주동이 돼 '재우회'라는 모임을 만들고 기자단을 탈퇴, 독자 활동을 선언했다. 재우회 주요 멤버는 동아일보 김성열, 한국일보 이광표, 연합신문 신영수, 동화통신 서기원 등이었다. 이들과 펼친 수많은 '무용담'이 오랫동안 후배 기자들에게 구전돼왔다는 이야기를 들었다. 여기서 언급하기에는 시시한 이야기들이다.

4·19 후 김영선 씨가 새 장관으로 부임했다. 그는 입버릇처럼 "중국말을 배웁시다. 통일 후 만주로 진출했을 때 만주 총독을 해야 합니다"고 했다. 남다른 안목이었다. 얼마 안 있어 나는 8년에 걸친 기자 생활을 마감하게 됐다. 신문사에서 운영하던 아카데미극장이 경영난에 빠져 이를 해결하라는 특명을 받았기 때문이다.

신문사 집안에서 태어난 인연으로 어릴 때부터 내 꿈은 편집국장 한번 해보는 것이었다. 그런데 차장 한번 못 달고 꿈을 접으려니 마음 한구석에 진한 아쉬움이 남았다. 연말의 어수선한 분위기 속에서 송별회를 마치고 무교동 거리를 걸어오며 송지영 국장께 조심스레 운을 떼보았다. "과욕인지는 모르겠지만 기자를 그만두는 마당에 차장 발령이라도 내주실 수 없겠습니까." 송 국장은 "글쎄, 생각해보지"라고 했지만, 그걸로 끝이었다.

재무부 출입을 마감하며 동화통신 서기원 기자를 후임으로 추천해 입사시켰고, 이열모 이재국장을 회사 상무로 모셔왔다. 기자실에서 심부름을 착실히 하던 김학기 군을 눈여겨보다 본사로 데려왔는데 광고제작부장까지 지냈다. 재무부 출입기자를 하며 나는 수많은 재계 및 관계 인사들과 사귈 수 있었으며 그런 만남을 통해서 많은 것을 배울 수 있었다. 이때의 경험은 뒷날 나의 직무에도 큰 도움이 됐다. 재무부 출입기자 체험은 내 인생에서 소중한 선물과 같았다.

첫 해외취재의 추억

경비 아끼려 호텔 꼭대기 방에 공동투숙

1956년 초 연세대 총장을 지낸 백낙준 박사가 재무부 장관실을 찾았기에 반갑게 인사를 했다. 그는 "방 군이 이곳에 출입하느냐"면서 "잘됐어. 마침 마닐라에서 열리는 아시아반공대회에 내가 대표로 참석하게 됐는데 외화 경비 때문에 장관을 뵈러 왔으니 좀 도와주게" 하고 부탁했다.

며칠을 뛰어다녀 이 일을 거들어 드렸다. 백 박사는 얼마 후 고맙다는 전화와 함께 "몇몇 신문사 기자들이 취재하겠다고 연락이 오는데 이번 기회에 방 기자도 같이 가면 어떠냐"고 하기에 "저 같은 풋내기가 자격이 있습니까? 하여간 고맙습니다"라고 대답했다. 그런데 막상 권유를 받고 보니 솔깃한 생각이 들어 꾀를 내면 성사도 될 것 같아 백 박사를 찾아가 "편집국장에게 연락해달라"고 부탁을 드렸다.

마감시간을 앞두고 떠들썩한 편집국 문을 조심스럽게 열고 들어가는데 성인기 편집국장이 오라는 손짓을 해 내심 쓸데없는 재간을 부려 야단을 맞게 되었구나 걱정을 하며 다가섰다. 그는 대뜸 "뭐, 마닐라에 가고 싶다고? 그래 재무부 출입기자라 외화 걱정은 안 해도 될 테니 굳이 가겠다면 사비로 가지" 하면서 마땅치 않은 표정을 지었다.

원래 성 국장은 성격이 깐깐하고 괴팍한 분이라 평소 기자들이 출장 결재를 올리면 일단 거절하고 보았다. 나는 그의 이런 점을 역이용해 "선배들도 많으니 다음 기회에 가겠다"고 발을 뺐다. 그러자 성국장은 퉁명스럽게 "가 봐"라고 했다.

그렇게 해서 난생 처음 해외 취재를 가게 됐다. 동행하는 기자들은 합동의 장명덕을 비롯해 세계통신의 김영수, 시사통신의 김희종, KBS의 한영섭 등 여섯 명으로 이 가운데 한 기자는 한창 브라운관을 통해 이름을 떨치던 강영숙 아나운서의 남편이었다. 강 아나운서는 출발에 앞서 내게 "저이가 육식을 싫어해 음식 먹는 게 까다로우니 여러 모로 챙겨달라"는 부탁을 잊지 않았다.

날짜도 또렷이 기억나는 3월 8일, 우리 일행은 여의도공항에서 쌍발 프로펠러 식 KNA 비행기를 타고 장도에 올랐다. 타이베이를 거쳐 홍콩에 도착한 뒤 다시 CPA편으로 갈아타고 마닐라로 향하는 일정이었다.

난생 처음 타보는 비행기에 첫 해외여행이라 내심 기대가 컸다. 그런데 오키나와 상공에서 난기류를 만나는 바람에 프로펠러 식 비행기가 몹시 요동을 쳤다. 우리는 서로 "촌놈 고생한다"라는 말로 위안을 삼았다.

숙소는 신축한 필리피나호텔이었다. 경비를 아끼기 위해 호텔 꼭대기 층의 큰방 하나를 얻어 간이침대 여덟 개를 나란히 갖다놓고 합숙을 하기로 했다. 객실료도 일인당 15달러로 낙착을 봤다. 호텔 지배인이 필리핀 권투계의 보스였는데, 한국을 두 번이나 다녀간 친한 파라 이런 특별 할인 혜택을 받을 수 있었다. 육식을 싫어하는 한 기자를 위해 호텔 앞 금문이라는 중국집을 찾아가, 갖고 간 고추장으로 두부와 배추 탕을 만들어달라고 부탁하기도 했다.

달걀프라이를 시켰는데 프라이드치킨이 나와

아시아반공대회는 대통령 궁전인 말라카낭광장에서 열렸다. 막사이사이 대통령의 개회 연설에 이어 백 박사가 또박또박한 영어로 대회사를 했다. 열대의 뜨거운 태양 아래 겨울 양복을 입고 앉아있으려니 속옷까지 땀으로 흠뻑 젖었다. 게다가 개회식 후 칵테일파티에서 계속해서 강한 '맨해튼'을 마시는 바람에 나중에는 머리까지 지끈거렸다.

국제회의에 처음 참석해서 혹시 실수라도 할까 봐 서울을 떠나기 전 친하게 지내던 반도호텔 권 지배인을 만나 자문을 구했던 게 오히려 탈이었다. 그는 "공식 석상에 참석할 때는 토스킹이라는 검은색 양복을 입고, 칵테일파티에서는 '맨해튼'을 주문하면 무난하다"고 일러주었는데, 시킨 대로 하다가 고역을 치른 것이다.

폐막식 후 마닐라호텔에서 공식 만찬이 열렸다. 내 앞으로 유리잔을 다섯 개나 죽 갖다놓는데, 어느 게 와인 잔이고 샴페인 잔인지 분간이 안 됐다. 땀은 비 오듯 하고 목은 타기에 우선 목부터 축이려고 '온리(only) 주스!' 하니까 옆에 있던 기자들도 따라서 모두 '온리 주스!'를 연발했다.

해외에 처음 나가 겪은 촌놈 노릇은 여기서 그치지 않았다. 한번은 호텔에서 아침을 먹으려고 하는데, 국도신문 김장성 사장이 자기가 아침식사를 시키겠다고 앞장서 내려갔다. 우리 일행이 식당에 내려가 앉자 아침식사를 내오기 시작했는데, 프라이드치킨이 한 접시 나왔다. 알고 보니 달걀프라이를 시키려다 말이 안 통하니까 두 팔로 닭 흉내를 냈는데, 종업원이 이를 잘못 알아듣고 닭튀김을 내온 것이었다.

이런 저런 해프닝을 겪으면서 "신문기자 노릇 제대로 하려면 국제적인 매너와 어학실력을 갈고 닦아야겠구나" 하는 생각을 단단히 하게 됐다.

반공대회를 취재하면서 나는 특히 필리핀 경제를 장악하고 있는 거대한 화교 상권의 실상을 알아보는 데 관심을 기울였다. 며칠 둘러본 느낌만으로도 필리핀은 빈부 격차가 심했다. 도심에는 즐비한 고층빌딩에다 밤마다 네온사인 불빛이 휘황찬란했지만, 교외로 조금만 벗어나면 나무 위 움막 같은 집에서 원주민들이 거의 벌거벗다시피 하고 살아가고 있었다.

1주일간의 해외취재를 마치고 신문사로 돌아와 보고 듣고 느낀 대

로 기사를 정리해 데스크에 넘겼다. '아메리카 문명을 빈틈없이 모
방한 나라…'로 시작되는 이 기사는 「마닐라 별견기」라는 제목을 달
고 3월 26일부터 1면에 총 5회에 걸쳐 연재됐다. 졸문이지만, 필리핀
의 정치·사회·경제·문화를 조망해 본 내 나름의 역작이었다.

나 장가 안 갑니다

　나는 재무부 출입기자 시절인 1959년에 장가를 갔다. 서른이 넘어서도 꿈적 않는 나를 보고 집에서는 걱정이 태산이었지만 정작 나 자신은 태평이었다. 물이 오르기 시작한 기자 생활에 푹 빠진데다 사귀는 여자가 있는 것도 아니어서 결혼은 안중에도 없었다. 선을 보지 않은 것은 아니었으나 "그 나이까지 독신으로 있는 것이 수상하다"며 번번이 퇴짜를 맞았다.

　저러다 노총각으로 늙어죽겠다 싶으셨는지 어머니와 형님이 나의 장모 될 분과 짰다. 내 장모는 경성중앙보육학교를 나온 분으로, 민족사학자이자 일본강점기에 조선일보 편집고문을 지낸 호암 문일평 선생의 따님이다. 호암의 아들 문동표는 조선일보 편집국장을 지냈다. 문일평 선생과 나의 조부(계초 방응모)가 가까운 사이여서 내 장모도 일정 때부터 우리 집을 자주 드나들며 한 식구처럼 지냈다.

당시 장모는 재정난에 빠진 신문사에 돈을 조금 빌려주고 있었는데, 이따금 그 딸이 집에 왔다. 그런데 형님이 몇 번인가 이자봉투를 나에게 전해주라고 해서 그 딸이 오면 아무 생각 없이 건네줬다. 서울여자의과대학 본과 2학년에 다닌다는 그 딸은 갈래머리를 하고 있었는데, 나보다 9살이나 어리다 보니까 다른 생각은 꿈에도 안했다.

그런데 어느 날 갑자기 집에서 그 여자와 결혼을 하라는 것이었다. 장모 될 분을 만나 "나같이 헐어빠진 놈한테 왜 딸을 주려 하십니까. 이제 우리 집에 오지 마십시오. 나 장가 안 갑니다"고 선언했다. 집에서 나와 달아나기도 했다. 그런데, 인연은 피할 수 없는 것인지 1년 후 결국 자의반 타의반으로 장가를 가게 됐다.

1959년 5월 15일 천도교회관에서 신랑 방우영과 신부 이선영은 백년가약을 맺었다. 유진오 고려대 총장이 주례를 서고, 송인상 재무부 장관이 축사를 했다.

축의금은 우리 집 관례에 따라 받지 않았다. 신혼여행으로 부산과 불국사를 거쳐 돌아오는 길에 대구에 들렀다. 재무부 예산국장을 지낸 오임근 경북도지사가 소식을 듣고 찾아와 밤새껏 술을 마시다 인사불성이 되는 바람에 도지사 운전기사에 업혀 들어오는 사고를 치고 말았다.

집사람은 결혼 후에도 한동안 학업을 계속했는데, 딸만 다섯인 집안의 맏딸로 공부만 하다 시집와서 순진했다. 세상 풍파를 다 겪고 늦장가를 간 나 같은 남자들은 원래 이런 여자한테 약한 것 아닌가. 주위에서 내가 집사람한테 꼼짝 못한다고 수군대는 말을 듣곤 했다.

결혼하고 흑석동에 살며 딸 셋을 낳았다. 시할머니 세 분과 시어머니, 큰집 식구들까지 어울려 사는 대가족 생활이었다. 신혼 기분을 내는 건 생각도 못했다. 회사 일에 바쁜 나는 집에도 자주 못 들어갔다. 아내는 며칠에 한 번씩 남편의 속옷을 챙겨 시내버스를 갈아타고 회사로 왔다. 내가 집에서 출근하는 날에는 노란 양철 찬합에 계란말이를 넣어 도시락을 싸줬다.

할머니(계초의 첫째 부인)를 모시고 분가(分家)해 간 사직동 한옥은 금방이라도 허물어질듯 위태위태했다. 안방을 빼고 행랑채 방 하나에 할머니가 아이들 셋을 조르르 데리고 누우면 남는 공간이 없었다. 사람들이 놀러왔다가 아내에게 "조선일보 사장 집이 체면이 있지"라

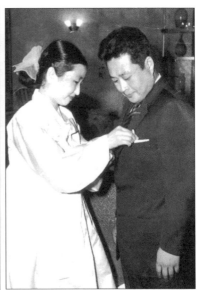

◀1959년 5월 15일 천도교회관에서 신부 이선영과 백년가약을 맺었다. 가운데는 주례를 선 유진오 고려대 총장. ▲약혼식에서 신부가 나에게 만년필을 꽂아주고 있다.

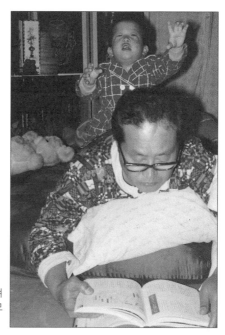
늦둥이 아들을 등에 태운 채 책을 읽으며 망중한을 즐기고 있다. 1970년대 중반의 모습이다.

고 한마디씩 하고 갔던 모양이다. 하루는 아내가 내 눈치를 살피며 "집이 너무 좁고 낡아서 그러는데, 방 하나만 늘리면 안 될까요?"라고 운을 뗐다. 엔간해선 어려운 소리 않는 아내가 오죽하면 그럴까 싶기도 했다. 하지만 회사 형편이 좋지 않을 때였다. 나는 "별 쓸데없는 소리를 다 한다. 그럴 돈 있으면 사원들 월급이나 올려주겠다"고 버럭 소리를 질렀다.

딸 셋을 둔 다음 내 나이 마흔을 훌쩍 넘겨 아들을 봤다. 막내딸을 낳은 지 8년 만이었다. 장모가 신여성에 당당한 분이었는데, 집안행사가 있으면 괜히 구석에 앉아 기를 못 폈다. 맏딸이 아들을 못 낳으니 사위 보기 민망하다는 것이었다. 그런데 외손자가 태어난 후 가족

2004년 겨울, 아내와 함께 일본 돗도리현 요나고시의 한 온천마을을 찾았다.

모임이 있어 갔더니 장모가 가운데 자리에 떡 버티고 앉아 "방 사장, 왔어?" 했다.

나도 은근히 아들 가진 위세를 부렸던 모양이다. 친구들이 전화를 하면 내 이름 대신 "거기 '아들의 아버지' 있으면 바꿔달라"고 농을 했다. 늦둥이를 둔 덕에 민망스런 일도 겪었다. 한번은 제주도로 가족 여행을 갔는데, 스튜어디스가 초등학생인 아들 보고 "할아버지랑 어디 놀러가니?"라고 했다. 아들이 벌떡 일어나 "할아버지 아니다. 우리 아버지다"며 큰소리로 항의하는 바람에 진땀을 뺐다.

솔직히 말해 나는 자상한 아버지는 아니었다. 옛날 아버지들이 대개 그렇듯 표현에 서툴고, 가정보다는 회사가 우선이었다. 그래도 가능하면 아이들과 여행을 많이 가려고 했다. 내가 낚시와 사냥을 좋아하니까 산으로 강으로 데리고 다니며 야영을 많이 했다. 바다낚시 가서는 파도에 휩쓸릴까 봐 아이들을 밧줄에 묶어 그 줄을 바위에 매어 놓고 낚시를 하기도 했다. 어릴 적 아버지와 함께 낚시 사냥 다녔던 추억이 나이를 먹을수록 새록새록 떠오르고 그러면 나도 아이들에게 그런 추억을 물려주고 싶었다.

1976년 사원체육대회가 열렸는데, 달리기 시합에 출전한 네 살짜리 아들 녀석이 몇 발자국 떼다 말고 중간에 주저앉는 것이 아닌가. 이상한 예감이 스쳤는데, 심장병이라는 진단을 받았다. 그리고 여덟 살 때 수술을 하게 됐다.

수술 전날 작고 보드라운 생명이 링거줄을 주렁주렁 매달고 있는 모습을 차마 보기 힘들었다. 안절부절 못하다 무심코 담배에 불을 붙이자, 간호사가 "이러시면 곤란하다"며 화를 냈다. 새벽 3시, 마취주사를 놓으러 간호사들이 들어왔다. 아들이 주사를 맞기 전 나를 보고 "아버지, 안녕히 주무세요" 했다. 눈물을 보이기 싫어 고개를 돌렸다. 다행히 수술은 성공리에 끝났다. 마취에서 깨어난 아들은 나를 보자 "아버지, 안녕히 주무셨어요" 했다. 이번에는 고개를 돌리지 않아도 됐다. 그 아들이 장가를 가서 딸을 낳았다. 손녀의 재롱이 내 마음을 녹여준다.

누가 이 사람을 모르시나요

신성일·엄앵란과 함께 청춘영화 전성시대 열어

1964년 2월 29일. 광화문 네거리의 아카데미극장에는 달덩이 같은 엄앵란의 얼굴과 신성일의 우수어린 눈동자가 클로즈업된 새 영화 간판이 내걸렸다. 김기덕 감독의 〈맨발의 청춘〉이었다.

"손님이 좀 들어야 할 텐데…."

나는 아침 일찍부터 극장에 나와 초조하게 기다렸다. 점심 무렵을 지나면서 매표소 앞에 장사진을 이룬 관객들의 행렬을 보고 그제야 가슴을 쓸어내렸다.

영화 흥행은 뚜껑을 열어봐야 안다고 한다. 그만큼 변수(變數)가 많다는 얘기다. 개봉 당일까지도 마음을 놓지 못했는데, 천만다행으로 영화는 대성공이었다. 뒷골목 건달 서두수와 외교관 딸 요안나의 애절한 사랑 이야기에 관객들이 구름같이 몰려들었고, 영화는 한 달 반 넘게 상영됐다. 덕분에 아카데미극장도 빚을 청산하고 재기에 성공할 수 있었다.

조선일보사는 경영난을 타개해보려고 1958년 아카데미극장을 개관하고, 함경도 사람 전충림에게 위탁경영을 맡겨놓고 있었다. 그는 조선일보사 대표이사를 잠시 맡았던 천우사 전택보 사장의 조카였다. 그러나 극장 경영은 뜻대로 잘 되지 않았다. 서울 시내 10개 개봉관 중 관객동원 수에서 아카데미극장은 9위였다. 적자가 계속되면서 극장은 빚더미에 올랐고, 이를 기화로 위탁경영자들이 극장을 아예 집어삼키려 하고 있었다.

1960년 12월 경제부 기자를 하던 나를 형님이 불러 "아카데미극장에 가서 일하라"고 했다. 극장에 들어가 보니 빚이 1억 원이 넘었다. 일단 빚부터 갚고 봐야 살 길이 보일 것 같았다. 처음에는 외국 영화를 들여와서 빚을 갚아나갈 생각이었다. 외화 수입업자로는 세기상사 국쾌남 회장이 유명했다. 〈벤허〉를 들여와 대한극장에서 7개월 동안 상영했는데 70만 관객을 모았다. 서울 인구가 250만일 때이다. 이 사람이 외화 배급권을 다 갖고 있었다. 그러나 한 달이고 두 달이고 외화를 상영하면 알짜는 그 사람들이 다 가져가고 극장은 재주만 부리는 곰 신세로 남는 게 없었다.

1963년 신문사 일과 함께 극장 일을 챙기고 있던 나는 아카데미극장을 국산영화관으로 전환시켰다. 당시엔 외화상영관과 국산영화상영관 중 택일을 해야 했다. 국산영화관으로의 전환은 상당한 모험이었다. 주위에서 다 말렸다. 국산영화에 손님이 몰리던 시절이 아니었

아카데미극장 대표 시절 직원들과 함께 극
장 앞에서 찍었다.

다. 국산영화라고 해봤자 신상옥 감독의 〈사랑방 손님과 어머니〉 정
도가 겨우 빛을 보던 때였다.

국산영화 제작에 승부를 걸다

그러나 달리 방법이 없었다. 사채는 가만있어도 눈덩이처럼 불어
나는데 외화 상영해서 어느 세월에 빚을 갚겠는가. 대한일보 김연준
사장의 장인이 일본강점기에 조선일보 이사와 동아일보 사장을 지낸

백관수 씨였는데, 그의 아들이 한양영화사를 하고 있었다. 내가 백 사장을 만나 "우리 국산영화 한번 만들어보자"고 제안했다.

국산영화를 만든다면 으레 사극인 줄 아는 시절이었다. 그러나 내 생각은 달랐다. 5·16 후 세상이 바뀌고 있었다. 새로운 사회흐름에 맞춰 청춘남녀들의 발랄한 시대상을 스크린에 옮긴다면 뭐가 돼도 될 것 같았다. 더욱이 아카데미극장은 객석 수 1천 석이 안 되는 중형극장이었다. 대형극장이 하는 대로 웅장한 사극을 올리기보다 아기자기한 청춘물을 특화하는 편이 더 승산이 있을 거라고 생각했다.

그렇게 해서 한양영화사에서 돈을 댄 김수용 감독, 신성일·엄앵란 주연의 〈청춘교실〉이 제작됐다. 풋풋한 얼굴인 신성일·엄앵란이 영화계의 신성으로 막 발돋움할 때였다. 〈청춘교실〉은 1963년 8월 23일 아카데미극장에서 개봉해 20일간 8만 명이 넘는 관객을 동원했다.

여세를 몰아 1964년 설 대목을 겨냥해 〈말띠 여대생〉을 제작했다. 여대 기숙사를 배경으로 말띠 여대생들과 말띠 사감 사이에서 벌어지는 해프닝을 그린 코미디였다. 옛날부터 여자가 말띠면 팔자가 세다고 했는데, '말띠면 어떠냐. 이제 그런 봉건적인 색깔은 떼어버리고 발랄하게 나갈 때도 되지 않았느냐'는 생각에서 영화를 기획했는데, 이것 역시 인기를 모았다.

이어 2월에 개봉한 영화가 앞서 말한 〈맨발의 청춘〉이었다. 이 영화는 상영 첫날부터 대히트였다. 신분을 뛰어넘은 두 연인의 사랑이 끝내 비극으로 끝나고, 트위스트김이 리어카에 자살한 친구 서두수(신성일 분)를 싣고 공동묘지로 향하는 라스트 신에서 관객들은 눈물 콧물을 흘리며 한동안 자리에서 일어날 줄 몰랐다. 이봉조의 애절한 색

소폰 연주가 흐르는 가운데 최희준이 깊은 저음으로 "눈물도 한숨도 나 혼자 썹어 삼키며/ 밤거리의 뒷골목을 누비고 다녀도/ 사랑만은 단 하나에 목숨을 걸었다…"고 부른 주제가도 대히트였다. 신성일이 입은 흰 가죽잠바와 딱 달라붙는 청바지는 청춘의 상징물이 됐다.

두 달 만에 만든 〈남과 북〉, 전국을 울음바다로

그해 가을, KBS 라디오 드라마 〈남과 북〉이 화제를 모았다. 〈현해탄은 알고 있다〉로 이름을 날린 한운사가 각본을 썼다. 스토리는 한운사가 신상옥 감독한테서 전해들은 실화를 바탕으로 한 것으로 알려져 있다. 그 내용이 소설보다 더 극적이었다.

휴전협정 체결 직전 북에서 고급장교가 투항해왔는데, 그는 여자 사진을 보여주면서 자기 처라고 했다. 이 여자를 데려오지 않으면 어떤 정보도 줄 수 없다고 했다. 그를 신문하던 남한 대위가 사진을 자세히 들여다보니 바로 자기 아내 아닌가. 세 사람이 만나는 장면은 기가 막힌다. 먼저 남한 대위가 고백한다.

"부상을 당해 신음하던 나를 지극정성으로 돌봐주던 여자에게 청혼했으나, 북에 남편을 두고 왔고 자식을 기르고 있다고 했다. 나는 저 삼팔선이 언제 무너지겠느냐, 만약 그 사람이 오는 기적이 생기면 그땐 돌려주겠다고 했다. 이제 당신이 왔으니, 약속대로 하겠다."

북한 장교가 아내를 보고 울먹인다.

"당신, 눈이 제대루 박혔구먼. 이께 좋은 사람을 만난 줄도 모르고…날래 이 대위 따라가라우."

내가 이 드라마를 듣고 당장 극동영화사 차태진 사장과 함께 한운사 작가를 만났다.

"내년 신정 때 극장에 걸리려면 두 달밖에 시간 여유가 없습니다. 방 하나 잡아놓을 테니 영화 시나리오부터 빨리 써주십시오."

다음날 반도호텔 909호실에 들어간 한운사는 이틀 동안 한 잠도 안 자고 대본을 완성했다. 김기덕 감독이 신영균, 최무룡, 엄앵란을 캐스팅해 속전속결로 영화를 찍었다. 1965년 1월 1일 아카데미극장에서 개봉한 〈남과 북〉은 공전의 히트를 기록하며, 그해 대종상과 청룡상을 휩쓸었다. 박춘석 작곡에 곽순옥이 부른 영화주제가 〈누가 이 사람을 모르시나요〉는 한 시대를 상징하는 노래가 됐다. 북에서 온 사람들은 이 노래만 들어도 목 놓아 울었다. 1980년대 전국을 울음바다로 만들었던 KBS의 남북 이산가족찾기 캠페인 때도 이 노래가 전 국민의 심금(心琴)을 울렸다.

영화 〈남과 북〉의 성공을 보면서 나는 한운사에게 "좁아터진 한반도에서 이럴 게 아니라 좀 시원한 데서 남과 북을 다룰 수는 없을까"고 한마디 건넸다. 이듬해 그는 스위스 제네바를 무대로 남북으로 헤어졌던 외교관이 이국땅에서 다시 만나 비극적 사랑을 나눈다는 라디오 드라마 〈레만호에 지다〉를 발표했다. 〈레만호에 지다〉는 1970년대 말 텔레비전 드라마로도 만들어져 다시 한 번 화제를 낳았다.

1966년 가지야마 도시유키라는 일본 작가가 한국을 찾았다. 그의 〈이조잔영〉이라는 작품이 유명했다. 일본인 화가와 조선 기생의 사랑을 그린 소설인데, 조선의 미를 격조 있게 다루고 있었다. 도시유키는 아버지가 조선총독부 관리라 서울에서 중학교를 나와 한국에 대한 이해가 깊었다. 〈이조잔영〉을 한일 합작 영화로 만들어보자는 얘기가 나왔다. 일이 꽤 진척이 돼 일본 최고 시나리오 작가인 마쓰야마 젠조가 한국에 와 도시유키와 차태진 사장, 한운사 그리고 내가 함께 경주를 다녀오기도 했다. 그러나 정부가 허가를 내주지 않아 무산되고 말았다. 한일 합작 영화를 만들기에는 시기상조였던 것 같다. 〈이조잔영〉은 나중에 신상옥 감독이 영화로 제작했다.

차지철, "혁명 군인들 조조할인해 달라"

이렇게 사귀게 된 젠조와 도시유키와는 계속 친분을 유지했다. 내가 일본에 가면 젠조가 도쿄 롯폰기에 있는 자기 집으로 초대해 저녁을 대접했는데, 그의 부인은 왕년의 톱배우 다카미네 히테코였다. 일정 때 뭇 청춘들의 우상이었던 그녀와 마주 앉아있다 보면 내가 영화의 한 장면 속으로 들어온 기분이 들기도 했다. 도시유키는 일본 제일의 포르노 소설가로 변신했는데, 40대 한창 나이에 홍콩에서 눈을 감았다.

극장 일을 보고 있던 중에 5·16을 맞았다. 그때 나는 흑석동에서 형님과 함께 살고 있었다. 1961년 5월 16일 새벽, 콩 볶는 듯한 소리를 듣고 놀라 식구들이 깼다. 틀림없는 총소리였다. 내가 "간첩이 들어왔나?" 하자 형님이 "아, 이건 군사 쿠데타다"라고 했다. 아침에 광화문에 나와보니 야단이 났다. 집회 금지령이 내려져 학교는 10일간 휴업하고, 극장도 1주일간 휴관해야 했다. 사람이 모이는 것은 무조건 금지됐다. 얼마 후 집회금지령이 풀리고 극장도 다시 문을 열게 됐다.

차지철이 그때 혁명군 대대장으로 덕수궁에 주둔해 있었다. 혁명 주체세력들이 덕수궁을 차지하고 장군들을 잡아들이던 때였다. 어느 날 연락이 와서 그를 만났더니 "장병들 사기 진작을 위해 단체 영화 관람을 해야겠다"는 것이었다. 공짜는 아니고 조조할인 정도의 혜택을 받을 수 없겠느냐는 제안이었다. 나로선 마다할 이유가 없었다. 그래서 혁명 군인들이 아카데미극장에서 단체 관람을 한 적도 있다.

수많은 사연을 간직했던 아카데미극장은 1968년 8월 광화문 도로 확장 사업으로 조선일보 구사옥이 철거되면서 신사옥 건립의 터를 내주기 위해 헐리게 됐다. 고별 프로로 〈아네모네 마담〉을 상영하고 아카데미극장은 역사 속으로 사라졌다. 아카데미극장이 국산영화의 개척기에 선구적 역할을 했던 점을 나는 보람으로 간직하고 있다.

세상을 요리한 요정들의 이야기

청운각의 곡(哭)소리

정치부나 사회부의 글 좀 쓴다는 기자들을 볼 때마다 내가 입버릇처럼 한 말이 있다. "요정 마담들을 취재해 봐라. 흥미진진한 이야기가 쏟아져 나올 것이다. 녹음이라도 해두었다가 적절한 시기에 정리하면 훌륭한 정치야화집이 될 것이다." 그러나 내 말을 들은 기자가 한 명도 없어 아쉽다.

1950년대 말 자유당 정권 때는 '요정정치'가 판을 치던 시절이었다. 나 역시 이 무렵 재무부 출입기자를 하며 고급요정을 드나들 기회를 갖게 되었다. 당시 장안에서 이름난 요정으로는 효자동의 '청운각', 단성사 건너편의 '대하', 청진동의 '장원'이 꼽혔다. 행세깨나 한다는 정치인, 재벌, 장성, 고급관료들이 전부 그곳에 갔다.

이 요정의 주인들은 대단한 여장부였고, 뛰어난 경영자였다. 청운각의 '아마이', 대하의 김복희, 장원의 주마담 등이 그들이다. 험악한 남자 세계에서 술집을 운영하려면 배짱과 수완이 없이는 성공할 수 없었을 것이다.

청운각 '아마이'는 함경도 출신이었는데 수완 좋고 손님들 잘 다루고, 서비스 정신이 만점이었다. 장안에서 얼굴 예쁘다는 여자는 전부 청운각에 모아놓은 듯했다. 돈 좀 있다는 남자들은 청운각 한번 가보는 게 꿈이었다. 아마이는 기생 관리도 야무지게 했다. 여기저기 떠돌아다니지 못하도록 계 조직을 통해 여자들을 꼼짝 못하게 관리했다. 청운각 지배인 배씨는 머리가 훌러덩 벗겨진 대머리였는데, 일정 때부터 지배인 노릇을 해서 화류계를 꿰고 있었다. 나와 같은 동네인 돈암동에 살아서 새벽에 가끔 목욕탕에서 만나기도 했는데 대머리인 그가 탕 안에 들어앉은 모습이 꼭 물 위에 뜬 달 같았다.

내가 처음 요정이란 곳을 구경한 것이 1957년, 이중재 장관이 저녁을 사겠다고 해서 기자들과 어울려 따라갔는데 그곳이 청운각이었다. 숲 속 같은 정원을 지나 1층 안방으로 들어서니 주안상을 중심으로 울긋불긋한 한복 차림의 미녀들이 우리를 맞았다. 정신이 없었다. 옆에 앉은 기생이 술을 따라주는데 엉겁결에 두 손으로 받아들었다. 주인 아마이가 내 옆으로 다가앉으면서 "일제 때 우리 남편이 조선일보 총무부장을 지내다 세상을 떠나 부득이 술장사를 시작했다"면서 이런 저런 이야기를 들려주었다. 그제야 나는 비로소 평상심을 되찾을 수 있었다.

그 다음부터 장·차관이 바뀌고 은행 중역들이 교체되면 요정을 들락거리게 됐다. 그런데 요정 입장에서는 기자들이 탐탁한 손님이 아니었다. 돈은 별로 없으면서 노는 것은 험했기 때문이다. 그래서 '수습기생'들을 들여보내곤 했다. 그러면 우리가 방에 불을 끄고 촛불을 켜놓고 "아이고, 아이고" 하면서 곡을 했다. 옆방 손님들이 재수 없다고 나가버리면 우리 방에도 일급기생들이 들어왔다.

청운각이 2층 건물인데, 1층에는 행세깨나 한다는 사람들이 들고, 우리는 주로 2층 방에 안내됐다. 한번은 우리 일행 중 몇이 아래층 사람들에게 비위가 틀려 2층 방에서 아래를 향해 볼일을 본 적도 있다. 어느 날은 내가 무슨 일인가로 부아가 나서 청운각 현관의 큰 유리창을 돌로 깨부쉈다. 와장창 소리가 나니까 자유당 관리들이 방에 있다가 화들짝 놀라 "이게 무슨 소리냐"고 뛰쳐나왔는데, 내가 "상이군인들이 부패 관리들 잡으러 쳐들어왔소"라고 쏘아주었다. 이렇게 분란을 일으켜대니 청운각 아마이가 형님에게 "우리 남편이 조선일보 총무부장을 지냈는데, 사장 동생이라는 자가 어떻게 이럴 수 있냐"고 일러대 내가 형님에게 혼나기도 했다.

"혁명은 술사는 사람이 바뀐 것"

대하의 마담 김복희는 황해도 여자였는데, 미모가 뛰어나지는 않았지만 수완이 좋았다. 김형욱 정보부장이 같은 황해도라 자주 애용했다. 5·16 후 민정 이양을 앞두고 혁명주체인 김형욱·이후락 등이 각 언론사 발행인들을 대하에 초청했을 때 일이다. 분위기가 어색하자 김복희가 화제를 돌렸다. "혁명이 무엇인가 했더니 대접받는 사람들은 그냥 남아 있는데 술 사는 사람이 바뀐 것이군요." 재치 있는 이 한마디에 분위기가 한결 부드러워졌다. 그런 센스가 있는 마담이 었다.

장원의 주마담도 말솜씨가 좋았다. 서울신문 장태화 사장이 상당히 까다로운 사람인데, 주마담이 말솜씨 하나로 꼼짝 못하게 구워삶았다. 청운각과 대하에 자유당 정객과 고관들이 주로 몰린 반면, 장원에는 야당정치인들이 많이 다녔다. 주마담이 나중에 장원을 판 이유도 이때 외상을 너무 많이 줬기 때문이라고 한다. 그렇게 통이 큰여자였다.

장원의 특색은 남도기생들이 많았다는 것이다. 미모보다는 판소리 잘하고 그림 잘 그리고 춤 잘 추는 옛날 권번에 있던 여자들이 많았다. 국악계에서 이름을 떨친 사람들 중 장원 출신들이 많다.

기생들은 나름대로 손님들의 평점을 매겼다. 술이라는 것이 정직한 액체다. 한 인간의 참 모습을 있는 그대로 드러나게 하는 것이 술이다. 그러니 술 취한 인간들의 일거수일투족을 보고 매기는 기생들의 평점은 나름대로 신뢰도가 높다고 보아도 무방할 것이다. 내가 알기로 서울의 일류 요정 기생들이 최일급 손님으로 꼽은 사람은 방일영과 김성곤으로 "통이 가장 큰 남자"라는 평가를 받았다. 기생들 사이에서 '쪼다'라는 평이 매겨지면 관계나 재계에서 출세는 포기하는 것이 좋았다.

청운각, 대하, 장원의 3파전에 어느 날 다크호스가 나타났다. 관훈동에서 조그만 음식점을 하던 '몸빼'라는 여자가 우이동 99칸짜리 한옥을 사들여 '선운각'을 오픈했다. 미모의 기생들이 다 모여 있다는 소문과 함께 삽시간에 인기를 끌었다.

신문 나오고 저녁 7시에 광화문에서 지프차로 내달리면 40분 만에 우이동에 도착했다. 자리에 앉자마자 '사발치기'로 후다닥 마시고 통금에 안 걸리려면 늦어도 11시 10분에는 일어나야 했다. 지프차 밑에 여자들을 앉히고 기자들까지 구겨 탄 다음 돌아가며 여자들을 집 앞에 내려줬다.

삼청동 삼청각 올라가는 길에 '은벽장'이라는 술집이 있었는데 냉면을 맛있게 했다. 기자들 몇이서 이 집에 갔는데, 육군 장성들이 단체로 와 있었다. 그런데 무슨 일인가로 시비가 붙어 장성 중 한 명이 우리 일행 중 한 명에게 "이 자식 까불면 죽는다"고 했다. 우리가 그 소리를 듣고 흥분해 육군 장성들이 회식하고 있던 안방으로 쳐들어가 술상을 뒤엎고 난동을 벌였다. 하도 어이가 없으니까 장성들이 가만히 보고만 있었다.

그 중에 최 아무개 장군이 있었는데, 나중에 참모총장까지 지냈고 형님과 경기중학 동창이었다. 우리가 나가고 나서 그가 "도대체 쟤들 누구냐?"고 물었던 모양이다. "조선일보 방우영 기잔데, 방일영 동생입니다"라는 소리에 그가 "당장 불러오라"고 소리쳤다. 내가 안방으로 들어선 순간 뺨에 번쩍 불이 났다. "형님 친구한테 이게 무슨 짓이냐"는 고함에 술이 확 깼다. 당장 무릎 꿇고 "잘못했습니다"고 빌었다.

'이기붕 꼬붕'의 수난

자유당 시절 한국은행 부총재로 있던 사람이 이기붕을 등에 업고 위세를 부린다는 소문이 자자했다. 기자들이 그를 효자동에 있는 '백양'이란 요릿집으로 유인했다. 술자리가 무르익을 즈음 기자들이 일제히 옆에 앉은 아가씨들 옷에 깍두기 국물을 쏟아 부었다. 이때는 '깔깔이'라고 하는 한복이 유행했는데, 당시 돈으로 5만 환이나 하는 고가품이었다. 비싼 옷을 버린 아가씨들은 비명을 지르며 난리를 쳤다. 그러자 미리 짠 대로 경향의 서용찬 기자가 나서 "이 친구들이 술이 과해 실수를 했으니 부총재가 새 옷을 아가씨들에게 사줄 것"이라고 떠넘겼다. 그런데 며칠 후 알아보니 그가 "기자들한테 옷값을 청구하라"며 거절했다는 것이었다. 그는 얼마 못 가 자리에서 물러났다.

한은 부총재를 하던 천병규 씨가 재무차관으로 부임해 나에게 "기자들을 초대하려는데 좋은 집이 있냐"고 묻기에 "종로3가 뒷골목에 평양관이라는 작은 요릿집이 있는데, 마담도 시원시원하고 음식도 깔끔하다"고 추천했다. 그런데, 술이 오르기 시작하자 몇몇 기자들이 "싸구려 집에 초대했다"며 행패를 부리기 시작했다. 난처해진 천 차관이 "어떡하면 좋냐"고 묻기에 "병풍 뒤에 다락방이 있으니 거기 숨어 있다가 신호를 보내면 나오라"고 일렀다. 술자리가 끝난 뒤에도 인기척이 없어 다락문을 열어보니 천 차관이 대자로 누워 코를 골고 있었다.

기생들의 응원 4파전

1958년 송인상 씨가 재무장관에 취임하면서 1년에 한 번씩 경제부처 출입기자단 축구 대항전을 열었다. 이 날이 오면 중앙청 광장은 때아닌 기생들의 열띤 응원전이 펼쳐졌다. 청운각 기생 20여 명이 몰려와 재무부팀을 응원하자 상공부는 대하의 아가씨들을 동원했다. 이보다 세가 약한 농림부는 은벽장, 부흥부는 장원에서 기생들이 나와 응원 4파전이 벌어졌다. 청운각의 키 큰 기생이 재무부 팀 골키퍼로 기용돼 폭소를 자아내기도 했다. 대회가 끝나면 장관들이 주는 격려금으로 각 부처 단골 요정으로 몰려갔다.

1950년대 중반, 전후 복구가 순조롭게 진행되면서 명동 일대에 춤방들이 생기기 시작했다. 뉴스맨클럽·LCI를 비롯해, 신세계백화점 6층의 동화클럽, 대연각 자리의 고미파 등이 유명했다. 미군 부대에서 흘러나온 부기우기, 맘보 리듬에 맞춘 도돔바라는 춤이 꽤나 유행할 때였다. 기자들 사이에도 춤바람이 일었다.

신혼 초이던 어느 해 크리스마스이브에 동화클럽에서 새벽 2시까지 연장 영업을 한다고 하기에 일당들이 몰려갔다. 그런데 11시 반이 되니까 문을 닫는다는 것이었다. 화가 나서 악단 있는 곳으로 올라가 "손님들 상대로 왜 거짓말을 하나"며 북을 발길로 차고 난리를 쳤다. 그런데 악단 중에서 바이올린 하는 김광수라는 사람이 조선일보 콩쿠르에도 나왔던 연주자인데, 처가의 아저씨뻘 되는 사람이었다.

나는 그런 사실을 까맣게 모르고 있었다. 그 부인이 억척스런 여자였는데, 우리 집으로 와서 집사람에게 "기자면 다냐. 왜 남의 영업장에서 행패냐"고 항의를 했다. 내가 바이올린 연주자한테 가서 사과를 했다.

5·16 후 요정 몰락, 살롱 부상

고급요정들은 5·16 후 쇠퇴했다. 5·16 전에는 내가 양주를 먹어본 기억이 없다. 방석에 앉아 한복 입은 미기들의 시중을 받으며 금배 정종을 마시는 것이 당시 최고급 술 문화였다. 5·16 직후 청운각에서 홍종철 씨와 화채그릇으로 술 시합을 벌일 때만 해도 정종을 부어마셨다. 그런데 5·16 후 미8군에서 흘러나온 조니워커 레드가 등장하면서 정종 문화는 위스키 문화로 변했다. 성격 급한 군인들의 술자리에 초대받아 가면 으레 글라스에 양주를 가득 따르고 참석자 전원이 "하나, 둘, 셋" 하는 구령에 따라 단숨에 석 잔을 들이킨 다음에야 본격적인 술판이 벌어졌다. 이어 초대자의 '좌로 가' '우로 가' 하는 군대식 구령에 맞춰 일사불란하게 술잔이 돌아갔다. 그렇게 마신 사람들 중에 단명(短命)한 사람이 많았다.

1970년대 내가 한강변 장미아파트에 살 때였다. 요정 대하의 마담 김복희가 이 아파트에 입주하려고 하니까 주민들이 "아파트 위신 떨어진다"고 반대하고 나섰다. 김복희가 나를 찾아와서 "여론을 돌리려면 어떻게 하면 좋겠냐"고 도움을 청하기에 "다른 거 있겠는가. 갈비하고 빈대떡 많이 부쳐서 죄다 나눠주라"고 했다.

그 조언이 적중했는지 무사히 입주할 수 있었다. 김복희가 나이 60

대 후반에 새로 결혼을 했는데, 신랑이 임 박사라고, 미국에서 정치학을 공부한 내 친구였다. 친구들이 결혼식장에서 허튼소리 하며 축하해줬던 기억이 새롭다.

기자들이 돈은 없어도 의리가 있어 기생들의 어려운 사정을 잘 도와줬다. 선운각에서 나온 기생들이 종로에 용운각이라는 분점을 낼 때 친구들이 후원금을 모아 도와주기도 했다. 박 정권 말기에는 요정들이 다 사정이 안 좋았는데, 이미 50대를 넘긴 청운각·대하 여자들과 재무부 출입기자 출신 모임인 재우회 멤버들이 친목회를 만들어 봄·가을에 정기적으로 만나기도 했다.

요정이 몰락하면서 살롱이 급부상했다. 서울 장안의 유명한 살롱으로 명동의 루테시아, 북창동의 멕시코, 한남동의 아성을 비롯해 속칭 '마귀할멈'이라 불리는 민마담이 장충동에 차린 민싸롱 등이 있었다. 한복 대신 세련된 양장 차림의 미녀들이 등장했다. 혁명이 일어나고 사회 전반에 거센 변화의 바람이 몰아치면서 술 문화도 예외가 아니었던 것이다. 방석에 앉아 점잖게 놀던 술자리가 급하게 마시는 분위기로 바뀌었다. 모든 게 급행열차를 탄 것처럼 빠르게 바뀌어 갔다.

나를
키운 것은
어머니의
기도

8

어머니는 늘 나에게 "너는 야곱 같은 아이니까

교회에 나가야 한다"고 말씀하셨다.

나는 어머니의 사랑으로 이만큼 살아왔다.

어머니의 기도의 힘이 아니었다면,

인생의 그 무수한 고비들을

내가 어떻게 헤쳐나올 수 있었겠는가.

일등 다음으로 또 번영해라

조선 제일의 금광 왕이 된 조부

나는 1928년 1월 22일 평안북도 정주에서 태어났다. 음력으로는 정묘년(1927년) 12월 31일이다. 다들 설 준비로 분주한 섣달 그믐 저녁 8시에 정주소학교 앞 함석집에서 아버지 방재윤과 어머니 이성춘의 둘째아들로 태어났다.

내가 태어나기 두 해 전 조부(계초 방응모)가 광산에서 금맥을 발견했다. 조부는 마흔 넘어 광산 사업에 인생의 승부를 걸기로 작정하고, 집문서를 저당 잡혀 마련한 자금을 들고 정주에서 북쪽으로 50리 떨어진 첩첩산골 삭주군 다릿골로 들어갔다. 천신만고 끝에 금맥이 터지고, 하루아침에 그는 조선의 손꼽히는 부자가 됐다.

나의 아버지 방재윤은 의주농업학교를 나와 정주소학교 농업 담당

교사로 있었다. 전임지인 평북 박천의 가산소학교에 근무할 당시 유기 도매상집 맏딸과 결혼, 첫아들(방일영)을 낳고 정주로 옮겨왔다.

내가 태어나자 아버지는 날이 밝기를 기다려 다릿골 광산으로 달려갔다. 조부는 정월 초하룻날 동네 유지들을 불러모아 식사를 함께 하다 둘째 손자의 출생 소식을 듣고는 "큰애 이름이 일영이니 일등 다음으로 또 번영한다는 뜻으로 또 우(又) 자를 써서 우영이라고 하자"고 즉석에서 나의 이름을 지었다.

설 대목을 지내고 아버지가 읍사무소로 출생신고를 하러 갔다. 그런데 음력으로 신고를 하려니 네 시간 만에 두 살이 되는 것이 아무래도 억울하셨던지 아버지는 양력으로 출생신고를 했다. 그래서 나는 호적에 1928년 1월 22일생으로 올라갔다.

조선 제일의 금광 왕이 된 조부는 정주읍 성내동 103번지에 대지 2천 평을 사들여 99칸짜리 한옥을 짓기 시작했다. 서울에서 이름난 목수들이 내려와 전국 제일의 목재들을 기차로 실어 날라 2년 만에 고래 등 같은 기와집이 완공됐다. 내가 다섯 살 때 그 집으로 이사를 갔다. 집 주위로는 화강암으로 된 돌담을 둘렀는데, 기와를 얹은 높이가 2미터 가까이 됐다. 안방에는 ㄷ자로 된 큰 어항이 있어 금붕어를 키웠다.

집 옆에는 조부가 후원해 지은 정원유치원이 있었다. 사랑채에는 유치원 보모인 현 선생과 이 선생이 기거했다. 경성중앙보육학교를 나온 두 분은 신여성이었다. 시골에선 보기 드문 땍땍구두(하이힐)를 신고 여름에는 파라솔을 들고 다녔다. 젊은 사람들이 수시로 우리 집을 기웃댔다. 두 분이 다 시집을 잘 갔다. 이 선생은 박천에 사는 의

나의 어린 시절 모습. 나는 할아버지가 장손인 형님만 아끼는 것 같아 어린 마음에 반항심이 생기곤 했다.

사와 결혼했고, 현 선생 남편은 홍콩을 오가는 무역상이다. 서울에 사는 현 선생과는 이따금 안부를 주고받는다.

우리 집이 정주에서 2천 석 농사를 지었다. 가을 타작을 하면 99칸 집 너른 마당에 볏가마니가 산더미처럼 쌓였다. 소작인들이 달구지를 끌고 마당으로 들어서면 집사격인 임삼진 씨가 체크를 했고, 큰외삼촌이 경리를 봤다. 임삼진 씨는 아버지가 정주소학교 5학년 담임을 할 때 제자였다. 조실부모하고 친척집에서 자라던 그를 아버지가 집에 데려와 기거하게 하고 소학교 졸업 후에는 서울에서 부기학교(서울 중등공민학교)를 졸업시켜 방농장 관리를 맡겼다. 그는 해방 후 조선일보에 들어와 전무까지 지냈다.

사랑방에서 아버지가 돈을 세던 옆에서 내가 처음 100원짜리 지폐를 봤다. 일본 혹부리 영감이 가마니 위에 떡 앉아있는 누런 지폐였다. 100원이면 큰돈이었다. 아버지가 일본 야마하밴드에서 나온 하모니카를 사오셨는데, 그 값이 1원이었다. 소학교 4학년 때 내가 고향에서 유일하게 두발자전거를 탔는데, 그게 10원이었던 걸로 기억한다.

머리 흉터로 '밭고랑' 별명 얻어

추석 때면 정주에서 20리쯤 떨어진 바우머리로 성묘를 갔다. 산세가 험악한 첩첩산골이었다. 바위가 많다고 '바우머리'란 이름이 붙었는데 북쪽에서부터 내려오는 차고 맑은 계곡물에는 팔뚝만 한 은어들이 살았다. 계곡 위와 아래쪽으로 100미터 거리를 두고 아버지와 아저씨들이 후릿그물을 끌고 오다 간격이 2~3미터로 좁혀질 때 재빨리 투망을 던지면 펄떡펄떡 뛰는 은어들이 수십 마리 잡혀 성묘상을 풍요롭게 했다. 바우머리에는 소작인들이 길러주는 내 소가 세 마리 있었고 내 앞으로 간장독도 있었는데, 높이가 얼추 어른 키만 했다. 의정부로 거처를 옮길 때 그 간장독을 다 가지고 왔다.

《소년 구라부》라고 일본 고단샤에서 나오는 유명한 어린이잡지가 있었다. 정주에서는 우리 반 반장하던 지점장 아들 송기택과 나만 갖고 있었다. 보이지 않는 비행기, 광선을 발사하는 총 등 공상과학 소설은 흥미진진했다. 다음날 학교에 가서 신나게 이야기하면 친구들

내가 다섯 살 때부터 살았던 평북 정주의 99칸 집에서 아버지와 함께 찍은 사진. 이 집에는 유치원 보모도 함께 살았다.

눈이 휘둥그레졌다.

소학교 6학년 때 조선일보에서 《소년》 잡지가 나왔다. 조선일보 총무부장으로 일하던 아버지가 한 달에 한 번 정주에 내려올 때마다 선물로 갖고 오셨다. 김내성의 탐정소설 〈백가면〉과 채만식의 〈어머니를 찾아서〉를 가슴 졸이며 읽고 또 읽느라 밤을 꼬박 새웠다. 이튿날 학교에 가면 나는 '왕'이었다. 제일 가까운 친구들부터 잡지를 빌려주기 시작하면 회수할 때는 걸레조각이나 다름없었다. 다시 펴서 서가에 소중히 꽂아놓고 생각날 때마다 꺼내보곤 했다.

어린 시절 친구들과 산으로 들로 뛰어놀며 개구쟁이 짓도 많이 했다. 죽을 뻔한 고비도 있었다. 내가 네 살 때 형님의 어깨 말을 타고 놀다 떨어져 머리를 다쳤다. 그런데 상처에 된장을 바른 것이 덧나 사경을 헤매는 지경이 됐다. 조부가 급히 손을 써 경성의전에 입원, 큰 수술 끝에 구사일생으로 살아났다. 지금도 머리에 그때의 상처가 남아 있는데, 이 때문에 소학교 때 친구들로부터 '밭고랑'이라는 놀림을 받았다.

소학교 4학년인가 5학년 때, 아버지가 손으로 돌리면 소리가 나오는 라디오를 사오셨다. 그걸 구경하려고 동네 사람들이 우리 집으로 우르르 몰려왔다. 조그만 상자 안에서 사람 목소리가 흘러나오자 사람들이 깜짝 놀라던 모습이 지금도 생생하게 떠오른다.

우리가 지주였지만 소작인들과 너나들이를 했다. 내가 나중에 서울에 와서 "남도에서는 소작인들이 지주네 집 안방에 들어가지도 못한다"는 이야기를 듣고 의아했다. 정주는 기독교 영향을 받아서인지 지주와 소작인의 관계가 상당히 민주적이었다. 소작인 부인들이 우리 집 안방에서 할머니, 어머니와 어울려 같이 밥 먹고 자고 가기도 했다.

우리 집이 대단한 부잣집이었지만 어릴 때 쇠고기 먹은 기억은 없다. 아버지가 투망을 잘해 생선은 흔히 먹었고, 닭고기와 돼지고기 먹은 기억도 있는데 쇠고기를 먹은 기억은 없다. 그만큼 어려운 시절이었고 쇠고기가 귀했던 때라고 짐작할 뿐이다.

소학교 4학년 때부터 방학이면 아버지를 따라 기차 타고 서울에 올라왔다. 신문사 총무부장이던 아버지가 열차 일등칸을 이용할 수 있는 패스포트를 갖고 있었던 것 같다. 서울에서 태평로에 우뚝 솟은 조선일보 5층 사옥을 우러러보면 기분이 그렇게 좋을 수 없었고 내 어깨가 절로 우쭐해졌다.

'못된 망종' 소리를 듣던 반항아

중학 입학하던 해 돌아가신 아버지

1940년 3월 소학교를 졸업하고 서울에 올라와 보성중학교에 입학했다. 조부가 보성의 재단이사장이었다. 그해 4월 30일 함경도 영흥으로부터 전보 한 장이 날아들었다.

'총감독 방재윤, 금일(今日) 사망.'

조부는 신문사를 인수한 후 신문 용지 확보를 위해 조림사업을 펼치기로 하고 함경도 영흥의 국유림 3200여 만 평을 조선총독부로부터 빌렸다. 아버지가 임업 책임자로 현장에 가 있었다. 1년에 낙엽송 100만 그루씩, 10년에 걸쳐 1천만 그루를 심을 계획이었다. 이 원대한 목표를 위해 1938년 영흥에 단신 부임했던 아버지는 39세의 짧은 생을 마감했다. 급작스런 심장마비였다.

아버지 돌아가시기 3일 전, 정주 집에서 자고 있는데 내 방으로 뱀한 마리가 들어왔다. 소동이 일어나서 식구들이 다 깨고 집에 와 계시던 아버지도 내 방으로 건너오셨다. 빗자루로 뱀을 내쫓으며 아버지가 "뱀이 들어오면 안 좋은데. 누가 죽는다는 징조인데…"라고 혼잣말을 하셨다. 그리고 3일 후 아버지가 돌아가신 것이다. 그때 이후나는 뱀을 끔찍이도 싫어한다.

아버지는 건장한 체격에 쾌활한 성격으로 두주불사에다 승마, 사냥, 스포츠 등에 만능선수였다. 장손이었던 형님이 일찍부터 서울에올라가 조부의 사랑을 독차지했다면, 아버지의 사랑은 내 몫이었다. 아버지는 정주에 내려오면 내가 하교하기를 기다렸다가 큰 소리로 "우영아, 빨리 준비해라. 고기 잡으러 가자!"고 하셨다. 집에서 일하던 나보다 두 살 위 머슴과 함께 서둘러 바구니를 들고 따라나서면, 아버지는 투망을 메고 집에서 10리 떨어진 달천강 지류로 앞장서 가셨다. 웅덩이 곳곳에 된장을 뿌리며 2킬로미터쯤 올라가다 깨끗한웅덩이를 만나면 셋이서 수영을 하며 놀았다. 해가 서산에 기울기 시작하면 왔던 길을 되짚어 내려오며 된장을 뿌려놓았던 곳에서 아버지가 투망을 했다. 손바닥만 한 붕어부터 피라미, 모래무지 등이 가득 잡혀 바구니가 묵직해지면 집으로 향했다.

어떤 날은 해거름에 아버지가 영국제 5연발 엽총을 들고 소학교뒤 사과과수원 쪽으로 가면서 "우영아, 같이 가자!"고 하셨다. 아버지는 총을 잘 쏘셨다. 산비둘기 서너 마리를 잡으면 "오늘은 안주감이 생겼으니 그만 돌아가자"고 하셨다. 장남에게는 엄격했지만 둘째아들은 그저 한없이 귀여워만 해주신 아버지였다.

계초가 일본강점기에 인재 양성을 위해 설립한 장학회인 '이심회'의 회원들. 왼쪽부터 백석, 노좌근, 방재경, 그리고 나의 부친인 방재윤.

창씨개명 거부로 일본인 교사에 시달려

갑작스런 아버지의 죽음은 나에게 큰 충격을 주었다. 딛고 섰던 땅이 하루아침에 꺼진 듯했다. 가슴에 휑하니 구멍이 뚫렸고, 빈자리는 쉬 채워지지 않았다. 형님이 현장으로 가서 아버지 시신을 모시고 의정부 별장으로 와 5일장으로 장례를 치렀다. 냉정하고 참을성 많은 조부가 이를 악물고 오열하는 장면을 나는 처음이자 마지막으로 봤다. 그해 8월 10일에는 조선일보가 일제에 의해 강제 폐간됐다. 우리 집으로서는 액운의 해였다.

아버지가 돌아가시자 조부는 가족들을 모두 서울로 불러들였다. 정주의 한옥 안채를 뜯어 의정부에 옮겨짓고 1942년부터 그곳에 정착했다. 의정부에는 조선일보 5대 사장인 신석우 씨의 집이 있었는데, 조부가 신문사를 인수하면서 함께 넘겨받았다. 의정부 집에 모여 살던 일가친척이 50여 명에 달했다. 이따금 벽초 홍명희와 춘원 이광수가 의정부 집에 찾아왔던 기억이 난다. 춘원은 삭발하고 있었고 아들을 데리고 왔다.

할아버지는 끝까지 일제의 창씨개명을 거부했다. 그 때문에 나는 중학교 일본인 교련 선생에게 기합도 많이 받았다. 일제 말엽 B-29기가 하늘을 날 때마다 조부는 할머니에게 "일본놈들 망할 때가 가까워지고 있다"고 했다.

박시형 선생 집에 하숙하며 좌익사상 접해

나는 중학교 2학년 때 6개월간 위궤양을 앓아 낙제를 했다. 이 무렵 문화재 수집가로 유명한 간송 전형필 씨와 조부 사이에 재단 분규 소송이 났다. 내 담임이 그림 그리던 이마동 선생이었는데, 전형필 씨와 관계가 있는지 나를 못마땅해 했다. 소송에서 전형필 씨가 승소(勝訴)하고, 조부는 재단에서 쫓겨나게 됐다. 이 바람에 나도 3학년 때 경신중학교로 전학했다.

경신중학교에는 서중회(계초가 만든 장학회) 출신으로 경성제국대학을 나온 박시형 선생이 있었다. 나는 우이동 박시형 선생 댁에서 하숙을 하며 학교에 다녔다. 선생님이 쪽지에 책 이름을 적어주면 조선일보 폐간 후 의정부 집에 옮겨다 놓은 책더미에서 찾아 전해드리는 심부름을 자주 했다. '막스' '엥겔스' '혁명' 같은 단어들이 많이 나오는 책들이었다. 박 선생은 해방 후 월북해 김일성대학 역사학부 강좌장을 지냈고 노력영웅 칭호까지 받으면서 북한 역사학계를 이끌었다.

1990년 일본 동경에 갔을 때 마침 학회 참석차 그곳에 와 있던 박 선생이 "꼭 한번 만나보고 싶다"는 연락을 해 왔는데 여러 가지 생각 끝에 거절했다. 2001년 그가 사망했다는 소식을 듣고 그때 한번 만나 볼 걸 하는 아쉬움이 남았다.

경신은 일본강점기 때부터 중동과 쌍벽을 이루는 축구 명문이었다. 나는 중학교 때 학과 공부보다 축구부 주장으로 공을 차는 데 더 열심이었다. 4학년이 되면서 근로동원 다니느라 공부와는 더욱 멀어졌다. 1944년 가을에는 아예 수원으로 들어가 해군비행장 닦는 일에 동원됐다. 10리 길을 걸어 오가며 흙을 나르는 힘든 노역이었다. 6개월을 뼈 빠지게 고생했는데 다시 기간을 연장한다는 소문이 돌았다. 우리 반에 '짱구'라고 황해도 출신이 한 명 있었는데 하루는 변소로 나를 부르더니 "바늘로 손을 콕콕 찌르면 진물이 나오는데, 옴이라고 해라. 그러면 전염될까 무서워 특별귀가 시켜준다"고 했다. 그러면서 내 앞에서 시범을 보여줬다. 그 친구는 그렇게 해서 특별귀가를 받아 나갔다. 나도 해보려고 했지만, 바늘로 손을 마구 찌르는 것이 너무 아파 포기했다.

그 대신 해군 상사 집에 귀한 담배와 설탕 등을 사다주며 환심을 산 끝에 특별귀가를 받아낼 수 있었다. 그 길로 우이동 박시형 선생 댁을 찾아갔더니 사모님과 어린 딸만 있었다. 선생님은 조선어학회

사건에 걸려 함흥감옥소로 끌려간 뒤였다. 사모님이 "경찰들이 와서 집을 샅샅이 수색해갔다. 우영이 네 방도 수색했다"고 일러주었다. 선생님 심부름으로 갖다 날랐던 공산주의 관련 책들이 내 방에서 나와 경찰이 나를 잡으려 하고 있다는 것이었다.

밤에 의정부 집으로 가니 어머니가 바깥에 나와 나를 기다리고 계셨다. "형사들이 너를 찾고 있다. 여기 있다간 잡혀갈 테니 정주로 내려가 있으라"며 돈을 쥐어주셨다. 그래서 야밤에 기차 타고 정주로 내려갔다. 고향집에 숨어서 하는 일 없이 몇 개월 있다가 해방을 맞았다. 소련군이 들어오기 시작했다. 시골집 사랑방에도 소련군이 와서 묵었다. 철모에다 물을 담아 머리를 감고, 잣을 입으로 능숙하게 뜯어먹던 소련군들의 모습이 기억에 남아 있다. 내가 본 소련군은 순박해 보였다.

"출신성분 안 좋으니 남쪽으로 가라"

하루는 청년동맹 간부 완장을 찬 인민군 장교가 시골 우리 집에 찾아왔다. 가만 보니 소학교 때 같은 반 반장했던 이성률이었다. 이 친구가 나를 보더니 "서울서 학교 다닌다더니 여기는 어떻게 왔냐"며 반색을 했다. 내 처지를 알고는 "출신 성분도 안 좋은데 여기 있으면 안된다. 얼른 서울로 달아나라"고 충고했다. 그래서 9월에 남쪽으로 내려왔다. 사리원, 문막, 개성을 거쳐 한탄강을 넘어 서울에 도착했다.

중학교 시절을 돌이켜보면 나는 반항의 표본이었다. 특히 할아버

1944년 1월 계초의 회갑 잔치 장면. 가운데 계초 그림 액자가 걸려 있다. 왼쪽부터 형님, 할아버지, 세 분의 할머니, 그리고 나.

지에 대한 반항심이 컸다. 계초는 장손에 대한 사랑이 지극한 반면 둘째인 나는 영 찬밥 신세였다. 어머니는 "시아버지께서 장손을 얼마나 귀여워하셨는지 경성에서 6인승 미국 포드차를 구입해 일영이를 노상 태우고 다니셨다"고 했다.

조부는 식사 때 꼭 장손인 형님과 겸상을 했는데, 식사 후 어쩌다 "작은놈 먹으라"고 상을 물려줄 때가 있었다. 나는 먹다 남은 밥그릇과 수저가 비위에 거슬려 외면하고 일어섰다. 이 때문에 "집안에 못된 망종이 나왔다"고 혼이 나고 매도 많이 맞았다.

형님 생일이 오면 토종닭을 잡아 온 식구가 함께 먹었고, 내 생일에는 겨우 계란 두 알을 삶아주었다. 그러니 나는 그냥 넘어가도 될 일을 공연히 분란을 만들어 매를 벌었다.

우리 집에 작은할머니 두 분을 비롯해 할머니가 세 분이었다. "새로 시집온 젊은 색시한테 내가 왜 할머니라고 해야 하냐"며 고집을 부려 어머니의 속을 무던히도 썩였다. 새로 시집온 젊은 할머니의 어린 남동생이 집에 오면 식모들이 도시락에 계란을 싸줬는데, 나는 그것도 안 싸주니까 부엌을 뒤집어엎고 망나니짓을 했다. 해방 후 조부가 선거에 출마한다고 했을 때도 "정치는 아무나 하냐"고 대들다 혼쭐이 나고 집에서 쫓겨났다. 사사건건 조부의 비위를 거스른 불효 막급한 손자였다.

중학교 3학년 때는 집에서 천대받는다는 생각에 공부는 하기 싫고 이 꼴 저 꼴 다 보기 싫어 만주로 튀어야겠다고 마음먹었다. 의정부 집에 있는 금은붙이들을 이것저것 그러모아 동대문에 있는 전당포에 맡기고 도피 자금을 만들었다. 경성역에서 만주행 기차표까지 샀지만 끝내 차를 타지는 못했다. 마음이 그렇게 모질지는 못했던 모양이다. 그때 만주에 갔더라면 내 인생은 어떻게 됐을까.

"큰놈은 빨갱인데 작은놈은 내 편"

보성전문 가려다 막판에 연희전문으로 바꿔

해방 이듬해 중학교를 졸업하고 대학 진학을 앞두고 있는데 조부가 "보성전문 현상윤 교장이 우리 동향이니 보성으로 가라"고 하셨다. 전차를 타고 동대문역에서 내려 신설동까지 냄새나는 시골길을 걸어가서 입학원서를 받아왔다. 충정로 집으로 돌아오는데 연희전문 졸업반인 재종형 방낙영을 만났다. 낙영 형이 "집에서 산 하나만 넘으면 연희전문이 있는데 보성까지 갈 게 뭐냐"고 했다. 그 말이 맞는 것 같아 1946년 3월 시험을 치러 연희전문 상과에 입학했다.

당시 학원가는 국대안(國大案, 국립대학 설치안)을 놓고 학생들이 좌우로 갈려 진통을 겪고 있었다. 우파학생들의 리더로 연희에는 박갑득, 보성에는 이철승이 손꼽혔다. 박갑득은 조선일보 체육부장을 지낸 박갑철의 형이다. 나는 우파학생계열인 '건설학생연맹' 친구들과 어울렸다.

다들 춥고 배고프던 시절이었다. 그래도 집안 형편이 나은 내가 밥값이라도 대야 했다. 그렇다고 집에서 내게 돈을 넉넉히 주는 것도 아니었다. 하루는 청계천 옆에 살던 전우감 여사(신동호 씨 어머니)가 보자기로 싼 것을 하나 주면서 동대문시장의 금은방에 갖다주라고 심부름을 시켰다. 보자기 안에는 은이 조금 들어있었는데, 금은방 주인이 저울에 달더니 꽤 많은 돈을 내줬다. 이거다 싶었다. 바로 의정부 집으로 달려가 식구들 몰래 은쟁반이나 은주전자 따위를 도끼로 내리찍어 납작하게 만든 뒤 동대문시장에 내다 팔았다. 상당한 거금을 마련한 뒤 이걸로 친구들을 몰고 다녔다. 중학교 때부터 집을 나와 하숙을 했던 나는 대학 때는 북아현동 이모 집에 살고 있었는데 돈이 필요하면 의정부 집으로 가곤 했다.

계초가 소장한 김옥균 글씨 팔았다가 들통

의정부 집에는 단원 김홍도 그림이며 김옥균 글씨 같은 값나가는 액자들이 많았다. 한번은 다락방에 소중히 보관돼 있던 김옥균 글씨를 빼내 명동의 고서점에 내다 팔았다. 그런데 고서점 주인이 할아버지가 김옥균 글씨를 좋아해 수집하고 있다는 것을 알고 조선일보로 찾아가 "제가 귀한 물건을 하나 구해왔습니다"하며 물건을 내놓았다. 조부가 가만히 살펴보니 틀림없이 집에 보관하고 있던 글씨였다.

경신고 축구부 주장 시절, 친구들과 함께. (맨 앞줄의 머리에 보자기를 두른 학생이 나.)

즉시 집에 확인해 보니 역시 글씨는 사라지고 빈 액자만 남아 있었다. 나는 한동안 할아버지를 피해 도망 다녀야 했다.

어쨌든 나는 대학 시절 우파 학생운동권에서 이름 석 자를 날리며 뛰어다녔다. 반면에 형님은 해방 후 일본 중앙대 동기인 김병덕(전 남로당 서울시당 선전부장), 동경에서 함께 공부한 진보적 경제학자 고승제 등과 의정부 집에 '사회과학연구소'를 만들어 활동했다. 이 때문에 형님은 백범 김구 선생이 주도하는 한독당 재정부장을 맡고 있던 조부와 가끔 이념적으로 대립하기도 했다. 우파 학생운동에 열심인 나를 보고 조부가 "큰놈은 빨갱이인데, 너 하나가 그래도 우리 집에서 내 편이구나" 하시기도 했다.

6·25가 나자 졸지에 의정부 집이 인민군에 넘어가고 재산도 전부

압수당했다. 그러자 우리 할머니가 "둘째놈이 내다판다고 할 때 그냥 놔뒀으면 이렇게 억울하지는 않을 텐데…" 하고 한탄했다.

내가 대학에 입학한 이듬해 연희전문과 세브란스의전이 합쳐져서 연세대학교가 됐다. 백낙준 총장이 나를 불러 "학부 2학년으로 들어가겠느냐, 그냥 전문부 3년으로 끝마치겠냐"고 물었다. 백 총장은 조부와 동향인 인연으로 나에게 각별한 관심을 보였다. 세상이 혼란스런 판에 굳이 대학 4년을 다닐게 뭐 있겠나 싶어 3년 만인 1949년에 전문부 상과를 졸업했다.

김동길을 만나다

나와 입학 동기인 김동길은 문과였는데, 학부 영문과로 옮겨 자유경선을 통해 처음으로 학생회장에 선출됐다. 그와 나는 북아현동에서 이웃으로 안면을 텄다. 열렬한 반공주의자인 김동길은 국대안을 반대하는 좌익학생들의 동맹 휴학을 앞장서 물리쳤다. 그가 집에 놀러오면 이모는 "쟤를 봐라. 얼굴도 잘 생기고 속이 깊어 이다음에 큰인물이 될 거야"라고 말했다. 나와 종씨인 그의 모친(방신근)은 우리들이 놀러 가면 구수한 팥밥에다 호박찌개를 얹어주며 "제발 싸움일랑 그만하고 교회에 나가라"며 우리의 몸가짐을 걱정해주셨다.

백 총장은 내심 김동길을 연세대 후계자로 점찍어두고 있었다. 백 총장의 주선으로 미국 유학을 다녀온 그는 나비 타이를 매고 교단에 서서 타고난 달변으로 학생들을 사로잡았다. 긴급조치 위반으로 교

연희전문 상과 시절 교정에서. 당시 학원가는 국립대학 설치안을 놓고 학생들이 좌우로 갈려 진통을 겪고 있었다.

수직을 박탈당한 뒤에는 감옥에서 기른 수염을 깎지 않고 기르며 황야의 야생마처럼 반정부 투사로 활동하기 시작했다. 1985년 그가 한국일보에 기고한 「낚시론」이 파란을 일으켰다. 3김에 대해 제발 대통령 될 꿈을 포기하고 정계를 은퇴해달라며 "차제에 낚시나 가는 것이 어떠냐"라고 한 것이다.

이듬해 봄 그에게 "조선일보에 글을 쓰라"고 떼를 썼다. 그는 "지면을 준 한국일보를 무슨 낯으로 대하느냐"고 곤혹스러워 했다. 의리를 중시하는 그의 그런 성격이 좋았지만 나도 물러서지 않았다. "김 박사, 당신은 타고난 자유인 아니오. 누구에도 얽매이지 않고 살아왔잖소. 당신 뜻을 한 신문에만 싣는 것도 문제요."

그렇게 해서 7월 1일자 조선일보에 〈세월이 수상하니〉라는 제목으로 '김동길 칼럼'이 시작됐다. 그의 장점이자 단점은 총각으로 일생을 살다 보니 가족 부양에 대한 의무감이 없고 자잘한 손익(損益) 계산을 무시한 채 세상에 도전하는 용기 또는 무모함이라고 할 수 있다.

김활란 총장의 애견(愛犬)을 내다버린 '죄'

대학 시절에 이런저런 에피소드가 적지 않다. 젊은 혈기로 설쳐댄 일들이지만 지금 생각하면 철없는 짓일 뿐이다. 3학년 때 일이다. 연희전문 학생들 대부분이 북아현동 고개를 넘어 이화여대 경내를 거쳐 등교하고 있었는데, 어느 날 김활란 총장이 남녀 간에 불미스런 일이 생긴다고 철조망을 치고 출입을 통제했다. 항의의 뜻으로 이시영 부통령 손자와 함께 김 총장 집에 있는 발바리를 유괴하여 한강변에 내다버렸다. 그런데 이 개가 이승만 대통령의 하사품이라고 해서 일대 소동이 벌어졌다. 서대문경찰서 형사들이 동원돼 수사를 벌인 끝에 부통령 손자는 퇴학을 당하고 나는 무기정학을 받았다.

졸업도 어렵사리 할 수 있었다. '고린도 전서'를 배우는 종교와 국어 과목에서 낙제를 하는 바람에 나는 졸업예정자 명단에서 빠지게 됐다. 종교 과목은 담당 교수를 찾아가 선처를 호소한 끝에 해결이 됐지만, 국어 과목은 김윤경 교수가 워낙 깐깐해서 어림도 없었다. 고민 끝에 낙제한 세 명이 매일 아침 교수 댁에 가 무조건 무릎 꿇고 앉아있었다. 교수님이 아침 7시면 진지를 드시는데, 제자 세 명이 무릎 꿇고 앉아있으니 밥이 제대로 넘어갈 리 없었다. 그래도 학점은 주지 않았다. 우리는 저녁때도 교수 댁으로 찾아갔다. 이렇게 20일을 계속했다. 이 소식을 들은 백낙준 총장이 "시끄러운 놈들이니까 얼른 졸업시켜 버리자"고 거들어줬다. 그래서 구두시험을 치르고 겨우 졸업 자격을 얻게 됐다.

1949년 봄 졸업을 했지만 무엇을 하고 살아야 할지 막막했다. 대학 선배인 이동원 씨가 대한민국 제1호 해외유학생으로 미국으로 떠났다. 나도 미국 유학을 가기로 마음먹고 준비를 하기 시작했다. 그러나 이듬해 6·25가 터지면서 모든 게 물거품이 됐다.

1950년 6월 25일 새벽, 북한군이 기습 남침했다. 피난도 못가고 우물쭈물하는 사이에 서울이 적의 치하에 들어갔다. 신당동 집으로 성동서 내무요원들이 들이닥쳐 신경통을 앓고 있는 조부를 끌고 갔다. 간발의 차이로 연행을 면한 형님은 그 길로 북한산에 들어가 동굴 속에 몸을 숨겼다.

6·25 때 식구 20여 명 이끌고 산 속으로 피신

나도 20여 명에 이르는 대식구들을 이끌고 의정부 집 뒤 '홍복'이라는 산 속으로 들어갔다. 의정부 집은 이미 인민군이 차지해버린 뒤였다. 일 주일에 한 번 밤길을 헤쳐 30리 떨어진 형님에게 식량을 날라다주곤 했다. 길고 지루한 날들이 흘러갔다. 대학 때의 우익활동 전력 탓에 공산당 손에 잡히면 큰 곤욕을 치렀을 텐데 용케 숨어있었다.

9·28서울수복 후 생사의 갈림길에서 헤어져 있던 식구들이 다시 만났다. 그러나 중공군의 개입으로 다시 기약 없는 피난길에 올라야 했

다. 한 번 큰 곤욕을 치른 뒤라 트럭 한 대를 어렵사리 마련해 온 식구가 남쪽으로 향하기로 했다. 그 전에 내 병역 문제를 해결해야 했다. 형님과 경기중학 동기인 최치환 내무부 보안과장의 주선으로 나는 지리산지구 전투경찰본부 경사로 특채가 됐다. 이렇게 해서 2년간 경찰로 복무하며 『한국경찰전사(戰史)』를 편찬하는 일을 거들었다.

가족을 태운 트럭은 일단 대구에 멈췄으나 그 많은 식구가 거처할 곳을 찾기 힘들었다. 마침 외가 쪽 먼 친척이 대구에서 40리 떨어진 경산군 하양이라는 곳에 피신할 곳을 주선해 주어 그리로 갔다. 피난지에서 식구들의 참상은 말도 못했다. 내게 누이동생이 셋이 있었는데 바로 아래 여동생이 폐결핵을 앓다 하양에서 열아홉 나이에 숨을 거두었다. 전쟁 중에 태어난 둘째조카도 출생 신고도 못하고 이름도 없이 낯선 타향 땅에 묻혔다.

석 달 뒤 서울이 재수복되자 나는 내무부 치안국 선발대로 제일 먼저 서울로 올라와 신문사부터 찾아갔다. 조선일보 사옥이 내무부 청사로 사용되고 있었다. 다행히 크게 허물어진 데는 없고 옥상 한 귀퉁이가 대포를 맞아 부서져 있었다. 하지만 윤전기는 인민군들이 다 뜯어가 버려 휑했다.

부산과 수원을 전전하며 전시판을 발행해오던 조선일보 사원들이 서울로 올라와 1951년 8월 1일자로 「廢墟(폐허)에 蕭然(숙연)한 復興(부흥)의 불꽃」이라는 제목을 달고 타블로이드판 2면을 발행했다. 그러나 앞날은 한 치 앞을 내다볼 수 없는 캄캄한 첩첩산중의 가시밭길이었다. 납북된 조부(계초)의 뒤를 이어 27세에 대표취체역(대표이사)을 맡은 형님의 시름은 깊어만 갔다.

나를 키운 것은 어머니의 기도

새벽마다 몰래 교회에 나가던 어머니

내 고향 정주는 평양과 신의주 중간에 위치해 있으며 경의선과 평북선 철도가 지나는 교통의 요충지다. 평안도에서 제일 크다는 운전 평야가 드넓게 펼쳐져 있고 바다도 가까워 인심이 후했다. 비교적 사람 살기 좋은 곳이었다. 평안도에서는 선천 다음으로 인물이 많이 나왔다. 남강 이승훈, 춘원 이광수, 시인 백석, 김소월 등이 이곳 태생이다.

그러나 정주는 동토의 땅이기도 했다. 11월만 되면 벌써 북쪽에서 하늬바람이 불어왔다. 11월 말이면 눈이 와서 이듬해 3월이 돼야 녹았다. 일 년의 3분의 1은 눈 속에서 살았다. 겨울이면 산이고 들이고 개울이고 모두 꽁꽁 얼었다. 소학교 때 아버지가 스케이트를 사주셨

기독교 장로였던 나의 어머니 이성춘 여사. 어머니의 기도가 아니었다면 내가 인생의 숱한 고비들을 어떻게 헤쳐 나올 수 있었을까. 나는 어머니의 사랑으로 이만큼 살아왔다.

다. 집 앞으로 개울이 흘렀는데, 겨울이면 이 스케이트를 타고 학교에 갔다.

정주는 일찍이 기독교를 받아들인 곳이다. 내가 소학교 1학년 때 우리 어머니가 기독교를 믿기 시작했다. 새벽이면 몰래 성경을 감춰들고 우리 집 뒤편에 있던 예배당으로 올라가셨다. 한겨울에 잠에서 깨어나면 새벽기도를 마치고 온 어머니가 함박눈을 뒤집어 쓴 채 눈사람처럼 서 계시곤 했다.

꽃다운 20대에 아버지에게 시집온 어머니는 서른셋에 남편을 잃고 신앙생활에 더욱 몰입했다. 어머니는 3남 3녀를 두셨는데 그중 둘을 가슴에 묻어야 했다. 둘째아들(내 바로 윗형인 필영)은 두 돌이 채 되기 전에 죽었고, 맏딸은 6·25 북새통에 피난지에서 잃었다. 어머니는 언제 어디서건 기도를 멈추지 않았다. 피난지 대구에서 어머니를 몹시 따르던 신학생이 한 명 있었는데, 나중에 내 둘째여동생과 연분을 맺게 됐다. 그가 연동교회 김형태 원로목사이다. 어머니는 기독교 집안과 사돈 맺기를 소망하셨는데, 그 소망대로 내 막내여동생도 기독교 집안으로 시집갔다.

일생 동안 하나님을 믿고 의지하며 험한 세월을 건너오신 어머니는 교회에서 장로 직분을 받았다. 여성 장로가 흔치 않던 시절이었다. 어머니의 간절한 소원이 교회를 지어 헌정하는 것이었다. 우리 형제가 드린 돈을 모으고 이모들 돈까지 합해 1970년 서울 흑석동 집 앞에 벧엘교회를 지으셨다. 100평 남짓한 터에다 벽돌로 교회를 짓고 그렇게 좋아하실 수가 없었다. 이어 의정부 선영과 피난지 홍복 근처에도 교회 하나씩을 지어 바치셨다. 1973년 어머니가 돌아가신 후로 흑석동 교회 운영은 내가 돌봐주고 있다. 의정부 교회는 나의 사촌들이 책임을 맡아 미국에 있으면서도 꼬박꼬박 돈을 보내온다. 하늘에 계신 어머니가 기뻐하실 것이다.

"너는 야곱 같은 아이니 교회에 나가라"

나는 어머니 사랑으로 이만큼 살아왔다. 내가 어릴 때부터 집에도 들어가지 않고 망나니짓을 하고 다닐 때 그 허물을 어머니가 다 감춰주고 감싸주셨다. 나의 일생은 순전히 어머니의 사랑과 신앙의 힘으로 만들어진 것이다. 식탁에서 어머니가 "조선일보와 우리 아들 형제를 보살펴주시고 잘 되게 해달라"고 간곡히 기도하던 목소리가 지금도 귀에 선하다. 어머니는 늘 나에게 "너는 야곱 같은 아이이니까 교회에 나가야 한다"고 말씀하셨다. 야곱은 구약성경에 나오는 이삭의 아들로 쌍둥이 형 에서를 속여 장자권(長子權)을 빼앗았으나 후에 신의 축복을 받아 이스라엘로 개명(改名)한 인물이다. 내가 장자인 형님에게 집안 어른의 사랑을 빼앗겨 반항적인 기질이 자라고 있으니 그걸 신앙으로 극복해야 한다는 뜻이었다.

어릴 적 어머니를 따라 주일학교에 다니던 일과 꽃주일(어린이 주일)에 성경 구절을 잘 외웠다고 칭찬받던 기억이 난다. 함박눈이 펑펑 쏟아지는 일요일 밤이면 어머니와 함께 누이동생들 손을 잡고 교회에 올라가 사냥 나간 아버지가 편안히 돌아오시기를 기도드렸다.

철부지 중학생 시절 불온서적을 소지했다는 혐의로 경찰의 수배를 받고 남들의 눈길을 피해 한밤중 의정부 집에 들렀을 때 어머니는 대문 밖에 나와 서성이고 계셨다. 꼬깃꼬깃한 지폐를 손에 쥐어주며 "어서 가라"고 내 등을 떠미셨던 어머니는 그날 밤도 못난 아들을 위해 간절히 기도를 올렸을 것이다.

나는 마음이 편치 않을 때면 성경책을 읽는다. 내가 가장 좋아하는 구절은 시편 23편이다.

여호와는 나의 목자시니 내가 부족함이 없으리로다. 그가 나를 푸른 초장에 누이시며 쉴 만한 물가로 인도하시는도다. 내 영혼을 소생시키시고 자기 이름을 위하여 의의 길로 인도하시는도다. 내가 사망의 음침

한 골짜기로 다닐지라도 해를 두려워하지 않을 것은 주께서 나와 함께 하심이라.

눈을 감고 암송을 하다 보면 어지럽던 마음이 어느새 조용히 가라앉는다.

어머니의 감화(感化)로 우리 식구는 지금 모두 교회에 나간다. 어머니의 기도 덕분에 가족이 화목하고, 조선일보도 잘되고 있다고 생각한다. 어머니의 기도의 힘이 아니었다면, 인생의 그 무수한 고비들을 내가 어떻게 헤쳐나올 수 있었겠는가. 깊은 밤, 홀로 서재에 앉아 있노라니 어머니의 기도 소리가 더욱 간절해진다.

넘을 수 없는 큰 산, 계초 방응모

고향 선배 조만식 권유로 조선일보 인수

나의 조부인 계초 방응모가 조선일보를 인수한 것은 1932년, 그의 나이 쉰 살이 다 돼서다. 젊어서 그는 많은 고생을 했다. 동아일보 정주지국을 운영하기도 하다가 마흔이 넘어 광산에 손을 댔다. 근방에서 한창 광산 붐이 일었고, 최창학이라는 사람이 금맥을 발견해 하루아침에 떼돈을 벌었다는 소문이 퍼질 때였다.

계초는 둘째 부인을 데리고 정주에서 북쪽으로 50리 떨어진 다릿골이라는 산골짜기로 들어갔다. 폐광이라며 버려둔 광산을 최창학에게 임대해 고단한 덕대(남의 광산을 임대해 일정한 돈을 내고 채광하는 사람) 생활을 시작한 것이다. 좁쌀죽으로 연명하며 금방 허물어질 것 같은 갱내에서 인부들과 광석을 나르는 계초의 모습은 차마 눈뜨고 보기 어려웠다는 것이 당시 동네 사람들의 증언이다.

그러기를 3년. 1926년에 기적이 일어났다. 금맥을 발견한 것이다. 광산 주변 허허벌판에 사람들이 몰려들고 가옥 수백 채가 들어섰다. 전기도 가설되고, 소학교와 경찰 주재소까지 생겼다. 계초는 고향 선배인 고당 조만식 선생을 평소 존경했다. 두 사람은 전부터 정주에 사립학교를 세우겠다는 목표를 가지고 기회 있는 대로 만나 의논해 왔다. 1932년 계초는 광산을 일본 회사에 팔기로 했다. 그 이야기를 듣고 조선일보 사장을 맡고 있던 고당이 계초를 만났다.

"자네 돈을 많이 벌었으니 민족을 위해 이 돈을 쓰게. 빼앗긴 나라를 찾기 위해 우리가 어렵게 싸우고 있는데, 백성을 계도하고 계몽하는 민족지 조선일보를 인수해 주게."

고당의 간곡한 부탁을 받아들여 계초는 조선일보 인수를 결심했다. 고당을 사장으로 모시고 영업국장으로 일하던 계초는 1933년 사장에 취임했다. 계초는 동아일보 편집국장 이광수와 경제부장 서춘을 각각 부사장과 주필로 영입하고 유능한 기자들을 끌어와 편집국을 쇄신했다. 1935년에는 언론사 최초로 취재 전용 비행기를 구입하고 국내에서 가장 웅장한 새 사옥을 준공했다. 재정난으로 표류하던 조선일보는 중흥의 기틀을 마련하고 부수와 사세가 동아일보를 앞질렀다.

계초는 조선일보를 인수하면서 세 가지 사업에 주력했다. 첫째는 사람을 키우는 일, 둘째는 간척사업, 셋째는 조림사업이었다. 1935년 서중회라는 장학회를 만들어 전국에서 우수한 학생들을 뽑아 장학금을 주고 일본으로 유학을 보냈다. 시인 김기림과 백석, 국어학자 방

계초(가운데 흰 두루마기 차림)가 일제에 의해 강제 폐간 됐던 조선일보를 해방 후인 1945년 11월 23일 복간시킨 후 의정부 자택에서 잔치를 열어 사원들을 격려하고 있다.

종현, 아동문학가 윤석중 등 쟁쟁한 인물들을 키워냈다. 계초의 뜻은 방일영장학회를 거쳐 방일영문화재단으로 이어지고 있다.

간척사업은 경기도 수원군 팔탄면 서해안의 바다를 메워 농토를 조성하는 일이었다. 곡괭이와 삽만으로 바다를 메워나갔는데 1킬로미터를 메우는 데 2년 반 동안 제방이 세 번이나 무너졌다. 그때마다 계초는 '공사 계속. 후퇴 말라'는 전보를 치고 작업을 독려했다. 결국 100만 평의 농토를 조성하고 10만 평 저수지를 만드는 데 성공했다. 여기를 '방농장'이라 이름 짓고 고향 정주에서 일가친척 17가구를 데려와 개척단으로 삼았다. 내가 중학교 때 이곳에서 벼 2천 석을 수확했다. 저수지에서는 잉어 치어 50만 마리를 키웠다. '방농장'은 행정상 공식명칭이 됐다.

조림사업은 1935년에 시작했다. 함경남도 영흥의 국유림 3200만 평을 조선총독부로부터 연간 2천 원에 임대했다. 조림지 둘레가 300리에 달했고 이 안에 12개 리(里)가 있을 만큼 방대한 규모였다. 1936년 첫해에 조선송 10만 그루를 심은 뒤 매년 100만 그루씩 심어나가 1941년에는 600만 그루의 조선송과 낙엽송을 심는 데 성공했다. 장차 신문 용지 확보를 위한 펄프 공장 건설이 목표였다.

5척 단구(短軀)에 눈빛 매서운 담대한 경영자

계초는 승씨 부인과의 사이에 아들 형제를 두었으나 일찍 잃고, 마흔이 넘어 형님의 세 아들 중 둘째인 재윤을 양자로 삼았다. 그런데 그 아들도 조림사업을 현장에서 지휘하다 1940년 4월 갑자기 사망하는 슬픔을 겪었다. 그해에 조선일보도 일제에 의해 강제폐간 당해 계초는 견디기 힘든 시련을 이겨내야 했다.

해방 후 조선일보를 속간해 경영하던 계초는 6·25가 나자 피난가기를 거부했다. 형님이 지프차에 계초를 모시고 한강까지 나갔는데 계초가 "내가 무슨 죄를 졌단 말이냐. 일생 신문 만들고 인재 키운 것 말고 한 일이 없다. 공산당 중에도 우리 장학회 출신이 많으니 설마 나를 어쩌겠느냐"며 서울에 남기를 고집하셨다. 그리고는 신당동 집에서 인민군들에게 연행된 후 소식이 끊겼다.

어릴 적 그렇게도 반항했던 조부였지만 내가 신문사를 맡아 경영하면서 조부가 정말 보통 분이 아니었음을 절감할 수 있었다. 일제시대 식민지 치하에서 신문사를 경영하기가 여간 힘들었겠는가. 그런 속에서도 조선일보를 굳건히 세워 일으키고 발전시킨 계초의 탁월한 능력과 혜안(慧眼)은 나로서는 도저히 넘볼 수 없는 경지였음에 틀림없다.

내가 기억하는 계초는 5척 단구에 이마가 반듯하였고 검은 얼굴에 눈빛이 유달리 매서웠다. 불같은 성격에 겁을 모르는 담대함이 있었다. 계초 탄생 100주년이 되던 1984년, 가족들이 소중히 간직해온 계초의 유물과 옷가지를 관에 넣어 의정부 묘소에 묻고 가족들과 사원들이 참석한 가운데 초혼 장을 지냈다.

신문 밖의
인생

9

사냥을 통해 인생의 교훈도 많이 얻었다.

내가 불같이 급한 성격인데 사냥하면서 인내심을 배웠다.

동물이 100미터 앞쯤 들어오면 가슴이 두근두근 한다.

흥분되니 몸이 움직이게 돼 있다.

그런데 그때 움직이면 승부는 끝나는 것이다.

마지막 순간까지 참고 기다려 바로 눈앞에 왔을 때

그 순간을 놓치지 말아야 하는 것이다.

신문협회의 안과 밖

최연소로 부회장 맡아 20여 년

1962년 국내 일간신문사와 통신사의 발행인들이 모여 신문발행인
협회를 발족했다. 내가 협회에 참여한 것은 1964년 3월부터다. 이 무
렵 5·16 민간인 주체세력으로 알려진 김여원 씨가 서울신문 사장에
임명되면서 협회 이사장으로 들어왔다. 그때부터 1980년대까지 협회
이사장(나중에 회장으로 바뀜) 자리는 정부 소유의 서울신문 사장이
맡는 것이 하나의 불문율(不文律)처럼 되었다.

김여원 이사장 취임 후 새로운 이사진을 구성하기 위해 임시총회
가 열렸는데 아홉 명의 이사 중 지방 몫 다섯 자리를 놓고 지방지 발
행인들이 각축전을 벌이는 바람에 결론을 내리지 못하고 번번이 유
회가 됐다. 만 36세로 나이가 가장 어렸던 나와 김종규 한국일보 사

장은 말석에 앉아 선배들의 거동을 흥미롭게 지켜봤다.

언론윤리법 파동이 있은 이듬해인 1965년 장태화 씨가 서울신문 사장으로 취임하면서 신문발행인협회 이사장이 됐다. 5·16 주체세력으로 중앙정보부 고문으로 있다가 이사장에 임명된 그는 "박 대통령의 신임이 두텁고 청와대와 잘 통한다"는 평판을 듣고 있었다. 동안에다 빈틈없는 말솜씨를 지닌, 차가워 보이는 사람이었다.

첫 총회를 앞두고 장 이사장이 나와 김종규 사장을 '장원'으로 불러 느닷없이 "협회 부이사장을 맡아달라"고 했다. 젊은 우리 둘을 내세워 협회를 자신의 의도대로 끌고 가려는 속셈이 있었던 듯하다. 우리는 "경륜이 출중한 분들이 많은데 저희가 무슨 자격이 있겠습니까. 무엇보다 지방사들의 반대가 만만치 않을 겁니다"라고 사양했다. 그러나 장 이사장은 "모든 것은 나에게 맡겨달라"고 했다.

정부, 수입 신문용지로 협회 쥐락펴락

10월 총회에서 장 이사장은 "오늘의 인선은 청와대에서 내락을 얻은 것이고, 또 이대로 개편이 끝나야만 외래지 도입이 순조롭게 해결될 테니 반대하실 분은 없으리라고 생각합니다"고 말해 회의 분위기를 제압했다. 당시 국내 생산 종이로는 전체 신문 수요의 60퍼센트밖에 감당을 못해 캐나다에서 신문용지를 수입해 와야 했는데, 수입을 위해서는 정부가 보유한 외화를 할당해줘야 했다. 그런데 정부는 언론윤리법 파동에 대한 보복 조치로 외래지 도입을 일체 중지시켰다.

각 신문사는 부득이 주36면 발행을 26면으로 줄여야 했다.

이런 상황에서 청와대를 들먹이며 신문용지 문제를 거론하는데 인선에 반대하고 나설 발행인은 없었다. 장 이사장의 뜻대로 나와 김종규 사장, 그리고 지방지 몫으로 김남중 전남일보 사장이 부이사장에 선임됐다. 이사에는 동아 김상만, 중앙 이병철, 대한 김연준, 신아 장기봉, 그리고 지방지를 대표해서 대구의 매일신문 김영호와 부산일보 최세경 등 여섯 명이 뽑혔다.

1966년 협회 명칭을 신문협회로 바꾸고 이사장제를 회장제로 개편하면서, 그전까지 친목 단체에 머물던 신문협회는 각 언론사의 생존과 번영을 확보하기 위한 공동운명체로서 역할을 떠맡게 됐다.

신문협회의 가장 중요하고도 시급한 일 중 하나가 각 신문사에 수입 용지를 원활히 공급하는 것이었다. 당시만 해도 신문 찍을 종이 구하기가 하늘에 별 따기만큼 어려웠다. 고려제지 김원전 사장의 집 앞은 늘 종이 구하러 온 신문사 간부들로 붐볐다. 나도 유건호 상무와 함께 새벽 일찍 김 사장 집 앞에 쭈그리고 앉았다가 얼굴 보고 종이 부탁하는 게 일이었다.

협회 이사진 구성 후 제일 먼저 한 일도 청와대를 방문해 "용지 때문에 신문사들이 어려움을 겪고 있으니 각하께서 배려해 달라"고 부탁하는 것이었다. 다 사전각본이 있었다. 그러자 박 대통령은 빙그레 웃으면서 배석한 이후락 비서실장에게 "선처해주라"고 지시했다. 얼마 뒤 3천 톤의 외래용지 수입 허가가 떨어졌다. 덕분에 지면은 다시 주36면으로 환원됐다. 협회를 통해 용지를 배당받은 신문사들이 돈을 얼마씩 내서 신문협회 기금도 상당히 모였다.

신문용 상용한자 2천 자 선정

또 회원사 간 과당 경쟁을 막기 위해 조선·동아·한국·중앙 등 4개사 발행인들로 영업정화위원회를 구성해 구독료 인상에 합의제를 도입하고, 무가지 배포는 발행부수의 20퍼센트 선을 준수한다는 등의 사항을 결의했다.

나는 협회 부회장직을 1984년 그만둘 때까지 20년 넘게 맡았다. 그동안 몇 가지 나름대로 보람을 느낀 일들도 있었다. 1966년 신문한자위원회 위원장을 맡아 신문용 한자(漢字) 선정 작업에 들어갔다. 당시 신문에서 쓰는 한자는 3천 자에 가까웠는데, 한자 사용이 점차 줄어드는 사회 추세인데다 젊은 문선부원들이 한자 활자를 뽑는 시간도 점점 늘어나 신문용 한자를 합리적으로 제한할 필요성이 대두됐다. 남광우·이숭녕 등 전문가들을 모시고 1년 넘게 작업한 끝에 상용한자 2천 자를 선정, 문교부의 승인을 받아 1968년부터 각 신문사가 시행하도록 했다.

1968년에는 신문연구소 이사장을 맡아 오소백 씨와 함께 『신문연감』을 편찬해 여기서 나온 이익금 120만 원을 기자협회에 기탁했다. 또 조선일보 편집부장을 지낸 윤임술 씨를 신문연구소장에 임명해 《신문평론》을 월간으로 냈는데, 나중에 《신문과방송》으로 제호를 바꾸었다.

신문협회가 어느 정도 자리를 잡게 되면서 협회의 본래 목적 중 하나인 회원 간 친목 도모의 시간도 종종 가질 수 있었다. 봄, 가을로 지방사 순방을 다닐 때는 골치 아픈 신문사 일은 잠시 잊고 다들 홀

신문협회 부회장 시절 일선 장병들을 찾아 격려하고 있다. 신문협회에서는 여름과 겨울, 일 년에 두 차례 일선장병 위문 행사를 가졌다.

가분한 시간을 보냈다.

　작곡가이기도 한 대한일보 김연준 사장은 술자리에 가면 "악상(樂想)이 떠오른다"며 눈을 감고 휘파람을 불곤 했다. 김연준 씨가 신문사 발행인에 대학(한양대) 총장까지 하려니 스트레스가 보통 많지 않았을 것이다. 그런데 일 년에 두 번씩 지방에 내려가 술자리에서 그 스트레스를 다 푸니까 아주 좋아하며 "방 사장, 이런 행사 일 년에 두 번만 더 합시다"라고 했다. 그는 전남일보 김남중 사장 소유의 광주호텔 바에 가면 피아노를 멋지게 쳤고, 왕년의 테너 출신답게 노래도 아주 잘 불렀다. 광주에 내려가면 명창 임방울 씨 조카가 운영하는 '춘원'이란 음식점에 자주 들렀다.

여름과 겨울에는 일선 장병들을 위문하러 다녔다. 내무반에 휴지가 없어 쩔쩔매는 것을 보고 각 신문사가 '일선에 휴지보내기 운동'을 전개했고, 휴전선 철책에 전등이 없어 고생하는 현장을 목격하고 군 수뇌부에 건의하여 전등을 가설하도록 했다.

시대를 함께 부대낀 신문 발행인들

박 대통령도 선배로 모신 매일신문 김영호 신부

신문협회 일을 오래 하면서 전국의 신문 발행인들과 가깝게 지낼 수 있었다. 대구의 매일신문 사장을 지낸 김영호 신부는 대쪽 같은 성품의 원칙주의자로, 인격적으로 훌륭한 분이었다. 일본강점기 때 받은 고문의 후유증으로 다리를 약간 절었고, 겨울이면 관절염으로 고생했다. 신문협회 이름으로 일 년에 한두 번씩 정부 시책에 호응하는 시국선언이나 공동결의문 같은 게 나왔는데, 김 신부는 회의 때마다 자신의 신념을 분명히 밝혔지만 일단 결정이 나면 이의를 제기하지 않았다. 다만 "내가 반대했다는 것만은 회의록에 남겨달라"는 점을 분명히 했다.

박정희 대통령도 김 신부를 고향선배로 깍듯이 모셨다. 일 년에 한

두 번 서울에서 신문협회 회의가 열리면 김 신부는 종종 술이 벌게진 얼굴로 나와서, 옆에 앉은 나에게 "오늘은 박 대통령과 술 한 잔 먹고 왔지"라고 했다.

김 신부가 젊었을 때 사냥을 즐겼다는 말을 듣고, 내가 경북 영천으로 사냥 갈 때 한 번 모시고 간 적도 있다. 대구 근처에 사냥 가서 꿩을 잡으면 꼭 김 신부께 보내드렸다. 늘그막에 골프에 재미를 붙여 안양CC에서 발행인들끼리 골프를 치면서 "아로나민 A"를 신나게 외치던 모습이 선하다.

호남 대표 놓고 김남중-박용상 경쟁 치열

신문협회에서 호남 언론계의 대표격은 남봉(南鳳) 김남중 전남일보 사장이었다. 일정 때 광주일보 기자 출신으로 자수성가해서 신문사에다 광주호텔, 전남방송, 로켓트건전지 회사 등을 경영했고, 나중에 국회의원도 지냈다. 정치적 역량이 대단한 분으로, 이 분이 만약 서울에서 신문사를 경영했다면 장기영 씨를 누르지 않았을까 싶었다. 글 잘 쓰고 술 좋아하고 남도소리 창도 잘하는, 한마디로 멋있고 재주 많은 한량이었다.

하나밖에 없는 지방지 몫의 신문협회 부회장 자리를 놓고 경쟁이 치열했다. 전북일보 박용상 사장은 동아일보 고문을 지낸 박권상 씨의 형님인데, 지역에서 영향력이 컸다. 한번은 내가 박용상 사장실에 들어갔는데, 천칠 화백의 영암 일출산 80호짜리 그림이 멋있어 "이

1983년 12월 한국신문협회 부회장으로 이사회 회의를 주재하고 있다.

그림 참 좋다"고 하니까 기꺼이 가져가라고 했다. 김남중, 박용상 두 사장은 신문협회 부회장 자리를 놓고 으르렁댔다. 인천일보 허흡 장로도 만만치 않았다. 하지만 김남중 사장이 끝까지 부회장 자리를 내놓지 않아 무려 28년 동안 그 자리를 고수하는 기록을 세웠다.

부산일보 최세경 사장, 경향신문 최치환 사장은 신문협회 이사를 했는데 두 분이 형님(방일영)과 경기중학 동창이라 내가 협회 일을 하는 데 협조를 많이 받았다. 국제신문 하종배 사장은 기자에서 출발해 사장까지 오른 분이다. 국제신문과 부산일보가 라이벌 관계여서 하 사장과 최세경 사장이 종종 갈등을 빚기도 했는데, 내가 중간에서 중재를 많이 했다. 국제신문은 1980년 언론통폐합 때 부산일보에 합병되고 말았는데 화병 때문인지 하 사장은 일찍 세상을 떠났다. 그의 아들인 하원이 조선일보에 들어와 스포츠조선 사장에 올랐다.

이병철, 딱 한 번의 술자리서도 먼저 일어나

동아일보 고재욱 사장은 학 같은 분으로 고매한 인격자였다. 술자리에서도 내가 깎듯이 대접했다. 그가 예기들의 장단에 맞춰 가사를 읊는 풍류는 멋들어졌다. 이병철 씨도 1967년부터 1970년까지 신문협회 이사를 했는데, 얼굴을 비친 적은 거의 없다. '대하'라는 요릿집에서 협회 임원진에게 술을 산 적이 한 번 있는데, 30분 정도 앉았다가 "대단히 죄송합니다. 일이 있어 먼저 나갑니다" 하고 자리를 떴다. 그러자 "술을 사겠다고 했으면 끝까지 자리를 지켜야지" 하며 남은 사람들끼리 뒷소리를 했던 기억이 난다.

1971년 오치성 내무장관 해임안(解任案)을 놓고 김성곤, 길재호, 백남억, 김진만 등 공화당 실세 네 명이 박 대통령의 지시를 무시하고 찬성표를 던지는 사건이 일어났다. 오 장관의 후견인으로 알려진 김종필 씨를 골탕 먹이기 위해 반란을 일으킨 것인데, 박 대통령의 진노를 사는 바람에 사인방이 중앙정보부에 끌려가 고문을 당하는 등 곤욕을 치렀다.

장태화 신문협회장은 원래 김종필 쪽 사람이었다. 그런데 그가 사석에서 "껌은 처음 씹을 때는 단데, 자꾸 씹을수록 쓰다. JP는 씹을수록 쓴 사람이다"고 말하는 걸 듣고 "이 사람이 김종필 씨하고 돌아서려는 건가" 하는 생각이 들었다. 결국 그는 사인방에 가담했다. 이 바람에 그는 서울신문 사장과 신문협회장에서 물러나게 되고, 후임에 신범식 씨가 임명됐다.

장 회장의 비서로 있던 박금자 양이 센스 있고 일을 똑 부러지게 잘 처리해 내가 "당신 그만두게 되면 박 비서는 날 주시오. 내가 데려다 쓰겠소"라고 했는데, 장 회장이 사임하면서 박 비서는 조선일보로 옮겨와 오늘날까지 40년 가까이 나를 가까이서 도와주고 있다.

2인자의 '동병상련', 홍진기

1969년 한국일보 김종규 사장이 이란 대사로 나가면서 신문협회 부회장 한 자리가 공석이 됐다. "신문사 간 과열경쟁을 막으려면 중앙일보 홍진기 사장을 부회장으로 앉히는 것이 상책"이라는 장태화 회장의 의견에 따라 내가 교섭(交涉)에 나서게 됐다. 홍 사장을 만난 자리에서 나는 솔직한 심경을 밝혔다.

"재벌이 TV까지 독점하고 막대한 자금을 동원해가면서 다른 신문사들을 깔아뭉개려고 하니 장사가 본업인지 신문이 본업인지 모르겠습니다. 홍 사장께서 나서서 이 어려운 상황을 극복하는 데 앞장서 주십시오."

홍진기 씨와는 1968년 정초에 김덕보(전 중앙일보, 동양방송 사장) 씨의 소개로 '대하'라는 요릿집에서 첫 인사를 나눴다. 3년이 넘는 옥중 생활을 마치고 '라디오서울' 사장으로 취임한 지 얼마 되지 않았을 때였다. 첫인상이 위엄과 격식을 차리는 엘리트 의식이 몹시 강한 사람이라는 느낌을 받아 그날은 대하기가 어려웠다.

그런데 사귀어볼수록 차가운 인상과 달리 다정다감한 분이었고, 때론 노심초사(勞心焦思)하는 외로운 분이기도 하였다. 그는 풍부한 법 이론과 냉철한 사고로 협회에 어려운 일이 생길 때마다 사태를 분석하고 결론을 유도하는 데 남다른 재능을 발휘했다.

그는 지갑을 갖고 다니지 않았다. 젊을 때부터 판사를 한 그에게 늘 옆에서 챙겨주는 비서가 있다 보니까 그런 버릇이 굳어진 것 같았다. 그는 지방을 다니다가 급하게 쓸 일이 있으면 내 돈을 빌렸는데, 서울로 돌아와서는 봉투에 꼭 빳빳한 새 돈으로 넣어서 돌려줬다. 귀족적인 사람이었다.

네덜란드 헤이그에서 열린 IPI 총회에 부부 동반으로 참석했을 때 일이다. 첫날 모임이 한 시간 이상 걸리는 딱딱하고 지루한 분위기라 나는 좀이 쑤셔 이리저리 몸을 꼬는데 내 바로 앞에 있던 홍진기 씨는 미동도 않고 꼿꼿하게 앉아 있었다. 나중에 집사람이 "당신, 홍 사장의 반만 닮아보라"고 핀잔을 주었다.

홍진기 씨는 술도 셌다. 자유당 시절 한일회담 대표로 유진오 씨 등과 동경에 갔을 때 일행 넷이서 하룻밤에 청주 스물다섯 병을 마시고도 끄떡없었단 이야기를 본인으로부터 들었다. 그는 아무리 거나하게 취해도 자세는 항상 꼿꼿했다. 발행인들 중에서 술이 세기로는 그가 으뜸이었을 것이다.

1980년 5월 신문협회 임원들과 함께 IPI 이스라엘 총회에 참석했는데, 광주사태가 벌어졌다. 나는 일행보다 먼저 귀국하기로 하고 비행기를 예약했다. 저녁 식사를 마치고 방에 앉아있는데 그가 찾아왔다. 이런저런 나라 걱정을 한 끝에 그가 내 손을 꼭 잡고 봉투 하나를 내밀었다.

"방 사장, 먼 길 돌아가야 하는데 무슨 일이 있을까 걱정이 되어 그럽니다. 여비에 보태 쓰십시오."

나는 그의 따뜻하고 고마운 정성에 가슴이 뭉클하였다. 나보다 열 살 연상인 그는 나를 동생처럼 아껴주었다. 홍진기 씨는 성품이 고고해 친구가 많지 않았다. 이에 반해 나는 장소나 상대를 가리지 않고 하고 싶은 말 솔직하게 떠벌리고 주책도 부리며 거리낌 없이 행동했는데, 이것이 그의 눈에는 부럽기도 하고 대견해보였을 것이다.

그와 나는 통하는 점도 있었다. 삼성이라는 거대한 조직 속에서 이병철 회장을 모시고 2인자 역할을 하자니 마음의 부담과 행동의 제약이 있었을 것이다. 나도 자유분방한 모습과는 달리 한편으론 형님을 모시고 층층시하 선배들 밑에서 신문사를 끌고 나가자니 조심스러운 점이 한두 가지가 아니었다.

홍진기 사장은 나에게 "다음번 발행인 대회는 어디서 하지? 어디 지방에서 하도록 하지" 하고 주문하기도 했다. 지방에서 회의를 마치고 주석에 앉으면 그는 그렇게 좋아할 수 없었다. 해방감을 만끽하는 듯했다.

그가 뒷골목 술집이나 포장마차를 찾았다면 그를 아는 사람은 곧이듣지 않을 것이다. 광주에서는 허름한 포장마차에서 김밥을 맛있게 먹었고, 부산 해운대 해변가에서는 전복 해삼을 안주 삼아 밤늦게까지 소주잔을 기울였다. 서울에서는 "신문사 사장 하려면 기자들이 드나드는 다동 골목도 구경해봐야 한다"며 억지로 낙지집 견학도 시켜드렸다.

그는 건강식에 대해서도 일가견이 있었다. 이따금 '알칼리성 이론'이란 독특한 건강 지론을 피력했는데 나도 그를 본떠 혈압에 좋다는 우엉뿌리를 아침마다 복용했다.

1972년 전주에서 회의를 마치고 돌아오는 차 안에서 그가 "방 사장, 신문사를 경영하려면 먼 장래에 대비해서 용지 공장이 있어야 하는데 현재 삼성에서 가동하고 있는 전주제지가 아직 흑자까지는 안 갔으나 머지않아 수지가 좋아질 테니 전주제지의 주를 사두는 것이 좋을 거요"라고 귀띔해 준 적이 있다. 그때는 무심코 흘려버렸으나 지금 생각하면 그의 선견지명이 대단했다는 것을 새삼 깨닫게 된다.

김종규 씨를 서울신문 사장에 추천

어느 날 김종필 총리가 내 방으로 찾아와 "서울신문 사장을 바꾸려고 하는데, 누가 좋겠느냐"고 물었다. 내가 "김종규가 무난하지 않겠냐"고 추천했다. 이란 대사로 나가 있던 김종규 씨가 1974년 서울신문 사장으로 임명돼 1980년까지 신문협회 회장을 지냈다.

1980년 7월 30일 협회 사무국에서 "긴급총회가 있으니 참석해달라"는 연락이 왔다. 안건도 모른 채 달려갔더니 사무국장이 "김종규 회장은 개인 사정으로 불참했으니 수석 부회장인 방 사장께서 사회를 대신 맡아주셔야겠다"고 했다. 안건은 '언론정화 자율건' 다시 말해 해직 기자에 대한 결의안이었다. 사회를 맡지 않을 수 없었다. 안

건은 만장일치로 가결됐다. 아마도 김종규 회장은 안건을 미리 알고 회의에 나오지 않았을 것이다. 긴급총회 연락을 받고 안건도 모르고 달려간 것이 나의 불찰이라면 불찰이었다.

1984년 조선일보 편집부장을 지낸 이우세 씨가 서울신문 사장이 되면서 신문협회 회장을 맡게 됐다. 나도 껄끄러웠지만, 그도 옛 상사를 부회장으로 모시려니 껄끄러울 거란 생각이 들었다. 신문협회에 나가 회장 선출되는 것까지 사회 봐주고 그날로 사표 낸 뒤, 유건호 부사장에게 발행인 자리를 넘겨줬다. 예전부터 발행인 자리를 편집국 출신에게 맡겨야겠다는 생각이 있었는데, 이우세 회장이 취임하면서 그 결심이 다소 앞당겨진 것이다.

연세대 동문 '돈우영' 입니다

낚시하는데 불러 올려 "동문회장 해라"

1981년 6월쯤이었다. 강원도 파로호로 낚시를 가 있는데, 경찰이 순찰차를 타고 와서 확성기로 "조선일보 사장 있느냐"고 외쳤다. 호수 가운데서 좌대 낚시 중이라 운전수를 내보냈더니 "본사에서 사장님을 찾는 긴급 연락이 화천경찰서로 왔다"는 것이었다. 부랴부랴 짐을 싸서 화천 시내로 나왔다. 공중전화로 비서실에 연락을 하니 회장(방일영)이 나를 찾는다고 했다. "신문사에 무슨 큰일이 났느냐"고 물었더니 그런 것은 아니라는 대답이었다.

큰일도 아니라면서 왜 급히 나를 찾을까 궁금해 하면서 서울에 올라오니 날이 어둑어둑했다. 회장실에 들어서니 김용우(전 국방부장관) 연세대 동문회장과 연세 동문인 김영관(전 해군참모총장) 씨가 있었다. 두 분은 느닷없이 나에게 "연세대 동문회장을 맡아달라"고 했다. 생각지도 않은 일이었다. 그래서 "갑자기 무슨 말이냐. 능력도 부족할뿐더러 신문사 일만으로도 벅차다. 왜 조용히 낚시하고 있는 사람을 불러들여 이 야단인가"라고 거부 의사를 분명히 밝혔다.

그런데 다음날부터 단과대 동문회장들이 돌아가며 찾아와 "방 사장을 총동문회장으로 추대하기로 중지를 모았으니 빨리 결심을 해달라"고 재촉했다. 어이가 없어 대꾸를 안했다. 형님이 "백낙준(전 연세대 총장) 박사가 직접 연락을 해왔으니 그분 얼굴을 생각해서라도 그만 수락하라"고 권하는데도 계속 버텼다.

며칠 뒤 백 박사로부터 "한번 보자"는 전화가 왔다. 찾아뵈었더니 "무조건 맡으라"고 명령하다시피 말씀하시는 것이었다. 전부터 백 박사가 사석에서 "연세대 나온 놈들 중에서 그래도 김우중하고 방우영이가 제일 낫다"고 했다는 소리를 몇 번 들은 적이 있었다. 나로서는 과분한 칭찬이었다. 그래도 동문회장을 맡기리라고는 생각도 하지 않았는데 백 박사가 직접 나서 종용을 하니 더 이상 피할 수가 없었다.

1981년 9월 제12대 동문회장에 취임하기 앞서 코리아나호텔 강당에서 임시총회가 열려 100여 명의 동문들이 나를 동문회장으로 추대한다는 결의를 했다. 이 자리에서 나는 동문들에게 다음 두 가지를 부탁했다. 첫째는 모교의 교훈대로 사랑과 봉사의 정신으로 학교가 잘 되도록 동문회가 적극 도와야 한다는 것이고, 둘째는 학교 일에 간섭하거나 청탁을 하는 일은 절대 없어야겠다는 것이었다. 동문회는 학교를 뒷바라지하는 단체지 압력단체가 아니라는 것이 나의 생각이었다.

동문회를 맡고 보니 사정이 말이 아니었다. 고려대는 종로에 동문회관을 갖고 2만 동문들이 1년에 1만 원씩 내는 회비를 바탕으로 동문회를 운영하고 있는데 비해, 연세대는 봉래동에 열 평짜리 사무실뿐이었고 조직이 유명무실(有名無實)했다.

"전두환 대통령도 5천만 원 냈는데"

우선 조직을 활성화하기 위해 상임부회장에 한국일보 김종규 사장과 초대학생회장을 지낸 정영훈(전 국회의원) 씨를 임명하고, 사무국장에는 아나운서 출신인 임택근 씨를 앉혔다. 또 각 단과대별로 모두 20명에 가까운 부회장을 대거 임명했다. 400~500부 찍고 있던 동문회보도 5천 부까지 늘려 찍기로 했다. 인쇄는 신문사 시설을 이용하면 됐지만, 종이 값이며 발송비만도 큰돈이 들었다. 나는 부회장, 사무국장과 함께 사업하는 동문들을 찾아다니며 후원을 호소했다. 처음에는 돈 달라는 말이 입에서 안 떨어져 애를 먹었지만 명분 있는 일인 만큼 차츰 익숙해졌다. 단과대 부회장들에게도 "감투 값 하라"고 떼를 쓰면 돈을 내놓았다. 이렇게 해서 동문회보가 본격적으로 발행되자 동문들의 관심이 높아지면서 동문회도 자리를 잡기 시작했다.

2년 임기를 마치고 1983년 13대 동문회장에 다시 뽑혔다. 마침 1985년이 연세 창립 100주년이었다. 이를 위해 100억 모금 운동을 대대적으로 벌이기로 하고, '연세창립100주년 기념사업후원회'를 만들어 내가 후원회장에 취임했다. 또 100주년이란 뜻을 담아 100명의 임원을 각계각층을 망라해 임명했다.

1983년에 전두환 대통령의 아들이 연세대에 입학했다. 누군가가 "좋은 기회다. 떼를 한번 써보자"고 했다. 그래서 내가 전 대통령 앞으로 편지를 썼다. "1985년이 연세 100주년인데, 마침 대통령의 아들이 연세대에 들어왔으니 동문으로서 얼마나 기쁜지 모르겠다"고 한 뒤 끄트머리에 "후원을 해주신다면 영광으로 생각하겠다"는 내용을 슬쩍 붙였다.

한 달 뒤 청와대에서 보좌관 편으로 금일봉을 보내왔다. 돈 천만 원이나 보냈을까 하고 봉투를 열어보니, 5천만 원이 들어 있었다. "크게 선전하지는 말아달라"는 대통령 뜻도 전해왔다.

이를 계기로 기부방명록을 만들어서 모금활동에 나섰다. 방명록 맨 앞장에는 '전두환 대통령 일금 5천만 원'이라고 크게 써놓았다. 기업체에 찾아가 이 방명록을 보여주며 "대통령이 5천 내놨으니 회장님은 그 열 배는 내셔야 하지 않겠냐"고 하면 대부분 선선히 내놓았다. 동문들 모임에도 여러 차례 나가 "'돈우영'이 또 나왔습니다. 어떻게 하겠습니까. 여러분이 한 푼 두 푼 모아주면 그게 모여 태산이 되지 않겠습니까"라고 호소했다.

연세인들의 십시일반(十匙一飯) 정성과 노력으로 2년 만에 100억 가까운 돈이 모아졌다. 동문회가 주축이 돼서 이런 큰돈을 마련한 것은 '세계적 쾌거'라며 다들 즐거워했다. 모금액에 재단 돈을 보태 1985년 100주년 기념사업을 성대하게 치르고, 1988년에는 100주년기

넘관을 완공할 수 있었다.

한숨을 돌리고 나서 이번에는 동문들의 뜻을 모아 백낙준 박사의 동상 제작에 착수했다. 그는 연희전문과 세브란스의전을 합쳐서 연세대를 세우고 초대총장을 지낸 분이다. 동문들은 동상 제작에 필요한 경비 1억 3천만 원을 5개월 만에 모아주는 단결력을 과시했다. 이어 숙원사업인 동문회관을 짓기로 하고, 학교에서 부지 5천 평을 받아 동문들의 노력으로 70여 억 원을 모금해 1993년에 동문회관을 준공할 수 있었다. 근사한 동문회관이 들어서자 각 대학마다 부러워하며 한동안 동문회관 짓기 모금 붐이 일어나기도 했다.

1996년 한총련 사태로 사회대 건물이 전소하는 사건이 일어났다. 정부 측 책임도 없지는 않아서 한승수 비서실장을 통해 김영삼 대통령한테 청원을 넣어 정부예산 70억 원을 지원받았다. 여기에 동문 모금액 50억 원을 보태 사회과학대학 건물을 새로 멋지게 지었다. 교내 노천극장을 새로 지으면서는 좌석 하나에 20만 원씩 기부금을 받고 기부자의 이름과 학번을 새겨주었는데 동문들의 호응이 좋았다.

빚 없고 청탁 없고 분규 없는 재단

얼떨결에 맡은 동문회장을 16년간 하다가 1997년 대우 김우중 회장을 설득해 넘겨주었다. 그러고 나니 이번에는 연세대 재단 일이 나에게 맡겨졌다. 연세대 재단은 열한 명의 이사 중 네 명이 기독교장로회, 예수장로회, 기독교감리회, 성공회 등 종교계 대표들로 구성돼 있는데, 이사장은 성공회 이천환 주교가 26년간 맡아오고 있었다. 동문회장은 당연직 재단 이사였지만 나는 재단 일에는 별 관심이 없었다. 그런데 동문들 사이에서 "이제 연세대 출신이 재단이사장을 맡을 때가 되지 않았냐"는 여론이 조성되면서 나에게 재단이사장을 맡으라는 권유가 있어 1997년 제14대 재단이사장에 취임하게 됐다.

재단이사장을 하면서도 압력단체가 되지 않겠다는 초심을 지키려고 노력했다. 인사권은 전적으로 총장에게 일임했다. 나에게 이런저런 부탁을 해오는 사람도 적지 않았지만 처음부터 딱 잘라 거절하니 나중에는 소문이 났는지 부탁하는 사람도 없어졌다.

재단이사장은 명예직이니까 봉사한다는 마음으로 일했다. 특히 역점을 둔 것은 재단이 빚을 지지 않게 하는 것이었다. 세브란스병원 건물을 새로 짓는 데 5년 동안 2600억 원이 들었다. 재단 소유의 서울역 앞 세브란스빌딩에서 임대수익으로 연간 100억 원이 재단으로 들어오고, 연세우유에서 100~150억, 동문회관 결혼식장 대여료 중 재단으로 들어오는 돈이 1년에 3~4억 된다. 이런저런 돈을 아끼고 모아서 1600억 원을 만들어 내놓으며 의대 교수들한테 "1년에 200억씩만 벌어주십시오. 그러면 빚 안지고 병원 지을 수 있습니다"고 당부했다.

이런 각오로 일을 한 덕분에 연세의료원을 새로 짓는 데 한 푼도 빚을 지지 않았다. 공과대, 신학대 건물들도 모두 빚 없이 지었다. 신문사 경영하면서 빚의 무서움을 절실히 깨달았기 때문에 재단 운영은 빚 없이 하려고 노력을 했다. 내가 세 번 연임을 하면서 2007년으로 만 10년간 재단이사장을 맡고 있지만 크게 지탄받은 일은 없다.

재단 분규로 골머리를 앓는 사립대학이 적지 않은데 연세대는 그런 일이 없다는 것을 나는 자랑스럽게 생각한다.

김대중 대통령의 대학자율권 약속 무산

대학 일을 해보면 우리나라는 학생 선발권을 비롯해 대학의 자율권이 너무 없다는 점을 쉽게 알 수 있다. 대학이 잘 돼야 나라도 발전할 수 있고, 대학의 앞날을 가장 걱정하는 것은 대학 자체이다. 대학의 질을 높이는 문제도 대학 스스로에 맡기는 것이 최선이라고 생각한다. 대학 간에 경쟁도 있어야 발전할 대학은 발전하고 사라질 대학은 사라지는 것이다. 정부가 이것저것 자꾸 규제하니까 대학이 획일화되고 하향 평준화되는 것이다.

김대중 대통령이 취임하기 전에 내가 연세대 재단이사장 자격으로 그를 만나 "대통령에 취임하면 입학권을 대학에 돌려주겠다"는 약속을 받아냈지만 실현되지 않았다. 나는 기여입학제도 도입해야 한다고 생각한다. 대부분 사립대학들이 재정의 70퍼센트 이상을 등록금에 의존하고 있는 상황에서, 별도의 기부금 없이 세계 100대 대학으로 도약하겠다는 것은 헛된 구호일 뿐이다.

그해 여름 중국으로 간 까닭은

'방우영 동무'에서 '방 선생님'으로

1992년 한국과 중국이 수교하기 전 나는 두 차례 중국을 방문했다. 1988년 첫 중국행은 변화하는 중국의 모습을 현장에서 확인하는 기회가 됐고, 1990년 두 번째 방문은 중국 최고지도자 등소평을 인터뷰하기 위한 것이었다. 등소평과의 인터뷰는 불발됐지만 당시 나의 중국행에는 정부 특사들이 동행해 한중수교(韓中修交)의 길을 모색한 걸로 알고 있다.

첫 중국 여행은 88서울올림픽 보도를 성공적으로 마치고 편집국장 직에서 물러난 안병훈 상무를 위로할 겸 윤주영 고문과 함께 떠났다. 북경, 상해, 소주를 들르는 코스였다. 그때만 해도 중국 분위기가 제약이 많고 경직돼 있을 때였다. 우리 일행보다 통역, 안내원 등 따라

붙는 인원이 더 많았다.

북경 도착 후 처음 소개받은 안내원은 인상이 거친 남자였다. 첫날 관광을 마치고 헤어질 때 내가 기념품으로 갖고 온 라이터를 그에게 선물로 주며 팁을 줄까말까 잠깐 망설였다. 사회주의 국가에서 팁을 주다 오히려 망신을 당하지 않을까 걱정도 됐다. 잠깐 불안한 마음이 들었지만 그와 악수할 때 20위안을 손에 슬쩍 끼워 넣었다. 그런데 웬걸, 이 안내원 손이 내 손에 척 달라붙는 게 아닌가. 이튿날부터 이 안내원 친구가 내 짐만 들어주고 열성적으로 나를 모셨다. "아, 공산주의도 별거 아니구나. 주면 다 좋아하는구나" 하는 생각이 들었다.

첫 공산권국가 여행이라 출발 전부터 신경이 많이 쓰였다. 그래서 현지인들에게 줄 기념선물로 당시 한참 유행하던 밴드시계와 여성용 스타킹, 조선일보 로고가 들어간 라이터 등을 들고 갔는데, 여자들이 밴드시계를 주면 그렇게 좋아했다. 그 중 통역요원으로 나온 조선족 미스 김은 나보고 꼬박꼬박 '방우영 동무'라고 불렀다. 그 소리가 거슬려서 내가 "그 동무 소리 좀 빼라"고 했더니 다음부터는 '방 선생님'이라고 했다. 미인에 아주 야무졌는데, 나중에 캐나다 대학교수한테 시집을 가서 서울 온 길에 조선일보사로 나를 찾아오기도 했다.

소주에 갔을 때는 조선족 청년이 안내원으로 나왔는데 영어도 잘하고 똑똑했다. 내가 "네 목표가 뭐냐"고 하니까 "미국 가는 겁니다"라고 했다. 그래서 헤어질 때 1천 달러를 몰래 쥐어주며 "이 돈으로 미국 가는 방법을 연구해보라"고 했는데, 나중에 정말 미국에 갔다는 소식을 들었다.

상해에 들렀을 때는 닉슨 대통령이 묵었다는 금강호텔에서 자고 아침식사를 하기 위해 1층 식당으로 내려가니까 치파오(옆이 찢어진 중국 전통옷)를 입은 미모의 여주인이 입구에 서서 우리 일행에게 정중히 인사를 했다. 그 순간 피아니스트가 조용필의 〈친구여〉를 연주했다. 안병훈 상무가 "사장이 오시니까 한국 가요를 연주하네요" 했다. 내가 "그럴 리가 있나. 내가 온 줄 어찌 알고" 하면서도 고맙다는 뜻으로 손을 흔들어주고 자리에 앉았다. 그런데, 여주인이 우리 쪽으로 다가오더니 "상해 시장이 방 사장께서 오신 걸 잘 알고 있습니다. 직접 인사를 드려야하나, 아직 수교 전이라 저에게 대신 잘 모시라고 했습니다. 그래서 저희가 한국 노래를 들려드렸습니다"라고 했다. 반갑기도 했지만 한편으론 중국 사람들이 무섭구나 하는 생각도 들었다. 일행에 합류했던 박승준 홍콩특파원이 피아니스트가 있는 단위로 올라가 50위안을 팁으로 주고 내려왔다. 내가 "그래도 되냐"고 걱정했지만 피아니스트도 주저 없이 돈을 받았다. 중국 사람들의 의식은 이미 자본주의 시장경제의 생활방식인 팁 문화를 아무런 거리낌 없이 받아들일 만큼 변해 있었다.

한중수교의 길을 닦은 두 번째 중국 여행

두 번째 중국 방문은 1990년 8월 27일부터 31일까지 4박5일 일정이었다. 나와 주돈식 편집국장, 박승준 홍콩특파원이 일본 동경을 거쳐 북경으로 향했다. 청와대 김종인 경제수석과 구본영 비서관이 동경에서 우리와 합류했다. 우리의 중국행은 박 특파원이 한국·중국·

홍콩을 오가며 벌인 막후(幕後) 비밀활동의 결과였다. 정식 외교 관계가 없던 한국과 중국 정부 간에 밀사 역할을 했던 박 특파원의 이야기를 들어보면 한 편의 첩보영화를 보는 듯하다.

1990년 7월 하순 홍콩의 박 특파원은 '짜이'라는 한 중국 노인의 전화를 받는다. 박 특파원이 부임 전 『평전 등소평』을 썼는데 등소평의 장남인 등박방이 이 책에 대한 보고를 받고 박 특파원을 만나고 싶어한다는 것이었다. 박 특파원은 마카오에서 짜이와 만난 뒤 그의 안내로 북경에 들어가 등박방을 면담했다. 그리고 등박방의 비서 유소성을 통해 "등소평과 양상곤이 북대하(중국 고위층의 휴양지)에서 한국 대통령의 특사를 만나고 싶어한다. 8월 15일부터 18일 사이면 좋겠다. 일정이 정해지면 오는 시간을 알려달라"는 메시지를 받는다. 등소평은 전해인 1989년 천안문사태 이후 일체의 공직을 내놓았지만 수렴청정을 계속하는 최고실력자였고, 양상곤은 중국 국가주석이었다. 문화혁명 때 추락사고로 반신불수가 된 등박방은 중국장애인협회 회장으로, 아버지의 총애를 받고 있었다.

박 특파원은 곧바로 국내로 들어와 회사에 이 사실을 보고했고 청와대에도 알렸다. 노태우 대통령의 적극적인 의사를 확인한 박 특파원은 다시 극비리에 한 달간 중국을 오가며 구체적인 방문 일정을 잡았다. 그렇게 해서 조선일보는 사장인 내가 등소평을 인터뷰하는 걸로 하고, 정부 특사단은 비밀 수교협상을 하기 위해 중국행에 오른 것이다. 세상 이목을 피하기 위해 조선일보팀과 청와대팀은 따로 서울을 출발해 동경에서 만나 8월 27일 북경에 도착했다. 대표팀의 명칭은 중국 측 요구대로 '제9회 아시아태평양 장애인협회 국제회의 한국대표단'으로 위장했다.

우리 일행은 국가 귀빈 대접을 받았다. 외국 국가원수들이 머무는 조어대가 우리의 숙소로 제공됐다. 조어대는 시내에 있으면서도 높은 담으로 둘러쳐져 있고 경내가 넓어 다른 세상에 온 것처럼 적막했다. 우리 일행을 태운 차량이 잘 가꿔진 정원을 지나 2층짜리 건물 앞에 멈추자 경호원 수십 명이 우리를 호위했다.

우리는 조어대의 8호루에 묵었다. 1층은 특사팀, 2층은 조선일보 팀이 썼는데, 방 하나가 어찌나 넓고 천장은 또 어찌나 높은지 침대 하나에 열 명이 누워도 남을 정도였다.

도착 이튿날 중국 측에서 "먼 길 오셨으니 만리장성이나 구경하시라"고 했다. 이게 중국 측 협상 스타일인가 싶었다. 1971년 키신저 미국 국무장관이 비밀리에 중국을 방문해 주은래와 면담할 때도 '만리장성이나 구경하시라'며 시간을 끌었다고 하지 않는가. 일각(一刻)을 다투며 방문한 사람을 초조하게 만드는 기술이다.

등소평 아들과 개고기 '향육'으로 만찬

만리장성을 보고 난 뒤 내가 혁명역사박물관을 구경하고 싶다고 하니까 그렇게 해줬다. 이때부터 특사팀은 우리와 행동을 달리하며 중국과 비밀협상을 벌이는 것 같았다. 그날 저녁에는 등박방이 인민대회의장 안에 있는 안휘청이란 곳에서 우리에게 만찬을 대접했다. 산해진미가 다 나왔다. 메뉴 중에 '향육(香肉)'이라는 게 있었는데, 맛을 보니 개고기 같았다. 내가 등박방에게 "이게 개고기가 맞습니까?"라고 물으니까 그는 "맞습니다"면서 "나는 사천 사람이라 향육을 좋아합니다. 사천 사람은 향육을 먹을 줄도 만들 줄도 알아야 합니다"고 했다. 등박방은 막후 실력자답게 말과 행동이 당당해 보였다.

예정됐던 등소평과의 인터뷰는 성사되지 않았다. 당시 등소평은 북동쪽 휴양지 북대하에서 요양 중이었는데, 곧 돌아올 것 같다고 계속 연락이 와서 예정보다 이틀을 더 조어대에 머물렀지만 끝내 오지 않았다. 그를 기다리며 팔짱을 끼고 창밖을 하염없이 바라보는데 우거진 나무들 사이로 매미들이 참 시끄럽게도 울던 기억이 난다.

약속과 달리 등소평이 나타나지 않은 이유는 정확히 모르겠다. 천안문사태 이후 외교적 고립 위기에 처한 중국이 한국과의 관계 증진을 통해 돌파구를 마련해 볼 생각으로 등소평의 조선일보 인터뷰와 수교협상을 시도했으나 북한의 반발 때문에 한 걸음 물러난 것 아닌가 짐작할 뿐이다. 당시 상황을 누구보다 잘 아는 박 특파원이 책을 낼 것이라고 하니 자세한 내막이 공개될 것으로 생각한다. 등소평과의 인터뷰는 성사되지 못했지만 이때의 한중 간 비밀접촉은 이듬해 대한무역진흥공사(KOTRA)의 중국 진출, 그리고 1992년의 양국 수교로 이어졌다고 믿는다. 우리가 돌아온 후 노태우 대통령은 나에게 전화를 걸어 조선일보의 노고에 감사를 표했다.

내 인생의 여백

술을 마시느니 골프를 쳐라

나의 취미는 골프와 낚시, 그리고 사냥이다. 이 셋의 공통점은 각박한 도시 생활에서 벗어나 자연과 벗하며 즐길 수 있다는 것이다. 나는 일생 골프와 낚시, 그리고 사냥을 통해 많은 것을 얻었다. 지친 몸과 마음을 재충전했고, 건강을 지켰으며, 자연을 두려워할 줄 아는 겸손함을 배웠다.

내가 골프를 처음 배운 것은 자유당 정권 때 재무부 출입기자를 하면서다. 한국일보 신영수 기자와 함께 배우기 시작했다. 대한골프협회장을 지낸 허정구 전 삼양통상 명예회장이 삼성물산 부사장이었는데, 골프채 메고 자주 홍콩에 가곤 했다. 허 회장이 나에게 "이제 술 좀 작작 마시고 골프를 치라"고 권유했다. 일찍 시작한 셈이

'두꺼비' 안의섭 화백이 1968년 '한국의 인물 50인전'에 출품한 그림. 나를 나폴레옹에 빗대 묘사했다.

다. 재무부 출입하며 안면이 넓으니까 은행 사람들하고 매주 골프 하러 나갔다.

그러다가 신문사 경영을 맡으면서 본격적으로 골프를 치기 시작했다. 1967년쯤부터 혁명주체 세력들 사이에서 골프 붐이 일기 시작했다. 서울CC가 원당으로 옮기기 전 아직 광나루에 있을 때였다. 얼마 후 신문사 사장들도 하나둘씩 골프를 치기 시작했다.

1970년대 초만 해도 교통체증이 없어 광화문에서 불광동 너머 서울CC에 가는데 20분이 채 안 걸렸다. 1967년에 여기 회원권이 25만 원이었다. 한참 골프에 미쳤을 때는 평일 낮에도 골프장으로 달려가곤 했다. 18홀 돌고 회사에 돌아와도 마감 전이었다.

1967년 최영정 체육부장에게 "이제 골프기사도 다뤄보는 게 어떠냐"고 권유했다. 다들 골프를 사치성 운동이라며 백안시할 때였다. "지금은 수도권에 골프장이 서너 군데뿐이지만 국민소득 올라가면 골프장 늘고 골퍼 인구도 기하급수적으로 늘게 마련이다. 앞서가야 한다"는 게 내 생각이었다. 이것이 계기가 되어 최영정 부장은 한국 최초의 골프칼럼니스트로 활약하게 됐다.

조선일보에서 한국오픈골프선수권대회를 주최하려고도 했다. 스폰서까지 구했지만 신문사 내부에서 반대가 심해 뜻을 접었다. 대신 1990년대 들어와 송형목 광고국장 때 신문사로는 처음으로 광고주 초청 골프대회를 여는 걸로 만족해야 했다. 조선일보 안에 골프 반대하는 사람이 많았다. 최석채 주필이 특히 골프 반대하는 사설을 많이 썼다. 내가 일단 한번 쳐보라고 권하면 "국민소득 500달러도 안 되는 나라가 무슨 골프냐"고 했다. 그런 최 주필이 나중에 골프에 재미를 붙여 아주 푹 빠졌는데 "이제 국민소득 500달러 넘었으니 쳐도 된다"는 것이었다. 두꺼비 안의섭 화백도 툭하면 골프 비판하는 만평을 그렸는데 나중에는 골프 마니아가 됐다.

내가 젊을 때부터 골프를 좋아했고 그 덕에 각계각층의 사람들과 어울리다 1992년 서울CC 이사장을 맡게 됐다. 또 그게 인연이 돼서 골프협회 회장을 8년간 지냈다. 골프협회장 시절 국가대표를 육성한 것이 보람으로 기억된다. 박지원 문화관광부 장관에게 이야기해서 20억 원을 받아내 이 돈에 다른 돈을 보태 60억 원으로 국가대표 육성기금을 조성했다. 그 돈으로 국가대표 선수들을 키워왔는데, 박세리나 김미현도 이때 씨앗이 뿌려진 셈이다.

내가 골프장 지어보려고 나선 적도 있다. 중앙대 이사장을 할 때인

1980년대 초에 경기도 안성에 캠퍼스를 짓기 위해 15만 평을 평당 500원에 샀다. 대학 캠퍼스가 들어선다니까 안성 사람들이 적극적으로 도와줬다. 그래서 중앙대 안성캠퍼스가 만들어졌다. 그때 내가 사돈지간인 태평양화학 서성환 회장과 함께 골프장 지을 땅도 좀 샀다. 그런데 태평양화학이 몇 번 세무사찰을 받더니 서 회장이 투자를 회수하고 싶다고 해 없던 일로 했다. 땅 사고 골프장 설계까지 마쳤는데 무산됐다. 그대로 추진했으면 훌륭한 골프장이 됐을 텐데 안타까웠다.

싱글의 벽 못 넘어

골프는 "친구 넷이 첫 홀을 시작했다가 원수 넷이 18홀을 마치는 것"이라는 우스갯소리가 있다. 매너만 잘 지킨다면 골프만큼 교제에 유용한 스포츠도 흔치 않다. 그래서 지연, 학연, 혈연 외에 '골연'도 있다는 것 아닌가.

나도 일찍부터 골프를 가까이 하며 수많은 사람들과 라운딩할 기회를 가졌고, 이것이 신문 경영에도 많은 도움이 됐다. 그래서 힘이 들어도 골프 약속만은 꼭 지키려고 노력했다. 술은 비위에 안 맞는 사람과는 먹지 않았지만, 골프는 사람을 가리지 않았다. 정부 인사들과 라운딩하면서 다양한 정보를 들을 수 있었고, 상대방의 개성, 매너, 성격까지 짐작할 수 있었다.

사회 저명인사 중에도 골프 매너는 너절한 사람이 많다. 가장 치사

1996년 10월 한양CC에서 개막한 조선일보-LG패션 공동주최 '한국여자오픈골프선수권 대회'에서 대한골프협회장인 내가 시타를 한 뒤 박세리 선수와 함께 라운딩을 했다. 대한골프협회 부회장인 윤세영 SBS 회장(왼쪽), 신흥순 LG패션 사장(오른쪽)이 함께 했다.

한 사람이 자기가 못치고는 캐디한테 화내는 인사다. 열 명 중 대개 절반은 그렇다. 점수 속이는 사람도 부지기수다. 남이 공을 치려고 하는 순간 "에헴" 하고 기침을 해서 호흡을 흐트러뜨려 놓는 사람도 있다. 내가 입이 험해서 이런 사람들을 보면 그냥 넘어가지를 못한다.

　나이가 들면 골프 치는 것도 외로워진다. 네 명을 모으기가 쉽지 않다. 공화당 의장을 지낸 윤치영 씨가 87세가 넘어 서울CC에 혼자 나와 골프를 치곤했다. 사람들이 "선생님. 어떻게 혼자 나와 치십니까" 하면 그가 "이봐, 다 죽었잖아"라고 일갈했다. 위트 속에 비애가 담긴 말이었다.

　나도 어…하고 있다 토요일이 되면 사람 맞추기가 힘이 든다. 나의 오랜 골프 친구로는 김봉균 반도에어 에이전시 회장, 이준용 대림산업 명예회장, 남상수 남영L&F 명예회장, 윤세영 SBS 회장 등이 있다. 필드에 못나가는 비오는 일요일엔 시내 골프가게를 여기저기 둘러보는 게 낙이다. 이런저런 골프채 만져보며 다음에 이 채로 바꾸면 스코어가 좀 나아질까 하는 희망을 가져보는 것이다.

골프는 하나부터 열까지 버릴 게 없는 운동이다. 아침에 일어나 골프채 100번만 휘두르면 다른 운동이 필요가 없다고 한다. 허리, 하체, 어깨 운동이 되고 몸이 유연해진다. 골프는 내 인생의 훌륭한 반려가 돼 건강에도 도움을 주었고, 여러 사람들과 어울리면서 내 안목도 페어웨이처럼 넓혀주었다. 기회만 있으면 젊은 사람들에게 "여유가 있으면 골프를 쳐라. 여유가 없으면 여유를 만들라"고 말해왔다.

나는 사원들한테도 "컴컴한 술집 가서 술 마시는 대신 골프장 나가서 사람도 사귀고 정보도 얻어라"고 했다. 신문기자가 정보를 얻기 위해서는 기업인이고 관료고 자꾸 접촉해야 한다. 기업체 친구들한테서 골프채 하나씩을 얻어 사원들에게 나눠주기도 했다. 목사균 국장과 안의섭 화백도 이때 골프채 하나씩 얻었고, 최석채 주필에게는 제일제당 유희춘 상무한테 맥그리거 한 세트를 얻어 전했다. 내가 독려한 때문인지 우리 회사 간부들이 일찍부터 골프를 쳤다. 김용태·최병렬 국장도 일찍 시작했고 사내에 숨은 싱글들이 많았다. 이승호 사업국장이 알아주는 고수였는데 김용원 국장은 그를 골프 선생으로 모셔 1년 만에 싱글이 됐다.

조그만 공 하나를 조그만 구멍에 넣는 운동인 골프에서 나는 철학적인 의미까지 느끼곤 한다. 공이 똑바로 나가기도 하고, 때론 러프에 빠지기도 하고, 또 거기서 빠져나오는 과정이 모두 우리네 인생과 비슷하다. 골프는 자기와의 투쟁이다. 세계의 거부 록펠러가 65세에 골프에 입문, 고향 스코틀랜드에 9홀 골프장을 건설해놓고 새벽부터 해질녘까지 프로골퍼에게 레슨을 받았지만, 84세에 눈을 감으면서 "핸디 26에 죽습니다"라고 했다는 이야기도 있지 않은가. 모든 걸 뜻대로 했지만 골프만은 마음대로 못했다는 뜻일 게다.

내가 골프를 제일 잘 친 게 83타였다. 싱글은 못해봤다. 최고 장타 기록은 230야드이다. 내가 키는 작지만 힘이 좀 있으니까 거리는 꽤 나간 편이었다. 연습도 많이 하고 배우기도 많이 배웠다.

골프는 자기 연마의 과정이다. 골프는 거짓말을 안 한다. 조심 안 하면 에러 나오게 돼 있다. 조그만 공 하나와 막대기 하나가 무한한 세상의 이치를 가르쳐준다. 골프 칠 때 핑계거리가 120가지라고 한다. "오늘은 피곤해서" "오른손이 잘 안돼서" 어쩌고저쩌고 하다가 마지막 핑계가 "오늘은 내가 왜 이러지"라고 한다.

대통령들의 골프

박정희 대통령은 종종 서울CC에 나왔다. 그곳이 경호하기에 좋은 곳이라고 한다. 대통령이 골프장에 나올 때면 경호 상 앞뒤 한 팀씩을 비워놓았다가 특별한 팀을 배정했는데, 내가 주로 뒤의 팀에 배정됐다. 한번은 이런 해프닝이 있었다.

서울CC 코스는 6번 홀이 양쪽으로 갈라지면서 7번 홀과 맞붙게 설계돼 있다. 그날도 우리 팀이 박 대통령 뒤에 배정됐는데, 6번 홀에서 내가 친 공이 그만 생크가 났다. 공교롭게도 그 공이 7번 홀 쪽으로 날아가더니 티오프하려고 포즈를 취하고 있던 박 대통령 앞으로 휙 지나갔다. 경호실 직원들이 달려오고 난리가 났다. 내가 박 대통령 쪽을 향해 손을 번쩍 들고 "죄송합니다. 방우영입니다" 하고 외치니까 박 대통령이 괜찮다는 신호를 보내왔다. 그러자 경호실 직원들도 그냥 돌아갔다.

부산일보 황용주 사장은 박 대통령과 대구사범 동기로, 주필 때 부산 군수사령관이던 박정희와 혁명을 논의한 사이로 알려져 있다. 5·16 후 MBC 사장이 됐는데 《세대》지에 통일론을 쓴 것이 반공법에 걸려 옥고를 치르게 됐다. 이에 대해서는 여러 말이 있었는데 그가 김형욱 정보부장의 제거 작업에 앞장을 서다 보복을 당했다는 이야기도 있었다. 그가 석방된 뒤 위로차 서울CC에 골프 초대를 했다. 막 티오프를 하려는데 느닷없이 박 대통령이 필드에 나타나 우리 앞으로 지나가게 됐다. 박 대통령이 반갑다는 듯이 "용주야, 요새 어떻게 지내나" 하고 물었다. 황 사장은 서슴없이 "뭐 하는 것 있나. 공하고 씨름이나 하지" 하고 반말투로 대답했다. 그러자 박 대통령은 "나중에 보세" 하며 공을 치고 지나갔다. 아무리 친구지만 대통령에게 반말을 하는 모습을 보며 아슬아슬한 심정이었다.

김영삼 대통령은 재임 중에 공무원들의 골프 금지령을 내렸다. 내가 서울CC의 이사장으로 있을 때였는데, 주위에서 나보고 대통령한테 이야기해서 골프 금지령을 좀 풀어달라고 졸라댔다. 내가 김영삼 대통령한테 세 번을 이야기 했다. 그때마다 김 대통령은 내 손을 잡

고 "방 회장, 그 이야기는 나중에 합시다" 하며 끝내 들어주지 않았
다. 고집이 대단했다. 김영삼 대통령 시절 공무원들은 필드 대신 산
으로 올라가야 했다.

노태우 대통령에게는 공무원들을 위한 골프장을 건설하는 것이 어
떻겠냐고 건의했다. 공무원들에게 골프를 하지 말라고 할 것이 아니
라 거꾸로 공무원들을 위한 골프장을 만들면 공무원들이 접대 골프
를 받지 않아도 되고 공무원 사회가 더 깨끗해질 수 있다고 생각해서
였다. 김포 가는 쪽 한강 고수부지에 낚시터가 있다. 신문사 낚시대
회도 그곳에서 연 적이 있었다. 면적이 상당히 넓었는데, 땅을 고를 필
요도 없이 잔디 씨만 뿌리면 골프장이 되니까 거기다 골프장 하나 만
들자고 건의했다. 노 대통령이 처음엔 한다고 했다. 내가 청와대 면
담 마치고 나오면서 비서실장 보고 "대통령 모시고 헬리콥터 타고
거기 한번 둘러보면 내 건의를 받아들일 것"이라는 이야기도 했다.
하지만 결국 안 됐다. 내가 골프를 좋아하고 그래서 골프장 이사장에
다 골프협회 회장까지 맡다 보니 골프 대중화와 발전을 위해 나름대
로 애를 쓰지 않을 수 없었다.

전두환 대통령하고는 여러 번 골프를 쳤다. 그의 골프 실력은 수준
급이다. 힘이 좋아 비거리가 220, 230야드씩 나가고 자세도 좋고 연
습도 많이 한다. 골프장에서 인기도 좋다. 부부 동반으로 필드에 나
가 일행 중 누군가 버디를 하면 2만 원씩 걷는데 자기부터 주머니에
서 꺼낸다. 여자팀까지 합하면 버디 한 번에 16만 원씩 걷힌다. 그걸
캐디 팁으로 준다. 부담 없는 돈이니까 캐디들도 즐겁게 받는다. 분
위기를 만들고 주위 사람을 즐겁게 해주는 재주가 있는 사람이다.

한 유명 정치인은 골프 매너가 좀 구질구질했다. 폼도 엉성한데다 치면서 군소리가 많았다. 공이 잘 안 맞으면 이런저런 핑계도 많았다. 그의 정치 역정도 물러날 때 깨끗하게 물러나지 못하고 구차스러웠다.

정주영 회장은 골프 치는 모습이 덤덤하고 당당했다. 몸집이 크고, 큰 기업을 하는 사람이라 동작이 호탕할 줄 짐작하지만 의외로 치밀하게 쳤다. '주판 놓는 사람이라 역시 다른가' 하는 생각이 들었다.

삼성 이병철 회장은 늘그막에 안양CC 가꾸는 걸로 소일했다. 일주일에 두 번 골프장에 나가서 나무를 가꾸었다. 좋다는 나무는 다 갖다 심어놓고 이리저리 옮겨 심었다. 그의 정성이 골프장 구석구석에 배었다. 이 회장이 큰 수술을 하고도 10년을 더 산 게 골프 덕분이 아닌가 싶다. 그가 눈을 감을 때 골프장을 가장 아까워했다는 이야기도 있었다. 안양CC에 가보면 노는 빈 공간이 없다. 조그만 공간만 생기면 이 회장이 유기농 작물이나 유실수를 심었다. 수확 철이 되면 이 회장이 밤을 나에게 보내주면서 '이번엔 수확이 별로 좋지 못해 조금 보내니 음미해주십시오'라는 편지를 곁들여 보냈다. 나뿐만 아니라 여러 사람들에게 보냈을 것이다. 큰 일을 하면서도 그렇게 자상한 데가 있는 분이었다.

낚시 예찬

어릴 적 붕어찌개의 추억

어릴 적 정주에 살 때 여름철이면 아버지를 따라 집에서 10리 쯤 떨어진 달천강 지류에서 고기를 잡았다. 반나절 낚시를 하고나면 바구니가 그득했다. 해가 서산에 기울 때쯤 바구니를 메고 집으로 돌아오면 된장 고추장을 풀어 찌개를 끓였다. 그 냄새가 그렇게 구수할 수가 없었다. 뒷마당에 큰 상을 펴놓고 식구들끼리 둘러앉아 붕어찌개를 먹고 있으면 해가 뉘엿뉘엿 기울어 어느새 주위가 어두워져 있곤 했다.

중학교 때는 방학마다 수원의 방농장에 내려가 저수지 낚시를 즐겼다. 뽕나무 대에다 명주실 꼰 것에 납덩어리를 붙여 바늘을 달고, 수수나무를 잘라 찌를 만들었다. 어설픈 낚싯대였지만, 제법 손바닥 넘는 고기도 많이 낚았다.

어릴 적 추억으로 남아있던 낚시를 본격적으로 즐기기 시작한 것은 재무부 출입기자를 하면서다. 토요일만 되면 이열모 이재국장, 동화통신 서기원 기자 등과 어울려 비포장도로를 네 시간 달려 강화도로 낚시하러 갔다. 지프차 한 대에 다섯 명이 타고, 낚시도구를 가득 실어 쪼그려 앉아 가면서도 즐거웠다. 강화도 내가지, 물왕리 저수지 모두 '물 반 고기 반'이라 일곱 치 이하는 잡아도 풀어줬는데도 바구니가 그득그득 했다. 낚시터에서는 최영해 정음사 사장을 자주 만났다. 그는 한글학자 최현배의 아들로 일본강점기에 조선일보 기자를 지냈다. 내가 일찍 서울을 떠나는 날 전화를 하면 "내 자리 좋은 데로 잡아놓고 깻묵 좀 뿌려달라"고 부탁하곤 했다.

1950년대 후반부터 나일론 낚싯줄이 본격적으로 나오기 시작했다. 그 전에는 대나무를 말려서 두 칸 반짜리 낚싯대를 만들었는데, 어찌나 무거운지 낚시 한번 다녀오면 손가락에 혹이 생길 정도였다. 나일론 줄이 나오면서 낚싯대도 가벼워지고 낚시도구가 발전하기 시작했다. 그 무렵 일제 '동작(東作)' 낚싯대가 유명해서 그거 하나 가져보는 게 낚시꾼들의 꿈이었는데, 내가 낚시 좋아하는 것을 알고 김봉은 한국은행 영업부장이 선물을 했다. 낚시가기 며칠 전부터 재봉 기름으로 낚싯대를 닦으며 가슴 설렜는데, 드디어 출발 당일 무교동 회빈장 앞에 차를 세워놓고 잠시 순댓국을 먹고 나오니 차 뒤에 실어놨던 낚싯대가 온데간데없이 사라져버렸다. 어찌나 아깝고 분하던지 며칠을 씩씩댔다.

5·16이 나고 얼마 안 있어 이열모·양흥모 논설위원과 함께 일리수로에 밤낚시를 하러 갔다. 라디오를 듣고 있는데 '오늘밤 12시를 기해 통화개혁을 단행한다'는 뉴스가 나왔다. 이 위원이 "돈 있는 거

다 내놓으라"고 하더니 마을로 내려가서 술과 담배, 쌀을 사 왔다. "내일부터 5천 환을 10대 1로 교환한다니 현물로 바꿔왔다"는 것이다. 재무부 이재국장 출신다운 재빠른 계산이었다.

이운길 아카데미극장 총무부장도 알아주는 낚시광이었다. 그는 나중에 종로에 '길청포'라는 유명한 낚시가게를 냈다. 하루는 그가 "사장님, 안골이라는 데 가봅시다. 고기가 어찌나 많은지 줄만 대면 핑핑 피아노 소리가 난답니다"라고 했다. 경기도와 충청도 경계쯤에 있는 안골은 첩첩 두메산골에다 비만 오면 차가 꼼짝을 못했다. 그런데 정말 붕어가 많았다. 낚싯대를 넣고만 있으면 고기가 알아서 물었다. 주변 경치도 좋아 10년을 내리 다니게 되었다. 우리가 가면 세 끼 밥을 잘해주는 동네 아주머니가 한 분 있었는데 열 살 남짓 된 막내딸이 주전자 들고 왔다갔다하며 심부름을 잘했다. 그 아이를 우리 집에 데리고 와서 20년 가까이 함께 살다 시집을 보냈다.

1990년대 들면서 환경이 오염되고 수자원이 고갈되면서 안골저수지도 예전 같지 않게 됐다. 온양온천 가는 길에 한번 들렀더니 낚시터로서의 명성은 사라졌지만, 그때 그 아주머니의 막내아들이 저수지를 관리하면서 근처에 가게도 내고 집도 크게 짓고 잘 살고 있어 세월이 흐르고 세상이 달라졌음을 실감했다.

낚시터에 텐트 치면 그곳이 '낙원'

낚시의 또 다른 즐거움은 야영(野營)이다. 초기에는 미8군에서 나오는 야전용 텐트에 지푸라기를 깔고 그 안에 쪼그리고 자면서 낚시를 했다. 낚시에 빠지면 추운 것 더운 것도 몰랐다. 여름이면 밤새 모기가 물어뜯고 하루살이가 눈과 귀 속으로 마구 들어왔지만 개의치 않았다. 야영을 위해 가져간 군용 시레이션 박스에는 초콜릿, 비스킷, 쇠고기 통조림, 베이컨 등등 별별 것이 다 들어 있다. 끓이고 볶으면 대여섯 명의 세 끼 식사가 훌륭하게 해결됐다. 야채는 현지조달이었다. 갓 뽑아 올린 무, 파가 싱싱했다. 봄나물을 캐와 조물조물 무쳐 내면 봄 내음이 향긋했고, 가을에 해콩을 한 움큼 넣어 밥을 지으면 윤기가 자르르 흘렀다.

비가 오면 오는 대로 다른 맛이 있다. 천막을 칠 때는 물이 넘칠 때를 생각해 둘레에 구덩이를 파고, 뱀이 못 들어오게 백반도 뿌린다. 천막 때리는 빗소리를 듣고 있으면 마음이 차분해지고 맑아진다. 빗소리 들으며 밤중에 라면 끓여 계란 몇 개 풀어 넣고 찬밥 말아먹는 맛은 또 어떤가. 낮에 장맛비라도 쏟아지면 천막 안에 모여 앉아 두런두런 이야기를 나누거나, 갖고 간 책을 들여다보며 뒹굴어도 좋았다.

어느 해인가, 강원도 양구에서 천막을 치고 야영을 하는데 밤새 내린 비로 새벽에 홍수가 났다. 목이 근질근질해 눈을 떠보니 지렁이가 온몸에 기어다녔다. 물이 차올라 취사도구가 둥둥 떠다니고 있고, 천막은 온데간데없었다. 주위가 깜깜해 어디로 뛰어야 할지도 몰랐다. 다행히 일행이 모두 수영을 할 줄 알아 발을 더듬더듬 해가면서 얕은 곳으로 움직여 목숨을 건졌다.

세계 최대 낚싯바늘로 200킬로그램 '거물'과 사투

내가 40년 넘게 낚시를 다녔지만, 크게 재미를 본 적은 많지 않다. 고기를 잘 잡으려면 기술도 있어야 하지만 일진이 좋아야 한다. 고기가 안 물어주는 데는 잡아 올릴 재간이 없다. 날씨도 도와줘야 한다. 붕어는 일기에 민감하다. 유난히 잘 잡히는 자리가 있어 다음날 다시 가면 한 마리도 없을 때가 많다. 붕어는 또 소리에도 예민하다. '봄 붕어 잡을 때는 괭이같이(소리 없이) 걸으라'는 말도 있다.

나의 첫 월척기록은 1950년대 말 진천에 있는 처평저수지에서다. 그날 오후 한차례 태풍이 지나가고 저녁 무렵 저수지에 도착했다. 먼저 앉았던 사람이 중척 정도를 잡고 나서 철수하며 "여기서 꾸준히 담가보세요. 오늘 저녁에 꼭 성공하실 겁니다"라고 했다. 낚시꾼들이 과장은 좀 해도 거짓말은 안 한다. 또한 세상에 낚시꾼처럼 친절한 사람도 없어 같은 꾼들끼리 뭐든 도움을 주려고 애쓴다. 그 자리에 앉아서 한 시간 만에 10분 간격으로 35센티, 36센티 되는 수놈, 암놈을 잡아올렸다. 평택으로 갖고 나오니 일대가 떠들썩했다. 서울로 갖고 와 어탁을 해서 지금도 보관하고 있다.

바다낚시를 시작한 것은 1968년이었다. 명동에 있는 낚시점에 갔더니 커다란 돔을 잡은 청년의 사진이 걸려있었다. 송점달이라는 청년을 소개받아 지인과 함께 제주도로 첫 바다낚시를 갔다. 그런데 낚시 도구는 붕어낚싯대였다. 고기가 물면 윙 하고 줄이 휘어졌다가 툭 하고 끊어져버렸다.

오기가 나서 서울 올라와 바다낚시에 관한 책을 구해 읽고 일본서도 책을 구해다가 기본부터 익혀나갔다. 우리나라에 바다낚시가 생소할 때였다. 붕어낚시는 아무나 갔지만 바다낚시는 아무도 못 갔다. 일본가는 길에 바다낚시 장비들도 사 모았다.

1970년 6월 제주도에서 다금바리를 건져올리는 개가를 올렸다. 걸렸다 싶었는데, 어찌나 힘이 센지 아무리 힘을 써도 안 올라왔다. 끌고 나왔다 들어갔다 30분이 넘는 사투 끝에 건져 올려놓고 보니 길이가 1미터 3센티에 무게가 32킬로그램이었다. 커다란 놈이 갑판 위에서 벌떡벌떡 거리는데 대단했다. "한국 신기록이다" 싶어 흥분해서 제주도 낚시점으로 달려갔더니 아뿔싸, 제주교대 교수가 잡은 1미터 5센티, 35킬로그램짜리가 있었다. 이 다금바리 어탁은 코리아나호텔 일식당 '사까에'에 걸었다.

1978년 우도에 갔을 때는, 방파제에 가마니로 덮어놓은 게 있었다. 들여다보니 2미터짜리 생선이었다. "이게 뭐냐"고 하니까 "저립이라는 생선으로 주로 일본 근해에서 잡히는데, 추석 전후로 제주도 근해로 들어온다"고 했다.

어떻게 하면 저립을 낚시로 잡을 수 있을까 궁리 끝에 일본 시부야에 있는 낚시점에서 100파운드짜리 트롤링 낚싯대와 팬인터네셔널 130파운드짜리 대형 트롤링 릴을 사왔다. 추석 무렵 우도에 내려갔더니 이장 박씨가 내 낚시장비들을 보고 "어림없다"며 코웃음을 쳤다. 그날 180센티, 무게 160킬로그램의 저립을 한 시간 줄다리기 끝에 잡아올렸다. 그 뒤로 3년간 대여섯 마리의 저립을 잡았다. 그 중 제일 큰 것은 220센티, 200킬로그램이었다. 100미터 줄 풀어서 진짜 트롤링으로 잡아올린 것은 이게 한국 신기록이지 않을까 생각한다.

바다낚시하면서 알래스카를 빠뜨릴 수 없다. 친구들 몇이 어울려 1989년부터 다섯 차례 알래스카 킹사먼 섬으로 연어낚시를 다녀왔다. 연어낚시는 6월 말부터 8월 중순까지가 시즌이다. 5~6인용 보트를 타고 바다로 나가 연어를 잡는데, 자칫 얼음장 같은 바닷물에 빠지면 곧장 상어 밥 신세가 되는 위험천만한 모험이지만 그만큼 짜릿한 스릴을 맛볼 수 있다. 일본 수필가 가이꼬 다꼬시가 150센티짜리 킹사먼을 잡았다고 하기에 나도 욕심을 내봤지만, 1미터 2~3센티짜리 레드사먼과 핑크사먼을 잡는 것에 만족해야 했다. 연어를 잡으면 현지 사람들이 손질해서 알래스카 정부 도장을 찍어주는데, 이 도장만 있으면 세계 어느 곳이든 무사통과다. 신문사로 연어를 가져와 사원들과 파티를 몇 번 했다.

요즘은 나이가 들어 힘들고 위험한 바다낚시는 못한다. 책에 "낚시는 붕어에서 시작해 붕어에서 끝난다"고 씌어있는데 맞는 말이다. 붕어낚시는 조용한데 자리잡고 앉아 큰 힘 안들이고도 할 수 있으니까 나이 들어서도 즐길 수 있다. 비오는 일요일 낚싯대 꺼내서 닦고 있다 보면 "이걸로 어디 가서 뭘 잡았지" 하는 추억이 다 떠오른다.

《월간낚시》의 운명

내가 낚시를 좋아하다보니 1984년 《월간낚시》를 창간했다. 처음엔 사내에서 반대가 컸다. 장사가 되겠느냐는 것이었다. 나는 "경제적으로 여유가 생기면 레저 문화에 대한 관심이 늘 수밖에 없다"고 설득했다. 우려와 달리 낚시 잡지는 창간 후 20여 년간 밑지지 않고 잘 운영이 됐다. 그런데 1990년대 후반 들어서면서 어려워지기 시작했다. 우연인지 충주호에서 고기가 사라진 시점과 일치한다.

2005년 월간낚시 문 닫을 때 무척 섭섭했다. 판매국장과 출판국장이 "도저히 안 되겠습니다"라고 한 뒤에도 미련이 남아 적자 내며 얼마를 더 끌어봤지만 견딜 수가 없었다. 그래도 서운해서 "폐간은 아니다. 언젠가 낚시 붐이 다시 불면 속간할 것이다"라며 스스로를 달랬다.

낚시의 묘미를 어찌 몇 마디로 다 할 수 있을까. 칠흑 같은 밤, 호수 위에 반짝이는 점 하나에 온 신경을 모은다. 꼼짝 않던 찌가 살짝 올라갔다 내려갔다 하면 가슴이 두근두근해지며 온몸이 긴장감으로 팽팽해진다. 지금이다! 순간적으로 줄을 확 낚아챌 때 손에 전해지는 그 촉감과 희열, 낚시꾼이 아니고 누가 그걸 느껴볼 수 있겠는가.

골치 아픈 신문사와 도시를 떠나 낚시터로 향할 때는 절로 신이 난다. 야전삽 하나 들고 돌멩이 고르고 흙도 퍼 날라 낚시터를 고른다. 낚싯대 두세 대 걸쳐놓고, 옆에다 장비들을 가지런히 정리한 다음 밑감을 뿌린다. 이제 곧 시작될 기다림의 신경전을 상상하며 여유 있게 담배 한 대 피워 물 때의 느긋함은 그 무엇과도 바꿀 수 없는 행복한 순간이다.

낚싯대를 늘어뜨리고 있으면 바람이 열 번도 더 바뀐다. 명주처럼 보드라운 바람이 두 뺨을 감싸는가 싶으면 소슬바람이 불어와 옷깃을 여미게 한다. 실바람, 솔바람, 산들바람…. 그 미묘한 바람결과

풍향까지 제대로 읽어낼 수 있어야 진정한 낚시꾼이라고 할 수 있다.

나는 낚시를 좋아한다. 그냥 좋아한다는 말로는 모자란다. 사랑한다고 할까.

사냥, 기다림의 싸움

첫 사냥의 추억

경북 영천 부근의 보현산 골짜기. 사방이 적막하다. 꼼짝 않고 앉아 정면 계곡 쪽만 응시하고 있기를 벌써 한 시간 반째.

전날 "집채만 한 멧돼지 네 마리가 보현산 막다른 과부골로 들어갔다"는 정보를 입수한 우리 일행은 즉각 채비를 차려 행동 개시에 들어갔다. 몰이꾼들이 숲 속으로 들어가 돼지들을 몰아오는 사이, 전문 포수들이 상목(7부능선)과 중목(5부능선)에 자리를 잡았다. 사냥에 입문한 지 얼마 안 돼 솜씨가 서툰 나는 맨 아래쪽에 앉았다. 포수들이 내게 "돼지들은 산을 내려와 반드시 계곡을 건너 다시 산으로 올라가는데, 계곡 건너편 산에 올라서는 순간에 총을 쏘라"고 단단히 일러주었다. 은근히 겁이 나면서 "돼지가 여기까지 오겠나. 그 전에 위에서 포수들이 다 쏴주겠지" 하는 약한 마음도 들었다.

갑자기 저 위에서 탕, 탕, 소리가 크게 두 번 났다. '드디어 시작이다!' 나는 바짝 긴장해서 전방의 계곡 쪽만 뚫어져라 보고 있었다. 그 순간, 뒤쪽에서 부석부석 하는 소리가 들렸다.

"……!"

퍼뜩 "돼지가 뒤로 돌아서 오는구나" 하는 생각이 드는 순간 귀에선 사이렌 소리가 울리기 시작했다. "이제 죽었구나" 싶었다. 몸이 움직이질 않았다.

"에라, 이판사판이다."

죽을힘을 다 해 몸을 뒤로 확 돌렸다. 그 순간 나를 덮치려던 돼지도 놀랐는지 움찔하면서 방향을 틀었다. 내 눈에는 돼지가 집채만 해 보였다. 돼지 가슴팍이 시야에 들어왔다. 무조건 방아쇠를 당겼다. 10미터도 안 되는 거리였다. 그리고는 총을 내버리고 걸음아 나 살려라 하고 달아났다. 큰길까지 죽어라 뛰어내려와 풀썩 주저앉았다. 잠시 후 일행 몇이 돼지 두 마리를 잡아 가지고 내려오다 내 얼굴을 보고는 신경안정제를 건네줬다.

포수들과 몰이꾼들도 다 내려와 "돼지 한 마리는 어디로 갔습니까? 아래쪽에서 총소리가 나던데, 방 사장이 잡은 거 아닙니까?" 하고 물었다. 내가 자초지종을 이야기했더니 "한번 가보자"고 다들 산으로 올라갔다. 현장에는 총이 그대로 놓여있고, 그 앞에는 돼지가 달려오다 급커브를 튼 발자국과 핏자국이 선명히 남아있었다. 그걸 보고 포수가 "쏘긴 쏘았네요" 했다. 아직도 나는 입이 얼어붙어 있었다.

주변을 수색한 끝에 50미터 떨어진 계곡에서 멧돼지 한 마리가 나가 떨어져 있는 것을 발견했다. 내가 5연발짜리를 쐈는데, 그중 세 발이 심장 바로 밑에 명중했다. 250킬로그램이 넘는 멧돼지였다. 그렇게 해서 나는 처음으로 멧돼지를 잡았다. 어찌나 흥분이 됐는지, 그 날짜를 잊을 수가 없었다. 1969년 10월 28일이었다.

"잘 참으니 명포수 될 자질"

사냥이란 것이 살겠다는 동물과 잡으려는 인간의 기 싸움이고, 지혜 겨루기다. 살아서 뛰어가는 동물을 어떻게 잡겠는가. 생존의 본능으로 오감이 곤두선 짐승들은 미세한 움직임만 감지돼도 뛰던 방향을 튼다. 그러니 동물이 나타날 때까지 한 시간이고 두 시간이고 움직이지 않고 기다려야 한다. 그러다 동물이 순간적으로 달리는 것을 멈추고 잠깐 방향을 살필 때가 있는데, 바로 그 순간을 포착해 한 방을 놓아야 하는 것이다.

그러니 사냥을 하려면 결정적 순간까지 참고 기다리는 인내심이 절대 필요하다. 추운 겨울에 몇 시간째 꼼짝 않고 앉아있다 보면 손이 곱아들고 입이 쩍쩍 언다. 담요 뒤집어쓰고 앉아있어도 칼바람을 막을 길이 없다. 그러다가 발에 동상이 걸린 적도 있다. 처음 멧돼지를 잡은 그 보현산으로 사냥가면 오후 2시에 JAL 비행기가 상공을 날아간다. 그걸 올려다보노라면 "내가 이 추운 산속에 웅크리고 앉아 뭐하고 있는 건가" 하는 생각이 들기도 했다. 그래도 내가 꽤 잘 참는 편이었다. 같이 간 포수 영감들이 "방 사장, 그렇게 잘 참는 거

보니 명포수 될 자격이 있습니다"고 했다.

사냥에 대한 기억은 내 유년시절로 거슬러 올라간다. 조선일보 자매지인 《조광》 1937년 1월호에 보면 「명포수 경험」이라는 글이 나온다. 나의 부친이 산과 들을 누비며 노루, 꿩을 잡던 경험담을 소개한 내용이다. 영국제 5연발 엽총을 든 아버지가 집에서 기르던 '존'이라는 사냥개와 포즈를 취한 사진도 함께 실려있다. 아버지는 사냥 때 말 두 필을 끌고 나가 말이 지치면 교대로 바꿔가며 광활한 지역을 누비셨다. 사냥 솜씨가 좋아 집안에 노루고기 꿩고기가 떨어질 날이 없었다.

내가 사냥에 나선 것은 1963년이었다. 혈당이 높아지면서 산에 오르는 것도 힘이 들 때였다. 아카데미극장 일로 알게 된 한양녹음실 이경순 사장이 총을 잘 쏘는 분이었는데 사냥을 권했다. 마침 형님이 영국제 웨브리 쌍대 엽총 한 자루를 선물 받은 게 있어서 그걸 얻어 사냥을 다니게 됐다. 처음엔 날아다니는 꿩은 못 쏘고 소위 '복치기'라고 앉아있는 꿩이나 쏘는 것에 만족했다. 용인·이천 쪽으로 많이 다녔는데, 가을이면 꿩이 내려 벌판이 벌겋게 보일 정도로 많았다.

나중에는 경북 영천 등지로 노루 사냥을 자주 다녔다. 일정 때부터 명포수로 소문난 이화태 씨와 함께 영천 일대를 돌아다녔는데 조선일보 이동승 이사 재경국장이 그의 아들이다. 경찰서장을 지내서 차서장이라고 불리던 명포수도 자주 동행했다. 노루 사냥을 갈 때면 총잘 쏘는 사람만이 아니라 몰이꾼의 일인자, 밤에 라이트를 기막히게 잘 비추는 사람 등으로 팀을 이룬다. 한번은 영천에서 청송을 향해 깜깜한 국도를 달리는데, 갑자기 영천 김씨가 라이트를 비추자 뭔가 반짝했다. 노루의 눈이었다. 앞좌석에 앉았던 오 포수가 겨냥을 하는가 싶더니 단발에 명중을 시켰다. 1월이면 노루 뿔이 조금씩 나올 때였다. 그걸 만져보면 빠닥빠닥한 게 촉감이 신기하다.

이마에 총알 박힌 사연

1980년에는 아프리카 케냐에서 950킬로그램짜리 버펄로(무소)를 잡기도 했다. 그러나 나이가 들면서 사냥이 어려워졌다. 체력도 달리지만 청각과 시각도 무뎌져 동물의 움직임을 민첩하게 포착하지 못할 때가 많았다. 일행이 "꿩 날아갑니다" 하고 외치고 나서야 총을 겨냥하면 이미 꿩은 저만치 날아가 있다. 그러면 나는 "잘 가라" 하고 손을 흔든다. 이제 사냥을 그만둘 때가 됐다고 여겨 일흔다섯 살되던 2003년부터 사냥을 끊었다.

총이란 것이 흉기다. 사냥을 시작하고 얼마 안 돼 남한산성으로 꿩 사냥을 갔다. 일행 중 몇이 콩밭에서 꿩이 날아오르니까 주변을 살펴보지도 않고 총을 쐈다. 위쪽에 있던 나에게 산탄총알 열댓 발이 날아와 박혔다. 급히 무교동 김성진외과(영화배우 복혜숙 남편의 병원)로 가 수술을 받았는데, 이마 위쪽에 박힌 총알은 제거수술이 위험해 남겨두었다. 지금도 엑스레이 찍으면 이 총알이 나오는데, 특별히 나쁠 것이 없다고 해서 두고 있다. 그래서 내가 일기예보에 귀신이다. 비만 오려고 하면 총알이 살금살금 내려오는 것 같다.

사냥 다니는 40년간 운이 좋아서 그랬지, 아찔했던 적이 부지기수다. 나는 사냥 나가면 차에 오르기 전에, 밥 먹기 전에, 돌아와 파출소에 총 맡기기 전에 일행들에게 "총알 빼 놓았나 확인해보라"고 입버릇처럼 말한다. 그런 나를 보고 친구들은 "좀팽이 같은 놈"이라고 놀리지만, 백 번 천 번 조심해도 지나치지 않다는 것이 내 생각이다.

타임 놓치면 승부는 끝

사냥을 통해 인생의 교훈도 많이 얻었다. 내가 불같이 급한 성격인데 사냥하면서 인내심을 배웠다. 동물이 100미터 앞쯤 들어오면 가슴이 두근두근 한다. 흥분되니 몸이 움직이게 돼 있다. 그런데 그때 움직이면 승부는 끝나는 것이다. 마지막 순간까지 참고 기다려 바로 눈앞에 왔을 때 그 순간을 놓치지 말아야 하는 것이다. 회사 경영에도 그런 점이 많다는 걸 사냥을 통해 느끼게 됐다. 뉴스를 다룰 때도 타임을 놓치면 승부는 끝난다. 나는 기자들한테 "24시간 깨어있어라, 마감 5분전이 중요하다"고 강조해 왔다.

사냥은 또 팀워크가 중요하다. 각자 잘났다고 제 의견만 내놓으면 일이 안 된다. 사냥할 때 의견이 갈릴 때면 나는 "제일 경험이 많은 사람, 전문가의 뜻을 따르자"고 교통정리를 했다.

낚시와 사냥을 다니면서 자연의 소중함, 환경오염의 심각함을 직접 눈으로 확인하게 됐다. 1990년대 초 이 문제를 간부회의에서 꺼냈더니 안병훈 전무가 내 생각을 받아들여 '쓰레기를 줄입시다'라는 환경보호 캠페인으로 발전시켰다. 이것이 국내 언론의 본격적인 환경운동의 효시가 아닌가 싶다.

연설공부 하는 남자

핀잔받은 첫 연설

신문사 사장, 회장을 맡고 있으면서 대학 동문회장과 재단이사장 등을 20년 넘게 하다 보니 공식석상에서 말할 기회가 많았다. 이제는 연설에 익숙해질 법도 한데, 신경이 쓰이고 긴장되는 것은 여전하다. 행사가 있다고 하면 연설문 준비할 생각에 며칠 전부터 머리가 지끈 거린다. 글 잘 쓰는 사람도 부럽지만, 말 잘하는 사람도 참 부럽다.

내가 대외적인 자리에서 처음 공식 연설을 한 것은 1967년 제1회 청룡봉사상 시상식에서였다. 준비된 식사를 낭독하는 것이었는데도 몹시 긴장이 됐다. 시상식이 끝난 후 오재경(전 공보처장관) 씨가 "웬 말을 그렇게 떨면서 하는가"고 핀잔을 주어 민망했다. 그런데 서당 개 3년이면 풍월을 읊는다고 차츰 익숙해져서 언제부터인가 연설이 끝난 뒤 "알아듣기 쉽고 좋습니다" 때로는 "감동적이었습니다"는 말을 들을 때도 있으니 스스로 놀랍다.

힘이 들어도 연설 원고는 내가 직접 써 왔다. 나의 연설 제1원칙은 어려운 문자 쓰지 않고 학생들에게 이야기하듯 쉽게 말하자는 것이다. 회사에서는 발행인으로 취임한 후 1964년 3월 5일 창간 기념식 때부터 내가 직접 원고 준비해서 기념사를 했다. 열악한 환경에서도 묵묵히 일해 주는 사원들 덕택에 회사가 발전하고 있으니 그저 감사할 따름이었다. 그래서 사원들 앞에 나가 "여러분들의 피와 땀으로 신문사가 이만큼 올라섰습니다. 공존공영이니까 같이 일하고 같이 먹고 삽시다. 조선일보는 여러분들의 것입니다"고 이야기했다. 그 후로 40년 넘게 창간사나 기념사를 해 왔지만, 내용은 대동소이하다. 사원들에게 감사드린다, 그것 하나다. 여기에다 그때그때 여건에 따라 이런저런 이야기를 덧붙이기도 하지만 결국은 이 말을 하기 위해 하는 것이다.

미리 원고 쓰고 달달 외워

연설 준비는 한 달 전부터 시작한다. 『조선일보 사사』는 물론 『한국언론사』나 『신문연감』을 뒤적이며 재미있는 사례 중심으로 인용한다. 조선일보 4대사장 이상재 씨가 일정 때 어떤 행사장에 경찰이 쫙 깔린 걸 보고 "개나리꽃이 만발했다"(관리를 부르는 '나리'에다 욕설의 의미로 '개'를 붙인 것)고 했다는 이야기를 하면 다들 재미있어 한다.

자료를 찾고 나면 원고 쓰기를 한다. 도입부, 중간부분, 결말 이렇게 세 부분으로 나눠 기둥을 세운 뒤 이렇게도 써보고 저렇게도 써보고 여러 번 뜯어고친다. 남들이 보면 방에 앉아 끼적끼적 낙서나 하고 있는 것처럼 보이지만 내 딴에는 열심히 자료 찾고 원고 쓰는 것이다.

정작 연설할 때는 원고를 보지 않는다. 그래서 간혹 "즉흥 연설을 어떻게 그렇게 잘 하느냐"는 칭찬을 듣기도 하지만 그게 어디 즉흥 연설이겠는가. 나는 원고를 쓴 다음엔 달달 외운다. 내 방에 결재 받으러 왔다가 내가 방 안을 왔다갔다하면서 중얼중얼하고, 이따금 천장 쳐다보는 모습을 목격한 회사 간부들도 많다. 연설 연습하는 것이다.

고정훈 논설위원이 4·19 때 신문사 발코니에서 확성기로 이승만 대통령 하야 소식을 전하던 감동을 잊을 수 없다. 그것은 연설이랄 것도 없었다. 우렁찬 목소리로 "이승만 대통령이 지금 하야를 표명했습니다"라고 하자, 운집한 군중들이 환호를 하며 박수갈채를 보냈다. 좋은 연설은 현란한 수사에 있는 것이 아니라 단순 명쾌한 가운데 진심을 담는 것임을 일깨워주었다.

1981년 연세대 동문회장을 맡으면서부터 외부에서 연설할 기회가 자주 생겼다. 준비 안 하고 있다가 느닷없이 호명되면 진땀이 났다. 잘못하다간 망신을 당할 것 같아서 『스피치의 기본』이라는 일본 책을 구해 봤다. 기본적인 요령을 바탕으로 개인적인 경험담을 넣어 이야기하면 대충 앞뒤 아귀가 맞는 연설이 됐다. 기독교 성격의 모임에서는 성경 구절을 적절히 인용하면 그럴듯한 스피치가 된다.

두 번을 위해 열 번 준비

1989년 10월 세종문화회관에서 '이미자 노래 30년 기념공연'이 조선일보사 주최로 열렸다. 대중가요 가수가 처음으로 세종문화회관 대강당 무대에 서게 돼 많은 화제를 낳았다. 공연 후 리셉션에서 사회자가 느닷없이 나를 호명해 한마디 해달라고 했다. 이럴 때를 대비해 나는 며칠 전부터 관련 기사와 비평가들의 글을 읽으며 나름대로 할 말을 준비해 놓았다. 행사가 끝난 후 "즉석에서 말을 잘하더라"는 이야기를 들으면서 준비를 안 했더라면 얼마나 망신을 당했겠나 싶었다. 큰 규모의 행사는 말할 사람이 사전에 정해져 있지만, 보통의 모임에서는 느닷없이 호명될 때가 많다. 열 번이면 두 번 정도는 호명된다. 그 두 번을 위해 열 번을 준비하는 것이다. 여덟 번은 써먹지 못해도 그래도 열 번 모두 준비해야 한다. 세상에 준비 없이 되는 일이 있는가.

"무식한 놈이 좋은 책은 다 있네"

조그만 책방의 꿈

일본에 가면 어딜 가나 다들 열심히 책을 읽고 있는 모습을 쉽게 볼 수 있다. 지하철을 타면 부인네들이 핸드백에서 조그만 책자나 잡지 하나씩을 꺼내 읽는 광경이 부러웠다. 아름다운 모습이다. 시내 곳곳에는 조그만 책방도 많다. 원래 나는 책방 하나 갖는 게 꿈이었다. 은퇴하면 책방을 운영해 볼까 하는 생각으로 구체적인 계획을 세운 적도 있지만 여러 현실적 제약 때문에 포기하고 말았다.

나는 책 읽는 것을 즐긴다. 중학교 1학년 때 조선일보가 강제 폐간되면서 조사부에 있던 책들을 의정부 집으로 다 옮겨왔다. 학교 공부는 뒷전이고 이 서고에 틀어박혀 닥치는 대로 책을 읽었다. 체계를 밟아 독서를 했던 것은 아니고 흥미 닿는 대로 잡학 독서를 했다. 경신중학교 담임이던 박시형 선생님을 통해 마르크스, 엥겔스의 책도 접했으니 요샛말로 의식화 교육도 받았던 셈이다.

이것저것 닥치는 대로 읽어나가는 중에도 역사책을 즐겨봤다. 일본 막부시대를 배경으로 한 장편 역사소설들이 흥미진진했다. 한국 역사책으로는 이광수의 〈견훤〉을 재미있게 읽은 기억이 남아있다.

나는 조선일보에도 역사 이야기를 많이 다루기를 바랐고 내가 아이디어를 내기도 했다. 청소년들이 자기 나라 역사를 알고 제 근본과 뿌리를 알아야 세계무대에 나가서도 당당히 설 수 있다. 신문의 역사 연재물이 성공하려면 쉽고 재미있어야 한다. 그런데 그렇게 쓸 수 있는 필자를 구하기가 쉽지 않다. 다들 너무 어렵게 쓰려고 하는 것이 아쉽다.

내가 일정 때 교육을 받은 세대라서 그런지 지금도 일본어 책이 읽기가 편하다. 기자 시절인 1950년대 중반부터 《문예춘추》《중앙공론》 같은 일본 잡지를 정기구독하고 있는데, 1988년과 2002년 두 차례에 걸쳐 두 잡지 40여 년분 1천여 권을 조선일보 조사부에 기증했다.

독서는 그 자체가 즐거움이기도 하지만, 새로운 아이디어를 얻는 데도 많은 도움이 된다. 화제가 되는 신간이 나오면 일일이 챙겨 읽는 편이다. 일본특파원들은 나에게 책을 챙겨 보내느라 고생을 많이 했다.

일본에 여행갈 때도 서점에 들러 책 한 뭉치씩 사오는 게 취미다. 이름난 책은 대부분 다 사오고 베스트셀러는 빠트리지 않는다. 이 책들을 분류하고 정리해서 서가에 꽂아놓고 바라보는 기쁨이 크다. 내 손때가 묻은 책이 2500권 정도 된다. 죽기 전에 5천 권을 채우고 싶은데 될지 모르겠다. 친구들이 집에 놀러와 책장을 보고는 "무식한 놈이 좋은 책은 다 꽂아놨네"라고 한마디씩 한다.

45년간 쓴 일기장 수십 권 쌓여

독서를 하면서 떠오는 아이디어나 중요한 구절을 메모하는 것은 내 독서 습관 중의 하나다. 메모광이라고는 할 수 없지만 비교적 메모를 많이 하는 편이다. 하루의 중요한 일과를 그때그때 메모장에 기록하고 일기도 매일 쓴다. 일기를 쓰기 시작한 것은 1962년 조선일보 상무로 발령받고 나서다. 그때부터 쓰기 시작해서 지금까지 하루도 빠트리지 않고 있다. 아무리 과음하고 밤늦게 들어가도 간단하게라도 일기는 꼭 썼고, 혹시 놓치면 다음날에라도 썼다. 일기는 내 마음을 비추는 하나의 거울 같은 것이었다.

옛날 일기장을 들춰보면 당시 어떤 일들이 있었는지 소상히 떠오른다. 기뻤던 일, 슬펐던 일, 누가 아팠고, 가족들한테는 어떤 일들이 일어났는지 다 들어 있다. 다만 시국과 관련된 이야기, 정치적인 이야기는 의식적으로 안 썼다. 혹시라도 문제가 될까 하는 염려 때문이었다. 이렇게 해마다 바꾼 일기장이 수십 권이다. 전부 소중히 간직하고 있는데, 3·6사태 일어난 해의 일기장은 언론청문회 준비하며 갖고 다니다 없어져서 못 찾고 있다.

일기 덕분에 위기에서 벗어난 적도 있다. 1989년 언론청문회 때 박석무 의원이 "장기봉 전 신아일보 사장이 '1980년 7월 유학성 정보부

내가 기자 시절부터 정기구독해온 일본 잡지 《문예춘추》 32년치와 《중앙공론》 28년치를 1988년 안병훈 편집국장을 통해 조선일보 조사부에 기증했다.

장이 초청한 식사 자리에서 모 조간 사장이 신문 정리를 주장했다'고 증언했는데, 이게 사실이냐'고 질문을 했다. 나는 "당시는 언론통폐합 소문이 흉흉하게 나돌 때라 각 신문사 사장들의 신경이 날카로울 때였는데, 그런 발언을 할 정황이 아니었다. 더구나 그 보도가 난 후에 알아보니 유학성 씨가 신라호텔로 각사 발행인들을 초청한 것은 10월 10일인 것으로 확인됐다"고 답했다. 박 의원이 "신라호텔에 알아보니 3년 전 기록이 없는데 어떻게 10월 10일에 만났다고 기억해내는가"고 물었다. 나는 "1962년부터 일기를 쓰고 있다. 일기를 확인해서 알았다. 원한다면 일기를 보여줄 수도 있다"고 했다.

이번 책을 쓰면서도 옛날 기억들이 가물가물해 애를 많이 먹었다.

한때는 나도 기억력이 좋다는 칭찬을 곧잘 들었는데 세월의 힘은 어쩔 수가 없다. 그래도 꾸준히 써온 일기가 있어 많은 도움이 됐다.

내가 기자들 보고 늘 하는 말도 "메모하라"는 것이다. 현역 때 메모 잘해 놓으면 퇴직 후에도 책 한 권은 쓸 수 있다고 했다. 조선일보에서는 이규태와 신동호가 일기를 열심히 쓴 것으로 알고 있다. 내가 세 번째쯤 될 것이다.

일본에서 책 문화가 발달한 것은 일본인들의 메모 습관과도 관련이 있다고 생각한다. 내가 아는 일본 사람 대부분이 메모를 열심히 한다. 곽유지 전일공호텔 회장(전 파이낸스빌딩 주인)은 열여덟 살 때 일본에 건너가 자수성가(自手成家)한 사람인데, 아흔 넘은 나이에도 수첩을 두 개 갖고 다니면서 수시로 메모를 한다. 수첩 하나에는 한문만 깨알같이 적어놓았기에 "그 연세에 웬 공부를 그렇게 열심히 하시냐"고 물으니까 "치매 안 걸리려고 틈틈이 들여다본다"는 대답이었다. 아닌게아니라 한자도 자주 안 쓰니까 잊어버리는 게 많고 우리말 단어도 얼른 생각나지 않는 게 많다. 내 책상의 책더미에는 국어사전이 맨 위에 놓여 있어 자주 들춰본다.

배움은 끝이 없다. 독서와 메모는 내 배움의 길에 든든한 벗이 돼주었다.

| 연보 |

1928년	평북 정주에서 父 방재윤, 母 이성춘의 二男으로 출생
1932년	祖父(계초 방응모)가 조선일보 인수
1940년	평북 정주 朝日尋常소학교 졸업
1940년	조선일보 폐간
1945년	조선일보 복간
1946년	경신고등학교 졸업
1949년	연희전문학교 전문부 상과 졸업
1952년	조선일보 공무 견습생으로 입사
1954년	조선일보 사회부 기자
1955년	조선일보 경제부 기자
1959년	서울 천도교회관에서 이선영과 결혼
1960년	長女 혜성 출생
	아카데미극장 대표
1961년	二女 윤미 출생
1962년	조선일보 상무이사
1963년	조선일보 발행인
1964년	조선일보 전무 대표이사
1965년	三女 혜신 출생
	한국신문협회 부회장

1969년	신사옥 준공
1970년	조선일보 대표이사 사장
	국민훈장 모란장 수상
1972년	코리아나호텔 개관
1973년	長男 성훈 출생
1974년	'방일영장학회' (現 방일영문화재단) 발족
	프랑스 예술문화훈장 포장
1976년	한국신문연구소 이사장
1977년	중앙문화학원(중앙대) 이사장
1979년	발행 부수 100만 부 돌파
	멕시코 문화훈장 인시그니아 포장
1980년	《월간조선》 창간, 월간 《산》 인수
1981년	한국언론연구원 초대이사장
	연세대 동문회장
	중앙대 명예법학박사
1984년	연세대 명예문학박사
1985년	동탑산업훈장 포장
	프랑스 니스市로부터 명예시민금장, 감사장 수상
1987년	韓獨협회 회장
1988년	조선일보 정동별관 준공
1990년	《스포츠조선》 창간
1991년	발행 부수 200만 부 돌파

1992년	사단법인 '서울컨트리클럽' 이사장
	국민훈장 무궁화장 포장
1993년	조선일보 대표이사 회장
	국제올림픽위원회(IOC) '스포츠 환경 트로피' 수상
1994년	'고당조만식선생기념사업회' 이사장
	국제환경상 '글로벌500' 수상
1995년	'영향력 있는 국내 현역 언론인' 1위로 선정(시사저널지 조사)
1996년	대한골프협회 회장
	발행 부수 250만 부 돌파
1997년	연세대 재단이사장
1998년	금관문화훈장 수상
	『조선일보와 45년- 권력과 언론 사이에서』 출판
	인제대 명예경영학박사
	대한올림픽위원회(KOC) 위원
2001년	독일연방정부 '1등십자공로훈장' 수상
2003년	조선일보 명예회장
2004년	조선일보 50년 근속상
2008년 (1월 현재)	조선일보 명예회장
	연세대 재단이사장
	고당조만식선생기념사업회 이사장
	연세대 명예동문회장
	대한골프협회 명예회장
	한독협회 명예회장